家風

忽培元 著

華藝出版社
HUA YI PUBLISHING HOUSE

图书在版编目（CIP）数据

家风 / 忽培元著 . -- 北京 : 华艺出版社 , 2017.9
ISBN 978-7-80252-617-4

Ⅰ . ①家… Ⅱ . ①忽… Ⅲ . ①中篇小说—小说集—中国—当代 Ⅳ . ① I247.5

中国版本图书馆 CIP 数据核字（2017）第 234697 号

家风

著　　者：忽培元
责任编辑：郑治清　刘　妍
装帧设计：创世禧图文
出版发行：华艺出版社
社　　址：北京市海淀区北四环中路 229 号海泰大厦 10 层
电　　话：010-82885151
邮　　编：100083
电子信箱：huayip@vip.sina.com
网　　站：www.huayicbs.com
印　　刷：北京天正元印务有限公司
开　　本：1/16
字　　数：280 千字
印　　张：22.25
版　　次：2017 年 10 月第 1 版
印　　次：2017 年 10 月第 1 次印刷
书　　号：ISBN 978-7-80252-617-4
定　　价：40.00 元

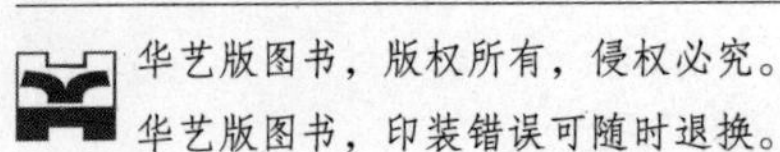

自　序

我写得很慢也很辛苦。《家风》《神湖》《老腔》三个中篇，断断续续，连同修改润色拖了两三年。小说的内容，其实也可以当做一部长篇来读。时间和地域，就像时代的背景坐标，纵向跨越了抗日战争、解放战争和当代生活；横向徘徊于西北、华北以致东北农耕文明与游牧文化相交织的长城沿线内外附近。这个无意识形成的现当代穿越，城乡交叉，物质、精神与生态融合，构成了较为广阔、深入的人物群体与生活画面。所调动的，全都是自己阅历的积累感受和生活的亲身体验。如今到了收获季节，稿子捧在手里感觉沉甸甸的，自认为基本还属于真米实曲。

的确，我写得很慢。好在是业余写作，没有多大任务压力，也不曾想到获奖或赢取好评，只想着要对得住生活和读者，尽量拿出点真颗子。慢的好处在于能静心安神，惨淡经营，从容不迫地表达。力争发掘得深些，对当代人们的思想感情反映得真切一些。这就像我们陕西人吃面，那是很讲究的，其中大有学问：选面、和面、扠面、饧面，揉面、擀面、切面、煮面、捞面、冰面、调面等等，每个环节都需要达到行家里手水平，得有足够的时间和耐心经营，丝毫不能含糊，最终才能吃到上乘的陕西面食。写作当然更是如此。

今天的写作，门槛似乎降低了许多，谁都可以进入，似乎谁都可以自诩为作家。加之又是自媒体时代，发表和出版，更不成问题。结果，形成海量，难免鱼龙混珠，垃圾不少，劳民伤财，也难免存在黄钟毁弃，瓦釜雷鸣现象，给读者的选择造成困难，也埋没不少真正好的作品。正因为如此，我以为作为一个立志写作者，才更应当自律自重，自我把关，精心敬业，不辱使命。当然，这也只是主观的想法。

我最为敬重的陕西籍作家柳青先生讲过，写作是愚人的事业，六十年为一个单元。六十年一个甲子，人生又能有几个六十年呢？可见，文学写作是要一生坚持努力的工作。如果说写作在过去，常常是一本书成就一生，也还是成名成家的一条终南捷径，那么在今天，就完全成为了社会责任和义务。我愿意在这条崎岖坎坷的路上默默地坚守，孤独地坚持走下去。争取在第二个单元里，拿出像样的作品，回报人民的养育之恩和时代的陶冶之情。

在《家风》即将付梓之际，向为本书出版做出巨大努力的华艺出版社表示感谢！

忽培元

2017 年 9 月 15 日于北京义耕堂

目　录

家风

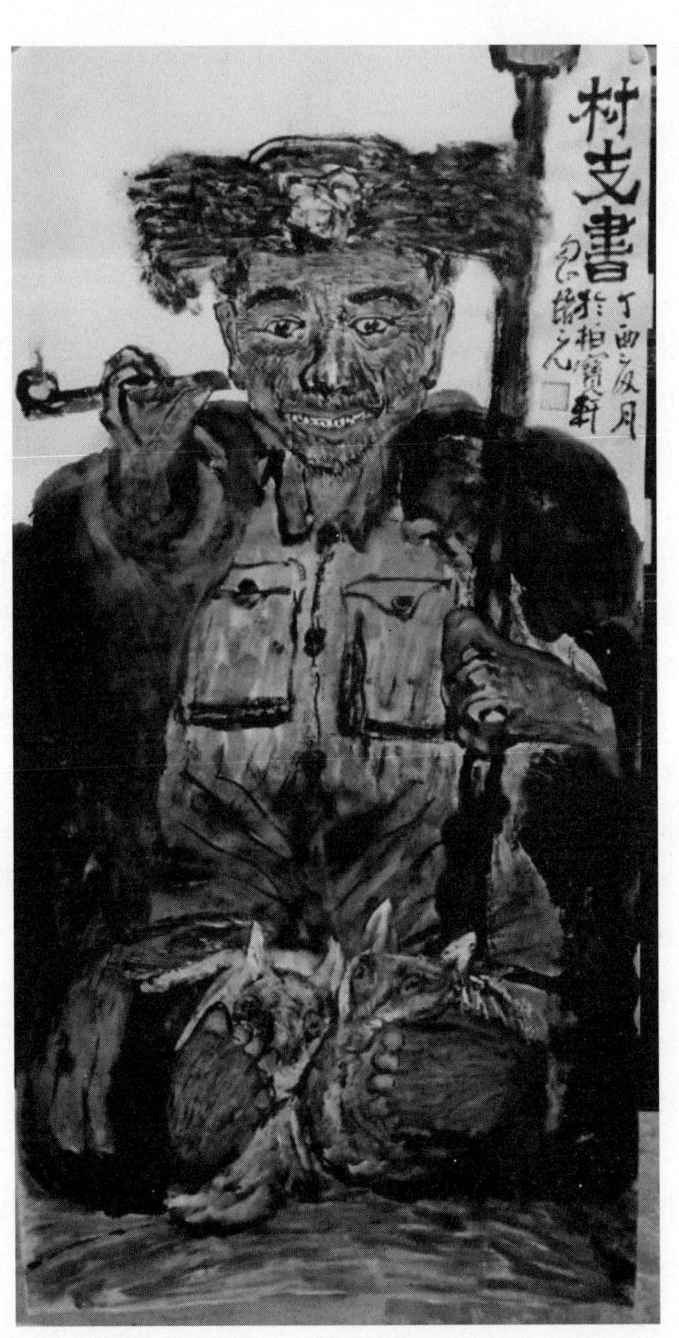

一

人生大约也就是一次盲目而痛苦，或者是有目标才会有意义乃至幸福的旅行吧，我想。一次原本很有趣儿的旅行，会因为旅行者动机和目标的不同而变得索然乏味，甚至痛苦不堪……我这么胡乱想着的时候，正坐在快速行进的高速列车上。我的儿子、儿媳和孙女就坐在我的周围。当这现代化的交通工具，使得我和小孙女楠楠望着窗外感到兴奋时，它并没有使得我的过于看重物质的儿子，特别是智商与兴奋点都似乎极高的儿媳妇感到丝毫的欣慰与美妙。我明白，他们并非是在为一些都市小夫妻之间难以向外人启齿的细小分歧而闹着别扭，而是对待生活的根本态度与人生目标似乎格格不入。这是令我最感无奈和担忧的事情。我企图带领他们寻找某种生活与感情的共同点，这也许是此次回访家乡的一个未曾挑明的目的。他们却仍在为这次旅行是否真有必要而争吵不休。

无论如何终于又回到了生我养我的故乡，而且是带着儿子和儿媳还有孙女楠楠。

这是 2014 年的清明时节，一个春雨潇潇的日子。这也是我多年的一个夙愿，终于得以实现。在这魂牵梦绕的巍峨太行山中，在这留下了我这个六十五岁的小老头许多儿时记忆的温暖亲切的小山村南面独立隆起的一座山头上，面对叔叔的坟茔——烈士忠魂的安息之所，一时百感交集。在这少年时代每天放羊的必经之地，那虔诚的情形依旧历历在目。

那时每天都要深情地伸手抚摸这座并不高大的墓碑，痴情地思念亲爱的叔叔。每天都要在这坟前跪拜默哀，同未曾见过面的叔叔默默地对话交心……“李正彤烈士之墓”，墓碑上的七个红色方块汉字，深深地铭刻在我幼小的心灵中。

五十多年后的今天，在叔叔坟茔的近旁，又多了一座新坟。那里面安息着我的父亲李正修，一个终生都在故乡土地上辛勤劳作的农民。父亲生前总说自己没有资格埋在四弟身边，可这是祖父李在公的临终遗愿，说是他们两兄弟生前感情最深，又是我的父亲千里迢迢历尽千辛万苦伴随着叔叔的灵魂归来，因此最终安眠在一起，两个人都不会寂寞。

我和儿子仔细清除着叔叔坟前的杂草，并且用铁锨精心修补被雨水冲涮的壕沟。按照家乡民俗讲究，只有清明节这一天才能在老人的坟头上动土。

孙女楠楠则认真地由山坡的草地上采来一捧五色野花，献在二老坟前供桌上面。我把一瓶京城里带来的二锅头打开，倒一杯酒在叔叔坟头，又倒一杯，洒在父亲坟头。

这时候，楠楠的妈妈秋云远远站在那块巨大的石头上摆弄手机。她的怀里一直抱着黑白两色的宠物猫。那只精灵古怪的苏格兰折耳猫此刻目光惊恐，神情狐疑。她的主人则是目光呆痴，苍白憔悴的面部表情显得十分忧郁。

“妈妈，快来呀，咱们该给两位太爷爷，不对，是革命的前辈默哀致敬了。”

对于女儿的喊声，母亲没有丝毫反应。她也许根本就没有听见，或许是听见了只是不愿意搭理。反正她的内心活动谁也搞不清楚。

我的儿媳，她是一位在京城小有名气的现代诗人，一个据说网上拥有不少粉丝的当红诗人。在我看来，她的诗如同修饰过的梦话或是一些难以理解的痴迷之言。但是她却整天为那些诗句的孕育和产生倍受煎熬。据我的儿子太行讲，她可以不吃不喝甚至一连几天通宵不眠。她的这种常人难以理解的坚守与痴情，在这个过于物质化的当下，倒使我对她产生了某种理解与同情。心想，在这金钱万能充斥一切领域的时代里，无论如何她这毕竟还是一种精神的追求呀。可是我那在他媳妇看来庸俗不堪的儿子，却是早已无法忍受她如此另类的人生追求。他们的感情与婚姻因此产生裂痕。我为此深深地感到忧虑不安。好在有可爱懂事的孙女楠楠从中维系，这才使得他们没有走到分手的地步。“离婚”这个词语，在我们这些上世纪四五十年代出生的人听来，毕竟是可怕又难以接受的家庭悲剧的代名词呀。

这时，儿子太行赶忙走过去把性情古怪的媳妇硬是拽了过来。在两位长辈的坟前，儿媳妇手中还是津津有味地一直玩着那部苹果手机。我此刻沉浸在复杂而痛苦的心情中，并没有留意孩子们的举动。唯有楠楠了解妈妈，知道她又是在编发微信，是告诉圈子里的朋友们自己当下是如何“痛苦地活着”。我并没有意识到，我的儿媳她竟然不愿意同我们一起为一位从未见过面和一位她从来就不曾崇拜的人跪拜致敬。因为那样做，在她看来还一时找不到诗意的存在与感情的依据。

接下来，儿子、孙女和我，我们老李家长子系脉的三代人为两位前辈跪拜默哀。一旁站着的秋云则趁机用手机拍下了我们跪拜的背影。当我回头看到她这局外人一样的举动，心中顿时五味杂陈、痛苦不堪。

亲爱的叔叔、父亲，你们安息吧！晚辈不孝呀！咱们老李家长子系脉的三代后人今天回到老家探望你们，来向你们，还包括正清、正民那两位为国捐躯的叔父，还有爷爷奶奶姑姑们和为正彤叔叔完成遗愿悉心供奉几位烈士母亲的婶婶德贞致敬。在我的心中，你们个个都是我们老李家的骄傲与自豪，也都是令世人肃然起敬的忠烈人物。是的，除了那间历尽沧桑，里面甚至是又黑又潮的石墙老屋，你们再没有给后人留下任何的物质遗产，可是你们两代人用信念和忠诚铸就的高尚家风，却是一份无法估价的精神遗产。今天我们回到老家，来到你们的面前，就是要寻找我们老李家好家风的根基，接续我们生生不息的高尚源脉呀。

我心中暗暗地讲完这一段早已经准备好的话，又禁不住回头看了一眼一直站在那里玩着手机的儿媳妇秋云，心中感到很不是滋味。

在下山的路上，刚满十岁的楠楠不断地问这问那，还不时地要我讲述关于叔叔李正彤烈士的传奇故事。

我同叔叔李正彤并没有见过面。当他为人民流尽最后一滴鲜血的时候，我还没有来到这个世界上。但在我的心目中，他是一位伟大的英雄，是我崇敬的偶像，于是我对楠楠说：

“孩子你记着，记得在我也像你这么大的时候，我的父亲，也就是你的老爷爷，就不止一次地向我讲述了李正彤烈士的故事。”

我拉着楠楠的手，走在回村的山间小路上，又说：“印象最深的是你老爷爷从陕西郿县（今日的眉县）运回你太叔公的灵柩并进行安葬的前前后后……”

孩子是最喜欢听故事的，谁小的时候不是这样。反倒是成年以后对什么都不感兴趣了。

二

那是 1950 年春天，当时我还没有出生。一个寒冷异常的夜晚，我的爷爷、奶奶把全家人叫到石墙老屋，大家围着炕桌上一盏昏暗的煤油灯，共同商量着一件几乎全家人都不能接受又是深切关注的事情：我的叔叔李正彤参军离家十三年了，只是在 1949 年的春天回过一次家并结了婚。此后一走，就再也没有回。

“如今，正彤，他，他牺牲了……”我的爷爷痛苦地说不下去了。两个姑姑看见他手里那张已经被泪水浸湿的“烈士证书”颤抖着泣不成声。我的奶奶放声痛哭。石墙老屋里一片哭声。

“可四弟的骨骸还在千里之外的郿县马家山的山洼里呀，他的灵魂还在荒郊野外漂荡……”我的父亲强忍痛苦说。

是的，正彤的灵魂不能就这样游荡在外呀！家里有他的父母兄妹，有他结婚不到一个月就匆匆离别，而一别就永远不能再团聚的新婚妻子德贞。况且，他最后一次离家时心情并不愉快，全家都认为他是生着气走的，他很可能在战场上是生着气向敌人冲杀而饮弹身亡的。凭着他十多年的战斗经验，凭着他当过侦察排长、侦察连长的身经百战的经历，他是不应该倒下去的呀。现在他倒下了，他再也不会向家里人述说什么，但家里人曾经误会过他，就应该把他请回来，应该让他的灵魂重新回到故乡和亲人中间，用亲人的亲情和乡情温暖他那颗可能受到创伤的不安的心。

几乎是整整一夜，全家人面对那张“烈士证书”，就像面对着我那亲爱的叔叔。大家痛苦地回忆着叔叔成长、参军，以及长达十三年枪林弹雨中的战斗经历。特别是回忆起他最后同家人和乡亲们壮别的一幕……说到伤心时，父亲再度哽咽着，姑姑们甚至大声嚎哭，只有痛苦过度的爷爷、奶奶把悲痛的泪水悄然咽进心中……眼下，面对这“烈士证书”，全家人都在自责内疚。阵亡通知上讲得清楚，说按照规定，烈士的遗体已经入殓，即将就地安葬。还说鉴于李营长的级别身份，灵柩也可以运回家乡安葬，要家属给予答复。

我的爷爷冷静下来，说：“我看就不用回来了。陕西到河北，少说也有三千里吧，那么远的路，怎么运回来呢？我看就安葬在陕西吧，让正彤和一同牺牲的战友们在一起。”

我的奶奶一听就哭出声来，两个姑姑也哭得更加伤心。我的婶婶德贞再也忍不住心中的痛苦，她的强忍了半晚上的哭声终于爆发。爷爷的意见显然难以通过了，这是过去从未有过的。爷爷惊异地看看全家人，最后目光落在了我的父亲脸上。我的父亲一直蹲在炕上拼命地抽着旱烟。石墙老屋里的空气紧张得就要凝固。

过了好一阵，爷爷长长地叹息一声，说："那好吧，正修你拿个主意。"

全家人的目光都投在了我的父亲身上。

只见我的父亲一声不响地站起来，把烟锅在鞋底上使劲一磕，坚定地说："爹、娘，我去陕西把四弟接回家来。"

听他这么说，我的爷爷起初感到意外，他原本是希望大儿子支持自己的。他的内心其实也很矛盾，谁不想把死去的儿子运回身边安葬？他只是不愿意再给部队和地方政府增加负担。

父亲言辞的自信与坚毅，终于说服了全家，连我的祖父也不得不点头同意。就这样，全家商量决定，由我的父亲李正修到陕西郿县取运叔叔的灵柩。

我的父亲从来没有出过远门。家乡距郿县数千里之遥，一个在太行山脚，一个是秦岭山下，中间又有黄河与黄土高原阻隔。那时交通十分不便，没有汽车，连马车也不是一路顺通。父亲就带了叔叔的"烈士证书"，赶了家中的两匹马，备足盘缠和喂牲口的草料上路了。那时我还没有出生，母亲眼瞅着就要分娩，可是父亲不得不赶在天气转暖之前务必把叔叔接回来呀。

第二天天不亮，我的父亲就悄悄告别全家，赶着家中的两匹马出发了。

三

西北黄土高原三月初，仍是寒风刺骨，滴水成冰。丘陵沟壑连绵，红日白云蓝天之下，一望无际的黄褐色原野起起伏伏，就好比是黄河里的波涛汹涌而来。眼下这一老一少两匹马，一黑一白，一前一后地抬驮着一副厚重的红漆棺材，更像是一叶小舟挣扎在黄河的波浪之中。头上包着白毛巾、腰间扎着皮带的赶马的高个儿汉子，三十六七岁的年纪，就像是缺乏经验的舵手费力地把着舵柄。山路起起伏伏，“小舟”摇摇晃晃挣扎前行，好像随时都快要沉没。一只老鹰鸣叫着在头顶上久久盘旋，像是被这透着鲜红颜色的“小舟”吸引，好奇地不愿意离去。

叔叔的棺柩是他牺牲后部队为他定做的，用的是三寸厚的柏木板材，重得很，并且用大红漆精心漆过。在棺柩的正前面，雕刻了交叉的镰刀斧头，路人一看就知道是革命烈士的灵柩。父亲是把叔叔棺柩的重头固定在老成持重的老黑马驮架上，小的那头搭在小白马背上。两匹马一前一后组合成一个驮子，当地人称之为“架窝子”。如此日夜兼程，开始了这次漫长而刻骨铭心的艰难远行。

那天在故乡，当我在回村的路上，给楠楠讲着这些，小孩子显得十分的惊异。连她的母亲秋云也感到了好奇，她好奇地问：

“为什么不雇辆汽车拉回来呢？”

我说，那时连公路都没有，哪有汽车。她就不再说话，又无聊地开始逗弄怀中那只宠物猫。儿子太行则一心一意地在路旁的荆棘丛中采摘酸枣吃。

“爷爷快讲嘛，别听妈妈瞎问。”楠楠有些急了。孩子最讨厌的就是有人打断他们喜欢听的故事。我于是接着讲。

远远的，一群五花羊在光秃秃的向阳山坡上专注地啃着草根吃。山峁峁上站着个拦羊老汉，远远价就听见飘来了信天游的歌声：

提起个家来呀家有那个名，

家住在绥德三十里铺村，

二妹子就恋上那个三哥哥，

唉呀咱们二人天配就……

走了这老半天，终于又望见一个人影影，到底又听到了人的声音。高原上的太阳好温暖。紧跟在“架窝子”后面赶牲灵的汉子抬手抹一把脸上的汗珠，就急忙侧起耳朵仔细倾听。他那愁苦憔悴的脸上，如同渴饮山泉般地露出一丝欣然。等到一曲终了，他的眼睛里竟然聚满了泪水。他显然熟悉这首当年广泛流传在陕甘宁边区和黄河两岸抗日根据地的歌谣。那还是四弟那年探亲回家唱过的哩，婚礼之上，那些打小就在一起放羊和站岗放哨的伙伴们硬是闹着要他唱情歌，他就唱了这首驻防绥德义和镇时学的《三十里铺》。眼下，一听到有人唱这首歌，那欢乐的场面就呈现在眼前。四弟正彤从小就喜欢唱歌，当儿童团团长那阵儿，就时常站在村子南面山头的大石头上唱，全村人都能听见。只要他的歌声一停，那就是有了情况。眼下，由那歌中诉说的哀婉的爱情故事，我的父亲就联想到了正彤与弟媳德贞，想到他们不幸却动人的爱情婚姻，想到德贞今后的孤独难熬的凄苦日子……唉呀真是令人伤心难过。

渐渐走得近了，几乎隐约看得见拦羊老汉下巴上那一撮花白的山羊胡子。那头上朝前高笼着羊肚子手巾的羊倌显然也看清了走过来的头上朝后低挽着纯白毛巾的赶脚汉子。这种不同的包头方式，是陕西与山西乃至河北、河南农民的装扮区别。其实也是黄河西岸的人们与河东人不同性格的呈现。还有明显的不同，就是头上的毛巾两头有没有那三道耀眼的蓝线线。这就是眼下拦羊的陕北老汉与赶脚的河北汉子的头饰细微区别。拦羊的此刻也注视着赶脚汉。心想这河对面家单身一人，竟然护的是一尊灵柩，瞧那厚实的油漆棺木可是不同寻常呀，棺材里停的该是哪位英雄豪杰？又为啥就孤伶伶冷清清价连班子吹手也没雇请？于是他便询问般地又唱起了秧歌调：

我在鄜州城，
外出来散心，
猛然抬头看，
洛河里就上来一条船，
哎呀，
船舱那一副大红棺，
里面睡的呀
该是哪路英雄好汉？
又是为啥吆
你披星戴月价，
走州又过县？

这赶脚的汉子就是我的父亲李正修，棺材里躺着的就是我的叔叔，赫赫有名的中国人民解放军西北野战军的独立营营长李正彤烈士。

啊哦，原来已经到了抗日战争时期陕甘宁边区首府延安的南大门鄜县境内。我的父亲曾经听老革命的爷爷讲过，唐代安史之乱，大诗人杜甫曾经带着家小由西京长安北上避难，走的也就是这一路。同样是途经泾阳、三原、耀县，诗人全家一路饥寒交迫，留下了“朱门酒肉臭，路有冻死骨”的千古悲句。我的叔父李正彤和王德贞小时候在村中列宁小学上学，背诵唐诗三百首，听我的爷爷讲，其中《北征》与《羌村三首》，也就是杜甫当年在这鄜州地面上的羌村写的。

父亲李正修望着山川河流和城外路边半山坡上这一座古塔想着，

就感到眼前景色似曾相识地亲切。道路穿城而过，许多的人都聚在两旁观看。人们显然已经看出，这远道而来的灵柩可不是寻常百姓呀。

“请问，这是哪位烈士的灵柩？”

一路之上不断地有人打听。李正修便如实地告诉人们。他心想，如今全国已经解放，这可是光荣的事情，没必要藏着掖着。

“是一位老八路，解放军的营长，名字叫李正彤。”

“李正彤，对呀，记起来了，《解放日报》上登过他的英雄事迹，说是在扶郿战役中光荣阵亡的，还是彭老总和王震旅长的部下哩。抗日那会儿参加过有名的百团大战，还参加过南泥湾大生产哩。”

“可惜呀，眼瞅全国就解放了，该享福坐江山了呀。功臣呀，引灵的听说是李营长的亲大哥……”

于是，就有人点燃了一串鞭炮，更多的人跪在路旁默哀，甚至还有人啜泣。这是当地的习俗，大伙儿自觉地为心中敬仰的人送行，称之为惊天地而泣鬼神哩。“东方那就一个红，太阳那就一个升”，刚刚过上太平日子的人们正感激解放军的英雄豪杰哩……这样一来，灵柩行进的速度，就不得不大大地慢了下来。

如此一耽搁，我的父亲李正修就有些发急。他就不再轻易告知路人实情。但是消息早就不胫而走，好像整个沿途都知道了老八路李营长的灵柩要过来了。有的村镇，路旁竟然摆上了供桌，烧了高香、摆着烟酒吊唁。也难怪，谁让他事先走漏了消息哩。再说，父亲他赶的又不是通常由三边经延安或榆林到山西驮盐运毛皮药材的毛驴驴队，也不是由山西太原出发往包头、宁夏去的贩运口内各种绸缎布匹和日用百货的骡马驮子。他赶的就是这极为显眼的“架窝子”，这分外引人注目的雕刻着镰刀斧头的红油漆棺材呀。

“架窝子”显然很沉。一黑一白两匹马喘着粗气走得十分卖力。它们每迈出一步，就听见背上的“架窝子”咯吱咯吱呻吟般地叫唤。

长途而来的赶牲灵汉子，我的父亲显然已经听惯了这种痛苦的呻吟。他甚至觉得这就像是棺材里面的四弟正彤在哀婉地诉说。

“哎呀，这可是一副好柏木棺材吆！”

路上，也听到过如此孟浪的赞叹。李正修的心就像刀割一般疼。世俗的人呀，眼前这可不是一副什么上好的柏木棺材！他是一位英雄，是咱国家的烈士、咱老李家的光荣，是人民功臣的灵柩呀！

于是，我的父亲就改变主意，宁愿走慢些，也希望人们能记住兄弟李正彤烈士的名字。眼下又听到这位拦羊的大哥唱着打问，便像是朗诵诗词一样地回答：

“啊哦，放羊的大哥呀，棺材里躺着的，是一位年轻的老八路、解放军的营长李正彤烈士！他是我一母同胞的亲兄弟呀。”

拦羊唱曲儿的老汉听清了，半晌无语。随即一声叹息，突然就跪下身去连磕了三个头，这才抬头默然目送着灵柩伴随咯吱、咯吱的呻吟，渐渐远去。

山野中又是令人窒息的沉默。这一刻，那些灵动的羊儿们竟然也陆续停止了咀嚼，一个个仰头朝着灵柩远去的方向咩咩地嚎叫。那声音此起彼落凄凉而哀婉，就像是一片童子的哭声。我的父亲，赶牲灵的河东汉子扭头看看，心中酸楚难耐，更是感动不已。

四

我们爷孙三代人终于回到了生身之地——位于巍峨太行山脚下的槐石峪村温暖的石墙老屋。小院里如今住着我的弟弟一家。院子里的那株根深叶茂的百年老槐树正在开花。满院子白花素雅、清香四溢，令人陶醉。上午的雨早已经停了。眼前云开雾散，碧空如洗。金色的阳光照耀在生机勃勃的小院中，显得越发静谧而又温馨。

那一树盛开的白色槐花，首先吸引的是儿媳秋云。她毕竟是个诗人，对色彩和气味都很敏感。她围着老槐树不停地拍照，还拿出小本子记着什么。楠楠则对刚刚孵出的一窝小鸡更感兴趣。那芦花老母鸡警觉地叫着领着小鸡在柴堆旁边觅食。小楠楠就同我弟弟的小孙子跟在它们后边观看，还模仿小鸡的稚趣与憨态。一只黄狸猫看见来了这么多生人，显得异常兴奋地围绕在楠楠的脚下舍不得离开。我领了儿子太行围着那石墙老屋转了一圈，还不时地伸手摸摸那生了苍苔依然坚固如初的厚厚的石墙。

这老屋据说还是我爷爷的爷爷手里所盖。这种用当地河道里天然形状的石头砌墙，再盖上厚厚的茅草的屋子是太行山区的典型景致，不仅遮风御寒、坚固耐久，还同周围环境浑然一体，住起来冬暖夏凉十分舒适。这是我的家乡的独特民居，是大自然的慷慨恩赐，更是祖祖辈辈山里人智慧的结晶。我的爷爷和父亲都是在这座老屋中出生。这更是我生命的襁褓和摇篮呀。我在这石墙老屋里出生又度过了少年时期。几十年了，我做梦都想着躺在这老屋的热炕上瞅着慈祥的母亲在油灯下纳鞋帮鞋底、缝补衣裳。可是对于住惯了高楼大厦、喜欢窗明几净的人们，这样的屋子真要让他们居住，恐怕就显得很是寒碜。果然，冲突很快就在此发生。

“他大伯，回来一趟不容易，你们说什么也得在家住上一宿。”

我的性情开朗又热情好客的弟媳兴奋地说着，就动手给大伙儿烧火做饭。

我的憨厚实诚的弟弟也十分热情地招待大家进屋上炕。

“好吧，今晚上我们一家就不走了，就住一宿这石墙老屋，体验一下老辈子人们的生活状况。”我这话显然是讲给儿子和儿媳听的。儿子只是看着媳妇秋云的脸色，没有表态。

楠楠一听就高兴得跳了起来。“啊哦，我们要住石墙老屋啦！我

们要住石墙老屋啦！”

“谁爱住谁就自己住，我可要回县城里去住。”我的儿媳秋云冷冷地说，一句话把所有人都顶得愣在那里。

小屋里热烈祥和的气氛顿时紧张起来。我的弟弟和弟媳都显出尴尬。他们无论如何想象不出这到底是怎么回事。秋云显出很委屈的样子，低头逗弄着苏格兰折耳猫那畸形的耳朵。过了好一阵，我说：“那好吧，太行，你们三口子就都回县城宾馆去住，这里年轻人肯定是住不习惯。爸我就在老屋里住一夜吧，我从小住习惯了，回一趟家，不住一晚也不像话。”

“不，我也要和爷爷一起住石墙老屋！”楠楠首先反对。

我的儿子太行也说：“秋云，我们干脆就跟爸爸在老家住一夜吧。你瞧婶婶给我们做了那么多好吃的，你也正好体会一下乡村的热炕是什么滋味，或许还能产生诗意哩。”

秋云低头不语。脸色很不好看。

楠楠说：“求你啦妈妈，咱们就住一晚吧，好听爷爷讲老爷爷和太爷爷们打日本闹革命的故事。”

“什么老爷爷、太爷爷，你小孩子懂得啥！”秋云瞪楠楠一眼，说：“这孩子怎么越来越世故了，说话像个小大人似的，是谁一天到晚教你这么装大的？这么下去将来还会有什么出息？”

楠楠被妈妈训得莫名其妙，委屈地低下了头。儿媳显然是话中有话，我在一旁听着，感到十分的刺耳，脸上有些挂不住。

“好了好了，不要再说了，那你一个人回县城去住，我和楠楠陪咱爸。”儿子太行打圆场说。

我的老实巴交的弟弟在一旁站着，不知如何是好。弟媳妇早已是当了婆婆的人，她可是满脸的不高兴。她心中一定认为这样不讲道理、不通人情的儿媳妇，在我们老李家可是绝无仅有呀。我顿时感到脸上发烫，浑身都不舒服。

“好，回就回，这可是你李太行说的。”

“要走，还是你们三口子一起去吧，秋云一个人走了不好。”我无奈地对儿子说。

“我可不走，楠楠也不能走。我最后问你一句，黄秋云，你是住还是不住？”

儿媳秋云不再说话，这是她的特殊本领。她像是没有听到任何声音，只是低头继续逗弄着怀里的宠物猫。那猫瞪圆一双海水般蓝色的眼睛正朝着老屋炕上安卧着的黄狸猫呲牙示威。黄狸猫只是憨厚而友好地瞅着它，并没流露丝毫的敌意。

我的儿媳妇可是从不妥协更不会照顾任何人的情绪。人们等待她回心转意，答应留下来过夜，可是她却转身出了门。

就这样，儿媳秋云连饭也不吃，就独自悻悻地乘车连夜回了县城。这使得弟弟一家人都很不安。我的心里更是生气难过。好容易回到家乡，却只留我们姓李的三代人住在了石墙老屋，这又意味着什么？我们老李家的家风历来就是和睦祥和、互敬互爱，大家团结一心，同甘共苦。可到了我儿子这一辈，一家人难道就连住进一间屋子的亲和力都不再具备？如果真是这样的话，人心的疏冷与松散，也就可想而知。

四月初的夜晚，太行山区气温仍然很低。尽管实诚的弟媳妇把炕烧得很热，但我还是感到了窗外嗖嗖的凉意。

这一夜躺在故乡的炕头，看不到油灯下坐着做针线的母亲，我像孤儿一样深深地感到了孤独。想到儿媳对于我的乡情的冷漠态度，心里越琢磨越不是滋味。可又有什么办法呢？我从事党政领导工作这几十年，可以说是研究了大半辈子人的思想与心理问题，直至退休之后还担任着关心下一代协会领导。可是可笑的是，直到眼下竟然没有搞明白自己儿子与媳妇的思想状况，更不要说了解当代中国青年的思想脉络与演变规律。唉，看来每一代人都有每一代人不同的处境、使命、情感与担当。就拿儿子和儿媳来讲，上世纪八十年代出生的他们这一代独生子女，是既没有哥哥弟弟，也没有姐姐妹妹的孤家寡人呀。可怜他们从小孤身一人同父母相处，亲情对于他们早已经成了变味的宠幸。他们从小就没有机会想过要替别人着想什么，而总是习惯算计如何享用和占有，如何向父母家庭乃至社会和这个世界索取什么、如何索取。等到他们为人父母之时，才想着要求他们像我们这一代人一样变得利他或无私奉献，我们难道不感到强人所难？可我们总不能眼瞅着楠楠这一代人重复父母的老路，总不能眼看着我们的家风变得难以令人理解和接受，以致波及整个国家的世风变得每况愈下吧……

躺下大半夜，我满脑子都是这样一些扯不断理还乱的空泛无用的念头。眼下农村也见不到煤油灯了。关了电灯，地上似乎有老鼠在闹。太行没听过这种我们小时候早已熟悉的声音，又紧张地把灯打开了。明亮的电灯光下，他睡不着，似乎一直在忙着发短信、收短信。心地善良又过分看重物质的太行，他会不会是担心媳妇独自在外孤单？毕竟是十多年的结发夫妻呀。楠楠很快就睡着了，她睡得好沉好沉。我弟弟的小孙子也是睡得很香。孩子们的单纯真令人羡慕。当我好一阵面对两个孩子的安然睡相时，就发现他们会突然地表现出痛苦不安的战栗。也就在此时，我也感觉到了腿下突然被什么咬着又痒又疼。糟糕，有跳蚤！我心中一惊，怎么就忘了带防咬的风油精之类。对付跳蚤的袭击，小时候只有一种办法，那就是咬牙忍耐。母亲时常说“一回咬，二回疼，三回睡得不得醒”，也就是说习以为常就好了。

这时，儿子太行也开始叫喊起咬来。

“看来还是楠楠她妈有远见，”我苦笑着故意打趣说，“她要是不回县城，那可就惨了，这一夜就别想安睡。”

“爸，快别提秋云了，我可是把人丢老家了，连自己的媳妇都管不了，我还配叫什么太行？”太行一边搔着痒，一边哭着脸夸张地诉苦。

我反倒安慰他说：“唉，你可别说，秋云可是真有先见之明哩，你说真要人家睡在咱这跳蚤窝里，那全世界可就都知道咱太行山跳蚤的厉害啦。当初听说小鬼子来扫荡，跳蚤也发挥过抗日的威力。”

儿子太行苦笑着，一时无话可讲。

同都市的楼房相比，石墙老屋的致命缺陷很快就全部凸现出来。卫生条件太差，土炕上难免会有的跳蚤，而且往往是在夜深人静时出来觅食。它们会趁着你熟睡之时在你的脚上、腿部和腰部开咬。如果你毫无反抗的话，它们就会蹬鼻子上脸，就像日本鬼子当年大扫荡一样，成群结队大举进攻。我自嘲地想，就心疼地护着楠楠，还抓了几只疯狂的跳蚤。孩子焦躁不安地浑身抓挠，好一阵才又重新安睡如初。那黄狸猫好像是也来助阵，忙前忙后地蹿着抓跳蚤，动作灵巧滑稽，倒是惹人喜爱。

好容易把跳蚤制住了，又发现儿子太行的神情不对劲儿。他大概是同秋云在短信中又吵架了吧！满脸的愠色，把手机重重地摔在被子上。短信吵架，这也是现代生活的一种新的方式吧，两人不见面，就可以吵嘴斗气。儿媳诗人的优势显然是得到了充分展现，太行很快就败下阵来。只见他生气地把手机一关，躺下来呼呼大喘气。我暗暗同情起儿子来，心想摊上这样一个不食人间烟火的媳妇，也真够为难你这傻小子的了。

这一夜，睡在石墙老屋热乎的土炕上，就像是乘上了一条回顾人生的方舟，酸甜苦辣、五味杂陈。渐渐地我的思绪就回到了过去。那仍是父亲从小给我讲述过的故事，就在这石墙老屋的土炕上，那时父亲正直壮年，他绘声绘色的神情姿态，依旧亲切在目。

五

1937年呀，
日本鬼子挑事端，
宛平城头枪炮响，
从此王八侵犯咱
大江南北还有
华北大平原，
八路军建立根据地，
军民团结抗日击伪顽，
日本鬼子急了眼，
疯狂扫荡抗日根据地
咱们巍巍太行山……

唱歌的少年，赶着羊群转悠在南山坡上。

这是1938年春天，晴朗的日子里太行山像一幅巨大无比的山水画卷，山山洼洼都开始泛出了青绿诱人的颜色。槐石峪的南山坡上，照例盛开了雪白飘香的槐花。这是小山村最迷人的季节。英俊的少年骑着一匹小黑马赶着羊群在山坡上放牧。春草青青诱人，更诱惑着小黑马的胃口大开。羊群雪白，像云彩一样飘动在山坡的青草地上。槐花树冠，蜂蝶在欢快地飞舞。羊儿在树下咩咩地欢叫。没有风，没有枪炮声，没有人马喧闹。日本鬼子入侵以来，难得的一个清静日子。少年骑在马上，不停地望着南面的大道和远山。他手中握着红缨枪，显得十分精干威武。大约晌午时分，少年翻身下马，任马在草地上吃草。他努力朝巨大的青石上攀登。他穿着打了补丁的羊皮褂子，扎着皮带的腰间，别着羊鞭和一管竹笛。少年攀上巨石，站立在顶高处，像战士一样警觉地向远处瞭望，目光是那样的冷峻严肃。他发现大路上仍然是空无一人，更远处山头上，清晰可辨的“消息树”也静静地站立着。他这才放心地坐下来，开始吹奏竹笛。笛声悠扬，委婉动听。黑马不再吃草，羊儿渐渐停止了喧叫，连蜂蝶也似乎不再吟嗡翻飞。少年自己也很快陶醉在自己的笛曲之中。

牛二还在山坡吃草，
放牛的却不知道哪儿去了，
不是他贪玩耍丢了牛，
放牛的孩子王二小……

少年吹的是小曲《王二小放牛》。不知啥时，一个美丽的小姑娘来到他身边唱着。歌词讲述的是鬼子大扫荡，一个放牛的孩子，为了掩护乡亲们转移，同日本鬼子斗智斗勇，最后英勇牺牲的情形。这是刚刚发生在太行山军民反扫荡中的英雄事迹。人们给传统民歌曲子《小放牛》填上新词。从此十里八村，整个太行山区、华北大平原，整个晋察冀抗日根据地，就都用歌声传颂着少年英雄王二小的事迹……少年吹奏着，笛声与歌声突然由悠扬转为悲伤。吹着唱着，两个人都禁不住泪流满面。

少年身边坐着的这个大眼睛的小姑娘，她穿着蓝底素花的粗布夹袄，脑后用白绸带扎着一对羊角小辫儿。她脚下的鞋面上，还十分显眼地包着刺眼的白布。整个看着，就像是一棵刚刚绽放的小槐树。眉清目秀的小姑娘，她同吹笛子的少年一样悲伤。一曲歌了，她仍然忘情地紧靠少年坐着，双手托着下颌，目光痛苦地凝视天空。少年知道小姑娘的心事，不愿意打搅她的思念与遐想。

小姑娘叫王德贞，是槐石峪的儿童团员。她原本同娘在不远的山坡上挖野菜，听到笛声，就来到了少年身边。德贞比吹笛子的少年正彤小两岁，是隔壁王大娘家的小女儿。抗日战争爆发后，他的父亲和哥哥一同参加八路军，在一次战斗中父子双双都不幸牺牲了。她们家就成了抗日烈士家属，本应依靠村里照顾生活，土地也由村里代耕。可是她们母女都很坚强，不愿意增加村里大伙儿的负担。

这个放羊吹笛的少年，正是儿时的我的叔父李正彤，十四岁的槐石峪儿童团团长。他如今做梦都想着参加八路军，扛枪打鬼子，为同样是儿童团员的王二小报仇！更要为德贞的父亲和哥哥报仇！

突然，笛声停了。少年警觉地站起身。他急忙把笛子别到腰间，拿起红缨枪，手搭凉棚望去，远处的山脚出现了两团黑影。终于看清了是两个行路人。等走近了些，眼尖的少年突然兴奋地喊着，“爹、正民哥！”就飞快地溜下巨石，朝来人奔去。德贞也紧紧追赶在他的身后。果然，是我的祖父和三叔父李正民回来了。

我的爷爷李在公 1927 年参加革命。无论是革命处于高潮还是白色恐怖来临，他总是长年累月在外奔波，很少回家。但是他一回来，就给孩子们讲述革命的道理和红军长征的战斗故事，还在村里秘密地建立起党组织。我的父亲李正修就是祖父发展的第一批党员。叔父李正清、李正民和李正彤，还有姑姑正英和正兰，这五个孩子，都是从小在我的爷爷的引导熏陶之下，接受了进步思想，以后又陆续走上革命的道路。我们家乡是革命老区，父亲李正修 1933 年入党，一直是槐石峪村的党支部书记。村里人都羡慕地说我们老李家是“全家红”，县里确定我们是“堡垒户”。

好久没有回家的祖父，眼下却领着刚刚参军的三儿子正民回来了！看到三哥穿着八路军的军装，还扛着一支三八大盖步枪，正彤艳羡又着迷，他没顾得向父亲问声好就上前摸起二哥肩头的枪。年仅十八岁的李正民故意严肃地说：

“唉，别动，这可是真家伙，不同你那红缨枪，弄不好会走火的。”

正彤讨好地嘿嘿一笑，说：“三哥，你累了，让我替你背背。”

“不行，你还太小，长得还没枪高，怎么能让你背。”

正彤一听撅起嘴，扭头看看父亲，说：“唉，你可不要小看俺们儿童团，人家王二小也是儿童团，小小年纪不照样杀敌立功，不照样成了抗日英雄！”

“是呀，正民哥，就让正彤哥哥背一下嘛，他可有力气哩，都能抱得起我家的小牛犊子。”德贞跟着说。

我的爷爷听得，也说：“正彤说得对，打日本可不能分年龄大小，当儿童团站岗放哨，照样也是抗日！正民，就让你兄弟背背枪，也体验一下三八大盖的分量。”

正民不情愿地把枪递到弟弟手里，又帮他背在肩头。正彤神气地仰头挺胸，大步朝前走去，虽说枪托都快碰到地上了，但看着那精神头竟然真像那么回事儿。

“嘿，嘿嘿！像真的一样！”德贞在一旁情不自禁地鼓起掌来。

“谁说是假的来，人家本来就是真的嘛！”

我的祖父笑着说：“嗯，我们正彤人小志气大，等你再长高一点点，就可以参加八路军了。”

“不行，我现在就要参军。”

“那可不行，你还太小，行军打仗可不是闹着玩的。再说，村里儿童团也离不开你这个团长呀。”

“嗯，儿童团是离不开正彤哥哥。”

叔父一听来了气：“德贞，你懂得什么，我走了你就是儿童团团长！”

德贞的脸呼地红了，顿时流下了泪水。心想正彤哥还从没这样鲁莽地厉害过自己哩。

正彤想着连父亲和德贞都不同意自己参军，他就撅起嘴愤愤地把枪还给了三哥，一路上闷闷不乐。连德贞委屈的表情他都没注意到，连父亲和三哥心情沉重的样子他也没有发现。

回到家里，祖父把全家人都叫到一起说话。德贞和正彤还有两个妹妹一直围在奶奶的身边。

祖父表情严肃地说："我这次回来，有两个消息要告诉你们，一个是喜事，正民光荣地参了军，编入贺龙 120 师的王震 359 旅。"说着停下来，看看每个人的脸。正彤发现谁也不说话，连三哥的脸上也没有半点兴奋和喜悦。石墙老屋里的气氛顿时紧张起来。敏感的奶奶脸色开始发白，正民急忙上前拉住了母亲发抖的双手。

"再一件说出来你们也不要过于悲伤。"祖父说着又停下来，看了看奶奶。大家的心一下子都提到了嗓子眼儿。

"怎么？该不是我的正清儿他……"奶奶焦急地问。

"是的。"祖父的声音低得几乎叫人听不清，但是却像晴天霹雳。"他娘，你可要挺住，我们正清因叛徒出卖被捕，他坚贞不屈，任凭鬼子严刑拷打……在天津日本人的监狱中牺牲了。"

叔父正彤一听，猛然站起来，高喊着："爹，娘，我要像三哥一样参加八路军，给二哥报仇！"

妹妹们和德贞一下子哭出了声。

奶奶哽咽着紧紧搂住小儿子，说："好孩子，你还太小，才不满十四呀，等到了十八岁再……"

"不行，娘，我就要参军杀日本鬼子！"

正彤哭着喊着："爹，我要参加八路军，同三哥一样穿上军装打日本，替二哥报仇！替德贞的爹和哥报仇！"

母亲说："孩子，你还小，再过两年吧！"

“不，我现在就要参军，我要和三哥一同把小日本赶出平山，赶出中国！”

父亲看到儿子态度如此坚决，就说：“那好吧，既然你态度这么坚决，我同意你和哥哥一同参军。”

“爸爸，真的，同意了？”

满眼泪水的正彤兴奋地抱住父亲。母亲心疼地上前搂着小儿子不放手。正彤伏在娘的肩头说：

“娘，你放心，我命大，子弹打不到我。”

全家人都睁大眼睛惊异地看他。母亲把儿子搂得更紧。天呀，刚刚失去了老二，这老三、老四就又要上战场去了？！奶奶的泪水再次涌出了眼眶。

正彤要参军了，消息一下传遍了槐石峪。当晚，全村的儿童团员都集中到我们家，紧紧地围着他们的团长舍不得离去。有的拿来家里藏着舍不得吃的红枣、柿饼、花生，要正彤带着路上吃。有的把自己亲手做的心爱的弹弓送给他们的团长，说这是秘密武器，到时候，专打鬼子指挥官的狗眼珠子！还有的把自己拣来当宝贝的一发三八枪子弹送给正彤，要他一定要用这发子弹消灭一个鬼子为英雄王二小报仇。正彤答应着，眼睛却不住地在人群里寻找。他看不到德贞，心里就不安起来。正彤和德贞从小一起长大，又一同在村里列宁小学同桌读书。他知道德贞很要强，自己当着父亲和三哥的面说人家“不懂”，她是不是生了自己的气？这么想着，他就更急着想看到心爱的德贞出现在面前。可是直到夜深人散，也没看到她那诱人的身影。

这一夜，正彤失眠了，满脑子都是往日同德贞在一起的情形。黑暗中，德贞那双黑黑的大眼睛，一直在他面前闪现。德贞说过的每一句话，此刻都变得无比金贵。他真后悔白天不该向德贞使性子。这个任性的错误，也许是一辈子都无法弥补的。他再也躺不住，就起来点灯给德贞写信，检讨自己脾气不好，请她不要往心里去。他哪里想到，自己又是错怪了德贞，她的心胸绝不是那么狭小。

原来，心灵手巧的德贞，她早已经忘记了白天的不快。她的母亲在为正彤赶做一双新鞋。德贞也守着油灯为正彤哥精心地绣了一平安荷包，一支梅花上绣着两只喜鹊，里面还填满了山坡上采来晾干的香槐花。

第二天一大早，正彤随父亲、哥哥刚要出门，德贞就勇敢地走上前，当众大大方方地把母亲做的新鞋和自己的平安荷包递到正彤哥手中，说：

“正彤哥，我娘说，无论走到哪里，你可别忘了咱槐石峪，可要早些回来呀。”

“德贞妹妹，你们大伙儿放心，我会时常回来看你们的。别忘了给我写平安家信。”

临别这一刻，正彤很想拉拉德贞的手。他刚要伸手，德贞却躲在她娘身后，脸呼地红了。全村人都看出了两个少年的心事，都为他们高兴又难过。

从此，年仅十四岁的叔父李正彤就穿上了八路军军装，拿起武器参加到了子弟兵打日本、保家卫国的行列！王震劲旅的“平山团”中，就多了个人小志气大的抗日战士。他同哥哥李正民并肩作战、英勇杀敌，人们传说他们打起仗来就像两只不怕死的小老虎。

六

我京城家中的书房，墙上悬挂一幅照片，黑白色的已经泛黄。坐在书桌前看书写字一抬头就看得真切。那照片中是一位风尘仆仆、年轻英武的军人，方脸阔嘴高鼻梁，深沉执着的目光透着聪慧坚毅。他腰间扎着皮带，左边别着一支手枪，右边却挎着一把军号。他就是我的叔父李正彤。父亲李正修和正英、正兰两位姑姑都说我长得像叔父。我也觉得看着他格外亲切。照片上叔父穿的就是八路军军装。他其实并不是司号员，而是率领一营人冲锋陷阵的独立营营长。照片下方书柜上精致的有机玻璃罩子里，收藏着照片里的那把神秘的军号。号柄的红绸带上还看得见隐约的血迹。父亲时常讲，这张叔父留下的老照片和军号，是我们老李家的传家之宝。这更是我特别感到自豪便一直带在身边的两件家珍。当时是 1950 年春季，也就是家里接到了叔父阵亡通知不久，就收到了他的战友张扬寄来的这些遗物。

楠楠的妈妈秋云，曾经以此为题材写过一首令人不能理解的诗。这位八〇后出生的现代派诗人，素以思想独立而享誉当下文坛。那年除夕之夜，当全家人都在欢笑声中观看春晚，唯独她独自躲在我的书房里，面对那照片与军号久久地发呆。诗人苦苦地思索，甚至眉心结起、愁云满面。楠楠几次奉命进去邀请妈妈来看电视、来吃年夜饭，她都不理不睬。最后，在黎明的鞭炮声中，她竟然泪流满面，长叹一声，心中流淌出这样令人难以接受的诗句：

军号

铜铁炉中翻滚出

同类屠杀的疯狂，

红穗带浸染着人类

野蛮自戕的丧钟，

如今供奉在此，

无异于膜拜罪恶。

愿鬼魂为之嘶鸣，

奏响人性的呼唤，

嗒嘀嘀嘀嗒，

嗒嘀嘀嘀嗒，

但愿不再是要命的冲锋，

而只是良知与平安重逢。

这可不是一首谁也读不懂的朦胧诗作呀！这样混淆黑白、具有所谓普世价值的诗作公然发表。发表后，竟然引起粉丝热捧和评论界热议。一时喧嚣轰动，鲜花掌声伴随着谩骂与嘲讽……我们的诗人只是无动于衷。痴迷的诗人，她难道永远都不能清醒，更不会满足自己的“成就”。她在寻找着超然与虚无，可是得到的总还是掌声与功利的回应。诗人痛苦不堪，经常是彻夜难眠……

为了这首评论界认为“颇有思想高度”“颇有独到见地”，而且“深刻”，富于“颠覆意义”的被定位为新政治抒情诗的杰作，我的儿子为此同媳妇几乎决裂。因为在我的儿子看来，这是对我们老李家“传家宝”的污蔑与亵渎。而我的儿媳则认为，她这是在维护人性的尊严，是在还原被人们粉饰与扭曲了的历史的本质，是在引导人们走出认知与情感的误区。我的笨嘴笨舌的儿子照例又败下阵来。而站在不同的历史时期与不同的感情角度来看，儿媳妇的认识也许并非完全没有道理。我的儿媳甚至还进一步辩解说：“内战时期，为夺取政权而互相残杀不幸死去的人们，也值得各自的后人来纪念和参拜吗？”

我的儿子气急败坏，可又说服不了人家。无奈之下，竟然动手打了媳妇一个嘴巴。这下矛盾空前激化，结果从此儿媳出走，住办公室坚决不回家。二人分居整整半年，最后还是楠楠出面才把妈妈请回家中。从此，小家庭进入了冷战阶段。结果，楠楠和那只苏格兰折耳猫就成了唯一能够维系家庭关系的媒介。就这样，我们这个不愁吃也不愁穿的家庭，由“信仰危机”而引发了“感情危机”。从此家里变得鸦雀无声，连平日吵架的声音也不再存在。只有楠楠的读书声和偶然之间那只百无聊赖的苏格兰折耳猫发出一两声悲伤可怜的鸣叫，才表明这个家庭的存在与生机。

如此维持了一段时间，我的儿子回来就说要同媳妇离婚，征求我和他妈的意见。说他是再也无法忍受这种冷暴力与神经质的折磨。这可怎么办呢？我和老伴都十分焦急，但是也一时无法说服儿子更无法改变儿媳，无奈之下，我又犯起了好发议论说教人的领导职业病。

“你们家庭矛盾的根源究竟在哪里？咱们得搞清病因对症下药呀。”

我问儿子，并且教训他说：“不要动不动就离婚、离婚，离婚就那么光荣！你这纯粹是回避矛盾嘛！回避矛盾能解决什么问题？我问你，你离了这一个，还找不找了？”

“我下辈子也不再找媳妇了！”

“看看看，你这又是不负责任的话嘛，你可以不要媳妇，可楠楠不能没有妈妈！你给我老老实实听着，现在我们是主张建设和谐社会，任何的不稳定都是有害社会家庭的！”

“爸，你可别再打官腔了，我实在是受不了那个不食人间烟火的神仙啦，要不是你们阻拦，我早就离了！”

儿子的话令人哭笑不得。我只好摇头保持沉默。

“你们说离就离，可楠楠怎么办？！”

我的老伴说。她急得整夜失眠，我也是无能为力。这就想到了长期搞妇联工作的婶婶。不知为啥，已经年届八十的婶婶，却和秋云相处不错。很少服人的黄秋云甚至夸奖她这位婶奶奶说：

“德贞奶奶是女中豪杰。”

还说她是她们那一代妇女中有独立思想的风云人物。她甚至还写过一首诗，赞扬这位历尽沧桑的女子。标题竟是：《鸡、鹰、女人与上帝》。

一只鸡
哪怕飞得再高
也只是想着奔命
觅食
一架鹰
哪怕飞得再低
也总会想着凌云
奋起

一尊女神
哪怕终生未嫁
爱情的火种永埋
不熄

我为鸡叹息
我为鹰抱怨
我为爱祈祷
哭泣
我诅咒失衡的
上帝
我打碎庸俗的
逻辑
我我我
我要呐喊
哭泣

诗下注释曰:“这诗中赞美的女神，便是我敬仰的婶奶奶王德贞。”

秋云的诗，从来就不用标点符号，分行也似乎十分的随意。在我看来她的诗同她人一样，是一个十足的矛盾体。她的有些诗句，倒是令人感动，甚至是跨越了时空的界限，发人深思。作为隔代之人，有时读着她的诗，我就想，对于八〇后一代人，可不能轻易地就加以否定。每一代人有每一代人的经历、处境以及由此而形成的观念与担当。我们的责任也许就是设法超越代沟，找到彼此沟通的途径。也许我的婶婶德贞一生的经历，她的价值观与人生的追求，就是一个很好的媒介吧。看来得下功夫读懂她老人家这本书。

七

清明时节，天空下着濛濛细雨。雄伟的太行山峻拔的峰峦，隐没在云雾之中。山脚下坐落着我们美丽的山村槐石峪。雨雾之中，漫山遍野雪白飘香的槐花掩映的一片石墙草屋顶，仍是依稀可辨。一大早，年轻漂亮的王德贞，照例穿起去年新婚时穿过的那件鲜红绸子夹袄，打着一把油纸雨伞爬上村子南面的小山岗。她站在那块巨大的青石上朝着西南方向眺望。顺着她的视线，有一条大路，一直通向远方的山嘴那边。去年，也就是清明节这天，她新婚的丈夫，也就是我的叔父骑着那匹枣红战马沿着这条大路，头也不回地飞奔而去。那天，新婚才十多天的婶婶同全家人、全村人就是在这里目送着叔父离去。

“正彤儿呀，你一定要平安回来！”

回来——回来——回来……

当时祖母的声音夹带着悲凉，在山谷间凄婉地回荡，传得很远很远。每一声都像钢针，深深地刺痛着每个人的心。婶婶、两个姑姑和许多人都哭了。

“正彤儿呀，娘盼着你，你的好媳妇德贞等着你，全家、全村的人都盼着你回来呀……”

奶奶一时泣不成声。就这样，敬爱的叔叔走了，刚刚由淮海战场下来的年轻英武的钢铁战士为了迎接新中国的诞生，毅然决然地告别家乡父老，告别父母，告别新婚妻子，告别他日夜牵挂的槐石峪，再度奔赴西北疆场。

山风萧萧，阴雨透寒。母亲的呼唤如同牵扯着儿子心灵的一根红线。骑马飞奔的叔叔，脸上早已泪水涟涟。他一口气跑过大路拐弯的山嘴，即翻身下马，情不自禁地跪倒路旁，朝着槐石峪的方向，高呼一声“娘呀”，便失声痛哭，然后连叩三个响头，又翻身上马飞奔而去……

母亲的呼唤一直追随着儿子，追逐着那骑马飞奔而去的越来越小的背影。那矫健而刚强的背影，从此定格在全家和全村每个人的记忆之中，也融进了年轻婶婶的梦里。

随着浓浓的炮火硝烟，新中国如同一艘历尽艰辛的航船，它在黎明的曙色里已经显露出高高的桅帆。年轻的叔叔李正彤，义无反顾地迎着曙光而去。全家人心里既高兴又很难过。他重返部队不错，但都以为他是生着气走的。这位年仅二十五岁的热血男儿，怎就忍心丢下新婚妻子和父母兄妹，还有那三位战友烈士的母亲！他原本是打算回来完婚后留在家乡务农支前，为母亲和那三位孤老的母亲养老的呀。参军已经整整十二个年头的叔父，他身经百战、战功累累，却还是头一次回家探亲。年轻的老战士，九死一生的革命功勋，当他参加完淮海大战，眼看全国就要解放，新婚之后他的心中对未来的生活充满了向往与美好憧憬……然而那天晚饭时，当他把自己的想法讲出来想听听全家的意见时，却不料遭到了强烈反对，甚至是“无情批判”。就这样，在全家人看来，他大约是一气之下改变了主意，从此一去不返的。而只有他新婚的妻子王德贞知道他的心思，他是完全想通了才冷静地做出了抉择，他只是对两个妹妹误解的言语想不通，作为在枪林弹雨中九死一生冲杀过来的战士，他竟然听到自己最亲的亲人说自己是“逃兵”“怕死鬼”，他想不通呀……

这是德贞婶婶讲述过不知多少遍的一段故事。她给我讲过，给太行和秋云讲过，也在不少的小学和中学对孩子们讲过，也给重孙辈的楠楠讲过。她的故事中，好像没有她的形象，但是又处处存在她的深情。她的质朴无华的讲述，倒成为了一种有生命有个性的艺术。每一次，她还像第一次讲述一样投入，一样新鲜而激动不已，甚至泪流满面。这令所有听故事的人都很受感染。甚至连平素貌似冷若冰霜的秋云都被她感动得声泪俱下。诗人为此曾经写一首诗，谈自已听婶奶奶讲故事的感想：

一个平常无奇的故事
被几乎是文盲的她
演绎成文学的传奇
我不晓得其中秘密何在
更不知自己为何也被征服
也许这正是诗歌的奥秘
真情胜过任何花言巧语
甚或这正是诗歌的魅力
深爱胜过一切高深哲理
平淡无奇正是深邃的外衣……

“是的，一个有思想有个性的诗人，在常人眼中也许是幼稚可笑的，但却总是坦诚的单纯，又是坦诚的真实，外带坦诚的狭隘，坦诚的偏激。”这也是我对儿媳秋云所看重的一个方面。她不会圆滑世故，更不会讨好名利，其实是一个真实的人。这在虚伪与金钱充斥的今天，却是一种难能可贵。加之她又具备了诗人的善良。赤裸裸的偏激，和偏激之下的善良，毫无保留与自我保护的善良，奠定了她的诗性与情怀。因此，我总对太行也是对自己说，不能简单地否定秋云，她这个诗人需要理解，更需要谅解甚至呵护。

上述的观点，更像是一段专家的评论。我读了秋云这首诗，也写下过一段心得，内容大体与之相近。我对于儿媳妇秋云，可不像儿子太行那样全盘否定、简单厌恶。我常常在她的言行里，感觉到了楠楠这个年龄的儿童才会有的童真。我感觉到了一个诗人在令人难以容忍的偏颇与执拗中，同时也不乏诗人的诚实与女性的善良。这也许正是她与我的孤独而苦命的婶婶，这中间跨越了两代人而竟然能够彼此读懂，甚至欣赏的理由所在吧。总之，读着秋云的这首小诗，我感到了欣慰甚至惊喜。我甚至感到在我们两代人深深的代沟之间，忽然就找到了一座无形的可以彼此沟通的桥梁。这也许就是真善美的文化的底蕴与家风的源头所在。

八

鲜红耀目的“架窝子”，依旧在黄土山峦间缓慢地行进。叔父李正彤的灵魂也就在这距离家乡千里迢迢之外慢慢地飘向故乡。一路上紧紧护卫着灵柩的，就是他亲爱的大哥，也是肩负全家重托的代表李正修。叔父从小敬重老成持重的大哥。我的祖父也就是他们的父亲时常不在家，是正修大哥从小就像一棵大树，为他遮荫撒凉、遮风挡雨。当叔父在枪林弹雨中倒下，又是正修大哥一路呵护他回家。灵柩是由陕西秦岭北麓的鄠县启程，一路越过关中大平原，爬上渭北旱原，过了铜川金锁关，又攀上广袤的黄土高原。一路晓行夜宿，我的父亲已经磨穿了婶婶德贞和我的母亲连夜赶做的四双鞋底。

眼下，这两匹蒙古种的很有耐力的走马，本是一对母子。那黑色的老马已经在槐石峪的石墙老院被我的父亲喂养了十多年。父亲知道，老黑马它原本就是四弟正彤小时候时常骑着放羊的那匹小黑马，更是他十分心爱的牲灵。那匹雪白的小公马，虽然才刚刚四岁口，但是已经出落成了一匹力大超群的昂奋骏马。平日母子俩在家除了拉犁耕地，还拉车支前。如今与这两匹马千里同行，我的父亲就不感到过于恐惧孤单。马是通人性的牲灵，特别是那匹毛色黑亮的老马，它似乎能够听懂主人的言语，更明白这次驮运烈士灵柩荣归故里的特殊使命。它一路上除了奋力前行还倾听主人哭诉，竟然也随着主人默默地流泪。

黄土高原的风景，可不同于华北平原和太行山区。蓝天白云之下，呈现无与伦比的粗犷与广袤，还有那新鲜有趣儿的民俗风情。特别是那些住在土窑洞里穿着光板皮袄、线衲裤和遍纳鞋的勤劳的人们，说起话来就像唱曲儿一样，更是淳朴和善，更是热情好客。

“啊哦——行路的兄弟，眼看快晌午了，到我们窑里吃碗酸菜捞饭嘛，让牲口也歇上一歇再走嗑。”

于是感动地吃着热饭，我的父亲就想：正彤兄弟从前时常在家信中夸赞陕北，还夸奖陕北老区人好，看来果真是这样呀。一个素不相识的行路人，遇到了饭时，就会被邀请到窑里吃饭拉话，简直亲如一家。那窑洞人家其实并不富裕，但是宁可全家不吃不喝，也要叫过路的客人吃饱喝足。

过了鄜县，路旁的树木突然增多起来，渐渐就进入了密集的梢林。道路在林子里穿行，阳光被筛落成碎片。阴冷的空气中散发出诱人的草木幽香。这大概就是陕北梢沟特有的气息吧。特别是延安南泥湾的风光，本来就被正彤在家信中描述成令人向往的天堂。如今大概

就要到那个赛过江南的“好地方”了吧，可惜还是在早春，草木都还没有发芽，林中还是一片苍凉寂静。

梢林中静悄悄的。除了马蹄声与那移动中的“架窝子”发出的咯吱声之外，父亲听见自己咚咚的心跳就像打鼓。路边枯黄的草丛，偶然也有野鸡突然惊飞，把行路的人和马吓得一跳。随后就又是令人不安的静寂。如此枯燥地行走，前不着村，后不着店。灵柩就像是在莽莽无际的黄色的海底没完没了地潜行。

夜晚来临，气温突然就变得阴冷。眼前突然就变得漆黑。道路也不知去向，只得找一片林中空地歇息了。我的父亲就近拣些干树枝燃起一堆火，烤着被霜露打湿的衣服取暖。两匹卸了棺材驮子的马，正在安详地嚼着草料。深夜沉沉，人困马乏地正想打个盹，周围突然就传来奇怪的声响，“嗷嗷——嗷嗷——”，那显然是动物的叫声又像是山风呼啸。声音由远渐近，渐渐像婴儿啼哭，随后又像是半大小子怪叫。等到后来才听清是一群狼在仰天嚎叫。父亲急忙坐起身，就势操起身边一根棍子。再壮着胆子仔细观察周围，就见黑暗里一双双圆睁的狼眼像磷火般闪烁。我的父亲顿时头皮发紧，舌根都有些发硬。他急中生智地踹踹身边的老黑马，那马立即很重地打个响鼻就跃起身子转着圈地大声嘶鸣。狼群立马就被吓退。一场惊吓过后，林中又恢复了寂静。但是我的父亲却再也无法入睡。他就索性坐在两条凳子支起的灵柩下，同叔父拉起话来。

“我说正彤兄弟，你可不要在那边还埋怨我们。全家人都为你难过得心都碎了。咱娘更是埋怨咱爹和妹子，说是他们硬把你逼走的。我说不是，是你心甘情愿上战场的。她老人家说啥也不信，还说让我见了当面问问你哩。好兄弟呀，你可得说句实话，你到底是不是赌气走的？如果真是赌气走的，那大哥我就无法把你的魂召回家了！好兄弟，你咋么不说话哩？眼下这梢林子里也没有外人，你就实话实说呀。”

父亲独自说着，就忍不住呜呜地哭起来。这时突然听到灵柩里面发出一阵窸窣的声响。父亲一惊，再侧耳倾听，那声音似乎更加真切。他以为是自己产生了幻觉，便站起来把耳朵贴着棺板细听。就隐约地听到里面传出一个人的声音，那正是四弟正彤在说话呀！父亲顿时一惊，就听见叔父说：

“大哥，你可千万别难过，也告诉爹妈妹妹们还有德贞都不要难过。我不是赌气走的，而是高高兴兴上的战场，更不是一走就不打算回来看你们，而是天天都盼着战争结束回到娘的身边呀，大哥，你既然答应全家来接我回家，你就一定要把我接回去，可不要半途而废，无论多远多难，都不要半途而废呀，大哥。”

父亲听得一阵惊喜，急忙起身抱着那棺材，就想要打开盖子。却听得老黑马很响地打个响鼻，他就被惊醒了。原来是一个梦，父亲靠在树干上睡着了，睡梦中听到正彤说话，他哭得满脸是泪。

这样的林中行走，又整整持续了两天。此日正午，这才见到了一大片蓝天。蓝天之下是一片连一片的结着薄冰的稻田。父亲就寻思着，该不是正彤时常讲的延安南泥湾果真就要到了。

九

又是清明时节，但却是一个晴朗温暖的日子。婶婶的粉红夹袄，就像一树盛开的梅花。梅花照例开放在槐石峪南面山岗那块大青石上。远处的大路空空荡荡。婶婶顾盼着山嘴那边行路的人来了又去了。她是日日夜夜，望眼欲穿呀。她每天都掐着手指数呀，整整365天过去了，还不见心上人的影子。毛主席已经在天安门城楼上向全世界庄严宣布：中华人民共和国成立了！却怎么还不见正彤胜利归来？婶婶只是无数次地在梦中见到英气勃勃的正彤回到了槐石峪……可一惊醒来摸摸，身边依旧空着，她还是单身一人独守空房。她再也躺不住了，就点起油灯，面对着那一封封正彤的来信，拼命地做鞋。那麻绳穿过鞋底的声音，就像是闺中少妇心底的哀怨在宣泄无尽的思念。她坚信正彤哥他完全能够听得见，她坚信正彤哥一定能够回来的。她每做完一双新鞋，就感到正彤离家近了一些。

“亲爱的正彤，”她放下手中的针线，又开始给亲爱的人写信，“你离家转眼已经快满一年。咱娘想你，她老人家天天念叨你，还有那三位烈士的老娘，也像咱娘一样地念叨着你。咱娘把你寄回的家信，叫我念了一遍又一遍。她老人家听得泪流满面。她不识字，却还要自己亲眼看看你的信，用手一遍遍地抚摸你写的每一个字，一边摸一边就流眼泪，眼泪把信纸都打湿了……”

写到这里，德贞就再也写不下去了，觉得不该把这些令人心酸的实情都告知正彤，于是就又开始写那些能叫正彤放心高兴的事情。

“另外，你放心吧，三位烈士的母亲，我都替你照顾得妥妥帖帖。王田顺的娘，眼睛本来有病，如今看不见了，我就和咱妈商量，把老人家接到了咱家里伺候。韩长锁和高大牛的老娘，我过几天就上门为她们送吃喝，还帮着洗衣服梳头洗脚剪指甲，两个老人都像见到亲人一样的高兴。只是每次都要打听你的消息，盼着你早日回来团聚。”

“亲爱的德贞，你还好吧？……”写完了，她就又开始诵读心上人的信。

“亲爱的正彤，怎么还是见不到你的回信？明天就是1950年的清明节了，在这你离开家乡的日子……”她写着，吃力地写着，忘情地写着，一直到灯油熬干，一直到窗户透亮。

眼下，原本清凉的天空不知怎么就突然阴云密布，转眼之间就下起了小雨。德贞冒雨站在那块巨石上面，身边盛开着飘香的槐花也随着天雨哭泣。坚石与香花，这是槐石峪春夏之交的标志。年轻婶婶的脸上，分不清是泪水还是雨水。她感到自己的怀里滚烫滚烫，那热乎乎的揣在心口的是叔父正彤最后一次寄回的家信，还有她自己新写的言辞热切的回信。“烽火连三月，家书抵万金。”正彤的回信，那上面浸透了妻子和母亲的眼泪。他日夜思念的新婚妻子德贞，多么希望他能够当面把自己写的信递到亲人手中呀！此刻，翘首盼望的婶婶心中充满了期盼与热望。正彤以往的来信中，讲了许多有趣而动人的新鲜事情和解放战争节节胜利的好消息，包括那三位烈士牺牲的惨烈情形，婶婶心里感动不已。

她一遍又一遍地默诵着正彤的来信：“亲爱的德贞，你还好吧……”一读到这句，她的脸就发烫，鼻子就发酸。“娘和父亲好吧，正修大哥和妹妹们好吧，全村人都好吧？告知爹娘和大伙儿，我十分想念他们，每当战斗的间隙或是夜深人静，我就会想起咱槐石峪，想起你们大伙儿，想起一同在山上拣柴禾挖野菜的那帮小伙伴，想起小黑马还有我放过的羊群，还有娘烙的发面饼、石子馍，想起小时候我们一同上学念书、站岗放哨，一同吹笛子唱山曲儿的情形，还有你我在一起玩过家家，直至幽会、通信、结婚和相亲相爱的分分秒秒……”

多么亲切的话语，如同春风浸润心田，引发多少美好回忆，更像是在枕边发出的窃窃私语。年轻的婶婶，完全没觉得天在下雨，痴情的她似乎又闻见了正彤身上那诱人气息。那是她钟情的男人特有的气息，在那令她陶醉的气息里，听着他一遍又一遍亲切地呼唤“德贞”，新婚的媳妇顿时感动得脸颊发烫，浑身颤抖……

雨依然在下，婶婶陶醉在幸福的回忆中。突然，远处雨雾之中出现了一个骑马人飞奔的身影。婶婶突然一阵兴奋，紧张得心都要跳出嗓子眼儿了。难道正彤他果真胜利归来了！她急切翘首盼望，激动得心中一遍遍地呼唤着正彤，视线完全已经被泪水和雨水遮住。

骑马人终于走近，却不是正彤而是区上的邮递员。婶婶德贞大失所望，又希望能收到正彤的平安家信。可是万万没想到盼来的竟是正彤阵亡的噩耗……婶婶悲痛欲绝，奶奶当场昏了过去。全家人哭成一团，全村人都沉浸在万分痛苦之中。一夜盛开的惨白的槐花，仿佛令整个槐石峪和太行山都披上了悲凉的祭衣。

突然一声巨雷滚过长空，鬼使神差地袭来可恨的狂风，满山遍野的槐花就都纷纷飘落。奶奶、婶婶和姑姑们撕心裂肺的哭声，同全村人的眼泪竟然就化作了漫天飞雪，淹没了槐石峪的天地。

“李正彤烈士，年仅二十六岁……”

年轻的叔父阵亡。全家、全村人都很难过，大姑姑正英和小姑姑正兰更是自责不已。

“亲爱的哥哥，你离家还不满一年呀，咱娘和德贞嫂子还急盼你归来，你就倒在冲锋陷阵的战场上。你是成了英雄、烈士，可咱娘和全家却没了盼头呀！”

“正彤哥，你从小最心疼的妹妹正兰不懂事呀，你可千万不要再生她的气……”大姑和小姑诉说着哭得好恓惶。

这消息如同晴天霹雳，令人难以接受。全家，甚至包括祖父都感到愧疚，都觉得当初不应该硬是把正彤逼到前方去。祖父总是觉得正彤要是心平静气地回部队，他就不会牺牲，因为他是老兵，身经百战，还担任过侦察连长，作战很有经验……

“悔当初不该误解正彤哥哥呀，不该叫他生气离家。”姑姑正英说。她抱着婶婶、妹妹和奶奶，又是痛哭失声。

十

蓝天白云下的稻田，红土窑洞里的人家。周围环绕着重重叠叠的黄色山峦。延安南泥湾！果真是到了有名的南泥湾。这群山深处的

“陕北好江南”，是刘志丹、习仲勋委派马文瑞领导工农开辟的一块红色根据地，是王震将军当年响应毛主席和朱总司令的号召，率领359旅全体将士创造奇迹的一方天地。李正彤的连队在此驻守开荒种地整三年。

1941年3月，遵照毛主席的指示，李正彤随359旅718团开进南泥湾，参加了著名的南泥湾大生产运动。因为，国民党对陕甘宁边区进行经济封锁又制造摩擦，停发了八路军的军饷，使边区财政供给发生了极大困难。部队刚来到南泥湾，便遇到了难以想象的生存危机，没有房子住，粮食不够吃。李正彤和官兵们一起冒着风雪严寒，破冰涉水到百里之外的延安去背运粮食。没有油盐酱醋，就设法打柴烧木炭，再运到延安等地去换取。没有菜肉，就上山拾山货，挖野菜，找榆树皮，收野鸡蛋，或扛枪打猎，下河摸鱼。当时野蒜、苦菜，还有水面的野芹菜都成了他们最好的食品。河里的鱼鳖，山上的野猪、野羊、野兔成了战士们最好的野餐。没有生产工具，就找废铁自己制造。没有耕牛，就组织人来拉犁，挥舞镢头掏地。在这样艰苦的环境中，359旅战士们掀起了开荒热潮，并获得了巨大的成果，真正做到了“一把镢头一支枪，生产自给保卫党”。屯垦两年半，李正彤被评为劳动英雄，并受到了毛泽东、任弼时、彭德怀等中央领导人的接见，年底又出席了陕甘宁边区劳模大会。李正彤从思想上深刻理解了中国共产党是真正为全国人民谋幸福的政党。他在家信中说，这是自己人生最大的收获。

三年中，他们一手拿枪杆子，一手拿老镢头；一面学习，一面生产。南泥湾的土窑洞和轰轰烈烈的大生产运动，如同革命的大熔炉，锻炼和更加坚定了坚强战士的信念和灵魂。我的父亲望着南泥湾的山川，感到兴奋又自豪。由于有三弟李正清与四弟李正彤两兄弟的亲情牵挂，南泥湾这个名字在我的父亲和全家早已熟悉向往。正彤喜欢给家中写信，他曾经说，他们连住的村子叫阳湾。于是全家就都记住了这个好听的名字。如今我的父亲伴随着好兄弟重返南泥湾，又回到了当年的模范连驻扎的阳湾村。村里头那一排排他们亲手挖的红土窑洞，中间那一孔就是当时连部所在地吧。如今还住的是359旅的留守老兵和家属。其中不少就是正彤熟悉的好战友。他们不知道从哪里得来的消息，知道李正彤营长的灵柩要由此经过。于是，当我的父亲护着叔叔的灵柩刚刚走下对面的山坡，就听到川道里传来了凄婉深情的唢呐声。一班子吹手后面，紧跟着一大群人。为首的是一个穿着旧八路军军装、头上笼着羊肚子毛巾的红脸大汉。随后才知他叫郝树才，是当年威震边区的劳动英雄，一天开荒五亩半，人称“气死牛”。他来到李正彤烈士的灵柩跟前，扑通一声跪下身，托住棺材就大哭不止。一边哭，一边还诉说着往事。

“李营长呀，你咋就躺着回来一句话也不说呀！不是说得好好的嘛，等到打完了仗，咱们一搭比赛种庄稼嘛。你可咋就说了不算数了，哎呀我的好兄弟！”

老人哭得好恓惶。周围的人全都劝不住，跟着他流泪。

我的父亲李正修听得更是伤心难过。老战友的哭诉，令他再度替正彤陷入了痛苦深渊。他昏昏沉沉，更像是在做梦……灵柩停在路上走不动了。他想着得快快离开此地，免得让大家伤心难过。可是老战友们说什么也不让他走，甚至恳求把李营长埋在他亲手开垦的土地上。我的父亲好说歹说，人们才答应他得在此停留三天让大家吊唁，然后再继续赶路。还说是让护灵的李大哥也缓歇缓歇。

当天晚上，悲痛不已的郝树才一定要为老战友也是“老对手”李正彤守灵。到了后半夜，见我父亲没有丝毫的困意，他就讲述了一段他和叔父在大生产运动中的有趣故事，真是有声有色，动人心魄：

1943年9月，那可是终生难忘的日子：毛泽东、任弼时、彭德怀等中央领导人到南泥湾视察。正彤受到了毛主席的亲切接见。

“主席，这是我们年轻的侦察连长，不光是战功累累，还是‘气倒郝树才’的生产模范。”

“啊哦，郝树才是有名的‘气死牛’，难道你比他还能干！”

“报告毛主席，他们两人比赛，不分高下。”

毛主席听得哈哈大笑，拍着李正彤的肩膀说：“能比平‘气死牛’，那就是了不起呀！到时候，我给你颁奖。”

果然，年底正彤就同郝树才一道出席了陕甘宁边区劳模大会，得到了毛主席亲笔写的奖状。那是写在一块白布上的题词，上面的内容是“一面生产，一面学习”。经受了大生产运动的锤炼，聆听了毛主席等老一辈革命家的教诲，使他更加提高了学习文化知识、生产技术和马列主义的热情。识字不多的郝树才讲的故事，有时就像领导作报告一样有趣。我的父亲听得入迷。

金秋八月，南泥湾的山林都成了金红一片。五谷丰登，牛羊满圈。劳模表彰会上，王震旅长亲自给郝树才披红戴花。郝树才登台介绍自己开荒的成绩和经验。他是个没上过一天学的陕北大老粗，讲到兴奋处，就有些犯狂，拍着腔子说：

“同志们，人家都叫我‘气死牛’。谁要是不服气，我打今起摆个擂台，看谁开荒能超过我！谁要是超过我，我就把这劳模奖状还有这大红花红披绸输给谁。”

台下先是一愣，随即响起一片掌声。掌声落下，突然就站起一个人，他不是别人，正是年轻的侦察连连长李正彤。只见李连长大步流星地走上台去，立在郝模范的当面，高声响应道：“郝劳模，你虽然能气死一头牛，可你难不住我们平山团的子弟兵。我李正彤就不服你！你摆擂台，我来打！”

台下响起一阵掌声。平山团的人个个更是激动热烈。好一个不怕虎的初生牛犊呀。认识他的王震旅长看着心里高兴。中央号召开展大生产竞赛，这郝树才、李正彤，一个自发摆擂台，一个自动来挑战，为全旅带了好头呀。

“郝劳模，我今天当着大伙儿夸下海口，每天开荒六亩整。一定气死你这个‘气死牛’！”

这一回，会场上却鸦雀无声。

一天开荒六亩整？

这可不是闹着玩的！说话容易，做不到那可怎么办？

侦察连的战士们都替李连长捏了一把汗。

正当大家担心时，郝树才一拍大腿说：“能行，咱们明个就上山比一比。不要说六亩整，只要你开出五亩荒地，我郝树才就服你，拜你为师傅。”

全场又响起了掌声。大伙儿看到，带头鼓掌的竟然是王震旅长。

第二天，天刚亮，团部就吹起了集合号，队伍带上干粮就上了山。今天比赛的战场，就在东山疙瘩上。人们上了山，才见又红又圆的太阳在远处的山影线上跃起来。那金灿灿的光辉，把一切都染上了金红色。郝树才和李正彤，一个三十大几，一个才二十刚出头；一个矮胖敦实，一个瘦高精干。两个人都是精神抖擞扛着明晃晃的老镢头走在队伍最前面。人们还看见，他们两个人的中间，竟然走着咱王旅长。听说王震旅长要来亲自督赛，各团都还派了代表观摩。比赛开始前，王旅长站在山峁峁的烽火台上讲话说：“郝树才、李正彤，你们都听好了，比赛的目的是为了带动大生产运动掀起新高潮。赢了光荣，输了也不耻辱。因此不要蛮干，要量力而行。你们听清了吗？”

郝树才说：“解开了。”

李正彤说：“服从命令。”

二人的表态逗得大伙儿哧哧笑。王旅长走下烽火台拍拍李正彤的肩膀说："你这小伙子可是在咱革命队伍中锻炼出的一块好钢铁，记得刚入伍那年，你长得还没三八大盖高，如今竟然敢同'气死牛'挑战了！"

众人一阵鼓掌哄笑，李正彤的脸就红了。那年他才刚满二十一岁，但已身经百战，在战斗中冲锋陷阵整七年。

"记得开荒竞赛一开始，"郝树才继续回忆说，"你兄弟李正彤就像一只小老虎，一下子就扬着黄尘冲到前面了。我起先简直招架不住，心里一发急，几乎乱了阵脚。你就听他们连的那些小伙子还一股劲加油加油地追在屁股后为他助威。我心里急，但只能不紧不慢地撵。我知道这路还很长，有本事要到最后才算真本事。过了前半晌，我瞅见前头李连长手里的老镢头就抡不展了。我还是不紧不慢地干。又干了一阵子，他气喘吁吁，干脆仰面巴叉地躺在地里不动弹了。我一下子就来了劲儿，抡起镢头紧着赶。眼瞅就要赶上了，不料想那小子突然就来个鲤鱼打挺跃起身，抡起镢头干得更欢了。不一会儿就又把我落下老远。那一天，用王旅长的话讲，我们就像是乌龟和兔子赛跑，跑到太阳下了山，跑到月亮上了树梢梢，跑到我们两个人齐头并进都倒在地上再也爬不起来。最后一丈量，每人的成绩都是五亩六分三！王旅长亲自宣布比赛结果是，李正彤没赢，郝树才没输，两人并列第一名。众人吼喊胜利，我们二人却不高兴。闹了一整天，没比出个高低，还都说了大话！这以后，他就跟随王旅长南下打日本了，临别时，我们约定好了等打完了日本鬼子，再回来继续比赛哩！可自那一走，就再也没有见面……"

郝树才说着，就又伤心起来。

三天后，我的父亲又要继续出发赶路了。人们一直把灵柩送出几十里。我的父亲看到人们恋恋不舍的样子，心中暗暗地为叔父欣慰自豪。一个人去了，可他还活在人们的心里，这样的人，可是不简单呀，没枉活一场呀！

十一

静静的书房里，退休赋闲的我终于能够坐下来读书写作了。我终于可以动手记录下我们老李家的历史家风了。我要记录下我的祖父李在公早年投身革命，并引导和影响全家乃至全村、全县、全河北省的穷苦百姓都投身革命和抗战的辉煌历史；我要记录下来我的三位叔叔是如何为国家人民献出年轻宝贵生命的。还有我的母亲、姑姑和婶婶们，她们是如何支持革命和战争，确立和忠诚于理想和信仰的。从履历表中来看，我们老李家的上两代人，他们和我一样，也都是共产党员。但是经历了艰苦环境和战争考验的人们究竟同我们这些生在新中国、长在红旗下，还有生在改革开放年代，连什么是饿肚子都没有切身感受的年轻一代，我们之间究竟有什么区别与隔阂？看到眼下社会上出现的种种腐败和形形色色的观念和思潮，我不能坐视不理，我不能让我们老李家的好家风从此断代呀。

“爷爷，我回来了！”

在书房中陷入沉思的我抬起头，见是孙女楠楠。上小学四年级的活泼可爱的孙女喊着进了门。我的婶婶德贞总是说楠楠质朴开朗的性格，很像我的两个姑姑正英、正兰小时候。

“楠楠，今天学校有什么新闻趣事？快告诉爷爷。”

“爷爷您说，我们老李家的‘家风’是什么？老师今天在课堂上提问来着，许多同学都答不上来。”

“那你是怎么回答的？”

“我说我们家的家风就是不接受别人的礼品钱财，还有不浪费一粒粮食、一滴水、一度电。还有，只讲奉献，不讲索取……我说这都是我爷爷给全家定的规矩，奶奶时常说这就是我们老李家的‘家风’。爷爷，您说对吗？”

“老师是怎么说的？”

“老师表扬我了，不过却说我只答对了一半。”

我不由得笑了。心想，这位老师也真不简单，很会启发鼓励学生独立思考。便问：“老师没说那剩下的一半应当是什么？”

“老师没说，只说那另一半让我回家请教爷爷奶奶哩。爷爷您说，我们家风的那一半是什么？”

我想了想，说：“你们老师讲得对，‘家风’就好比是一棵树，你只答对了树的枝叶，而没有答出树干和树根。”

“那树干树根到底是什么？”楠楠开始刨根问底。我倒是想启发她自己思考。

“嗯——对了，你自己猜猜看。”我说着，有意抬头望了望叔父的照片和书柜上的军号。楠楠发现了我的目光，便盯着那照片和军号问：

“爷爷您是说？”

孩子的一双天真机灵的大眼睛瞪圆了，表情显得异常天真。我就继续考她。

“楠楠，你说呢？还应该有什么？”

“我不晓得，爷爷快告诉孙女呀。人家一会儿还要写作文呢。”

“啊哦，还要写作文？那好，答案就在这书房里面，你自己找找看。”

“那会是什么呢？”

小家伙机灵的眼睛看看我，又望望墙上的照片和书柜上的军号，正要说话，恰巧她的妈妈秋云挽扶着年迈的婶婶进了门。楠楠急忙上前扶着太奶奶。平日很少关照别人的秋云，唯独对我的婶婶特别地关注，比对她娘家姥姥还要孝敬。有一次，我直接了当地问她，婶奶奶的身上有什么特殊的东西吸引着你？她竟然不假思索地回答说，她老人家就是一本书，是一本充满思想哲理的诗集，就像印度诗人泰戈尔的诗句一样，令人百读不厌，感受到生活的真善美。我听了十分地感动，说希望她把这些讲述给楠楠听。她拼命地摇头说，这些只可意会，不可言传。等她长大了自然会悟得。还说人的思想不是教育、灌输的结果，而是体验与自省的结果。对于她的观点，我一时不能苟同。可她自己却是坚信不疑。

自从那年叔父走后，年轻的婶婶就一直在家种地、支前、伺候婆婆和照顾那三位烈士的母亲，以后还担任了村、乡妇救会主任，连年被评为拥军模范。只是一直没有改嫁，无论谁劝说她也不听。建国后她参加工作，担任过县、地和省的妇联主任。她无论走到哪里，都一直带着婆婆，也就是我的祖母，还照顾接济着那三位烈士的母亲。无论走得多远，每年清明节槐花盛开时，她都要回到槐石峪，都要穿起结婚时的红绸袄默守在叔父的坟前，一守就是一整天。几十年间，思念丈夫正彤的时候，她就会写信，把自己要说的话写在纸上。她每次都把我的叔父生前最喜欢吃的油糕、面饼和枣馍摆在坟前的供桌上，把自己给叔父写的一封封未曾寄出的信点着焚烧。如此，直到奶奶和那三位烈士的母亲相继过世，直到她自己也一年年老去。这不，眼下她孤独一人又得了严重的心脏病，我才硬把她老人家接到身边来养老。

“太奶奶，我们老李家的家风大树，树干和树根，是不是爷爷经常要拜的太叔爷的这张照片和他留下的老军号？”

婶婶听得起初一愣，随即明白过来，就异常激动地点了点头。

“孩子，你说对了！正是太叔爷留给我们的那张老照片，那把粘着烈士鲜血的军号……”

婶婶还想说什么，可是已经激动得不能自已了。我的心中也一阵热流涌起，便说：

“对呀，就是你曾祖父和太叔爷们那种无私奉献的牺牲精神和为国捐躯的英雄壮举！”

婶婶听得，抚摸着楠楠的头说：“孩子，你爷爷说得对，这就是咱们老李家的家风。咱们老李家为国家献出了三位烈士和六七位忠诚栋梁，真正是满门忠烈呀！怀石，有机会你一定得多领着楠楠回咱们槐石峪看看，到她太叔爷坟上磕个头，到咱们的石墙老屋里多住上几天，也算是寻根问祖呀。”

“对呀，爷爷，我要回太行山槐石峪，去给太叔爷磕头，也拜拜爷爷的爷爷、奶奶的奶奶，寻找我们老李家的家风之根。”

婶婶和楠楠的话深深打动了我。那天，楠楠依偎在太婶奶的怀里，瞪大眼睛，望着那张发黄的老照片，抚摸着那把带血的军号，听我们第一次完整地讲述他的太叔爷李正彤烈士和我们老李家满门忠烈的故事。我这也是在回味我们老李家几代人无私奉献、精忠报国的家风呀。家风，这也是我们民族精神的根脉之源。

十二

叔叔李正彤的灵柩，像一只鲜红的风筝，悠悠地飘荡在他战斗过的黄河西岸的黄土高原群山之间。我的父亲伴随着四弟的灵魂，进行着一次艰难痛苦的长征。过了延安的南泥湾，他们一路又穿过延长、延川、清涧。这不，又过了榆林的米脂来到了绥德。这些都是叔父当年信中时常提到的地名，父亲感到格外亲切。

李正彤营长的灵柩过了绥德城，涉过无定河，前面又到了一个叫义和的著名古镇。消息不胫而走，人们口口相传着相关的消息。

“李正彤？不就是那个当年驻守咱义和镇的李连长？那可是个好后生呀！高个子，人精干，怎么说牺牲就牺牲了！”

“唉，不当呀，可是不当呀！”

人们的心情突然变得沉重。

当日义和镇上遇集，路窄人多，戏台上锣鼓丝弦伴奏，县剧团正唱着秦腔大戏《杨门女将》。见到灵柩过来了，唱戏的赶忙就停了。这令我的父亲十分感动。转眼之间，整个人山人海的义和镇突然就沉静下来。听说走过来的是王震将军手下李正彤营长的灵柩，人们肃然起敬。许多人都从《边区群众报》上读到了英雄李营长的事迹。

“这可是一位大英雄呀！当年曾经在咱义和镇驻守河防，时常带领战士给咱们担水扫地，还给孤寡老人送吃送喝。”

不少人都认识他，知道的人就更加地动情在意，围上来要看个究竟，都争着要给烈士磕个头。

“难道真的就是当年的李连长光荣了？”

灵柩走过来了，人们就纷纷地让出一条道来。戏班的吹手，突然就吹起了哀曲子。许多的人，特别是婆姨女子，就呜呜地哭了起来。听说英雄的灵柩是从千里之外的关中秦岭山根根出发，已经走了整整二十天。听说护送灵柩的人就是英雄的亲大哥李正修，人们顿时肃然起敬。镇街上卖吃喝的就给我的父亲端来热腾腾香喷喷的荞面饸饹，还有卖绿豆凉粉的，加足了调料也端过来一碗。一个卖果馅的光脑老汉竟然追过来，把一大摞子果馅硬往我的父亲挎包里塞。我的父亲感激地推辞着。那老汉就说：

“好兄弟，你可要收下，路上慢慢价吃去。”

“对，收下，好老哥哩不用客气，这老汉就是当年李正彤连的连部所在的房东曹大爷。”

“李连长可是个好人呀，在我们家里住了两年，我们早就成了一家人。”

老人家的言行使我的父亲感动得不知该说什么。就这样，在沉痛的哀乐声中灵柩过了义和镇，行进到了黄河畔上的吴堡县境。听说翻过眼前这架大山，就要到黄河岸畔了。

此日正午，灵柩好容易跨过一座山沟又攀上一道山峁。往前看，还是数不清的山沟沟和山峁峁。两匹马实在累得迈不出蹄腿。我的父亲也累得一下子瘫坐在地上再也不想动弹。烈日正是暴晒。眼瞅两匹马都在呼呼大喘气。特别是老黑马，更是累得不成样子。真是人困马乏，实在无法再赶路了。恰巧就近有棵老杜梨树，我的父亲从马驮子上取下两条凳子用力扛起灵柩前后支撑着，马就轻松地打着响鼻歇息了。周围又是孤寂无声。我的父亲就势躺倒在树荫下昏昏沉沉地闭目养神。突然就感到一阵耳鸣加剧，幻觉就又突然出现。我的父亲又是隐约听见兄弟正彤在棺材里呼喊：“大哥，你这是把我往哪里运哩。兰州、新疆还没有解放呀，你这是把我往哪里弄哩？”如此地喊着，棺材板就被敲得叮咚乱响。

我的父亲突然一惊，急忙站起来身子伏在棺材上仔细听，却什么声音也听不到了。他这才意识到是又一次出现了幻觉。这样的情形近日越来越多地出现，他已经习以为常。甚至觉得能听到四弟的声音也是求之不得。一路之上，他完全忘记了自己的温饱冷暖，甚至忘记了自己的存在。他只是可怜眼前这两匹过于疲劳的牲灵。母子俩眼瞅着已经瘦得皮包骨头了。老黑马几乎仅剩一副骨头架子。小白马的脊梁上竟然磨破了一块，正渗着鲜血。我的父亲心疼地用盐水为它洗濯伤口，又从棉袄袖子里揪扯一块棉絮烧灼了，再用棉花的灰烬垫着止血包扎。他一边做着这些，一边就心里难过。他很担心这两匹牲口突然倒下或是站不起来，那可咋办呀。过度的忧虑，再加这二十多天没有刮过胡子，使得年仅三十出头的我的父亲一下子看着就像个六七十岁的老汉。他抬头看看前方，依然是山峦起伏，路途遥遥无期。苍凉的太阳就像老天爷的一只上火的眼睛，冷冷地当顶戏谑地瞅着他们。时间就像是被高原的寒风吹僵了一样。人和牲灵的体力与耐力都已经达到了极限。到了这个时候，我的父亲方才突然意识到危险的存在，意识到自己这次自告奋勇的行动该是多么的盲目冒险。当时只一味想着要把四弟的灵柩寻找回来，就丝毫没有想过这千里迢迢，孤身一人，路途上有多少艰难险阻。眼下，最最紧要的，就是千方百计不能让这两匹牲灵倒下。

于是，我的父亲就挣扎着起身，打开驮子后面的草料袋子，用手掬着一掬黑豆，给两匹马上料。那老黑马显然已经疲劳过度，连张嘴嚼料的力气也没有了，只是闭目呼呼地喘着粗气。小白马起初吃得欢实，但是嚼着嚼着就停了下来，满嘴的黑豆糊子直往外流。我的父亲才知它连下咽食物的力气也没有了。这是很危险的信号呀。我的父亲心疼地抚摸着小白马的肚子，又抱着老黑马的脖子，心疼得不知如何是好。他深知这两匹马一旦倒下，就再也站不起来了。这可怎么办呢？两匹马身上的汗水经冷风一吹，突然就变得冰冷异常。我的父亲赶忙取下头上的毛巾，为两匹马擦着汗湿，同时为它们按摩放松着过于紧张疲劳的筋骨。

十三

那天，我们好不容易在老家的石墙老屋对付了一夜，楠楠浑身被跳蚤咬了好多红包。但是第二天，孩子离开时还是对爷爷出生的这座老屋恋恋不舍。临分别的时刻，楠楠紧紧地抱着那只懂事的黄狸猫，牵着新结识的小伙伴——我弟弟的小孙子山山不愿意松手。孩子的痴情，惹得我弟弟和弟媳眼圈都红了。我心中十分的激动，想着一个人有过这样的一次童年的经历，一辈子都会铭记在心的。甚至我还认为从此他或她的生命之情，就会与地气相通。这也许又是我的主观臆断吧。用儿子太行批评我的话说，老爸这一辈子想的和说的基本全是官话、空话，有时站在天上说话，有时则又天真烂漫得像个懵懂的孩子，总说些天真无用的童话。好你个不肖子孙，竟敢如此贬低老爸！或许事情果真并不是我想的这么简单。可是我有时也真希望儿子和儿媳他们这一代人能同我们一样地看待问题。也就是说，凡事多替别人想想，多想想光明与希望。是呀，他们怎么就不能这么想问题呢？就说我那过于实际的儿子太行吧，石墙老屋里委屈他一夜，除了给那小子身体上留下几个跳蚤咬的小包之外，似乎并没有多少深刻印象和思想感情上的收获。我还是天真地以为，人总得同动物有所区别呀，除了吃喝拉撒睡之外，还得想点物质以外的东西，关注点自己以外的世界呀。看他眼泡肿胀，大约是一夜没睡好觉吧，我隐约地觉得他一直都在摆弄着手机。不用看，他所关注的无非是那些娱乐明星的收入与绯闻、城市房价的涨落、股票行情波动之类，最多还有什么意大利、法国和德甲足球联赛情况与黑市赌球的地下信息。另外，就是各种餐馆的美食广告以及道听途说的奇闻轶事、花边新闻与政治笑话。在老子眼里，我这个儿子他是个懒惰的吃货，又是个不厌其烦的玩主。除此之外，他好像再没有什么感兴趣的事物了。这恐怕也是秋云同他“势不两立”的原因所在吧。总之是，我这个当父亲的看到太行比见到秋云还要头疼心烦。他的母亲老是认为我对孩子持有偏见，我有时也真希望是自己有偏见，可是心里还是不承认对他持有任何的偏见。而太行对我的看法则是认为我才是同秋云一类不接地气的人，只是表现形式上不同而已。看来我们彼此的存在都是令对方头疼心烦的。怪不得一位同事多次苦笑着说，唉，谁把谁惹下，谁就给谁为儿！我真是有同感。

再说那天返回县城，好在秋云还在那里等着我们。她显然又是一夜未眠吧，眼圈发黑，满脸的憔悴，情绪低落。见了我们也不搭理，依旧是摆弄手机。我的儿子对她更是不屑一顾。我倒是对她存有几分同情。无论如何，楠楠的妈妈，我们的诗人毕竟还是一个真实而诚实的性情中人。

车子穿过县城，要去郊外的烈士陵园。县城里马路宽阔、高楼林立，完全改变了我过去的印象。可惜当年同祖父一同闹革命的老人都已作古。连不少抗战时期参加革命的老八路也所剩无几。二十多年前，我曾经在家乡这一带担任过地方领导，自然还有不少熟人，现实的情况也并不陌生。党史办主任兼烈士纪念馆馆长的马忠志当年就在办公室工作，也算是我的一个老部下了。他陪着我们拜谒了县上的烈士陵园和先烈事迹陈列馆。我的叔父李正清、李正彤和李正民三兄弟的名字赫然列在其中。还有那张我所熟悉的叔父李正彤的照片，也在馆中呈现。我们爷孙俩默默地站在照片前听着马馆长的讲解，久久不愿离去。

“爷爷，是不是我们家的家风就是在石墙老屋中产生出的？老家村子里有那么多的石墙老屋，就有许多许多人家的家风从那里生出来吧，就像那棵百年的老槐树，都是一条树干，一脉树根成长起来，才会根深叶茂，花香四溢吧？”

楠楠的话，她的妈妈秋云在身后听到了，竟然哧哧地笑起来。难得看到诗人一笑，我的儿子太行的精神顿时为之一振。

“楠楠，你说得对。正是这许多许多人家的家风，才聚合成了我们的国家这棵中华民族根深叶茂的参天大树。”

马忠志研究地方党史多年，俨然已是一位专家。他像平时给小学生作报告一样，讲得系统、全面又生动，而且有观点还有理论概括。楠楠听得十分认真，还仔细做着笔记。自从学校开展“家风教育”活动，楠楠懂事多了。听说她的作文《我家的家风》得到了语文老师好评。老师还让她在课堂上朗诵自己的作文，许多同学都深受感动。恰巧市电视台《家风》栏目记者来校采风，老师就推荐楠楠接受了采访。节目播出后反响强烈，楠楠一时成了学校小明星。她说自己下一个目标，就是要把太叔爷和全家满门忠烈的家风事迹写成一本书，画成一本连环画，呈献给全国更多的小朋友们。

在县档案馆，我们查找到关于祖父李在公和三位叔父的相关资料，其中关于李正彤叔叔的资料是这样讲的：

“李正彤同志是在父亲李在公的熏陶下参加革命的。李在公同志 1927 年加入中国共产党，先后在中共北平市委、太原特委工作。1934 年受北方局派遣回到家乡，在太行山一带开展党的工作，任中共直西特委书记。1937 年 9 月下旬，359 旅战地工作服务团来到平山，宣传抗日救国，并开展扩军，随后王震将军也到达河北省平山县。部队开展了抗日民族统一战线的宣传，动员广大青壮年积极参军参战，打日本，保家乡……”

瞧眼下的楠楠，完全是一个小记者或是小作家的神气。她不停地询问，不住地往小本子上记着。满脸的严肃认真，完全进入了历史的情景，看着令人欣慰。

“小姑娘，你不用记了，这些资料随后我们可以复制一套提供给你们。”马馆长热心地说。

我点头赞许。楠楠却还是不停地记着。她的小本子，密密麻麻地写满了字，其中除了历史资料，有许多还是她自己的感想。她的妈妈秋云要她喝口水，她都顾不上。她的爸爸要她吃个苹果，她都直摆手。真是废寝忘食，就像我小时候的性子一样。她幼小的心灵中已经耸立起了一尊高大无比的英雄形象。

“李在公同志的二儿子李正清，他 1933 年入党，1936 年任中共平山中心县委委员，宣传部长、团委书记。他接到中共北方局的指示，到天津参加学习培训，途经石家庄时，由于叛徒出卖被捕，后又关押在天津一家日本监狱，受尽苦难折磨，伤口感染，遍体溃烂，于1936年底牺牲于敌人监狱，年仅二十岁。全家人的悲痛尚未散去，坚强的李在公同志毅然决然地将自己的次子李正民又送入部队。十四岁的李正彤也坚决要求参军，遂被编入120师359旅718团，从此，走向了革命道路……”

楠楠眼圈红了。她停下来，望着窗外的山峰，想象着正清太叔爷牺牲的情形，想象着正彤太叔爷参军的场景。她仿佛完全进入了历史，兴奋得满脸通红，还不断地提问。

“爷爷，太叔爷当年参军热情那样高，怎么还有人说他最后一次上战场是生了气才离开家的？难道他的思想真的退坡了，结了婚就不想再离家了？我就不能相信。”

楠楠的问题，其实也是我和她的爸爸妈妈共同的一个疑问。我很乐意同孩子一同弄清这个问题。这说明她已经对过去历史的探究有所心得，这在今天的青少年中是很难得的呀。接下来我讲的故事也许能够回答楠楠的疑问。

“楠楠，听你太爷爷讲，那是1949年3月，你太叔爷随部队参加了著名的淮海战役，战役结束后，部队奉命要挥师西北战场。他所在的部队行军就从我们家乡槐石峪一带经过……”

我慢慢地讲着，楠楠和秋云、太行都听得十分认真。全家人不知不觉地就都沉醉在那惊心动魄的历史情景之中……

十四

淮海大战，千军万马逐鹿鏖战。我人民解放军势如破竹，国民党军负隅顽抗。战斗到了白热化的程度，国民党军眼看大势已去，剩余的残敌，全部集中在最后一道防线中垂死挣扎。

夜里，枪炮声突然停了下来。侦察连长李正彤奉命带领全连趁着夜色摸到敌人守备部队的最前沿。他们的任务是在黎明发起总攻之前，为大部队冲锋扫除敌人火力封锁的障碍。根据得到的可靠情报，有一组暗堡火力必须事先扫除。但是狡猾的敌人就是不暴露具体火力点的位置。李连长决定在火力侦察的基础上，再以佯攻方式诱敌暴露火力。他布置好火力掩护，就立即命令司号员吹号诱敌。号兵站起来刚刚吹响冲锋的号角，敌人一排子枪就把他打倒了。第二位、第三位号兵都是这样牺牲的。正彤连长一下急了眼，他不顾一切，亲自操起军号冲出掩体，立在阵地最高处就吹响了冲锋号，随即还高喊着“同志们，不怕死的跟我冲啊！”敌人这回沉不住气了，所有暗堡中的重机枪一齐吐出了火舌。子弹在李连长的头上脚下嗖嗖乱飞，但是他却丝毫不躲！号声再度响起，终于引诱敌人暴露了全部的暗堡火力。那一刻，李正彤也知道十分危险，但是他的确早已把生死置之度外。他事后对战友们说，自己这条命完全是捡来的。为了完成任务，全力以赴准备牺牲！不料死神竟被他的大无畏英雄气概吓跑了。眼瞅子弹嗖嗖乱蹿，可就是不向他身体上飞。敌人的火力分布终于彻底搞清，并为炮火的有效打击定准了位置……

三名战士的牺牲，换来了大部队的总攻顺利，大大减少了伤亡。

战斗结束后，侦察连集体荣立三等功，李连长个人荣立二等功，并被提升为独立营营长。全团召开嘉奖大会那天，团长要求李营长代表立功集体讲话。李正彤披红戴花走上台去，却半晌说不出话。一千多双眼睛盯着他。只见他慢慢地由挎包里掏出一把号穗带血的军号，高高举过头顶，沉痛地说：

“黄团长、马政委，同志们，大伙儿看得出吗，这号柄的穗子上面沾着什么呀？这是三位战士的鲜血呀！他们是我连司号员王田顺和侦查员韩长锁、高大牛。”他声音哽咽讲不下去了。

会场上每个人都陷入沉痛之中。三个生龙活虎的大活人，一场战斗下来就没有了。你的身边，亲兄弟一样的战友，一转眼功夫就再也看不到了！枪炮声就像是催命的鬼魂怪叫。战争就是这样的残酷无情，敌我双方，原本都是爹娘生父母养的血肉之躯，可是到了战场上就成了你死我活、不共戴天的仇敌。

“他们三个人，都是我的好战友、好兄弟，都是我们平山人民的好子弟。我们今天的胜利和功劳，就是他们用鲜血和生命换来的呀。”

李营长说着哽咽得语塞了。会场上传出一片啜泣声。人们自觉起立，随着李营长脱下军帽。全团低头默哀之后，李营长恭恭敬敬把那把军号摆在铺着台布的讲桌上，又摘下自己胸前的光荣花戴在军号上面，退后一步，深鞠三躬。台下顿时掌声雷动。李正彤转身，语气沉重地说：

“同志们，我了解过了，三位烈士家里生活都很困难，而且都有年迈的老母无人照顾。从今往后，我李正彤就是他们的儿子。等战争结束后，我决心回家把三位母亲都接到我家里，我要把她们同自己的亲生母亲一同孝敬服侍，为她们养老送终……”

黄团长、马政委带头鼓掌。台下再起长久不息的掌声。

淮海战役胜利结束。李正彤所属部队奉命挥师西进，将继续参加解放大西北的战斗。部队行军至河北省平山县境内宿营休整。

这晚，黄团长、马政委把李正彤营长叫到团部，郑重其事地说：“李营长，你那天在表彰会上讲的那些话，在全团引起很大反响。我和政委也都十分感动。大伙儿都理解你的心情。我们商量过了，得知你家里还有一位青梅竹马的恋爱对象，如今到了家乡境内，你就顺便回家完婚吧。”

李正彤起初感到突然，便说："报告团长、政委，战争还没有结束呀，西北地区还没有完全解放，我作为一营之长不能离开部队呀。"

马政委说："部队暂时没有仗打，你也正好回去看看几位母亲们。顺便完个婚，也好有人照顾她们呀。"

听到政委讲得有道理，李正彤只得答应。第二天他便要徒步上路，不料刚出村，就见团长和政委一起牵了一匹枣红大马带了一个勤务兵等在那里亲自为他送行。他们一直把正彤送出村子很远。临别时，团长握着他的手说："李正彤同志，你参军十二年，可谓是身经百战，战功累累。和你一同参军的，许多人都牺牲了，也有的受伤复员了，你是九死一生，不简单呀！如今革命即将胜利，你回家成亲后，如果愿意归队就回来，如果愿意在家乡搞地方工作或回乡务农，就把这匹马留下，让勤务兵赶回部队吧。"就这样李正彤离开部队回到家乡。

我儿子太行听到这里打断我的话，说："对呀，叔爷爷如果此时回家到地方工作，那早就成了大官了，总比当烈士要强。"

他媳妇秋云反驳他说："你这话我就不爱听，照你这么说，那大伙儿就不必闹什么革命，人人都千方百计升官发财，不就很好嘛。"

太行还要替自己辩护，楠楠生气地说："哎呀，你们能不能不吵，让爷爷讲故事嘛！"

太行表情有些尴尬，秋云鼓励地摸了摸楠楠的脑袋。于是我的故事又开始了。

叔叔已经整整十二年没有回家了，与家人的亲热团聚，同王德贞新婚的甜蜜，还有全村人的热情欢迎和敬仰……这一切再加上旭日东升般的胜利的霞光照耀，还有他带回的淮海战役立功受奖的勋章和奖状……一切的一切，都使叔父的心中格外兴奋。加之他和德贞一同走访过那三位烈士的家，看到几位母亲孤苦伶仃的样子，又想到临别团首长的叮嘱，他真的打算不再回部队了。

“德贞，眼瞅全国即将解放，新中国就要建立，我要是留下来同你一起建设咱们的新生活，你同意吗？”

夜里，躺在热炕被窝，正彤鼓起勇气问身边的妻子。

德贞半晌没有言语，只是一下子紧紧地把正彤抱住。过了好一阵，德贞问：“正彤，真的，告诉我，你为什么要留下来？革命还没有最后成功呀！”

“为了你，为了母亲和那三位烈士的娘不再孤独……”

德贞没有再说什么，双手把正彤搂得更紧。

正彤又说：“战争虽然还没有最后结束，但日本鬼子完蛋了，蒋家王朝垮台了，眼看新中国就要建立，地方建设需要大量的人，我在家乡照样可以大显身手。”

德贞点头同意了。黑暗中她瞪大一双美丽的大眼睛，深情地望着新婚的丈夫，幸福地笑了。那一晚，两个人会心地谈了好多，一直到天亮，还是感到言犹未尽。没料到这一段故事，倒使得黄秋云十分感动。她眼圈红红的，手里的笔竟然也在小本子上记着，还不时地提问一些细节、人物关系和命运。诸如我的婶婶照顾自己的婆婆和三位烈士母亲的情况，以及几位老人晚年的境况。看来她是个十足的女权主义者，很注意了解妇女的生存状况与精神状态。她的这种似乎前后有些矛盾和反差的表现，使得我昨晚对于她的那一点反感，顿时就消失得无影无踪。楠楠对妈妈也是感到了真切的亲近。唯有我那执拗的儿子太行，还是不能原谅他的这位另类的媳妇，认为她这又是犯了神经。

十五

眼瞅着西边的太阳又要沉落到山塬下面去了。我的父亲就想，日头一落，严寒就又要袭来了。他便皱起了眉头。又是前不着村后不着店，这该怎么办呢？眼瞅两匹马早已经累得举步维艰。我的父亲伸手心疼地摸摸那小白马背上的伤，又摸摸老黑马瘦骨嶙嶙的胯，心中实在不是滋味。两匹马又停下了脚步。

“打起！打起！”

无论父亲怎么吆喝，那累垮了的两匹马竟然毫无反应。父亲只得索性让它们停下歇一口气。他自己也感到浑身没有了一点力气。这样过了大约一袋烟功夫，眼瞅太阳就要落山，却又被一团乌云遮住了，天就一下子昏暗下来。我的父亲更加焦急，可还是不见两匹马有一点缓歇过来的样子。父亲急慌了，开始拼命地挥舞手中的鞭子吆喝。但无论他怎样吆喝，它们都是木然疲惫地瞪圆眼睛无动于衷。那样子看着实在叫人难过。我的父亲正着急上火，突然太阳近旁的云缝里瞬间透出了万道火红的霞光，把山塬映照得一片辉煌。在那夕阳晚照中，一阵风送来了悠远苍凉的信天游的歌唱：

谁晓得——
天下的黄河
几十几道湾，
几十几条船，
几十几根杆，
几十几个艄公
来把船儿扳？
我晓得——
天下的黄河
九十九道湾，
九十九条船，

九十九根杆，

九十九个艄公

来把那船儿扳……

绝望之中，我的父亲仰起头，侧耳细听。那歌声竟然还越来越近。该不是又遇上赶牲灵的好人了？真是天无绝人之路呀！我的父亲眼前一亮，前几天在荒山野岭上迷路，转游了大半晌还在原地打转转，多亏好心的脚夫为他解了围。心想这下可有救了！他这么想着，果然就见前面转弯处叮叮咚咚走过来一队响着串铃的骡马驮子。走在前面的是一匹枣红大马。马上骑着像我的父亲一样朝脑后拢着毛巾的汉子。拉马的少年一声不吭，头巾斜斜地挽着，穿一件羊皮坎肩大步赶路。离着老远，那汉子就双手扩在嘴上作话筒，唱曲似地朝我的父亲问道：

"啊哦——敢问大哥是做啥的吗？看样子也是咱河东人呀吧。"

"啊哦——对着哩，我也是行路人呀，牲口累得撂驮子咧。"

"啊哦——是不是断了草料？我这里有的是，给你匀出些呀。"

"啊哦——草料倒是有哩，是马力衰了，起不来了呀。"

"啊哦——那可咋办哩些？"

我的父亲不再言声。旷野上行路的人，一路上寂寥无奈，除了唱两声信天游，就是相互见了面稀罕地无话找话地拉个没完没了。那股亲热劲儿就像是熟人重逢。可提到现实的困难，我的父亲再也无心谝闲了。

说话间骡马队就到了近前。那汉子翻身下马，快步来到杜梨树下。我的父亲急忙起身，二人拱手相见。那汉子一见棺材，先是一愣，随即问：

"啊哦，果真是李正彤营长的灵柩？"

“你咋知道？”

“过义和镇时听人说的呀，我估摸你早该到葭县香炉寺了。”

那汉子说着，就俯下身去察看老黑马的眼睛，又看了看小白马背上的伤。随即转身对那拉马少年比划着喊道：

“小顺子，把咱的马奶子水壶拿来。”

小顺子一愣，随即明白了师傅的意思，就很机灵地把行囊上的大酒葫芦拿了过来。

那汉子说：“不要紧，喝几口马奶子酒，保证能缓歇过来。”

“这，这，你这是给人喝的呀！”

我的父亲显出很为难的样子，心中不胜感激。那汉子却不再说啥，拿起马奶子酒葫芦二话没说，就递到我的父亲嘴边，说：“老哥，那你先尝一口吧。上好的内蒙草地里马奶子酒，又解渴又顶饱，可是好东西哩。”

我的父亲哪里舍得就喝，只是用舌尖舔舔，就觉得甘甜迷人。那汉子又说：“放开喝一大口吧大哥，我们从包头出发带得不少。这东西可是不赖，一路上喝着，解渴又顶饱。今黑夜咱就搭伙歇在葭县城外香炉寺旁的大车店，我贺老三保你老哥喝个管够、睡个美气。”

我的父亲听得心中一热，这才感到又渴又饿，就放开喝了一大口。那马奶子酒一经下肚，真是渴饮甘露般的沁人心脾，他顿时神清气爽，感觉鬼使神差般地妙不可言。

说来也怪，那原本老半天不吃不喝、无精打采的老黑马闻到马奶子酒的香气，突然就眼睛一亮，主动把嘴伸了过来。那汉子一见高兴，即打趣说：“你快看老哥，这神仙都难逃酒色的厉害呀！”

那贺老三说着就把酒壶嘴子伸进老黑马大张着的口中。那马也顾不得别的，只是贪婪地饮了起来。转眼工夫，一大葫芦马奶子酒便饮完了。接下来，那汉子又给小白马喂了一葫芦。我的父亲趁机给它们喂了马料，母子俩竟然吃得很香。如此，不一会儿，我的叔父的灵柩，就随着那运盐的骡马队伍朝着葭县香炉寺方向进发了。

恰巧正是落日余晖染红了山川之时，一只雄鹰从容地在云霞下舒展翅膀缓慢地盘旋。路边，雄伟峻拔的垂着巨大冰瀑的山岩，点缀于其间的陕北人的窑洞与单个耸立的老树衬着背洼上斑斑点点的残雪……路上的奇异风景真是令人惊叹。我的父亲还是头次注意到苍凉的黄河西岸原野上竟然会有如此迷人的景象。这可是正彤从前写信从未描述过的呀。

你晓得天下黄河
几十几道湾，
几十几条船，
几十几根杆，
几十几个艄公
来把那船儿扳……

重新骑在枣红大马上的乐天汉子贺老三又亮开嗓门唱起来。那悠扬苍凉的歌声像是春风雨露，更像是神仙的佛手，轻抚在疲惫不堪的行路人的心头。那拉马的小子，原来是个哑巴。他冲着我的父亲傻傻地一笑，我的父亲心里头顿时感到舒畅了许多。

黄河秦晋古道，号称是黄河九十九道湾中最典型的一段。特别是陕北葭县与晋西北柳林隔河相望这一段，峡谷突然格外深邃，水流也更加湍急，就形成了十分险要的地势景观。西岸这边，高高的山崖之上，有一座孤立高耸的百米石柱拔地而起，十分神妙悬险地耸立在河畔一块浑圆溜光的巨石上面。远远望去，如同一炷高香竖立在巨大的香炉之中。险峻无比的石柱顶端，大约不足十平方米的平台上面，不知哪朝哪代的人们竟然巧夺天工，更像是丹青圣手，别出心裁地在上面点缀着一座古色古香的精致小庙。更有一座险要的拱桥把庙与山崖之间连接起来，形成了一幅巧夺天工，也可谓天下无双的神仙佳境。这座小庙，名曰香炉寺，其中供着菩萨与河神，也有说是敬着送子的观音娘娘。

眼下，骡马的队伍翻过一道山梁，香炉寺的奇观就呈现在眼前。紧靠香炉寺院的山塬上面，是一家古老的骡马大店。葭县城就像一座巨大的石寨子，高高地耸立在北边晚霞之中。

“我说大哥你听说了吗，”走在前面的贺老三兴奋地扭回头问，“这香炉寺可是很不简单，据说庙里的河神可灵验哩，只要你心诚，舍得烧香花钱，有求必应哩。”

“是吗，那感情好呀，咱得请河神老爷保佑我兄弟灵柩平安渡过河去。”

“那是，那是。还得为李营长求个来世快快托生到人间哩。”

我的父亲无言以对。贺老三也许感觉失言，便急忙改口说：

“抗日那会儿，听说挨刀子日本鬼子成天隔河打炮，就是打不中香炉寺。老百姓就说，香炉寺有河神佑护哩。”

“是呀，我兄弟的部队当时就在这一带驻防。四弟正彤曾经来信多次提到过这香炉寺哩，地势还真险要。”

那贺老三就睁大眼睛很认真地等着听我的父亲讲述稀奇故事。

“我记得他说这香炉寺就在葭县县城的东边边，说每天早晨太阳都是由这寺庙顶上跳出来。他们驻守葭县河防，部队在香炉寺院还设了一步岗哨。每天早晚都监视河对岸日本鬼子的动静……”

说话就看到了山崖上面的葭县县城。太阳完全落山了，黄河峡谷里一片漆黑。他们就在大车店里歇脚过夜。先是各自在槽头上安顿好牲口，就聚在烧得滚烫的通铺大炕上就着干粮喝马奶子酒拉话。那贺老三酒量可真不小，可是一喝多就犯迷糊。他半葫芦马奶酒下肚，很快就话多起来。等到喝完一葫芦酒，就被那哑巴少年搀扶了呼噜震天地睡在了我的叔叔灵柩旁边。无忧无虑的贺老三酣睡过去，我的父亲躺在通铺大炕上却久久难以入睡。他心中焦虑不安。出门二十多天了，他很是想家。走了这么些日子，算来才刚刚走了一半的路程，可早已是人困马乏。照这么走法，该到几时才能到家？眼瞅到了三月底，天气转眼就要转暖，听说黄河里的冰都开始融化了。灵柩如果不能顺利运过黄河，就得等过了凌汛期才可搭船渡河，那可就麻烦大了。我的父亲心急如焚，但是又有什么办法？ 他真恨不得天快快就亮，太阳快快就升起来，灵柩好快快渡过黄河去……想到这儿，我的父亲再也躺不住了，就起身下炕，走到隔壁牲口窑圈，见那贺老三和哑巴小子睡得正香。他悄然地立在那儿，伸手摸摸闭目假睡的老黑马，又摸摸呼呼打鼾的小白马。随后便俯下身去，久久地抚摸着叔父的灵柩。这口红漆柏木棺材，就像是四弟身体的一部分，我的父亲摸着灵柩，就想起了叔父最后一次离家的情形。

十六

太行山区老家的槐石峪。晚饭时候，全家人都聚齐在石墙老屋里。炕桌上摆满了我的奶奶亲手做的茶饭。其中都是正彤叔叔喜欢吃的。自从他回到家里，我的奶奶就千方百计变着法地为他做好的吃。什么黍子瓜饭、玉米煎饼、石子儿饽饽、槐花麦饭、莜麦漏鱼鱼，还有香油调山野菜、小鸡子炖山蘑菇，真是数都数不过来。

“四哥，瞧你还愣着干啥，快尝尝咱娘蒸的槐花麦饭，这可是新鲜的，里面还有我和正英姐姐的功劳哩，我们天不亮就上山摘槐花去来。”

我的小姑姑正兰说着，就动手为我的叔叔盛了一大碗。叔叔把饭碗端在手中，却并不像平日那么痛快地吃，倒显得心事重重。

“怎么，该不是又想回部队了？”我的爷爷说着看了看德贞：“你可老老实实给我在家待够一个月再说走的话。”说罢还往叔叔的碗里加了一张煎饼。

叔叔慢慢地嚼着煎饼，眼睛直直地瞅着一桌子丰盛的饭菜，却不像平日那样狼吞虎咽。甚至不时地举着筷子发呆。我的奶奶就一个劲儿地让他快吃，吃多点。叔叔就是不爱动筷子。

“吃吧，正彤哥，这一回你可得听咱爹的话，好好跟德贞嫂子多住几日，等嫂子有了身孕，然后再想着回部队的事情。”正英说。

德贞红着脸照小姑子的屁股上打了一巴掌。

我的父亲严肃地说：“对呀，别刚刚结婚没几天就想着要走，那可不行。”

听到此话，我的叔叔干脆把碗筷往炕桌上一放，抬头异样地瞅瞅爷爷，又看看我的父亲和两个姑姑。正要开口说话，却遇见德贞制止的目光，他便又陷入了沉默。

“吃吧正彤，到了部队可就吃不上咱娘做的这些好吃的了。”我的父亲说。叔叔再度欲言又止。

“吃吧，正彤，你娘可为你把啥好的都端上来了。你还想什么？我了解了，部队最近在陕西西安郊外休整，准备西进打兰州，眼下并没有什么战事。”我的爷爷说。

叔叔看看我的爷爷，又看看我的父亲。他知道这两个人是家中的主心骨和台柱子。他话到嘴边，依然还是欲言又止。叔叔到底是怎么了？全家人都感到纳闷。

“正彤，有什么话，你就直说吧。”我的爷爷停下筷子认真地说。

叔父张了张嘴，还是闭上了。

“正彤，你干脆说嘛，都是自己人，有什么不能说的。你想要提前归队也不是什么见不得人的事情呀，你说出来让全家听听。”我的爷爷说。

叔父一下红了脸，看看他的母亲，又看看媳妇德贞。我的奶奶投来鼓励的眼神，他就鼓起勇气说：

“爸妈，大哥，正英、正兰，还有德贞，我，我想这次回来，就不再回部队了，我打算在家乡务农或参加地方建设工作，离开部队时我们团长政委也有这个意思……”

我的爷爷听得一愣。我的父亲却像只顾吃饭，什么也没听见一样，其实心中也是一惊。全家人都感到了意外。

“你说什么？不想回部队了？四哥呀，吞吞吐吐闹了半天，你是相当逃兵？！”

心直口快的大姑姑正英几乎喊着站了起来，还毫不留情地用筷子指着叔父。

全家一下子炸了锅！

我的叔父李正彤出人意料的打算，顿时遭到全家人的激烈反对和严厉“批判”。

我的爷爷话音低沉，但是却掷地有声：“我说正彤呀，你想过没有，你十四岁参军，出生入死地打了整整十二年仗，眼瞅着革命就要成功，你怎么就甘心落个‘半截子革命’呢？这不像是你李正彤的想法呀！”说着还瞄了一眼身边的儿媳德贞。我的才过门的婶婶脸就呼地一下红到了脖根。

大姑急得几乎要哭，忙说：“正彤哥，你可不能当逃兵呀！你要当了逃兵，连妹妹我都没脸见人了！”

平时性情温和也是最佩服和尊敬正彤哥哥的小姑姑正兰竟然也说：“四哥，我看你是怕死哩！”

这一句话，一下子激怒了叔父。他再也忍耐不住，突然把手中的筷子往炕桌上一拍，生气地说："对，我怕死，我是逃兵！你们有能耐到战场上试一试，一颗炮弹过来就会把你吓趴下！"

全家人都愣着了。

奶奶心疼小儿子，忙说："正彤，别上火，慢慢说话嘛。"

"娘呀，这能不上火吗，我提着脑袋在枪林弹雨中冲杀了整整十二年，却被自己的亲人扣上'逃兵''怕死鬼'的帽子，我能不上火！"

"正彤，有理不在声高嘛，你慢慢讲道理让大伙儿听清楚。"我的父亲沉稳平和地说。

"是呀，我是逃兵，是怕死鬼，可你们知道吗，淮海战役中，我为了发起一次冲锋，身边死过三名司号员，我是第四个吹响冲锋号的人！你们知道吗，当我迎着嗖嗖的子弹冲出战壕的那一瞬，我嘴里喊着冲呀，心里却叫着爹娘，叫着哥哥、妹妹……永别了！"

我的叔叔痛苦得说不下去了。他的话把全家人都惹得伤心难过。他自己却一甩门离开堂屋回自己的新房屋去了。

"快，快，德贞你快过去，陪着他。"奶奶急忙让德贞过去陪着正彤。

堂屋里长久的沉默。祖父和我的父亲比赛一样地一锅接一锅地吸旱烟。两个姑姑都默默地伤心流泪。她们真后悔出言不慎重，显然是冤枉也激怒了正彤哥哥。但是她们依然不能接受四哥离开部队的打算。我的爷爷和父亲的心里也都十分的矛盾。唯独奶奶一个劲儿地流着眼泪说："正彤娃想留下来有什么不好，难道还真要他光荣了你们这才甘心？"

过了好一阵，我的爷爷才开口说："这件事，再不要提起。去留由正彤自己决定吧。实在想留下也行，现在战争最困难的时候已经度过，地方工作也需要人来做。”

奶奶当然心中高兴，但却又为难地不知该说什么。只是一个劲儿地埋怨两个闺女说话尖酸，不懂事理。

我的叔父回到自己屋里，就倒在炕上闷头睡了。他的心里其实也很矛盾。他并不是完全生父亲和妹妹们的气，而是心中仿佛有两个李正彤正在辩论。一个生了气的李正彤，只觉得自己委屈；另一个是冷静下来的李正彤，觉得全家人讲得也不是没有道理。一个觉得自己为国家已经付出得够多够多！一个却仔细检点自我，觉得心里头的确也不是没有贪图安逸的杂念。一个不能接受和原谅两个他最心疼的妹妹的态度，难道你们果真就不怕你们的哥哥一去永不回还？一个却反问自己为什么在部队时黄团长、马政委提出让自己留下来自己先没有接受，而回到家结了婚天天同亲人团聚之后，就打算留下来呢？这难道不是私心杂念作怪又是什么？一个又说，可是谁又能没有一点私心杂念呢？打了十二年仗，想留下来和全家人一起过几天太平日子也是人之常情呀！凭什么就非要我李正彤继续在枪林弹雨中冲锋陷阵？一个说，如果每一个战士都有这样的自私想法而离开部队，那中国革命还能取得最后胜利吗？那不就果真出现了父亲讲的“半截子革命”的问题？

那一夜，我的叔父辗转难眠。他的心里矛盾重重，思想上进行了一场痛苦的生死抉择。新婚的妻子王德贞一直默默地陪伴着他。我的婶婶她虽然始终没有讲一句话，但是她的态度是明确的。就在正彤思想斗争激烈、抉择万分痛苦时，她默默地在灯下为他缝衣补鞋，整理着出征的行装。

眼看天要亮了，我的叔叔正彤皱起眉头，说：“德贞，战争是残酷无情的，假若我此去真的倒下，你一定要坚强，一定不能过分悲伤……”他说此话时，紧紧地握着婶婶的手，婶婶一下子抱着他哽咽着哭了。

“德贞，你不要难过，我这不过是假设嘛，你要有信心，等着我回来……”

德贞停止哽咽，抬头望着正彤的脸，见他很认真，即破涕为笑。我的叔叔又说：

“说真的，战争是残酷的，子弹没长眼睛，假若我真的不幸牺牲，你一定不要难过，更不要为我守寡，不要苦了自己……”

婶婶急忙用手捂住叔叔的嘴，不让他再说下去……

第二天一大早，我的叔叔李正彤决定立即返回部队。我的爷爷、奶奶和父亲都劝他再多住些日子，他说什么也不答应。他的两个妹妹都检讨自己错怪了哥哥，他就是板着脸不同她们说一句话。分别的场面一度十分的难堪。我的婶婶德贞很是为难，她还是始终没讲一句话，只是仔细地把行囊牢牢地捆上战马的鞍背上。我的奶奶只是拉着小儿子正彤的手不松开，仿佛是害怕一松手就再也抓不住了。

早饭过后，我的叔叔要出发了。全村的男女老少都等在小南山大青石旁为他送行。我的叔叔李正彤面对大伙儿，一脸的沉重与严肃。看到他的复杂表情，全家人心里都很难过。临行前他紧紧地搂着母亲舍不得松手。德贞替他牵着马站在一旁，强忍着泪水。人们一直随着他走上南面的大路口。大青石旁顿时聚满了人。看到这么多人都在为正彤儿送行，我的奶奶痛苦地推开儿子说：“正彤儿，你走吧，革命胜利了，一定要早早回来呀，爹娘和德贞等着你早早回来，全家、全村人都等着你早早回来呀。”

我的叔叔李正彤点头答应着，朝着人群深鞠一躬，即从德贞手中接过马缰。两人面对面站着深情相望。那一刻，他原本是想拥抱妻子的，但犹豫了一下，就紧紧抱着那匹枣红大马，深情地亲吻了马的脸颊。后来他给德贞信中说，临别没有拥抱你，这是自己一生都后悔的。随即我的叔叔便翻身上马，双脚一抖马镫，飞也似地奔驰而去……

就这样，叔父连蜜月都没有度完就毅然决然地赶回了部队。

那一晚，我的父亲躺在香炉寺大车店的热炕上，似睡非睡地重温了这个令人伤心的故事，等到鸡叫头遍的时候，他就立即穿衣起身，准备上路了。

十七

平山县烈士事迹陈列馆。热心的马馆长，当他听我详细地讲述完我的叔叔牺牲前离开家的故事，显得十分感动。楠楠听得瞪大了眼睛，随后竟然呜呜地哭了。她的母亲秋云显然也很难过，不停地抚摸楠楠的头，孩子哭得更恓惶了。他的爸爸太行歪着头斜视着孩子，大约又是感到莫名其妙吧。我一时急得不知如何是好。

“楠楠，你哭什么？这孩子莫名其妙，从小看电视剧就这样，看着看着，就会哇地哭出声来。真是莫名其妙。”

我的宝贝儿子可真是缺心眼。他这个一直在银行系统工作的家伙，脑子里除了钱和数字，好像就是取乐与享受。他喜好开好车、住好房，一整天应酬于豪华饭店、娱乐场所，倒也乐此不疲。他安于这样的奢侈，精神上对未来似乎没有什么憧憬。平日孩子又有爷爷奶奶照顾，他倒也活得轻松愉快、心安理得。儿媳妇秋云出身高干，心性清高，像许多衣食充裕的知识女性，有志向、有追求，但更有许多莫名其妙的焦虑与忧愁，常常唉声叹气，甚至为自己“生不逢时”而徒生烦恼。改革开放初期，她一心想出国，用她自己的话说，就是想彻底摆脱封建传统的束缚。以后读了台湾作家柏杨《丑陋的中国人》，又想成为一名独立撰稿人，追求思想的自由与个性独立，从此开始写诗。她如今在一家杂志社担任诗歌栏目主编，据说拥有大量铁杆粉丝。她平时较少同长辈或家人交流，听说夜里整夜整夜地不睡觉写作，渐渐地就出现了抑郁症状。她的诗写得越来越艰涩难懂，甚至偏执狂傲。但是网上追捧的声浪倒是越来越高。然而她消瘦苍白的脸上，却是越来越“愁云密布”，这使得全家都为之担忧。

“爸，我们今后能不能不要再自以为是。您和楠楠的外公一样，你们这些当官的，一辈子最大悲哀就是主观臆断，丝毫都不懂得照顾别人情绪。难道说死去的人再伟大，还能比活人尊严重要？可是你们却不这样认为。在这个问题上，楠楠的姥爷同您一样固执，爸。”

秋云口气温和但言辞激烈地说着，脸色显得很不好看。我暗暗一怔。我历来最害怕的是冷静而讲道理的人，气急败坏或是胡搅蛮缠者倒是容易对付。

看来秋云也是到了忍无可忍的程度吧，她竟然对我一个长辈如此表白。她明确地流露出埋怨的情绪，那言外之意无非是说我这个当爷爷的就不该把孩子带到这些“死人”中间接受使孩子痛苦不堪的“负能量”。这样，问题显然就又回到了起初的争执上。事前她就明确地表示说，难得的一个暑假，就应该让孩子到气候凉爽的风景名胜区去玩个痛快。我的儿子太行说不清是存心同媳妇作对还是为了维护我的尊严，竟然明确表示不能接受媳妇武断的观点。两人你一言我一语地争辩，以至于在高速列车上争吵不休的局面再度出现。

楠楠见状就停止了哭泣，同样莫名其妙地睁大眼睛望着自己的父母争吵得互不相让。

或许儿媳妇的观点也是不无道理，我换个角度想。每一代人都有自己不同的生存环境与由此产生的人生际遇和价值判断。也许在他们看来，我们上几代人所经历太多的灾难与不幸、所尝过的人间悲苦，那一页早已经翻过去了，不应该再通过任何方式让后人“回味”，更

不必非要搞什么“忆苦思甜”。

我不能理解的是他们这一代人疼爱孩子的出发点和方式。这也难怪，他们作为独生子女，从小就没有养成关注和照顾他人情绪的习惯，更不曾锻炼和具备换位思考的能力。他们历来就活得很自我，因此他们不懂得也似乎不需要过多地理解和尊重别人。可是他们忽略了一个很现实的社会问题，那就是正确地理解和关照自己的沟通对象该是多么的重要和必要。我时常对上世纪八十年代末出生的儿子太行讲，你们心疼孩子却不替孩子着想，更像是自怜或者说照顾你们自己的情绪。因为我发现恰恰是他们常常自觉不自觉地就要以自己的感情需要、情绪好恶和价值取向来衡量和要求孩子的言行举止。他当然是不会同意我的观点，但我还是要说出来。用辩证的观点来衡量，这些主观色彩过于浓重的做法都是要不得的。主观武断的结果，往往会使孩子心理上产生更大的逆反情绪。他当然不会承认自己的错误，甚至还怀疑我这样的批评恰恰也是自己所犯着的错误。人啊，总是看见别人的缺点更多。

就在儿子和媳妇争吵得面红耳赤时，马馆长却一脸认真地对我说：“李专员，你刚才讲的这些鲜为人知的史实太感人、太珍贵了。我在所有关于李正彤烈士的档案材料中都没有看见过这些情况。这段录音我们一定尽快整理出来。看来，我们对于李正彤烈士的事迹研究和宣传还远远不够呀。”

这一刻，儿媳妇秋云早已经听得不耐烦。她几次催楠楠到院子里晒太阳照相玩耍，孩子就是拗着不去。她便很生气地独自一人出去了。儿子太行倒是显得很有耐心。无论怎么讲，他毕竟是我的儿子，虽然也不一定想更多地了解我们老李家的家世，但是无论如何也得装作感兴趣呀。

“马忠志同志，我所讲的都是我的父亲李正修这些年陆陆续续告诉我的。作为大革命时期入党的一位老同志，他老人家大前年也已经过世。叔父的灵柩还是父亲在1950年春天赶着两匹马，走了整整一个月，从陕西秦岭山脚下驮运回来的。好在我的婶婶王德贞还健在，你们可以访问她老人家。她保存着不少叔父的来信，也知道不少他的战斗故事及他的战友们的历史线索。这些年她一直替正彤叔父照顾着我的奶奶和另外三位烈士的母亲。她刚强忠贞，真是一位了不起的女性呀。还有我的大姑李正英，她也曾在延安学习工作，建国后一直工作在重庆，如今离职休养了，也能讲述不少关于叔父的情况。”

楠楠听见，急切地说：“爷爷，我也要到重庆访问正英老姑奶奶。”

大家正说着话，突然听到院子里传来秋云呼喊太行的严厉的声音：

“太行，你听见了没？太阳眼瞅都快落山了，难道我们还要在这烈士墓地过夜？”

我们的著名诗人，她显然已经是忍无可忍。儿媳妇怒不可遏的言辞，显然又是冲着我这个老朽公公来的呀。我可是从来不同她产生正面冲突。好在当我还在领导岗位上风光的时候，她说话就是这样的一种态度。她这个人倒不是势利，而是性格原本如此。儿媳是喜欢静虚与独处，而不喜欢这回顾历史的枯燥与沉重。我心中替她解释，其实也是在安慰自己，自找台阶而已。

“楠楠，你无缘无故地哭啥哩，你爷爷还健在，爸妈也还喘着气儿哩，你小孩子伤心什么？”

儿媳妇突然歇斯底里般地发起飙来！怀里的宠物猫被她重重地丢在地上。楠楠吓得一愣，人人都瞠目结舌，不知道发生了什么了不起的事情。

我的心头一阵剧痛，呼吸也感觉困难。我不敢相信平日沉默的秋云竟能说出这样的话来。看来所谓提倡优良家风与关注红色历史，在她这样号称具有人类立场与世界眼光的诗人看来，都是毫无诗意的过时行为。他们有一个共同的口号，那就是“翻过去的一篇，永远不必再看”。

我的儿子听了秋云的话，脸就呼地红到了耳根。他毕竟表面上还是个孝顺孩子，岂能容忍媳妇当众发飙。加之想起来的时候的分歧——秋云坚决要到五台山拜佛纳凉。

儿子太行就大声喝道：“好了好了，好我的桂冠诗人，你还是赶紧上你的五台山纳凉去吧。我们老李家不稀罕你这样的媳妇！”

秋云抱起宠物猫，头也不回地上车走了。她不知什么时候，早已把朋友的车子叫到了身边。我和楠楠都愣了，一时不知发生了什么事情，难道不同年代的一家人，矛盾和分歧就真的如此不可调和？

十八

重庆，我的大姑李正英家中。正英姑姑鹤发童颜，精神矍铄。晚饭之后，她坐在我的身旁，深情地回忆着往事。

“那时，之所以害怕四哥当‘逃兵’，是因为太尊重他、太爱戴他了。四哥李正彤从小在我的心目中，就是个天不怕地不怕的英雄，就是一尊令我自豪的完美偶像。”

她还打比方说，如果自己是一只自怜自爱的小鸟，那么四哥的形象和声誉也就像是鸟儿身上美丽的羽毛。她绝不容忍任何人，也包括他自己任意损害。

“我们在一起相处，最幸福的时候，还是在延安。”

眼下已经离休的大姑说着，目光中透出深情、幸福的神色。

“那时我在抗大学习，四哥他们部队开进南泥湾开展大生产运动，当我从《解放日报》上看到四哥竟然在劳动竞赛中取得了同毛主席亲自题词表彰的劳动模范‘气死牛’郝树才同样的成绩时，别说有多高兴！”

在重庆家中，年近八旬、满头白发的大姑李正英说着，眼睛里开始聚满了泪水。她老人家完全沉浸在一段幸福往事的回忆里。

延安的初夏，一个周末的下午，血红的晚霞染红了古城周围的群山。我的姑姑李正英和几个同学正在宝塔山下的延河边上洗衣服。河水清澈，看得见河底红色的细沙，也照得见自己年轻漂亮的面容。她们几个姑娘挽起裤脚站在河里，嘴里还豪迈而投入地唱着《延安颂》。

夕阳照耀着山头的塔影，
月色映照着河边的流萤，
春风吹遍了坦平的原野，
群山结成了坚固的围屏。
啊——延安！
你这庄严雄伟的古城，
到处传遍了抗战的歌声。
啊——延安！
你这庄严雄伟的古城，
热血在你胸中奔腾。
千万颗青年的心，
埋藏着对敌人的仇恨，
在山野田间，
长长的行列，
结成了坚固的阵线。

看群众已抬起了头，

看群众已扬起了首。

无数的人和无数的心，

发出了对敌人的怒吼。

士兵瞄准着枪口，

准备和敌人搏斗。

啊，延安！

你这庄严雄伟的城墙，

筑成了坚固的抗日的阵线。

你的名字，

将万古流芳。

在历史上，

灿烂辉煌。

正英姑姑动情地唱着，老人的神情突然变得年轻，仿佛又回到了那艰苦而幸福的岁月。

“这是当时刚刚学会的新歌，歌词唱出了大伙儿的心声。大家都感到十分的新鲜亲切。那时候的延安，物质生活虽然艰苦，但是歌声不断，笑声不断，是每个人欢乐幸福的精神家园……”

“正英，今天的报纸你看了没？上面这篇报道你看了没有？”

也就在这一刻，李正英听见同乡，也是同班同室的好友何玉兰举着一张报纸远远地跑了过来。她一边跑，一边还高声念道：

“359 旅开展开荒竞赛，年轻的侦察连长李正彤同边区劳模郝树才并驾齐驱、难分伯仲……”

正英一听，慌忙站起来问：“玉兰，你该不是诓我吧，难分伯仲，这可能吗？人家郝树才可是边区有名的劳动英雄‘气死牛’，我四哥哪里能和人家比赛？还并驾齐驱，别恶作剧了！”

何玉兰生气了，说：“好，我恶作剧，那你就不要瞧了。报纸我扔了！”

说着就做出要把报纸扔到河里去的架势。正英一见急了，忙挥手制止她。

“唉，我的姑奶奶，相信你还不行吗？快拿来让我看。”

“那你说，我是不是恶作剧？”

“不是，不是还不行吗！”

“那，你，你，我……”

“哈哈哈哈，究竟是你还是我？”

“那，你再去南泥湾看正彤哥可要带着我……”玉兰在正英耳旁小声说。

“咦，真脸厚，还‘正彤哥’，叫得多亲！想见你自己去看吗。”

何玉兰急了，赶忙捂住正英的嘴，求告道：“好姐姐，你就答应人家么。”

“好，我答应你，不过你可得处处听我的，不许乱说乱动。”

正英说着，趁机抢过玉兰手中的报纸，急切地寻找。果然就见头版上赫然登载着那篇报道。

正英迅速地读完报道，兴奋得满脸通红，说：“哼，好小子，竟然还对你妹妹我保密。”

“你说什么？”玉兰莫名其妙，大眼睛瞪圆了，傻乎乎的显得更加可爱。

“傻姑娘，把耳朵伸过来，姐姐告诉你个秘密。”

“秘密？什么秘密？快讲我听。”

“我问你，明天是什么日子？”

“星期天呀，还能是什么日子。啊哦，好姐姐，你该不是要说我们明天就去南泥湾？”

“看把你美的，‘明天就去南泥湾’，那么远，还要翻山越岭，我才不去哩！”

玉兰的情绪一下子低落了，撅起嘴巴，嘟囔着说：“谁说要去来！”

“怎么，你不去，难道就不许人家来吗？”

“你说什么？人家是谁，该不是正彤哥说他要来延安？”

“哼，傻丫头这回倒开了一点窍！这下该高兴了吧，还不快谢谢你姐姐。”

玉兰姑娘的脸一下子红了。只是低了头说了句：“谁谢你哩，你哥哥说来看你，又没说……”

“没说什么？”

“他又没说来看人家。”

“人家是谁？”

“不知道，你问你哥去。”

玉兰说着，撒腿就跑，正英在后面追。一路咯咯笑声不断。

听我的姑姑回忆说，第二天，正彤叔叔果然就像他在来信中讲的那样，骑马飞奔九十里山路，专程来延安看望我的姑姑。说是还要告诉一个重要的新闻，也就是《解放日报》上刊登的那条报道。也就在这一天，他正式认识了年仅十八岁的小老乡何玉兰。他们三个人在新市场，号称延安的“王府井大街”一家餐馆吃了羊肉泡馍。临分手，我的叔叔高兴地说：“从今往后，我在延安可就有了两个妹妹了，希望你们努力学习，早日毕业，参加地方抗战工作。”说着，还特意把预备送给正英的劳模奖品——一个笔记本，郑重送给了何玉兰。这在当时的延安，可是高档奢侈品呀。

何玉兰高兴得不知该说什么好，红着脸，双手就是不伸手去接那礼物。

我的姑姑故意逗她说：“你要不要？你不要我可就收下了！”

玉兰一听急了，一伸手，却不小心握住了正彤哥的手。两人的脸同时都呼地红了。

十九

葭县香炉寺旁边大车店的通铺大炕烧得可真够热的了。我的父亲好多天都没有感受到这种家一般的温暖了。如今躺在热炕头上，这令他更加地归心似箭。该到后半夜了吧，他躺在那散发着浓烈烟草气和汗腥味的被窝里，却是久久地不能入睡。先是透过窗户倾听着隔壁马圈窑里的动静，他很操心正彤的灵柩没有自己守着会感到孤独。这一路之上，他都是守在灵柩旁边露营歇息，昨晚还是那赶脚的热心汉子一再劝说，他才答应回到窑内的通铺上睡觉的，他自觉自己的体力也的确是需要尽快恢复。他感激那热心肠的红脸汉子贺老三和那一声不吭的哑巴少年。他们师徒二人竟然自告奋勇在马棚圈里替自己守灵。

马奶子酒原本是安神催眠的，可是此刻却似乎变成了令他提神兴奋的。我的父亲大半夜不能入睡，脑子里就一个劲儿地想家。想我的爷爷，想我的奶奶，想我的即将生我的怀孕在身的母亲和那可爱的小妹。再往前去，他不知会有多少困难，会发生些什么事情。眼瞅正彤叔叔的灵柩离家越来越近了，可是我的父亲仍然感到心中忐忑不安。

一连好多日子，我整天都在书房里忙活。我的文思，随着我的父亲的足迹和叔叔的灵魂在陕北高原上逡巡。我的调查、研究、整理与写作，使我的整个身心都沉浸在历史的溪流中。我拨开历史的烟云，透视着半个多世纪的时空，而完全忘记了现实的存在。我的整个身心，整天都在历史的河流中漂泊，忘记了现实的诱惑与烦恼，更少了为家庭的琐事与儿子的家庭矛盾烦心。甚至连再度闹着别扭的儿媳秋云何时由办公室重新搬回家住，我也没有留意。我只关注着历史，透过岁月的烟云，感悟着当时社会潮流的演进，尽量还原着那些生动的历史细节，沉湎于真实发生过的稍纵即逝的历史瞬间的探索、勾陈与还原。那些过去的岁月，我们难以想象的上两代人所经历过的那些历尽艰辛但又是充满希望与憧憬的梦幻般的理想岁月，深深地震撼着我，也冲刷清洗和抚慰着我的灵魂。我被他们灵魂的纯洁而深深地震撼。我为我的祖父李在公及叔父们的人生而骄傲，更为他们所处年代的那一代人的抱负与作为而艳羡。我常常面对叔叔李正彤的照片和那一把带血的军号陷入沉思，甚至激动不已、泪流满面。我着力想象着我那未曾见过面的亲爱的叔叔的音容笑貌与个性英姿。我试图用自己的语言把那惊心动魄与感人至深的场景与人物描绘出来。我笔下的关于叔叔李正彤烈士的故事就像一颗埋藏在心底多年的文艺的种子，终于在感情的春风春雨中萌发。我为这传奇故事起的名字是《寸心的表白》。这是引用叔叔最后一封家信中的一句原话的五个字。那五个奇妙的方块汉字，是诗意的结晶，更是战争年代千锤百炼出的金子。它是来自叔叔的心灵深处，也是我自己产生了强烈共鸣的心声。大约经过了两三个月连续不断的忘我的劳作，我所要写的故事终于步入了正轨。文章陆续见诸报端。不料有一天，我正在书房里忙活，突然就听到电话铃响起。

“爸爸，您还好吧？”

一个女性的温柔而亲切的声音。原来是儿媳秋云。我简直不大相信。从来说话都是古怪别扭的她何以突然变得如此的和气温顺？

“爸爸，我……我读了您最近发表在报纸上的历史故事连载《寸心的表白》，写得太好了，真是令人感动。”

我更加不能相信这会是儿媳秋云打来的电话，难道是听错了？便情不自禁地问：“请问，您是哪位？”

“我是秋云呀，楠楠她妈呀，爸爸。”

“啊哦，果真是秋云？你，你在哪里，近来可好吧？”

我心中甚是激动，竟无话找话地说。

“爸，您可能觉得我们这一代人永远都不会接受传统的思想与感情吧？这您就错了。所谓的代沟，其实是暂时的假象，或者是想象中的隔阂。在这个形形色色的世界上，真正能够永存的唯有真善美，而没有别的。别害怕诸如偏见、自私、贪婪与谎言，这些个猖獗一时、甚嚣尘上的雾霾与烟尘，可能会暂时蒙蔽眼睛，但最终都将在阳光下烟消云散。请相信，每一代人都会理解和接受真理的。”

我听到此话，心情激动但是又感到突然，甚至莫名其妙。感到更像是一个梦幻。难道我的那些故事果真有这么大的神力？难道果真是心诚则灵，我的笨拙的双手，无意之间竟然拨动了年轻人感情的琴弦，竟然引发了她这一声令人惊异的回响？

放下电话，我久久地陷入了沉思，心中感到了从未有过的幸福。

“黄河呀，黄河！终于又快要见到你了。正彤好兄弟，过了黄河咱就快到家了，咱就啥也不害怕了。”

一大早，从香炉寺迎着暖洋洋的太阳出发，我的父亲心中激动万分。自从过了绥德义和镇，他心里就一直默默地念叨着这话。他是说给正彤兄弟听的，也是讲给那两匹疲惫不堪的马，更是讲给精疲力尽的自己听的。

越离黄河近了，道路更加的崎岖难行。快到黄河岸边的时候，那陡峭的山路险峻无比，简直令人眼晕。每遇爬坡上坎，眼瞅两匹马累得几乎走不动时，我的父亲就会奋力帮衬。他一边用肩膀扛着灵柩，一边就说着同样的话。那老黑马听到话音，耳朵就抖一抖，随即用力地打个响鼻，更加奋力地努力前行。小白马也会意地同时发力。灵柩就这样又一次地被运上坡去。我的父亲感到心跳气短，很同情地让两匹马停下来歇息一会儿。

好容易又登上了一座山头。远远地就看见黄河像一条冬眠中的巨蟒，在远处的峡谷中静静地躺着。那阳光下熠熠生辉的蜿蜒而来的躯体，活像即将要醒来的样子，这令我的父亲更加焦急。

“终于又见到你了黄河！我们离家可真是越来越近了！愿我的好兄弟早日到家入土安息。”

我的父亲一激动就伏下身去，朝着那东方的巨蟒默然跪拜，同时也为正彤兄弟的灵魂祈祷。也就在此时，他的眼前再度出现了幻觉。他手扶灵柩提心吊胆地站在嘎巴作响的黄河冰面上，双手合十对着那香炉寺的方向祷告。心想但愿野马脱缰一样的河流，经严冬里结冰安眠就像是正彤兄弟的光荣安息……

如此跪拜良久，他终于由幻觉中复苏。等他睁开眼睛，发现自己和灵柩还停在山峁上时，重新感到口渴难耐。他就急切地安慰自己说，等到了黄河岸边，一定要凿开薄冰，捧起清清的河水喝个够，焦渴难耐的父亲心里想着的话竟然就脱口而出。

孤身一人离家二十多个昼夜了，我的父亲已经习惯了这样自言自语地说话，或是同躺在棺材中的正彤兄弟唠叨。不知从哪一天开始，他的眼泪就已经流干。一路披星戴月、翻山越岭地走来，空山旷野，人迹罕至，时常一天都见不上几个人。在黄龙山梢林中，大白天曾经遭遇狼群围困。在宜君县城外的乱坟岗子上，风高之夜曾经被鬼狐跟踪一样恐慌，迷失或走错路的时候更是屡屡发生。而对于这些，我的父亲似乎早已经麻木。他心中只有一个信念，就是一定要接我的叔叔李正彤烈士回家。如此地缓歇了一阵，他们就又开始上路。

“正彤兄弟呀，你可要相信大哥，别小看咱们走得慢，你要晓得，每跨出一步，咱们就离家近了一点呀。”

接下来一路之上，我的父亲总是这么不厌其烦地念叨着。他是在鼓励着自己，也安抚着死者。然而脚下却还是感到越来越沉重，心中的信念就成了唯一支撑他前行的动力。关中地区气温较高，出发时灵柩中原本是充了冰块的。如今在中午的大太阳下，冰块大概在慢慢地融化，因此就有晶莹的水滴缓慢地渗出。我的父亲发现了，总认为是四弟正彤在感动落泪。

他感到奇怪的是，自己原本就不够硬朗的身子骨，竟然没有在漫漫长途中倒下。艰难的跋涉，耗尽了两匹马的体力，也耗尽了我的父亲的精力。他嘴唇干裂，又黑又瘦，胡子拉碴的，显老了足有十岁。

唉，黄河，你这条正彤兄弟时常提到的著名大河呀！父亲抬起身子，巴望着东边的远方想道。有一阵子，正彤来信中时常说，他们日夜守卫在黄河畔上。还说由贺龙和王震将军亲自指挥，把守咱陕甘宁边区的南大门，也就是替党中央、毛主席站岗放哨哩。听得出，他写到这些，该是多么的自豪，多么的欢乐！你还说，时常在黄河畔上练兵饮马，也说到了香炉寺，说在那里看黄河日出可是一景哩！如此想着心事，我的父亲眼前就呈现一幅美景：

果然是名不虚传呀。你瞧这初升的日头，怎么就比咱太行山的太阳又红又大呢？正彤兄弟还说这里是民歌《东方红》的故乡哩。难道全国人都喜欢唱的那首《东方红》就诞生在这葭县的黄河畔上！说着这些，我的父亲就仿佛看见，那沉睡的巨蟒在旭日照耀下，开始蠕动、跃起，而且遍身的鳞甲，早已被阳光染成了耀眼夺目的金红。再看看西岸这边的山，也成了一片金红。被两匹马一前一后用“架窝子”驮着的我的叔父的灵柩更是被镶上了辉煌的颜色。这景象可是一

路上见所未见的呀!

我的父亲一下子惊呆了，他简直不敢相信，他多么希望这又是梦幻之中的景象呀！要么就干脆是一个长长的噩梦，连同这三千里漫漫长途的跋涉也是梦中的情形，那该多好呀！一觉醒来，正彤兄弟就笑嘻嘻地站立在面前，说大哥我回来了，战争结束了，全国解放了，小弟我回来看咱娘、看媳妇，帮大哥你种地来了!

我的父亲如此想着，就站起身来，欣喜地环顾四周。却明明看见那驮着叔父灵柩的“架窝子”就在自己的身后。他使劲地眨巴眼睛再看，依然是清清楚楚。他情急之下，恨恨地咬咬牙，又伸手拍拍自己的胸腔，感到了真切的声响。难道这一切果真就发生了！正彤兄弟果真就光荣了?！难道这一切也是真的?我的父亲心中连连发问，久违了的泪水又禁不住涌出眼眶。

二十

也许是意外地接到秋云电话的缘故，我自己大半晚上都在读着自己写的故事。我吃惊地发现，当这些自己亲手写的故事变成铅字在报刊上出现的时候，它们就不再是我的主观的创造，而是成了复活了的真实历史的一部分。那其中的山川草木，人物情节，统统变得有了生命自身的逻辑，变得令我都感到了难以想象的真切生动。我在兴奋的阅读中，灵魂在过往的真实中徜徉，在历史的河流中泛舟。我甚至忘记了是在读一篇文章，而是在体味上两代人曾经遭遇过的昨天。

早春三四月，古城延安周围又成了花的世界。嘉岭山、凤凰山和清凉山的山坡上开满了一片片一团团山桃山杏和杜梨花、丁香花、迎春花。雪白的、淡红的，还有粉红、紫红、金黄的花，如同晴朗天空中的彩云，把山川大地装扮得生机盎然。

星期天，抗大的年轻学员散了早操就聚集在延河边上排练《黄河大合唱》。据说是为“五四”青年节聚会做准备。他们还特意到桥儿沟鲁艺请来了歌曲的作者冼星海指挥排练。此刻，李正英和何玉兰两个姑娘手拉手站在前排，显得格外醒目。音乐家还特意带来了一位刚刚由大上海来到延安的手风琴演奏家。这使得排练几乎就像演出一样的正式。

风在吼，
马在叫，
黄河在咆哮，
黄河在咆哮！
河西山岗万丈高，
河东河北高粱熟了，
万山丛中，
抗日英雄真不少，
青纱帐里，
游击健儿逞英豪，
端起了长枪洋枪，
挥动着大刀长矛，
保卫家乡，
保卫黄河，
保卫华北，
保卫全中国……

雄壮有力的歌声，伴随着手风琴的伴奏，如同山风呼啸、黄河怒涛，汹涌澎湃，势不可挡。身穿朴素的八路军灰色军服、留着一头长发的音乐家冼星海，站在一块岩石上亲自指挥人们演唱自己的作品，感情格外投入。作品被演绎得出神入化，每一个人都被歌曲的恢宏气势与高涨的激情、宏阔的意境深深地感染，仿佛自己也就变成了万山丛中、青纱帐里一名抗日的勇士。

激越的歌声很快就吸引了延河两岸许多的人们观看。这哪里是在合唱一首歌、演绎一部音乐作品，这是面对日本狗强盗，发出整个中华民族的尊严、心声与怒吼！

瞧那山上山下，路旁水边，窑背硷畔，很快就聚满了黑压压的人群。人们的热情很快被歌声点燃，于是纷纷自觉地投入了歌唱。那声音就像汇集成黄河洪流的万千支流，很快就变成了怒吼的浪涛响彻云天。顷刻之间，整个延安城东关一带，就仿佛成了一个巨大的合唱舞台。指挥家的视野也不再是面前这几十个抗大的年轻学员，而是远远近近看不清也数不尽的人群，是整个延安，乃至整个西北、华北，整个长城内外、大江南北的抗日勇士与亿万团结抗战的中华的民众！

李正英与何玉兰的歌声与激情，也就汇集在这黄河怒吼般的声浪里。她们忘我而陶醉地感受着民族抗战精神的坚强与伟大。她们并没有发现那位她们共同关心的人不知何时也加入了歌唱的行列。一曲歌了，只听掌声雷动。掌声早落下了，那个人还在痴痴地独自拍手。李正英一看，想不到那英俊高大魁梧的青年军人，竟然是四哥李正彤。

四哥！听到正英的呼唤，何玉兰抑制不住自己喜出望外的兴奋，竟然不顾一切地喊一声正彤哥，就上前紧紧握住李正彤的手。

当晚，在延河边散步，又是正英和玉兰陪着正彤。李正彤高大英俊，穿着一身整洁的军装，裤脚打着裹腿，腰间挎着手枪，显得十分英俊潇洒。两个年轻漂亮的姑娘走在他的身边，许多散步的男生都投来艳羡的目光。正英心中感到十分的自豪，正彤却觉得有些别扭，就不由地加大步伐，把两个姑娘不时地丢在后边。不料他越是这样，正英就越是对他显出亲热。调皮的正英甚至还亲热地挽起了正彤的臂膀，玉兰的脸上就流露出不悦的神情。

最后的一抹晚霞，把宝塔的影子映照在河面上。一旁的玉兰看看正英，心中别说有多焦急。眼瞅着月亮已经跳上宝塔的塔尖上，时间该是多么的宝贵。

延河默默地涌流，周围的气氛轻松而充满诗意，正是谈情说爱的好时机，可是不懂事的李正英却像个汽灯一样照在身边，令何玉兰发急上火。

有好一阵，三个人谁也不说话。大家默默地埋头想着各自的心事。正彤也是十分的矛盾。好几年没有上战场了，他的心中和许多战友一样早已经痒痒得难受。好容易盼来跟随王震旅长南下作战的命令，他和全连官兵都兴奋得好几夜没睡好觉。南下作战自然是机会难得，但他可是真不忍心离开延安。整整三年了，这里有他们亲手开垦的良田，播种的庄稼，有他亲爱的妹妹和如同妹妹一样亲近的小老乡玉兰。他对玉兰的感情也是很复杂的，假若家乡没有德贞的牵挂，他一定会义无反顾地接受她的纯真之爱。可是每次见面之后，他的思想都会产生强烈的震荡。夜里睡不着觉，他就起身写日记，把同何玉兰见面的情景与心情记录下来。他毕竟是个二十三岁的热血青年呀。他情不自禁地把玉兰写给自己的言辞热烈而又含蓄的充满感情的来信再反复仔细地阅读一遍又一遍，心中就点燃起灼热的爱火。他重新躺下，可是再也无法入睡，索性起身点灯读书。那本正在阅读的是边区新近出版的苏联小说《铁流》。可是他怎么也读不进去。眼前又是德贞妹妹的影子不断地闪现。他就想起了德贞最近的来信。“亲爱的正彤哥哥……”那亲切的呼唤就如同近在耳畔。可是同时，眼前身着军服的玉兰纯真可爱的身影一直挥之不去。他紧张地感到自己堕入了不正常的爱河，需要冷静地做出抉择。他开始回避和玉兰的感情，可又不由自主地盼着她的来信。

南下支队即将出发的时候，我的祖父李在公就在延安中央党校工作，我姑姑李正英和她的好友何玉兰在延安抗大学习。此日晚饭后，叔叔急匆匆地又一次由党校来到东关清凉山下的抗大宿舍，告诉我姑姑和玉兰说：

“正英，我刚刚见过父亲，同他道了别。”

“道别？”

两个姑娘都感到突然。

“我们有紧急任务，明天一大早在延安机场集合出发。我这一走，也可能一年半载就回来，也可能二年三年才回来，也可能……”

两人听得都愣在那里，急得都快要哭了。

单纯也粗心的叔叔李正彤没想到平日坚强乐观的她们会是那样，心中就有些不快。心想，你们平时可是豪言壮语、信誓旦旦，还唱什么《黄河大合唱》，还“大刀向鬼子们的头上砍去”哩！可到了关键时刻就动摇了？这样软弱、缠绵！便说：

“正英，还有玉兰，你们可是抗日战士，关键时刻可要坚强呀。闹革命、求解放可不是喊空口号呀。那是战争、是打仗，说白了反正是掉脑袋的事情。我们既然选择了革命道路，就要随时准备脑袋与身体分家。”

两个姑娘听得委屈又难过，忍不住哭了。她们听说正彤是来告别的，心里就感到了难过。明天一大早，部队就要开拔。这一走，不知什么时候才能再见。要命的是玉兰她心中那个令人心跳脸红的秘密仍然还没有机会向正彤哥吐露。唉，正英却像是什么也不懂得，就是自私地围着正彤，一步也不离开。可正彤有些话却是不能明讲，比如部队开拔的任务和意义之类。

原来，为进一步开辟和巩固湘鄂赣桂粤抗日根据地，切断侵华日军南逃通道，1944 年秋天，经党中央和中央军委批准，毛主席命令 359 旅主力和一批抽调的干部组成“南下支队”开赴江南。支队由王震任司令员，王首道任政治委员，共约 5000 人，由 6 个大队组成，正彤被编入陈宗尧带领的第二大队。

接下来，两个姑娘表面上对正彤哥都显得有些冷漠。这使李正彤感到有些失望，不理解的难过。那晚的气氛有些不大愉快。

叔叔走后，姑姑正英和何玉兰总感到有些歉疚，该说的话也没有说出。叔叔回到部队，也是半夜睡不着，后悔自己说话太任性，没有理解两个妹妹的心情。

二十一

第二天，天刚麻麻亮，姑姑和玉兰就冒着冬季的严寒，赶到机场想与正彤哥再说上几句话。不料部队已经集合，机场更是黑压压的一片人了。姑姑和玉兰拼命往前挤，叔叔终于看见了她们，就喊着她们的名字跑过来见了面。在那样的场合，众目睽睽之下，一男两女，兄妹与好友之间的告别，无论如何也是有些尴尬。彼此本来有许多话要说，但却一时无语。人那么多，时间又是那样的紧迫，三人相对无语，可谓此时无声胜有声。时间不允许了，叔叔只得急匆匆地说：“你们好好读书工作，我要是牺牲了，正英，你把咱爹咱妈照顾好。”

随后便飞快地融入涌动的人海，姑姑和玉兰手拉手站在刺骨的寒风中哭了……

这时，毛主席、朱总司令开始检阅部队。李正彤站在队列中，还在向人群中张望。两个姑娘见状朝他直招手。他看到了人群中的正英和玉兰。在那一刻，正彤与玉兰两个人充满热情与遗憾的目光穿越人群，无声对视，就像电波的连通，胜过千言万语。南下的队伍要出发了，最后告别之时，何玉兰竟然不顾一切，越过拥挤的人群，勇敢地冲上前去把一封表达爱意的信札硬是塞到了李正彤的手中。单纯痴情的姑娘，她怎么能理解正彤此时的心情？她怎么会想到，在那魂牵梦绕的太行山老家槐石峪，还有一位叫王德贞的姑娘占据着正彤的心。玉兰的大胆之举，令我的叔叔既感动又不知所措。在握着玉兰信札的那一刻，他呼地红了脸，突然就想到了家乡的王德贞。青春勃发的英俊汉子，他心中很是烦恼，无限的烦恼。

1944 年 11 月 10 日，南下支队从延安出发。经过一个月的行军，迂回到达山西。冲过同蒲铁路敌人封锁线后，又击溃了平遥的日军阻击，并在鲁山全歼增援之敌，取得了南征途中与日本侵略者第一次战斗的重大胜利。这样即开始了长达九个多月的战斗历程。直到 1945 年 8 月 15 日，日本政府宣布无条件投降后，遵照中央指示，南下支队挥师北返，恢复了 359 旅番号，编入中原军区野战军第二纵队序列。8 月，胡宗南调集重兵企图围歼 359 旅。李正彤随王震率领的左纵队，冲出敌兵重围，翻越几百里荒无人烟的崇山丛林，通过川陕公路，北渡渭河，越过陇海铁路，进抵甘肃赤沙镇。随后在习仲勋安排接应下，于 9 月 8 日与主力会师于庆阳。9 月 27 日南下支队指战员回到了延安。南下支队从延安出发时 4800 余人，经南征北返，减员 2917 人，回到延安时仅剩 1893 人。李正彤平安归来。

1947 年 6 月，李正彤给妹妹正英和何玉兰的信中比较完整地概述了被毛泽东称作“第二次长征”的南征北返的艰苦战斗经历。信中写道：

正英、玉兰妹妹：

你们的来信于 6 月 1 日顺利收到了。数年的分别，悠久的思念，能在今天的信上互相告诉着离别后的一切，使我异常的兴奋。

在灾难的战争年月里，你们锻炼得这样坚强有力，这的确是你们的进步和成绩，望你们努力吧，前途是无限的光明。离开家的我茫茫十一个年头了。1944 年的冬天，部队奉令南征，就在延安同你们远别了，战马似的我奔驰在祖国的战争烽火里。经过 40 天的战斗生活，胜利到达了湖南省，在长沙及湘江、洪湖一带展开了游击战争。从南征开始，我就转向军事工作了，特告。

到达江南以后，不久我南下部队就在地方党组织的支持配合下，建立了湘鄂赣边区 (湖南、湖北、江西) 政权，作为战略依托。后来因敌伪顽合流扫荡，不能巩固，部队只得奉令继续南进，经过了一个月的行军作战，到达了广东的南雄县。此时，日本宣布投降，国内情况发生变化，部队马上奉令北返。这时的情况非常复杂。蒋介石竟然调了 7 个师，追剿堵击，企图将这支孤悬南方的八路军南下支队消灭在湘鄂赣之八脉山间。由于王震司令员的正确指挥和战士们的英勇顽强，终于冲出了重围。后经过二十天的战斗行军，胜利与江北新四军 5 师在中原会合，从此摆脱了孤军作战的危局。

李正彤信中的描写充满了诗意，这令两个姑娘陶醉、神往。

江南的确不坏，长年春色宜人，到处是青山绿野，气候温和，长年吃大米，产量丰富。由于国民党黑暗的统治，人民亦是过着惨痛、凄凉、悲啼的日子。

我们到达中原后，不久宣布了停战令，我们就停止在中原，待令调遣。可是，无耻背信弃义的蒋介石，又调动了 7 个师的兵力，将我们重重包围以及经济封锁，企图将我们这支部队困饿而

死。因为共产党同广大人民群众有密切的关系，困不死，饿不死。最后蒋介石发动了攻击，妄想把我军消灭在中原地带。在这样的情况下，我军被迫突围，由湖北醴山、黄陂等地向西北前进了。蒋介石仍在各地调兵追剿、堵击。由于敌人兵力之大，造成我军战斗的紧张艰苦，一天打几次仗，有时还吃不到饭。因为人口稀少，我还记得在陕南，连着走了3天看不到村庄，所谓“无人区”。因为敌人到处布置了军队，我军为了避免损失，尽量走小路。战斗的生活经过了一年零十个月，最后胜利地回到延安。南征北返共计两万二千里。

回到延安不到一个月，蒋介石撕毁重庆谈判协定公然发动内战。山东作为国民党军队重点进攻之地区，形势吃紧。李正彤所在部队又奉命东渡黄河，经过一个月的艰苦行军，到达山东渤海军区奋力参战。

二十二

叔叔的灵柩终于渡过了黄河。那母子两匹马真是拼了命了。一路蹄下打着滑，“架窝子”几次都险些摺冰面上。最后还是在贺老三的奋力帮扶下，勉强到了河东。人马一上岸，我的父亲就跪倒在河边，捧起一掬河沙，痛哭起来。他的耳边又想起了祖父临行的嘱托：

“好吧，正修儿，你就代表全家走一趟吧，去把你正彤兄弟接回来，让他魂归故里，回到太行山老家，这也是吾儿生前遗愿呀……”

我的祖父声音颤抖着，禁不住老泪横溢。让我的父亲难忘的是，老人家突然就像是衰老了许多。那突然苍老的眼神中满含着泪水，呆痴地望着面前的石墙。他也许是后悔当初没有同意儿子打算留下来的决定，他也许是为自己狠心地把一个一个的亲生儿子送上战场而心疼懊悔，他也许是为自己有这样几个好儿子而感到自豪和欣慰，他也许是为奶奶和德贞的哭声而心如刀绞……

“我们就要回来了，老爹！”我的父亲哭诉。在那一刻，他的眼前又出现了祖父他老人家彻夜呆坐沉默的情形。老人家的心思常人难以猜透。为理想与信念而生活的他们那一代人，他们的精神如同大海一般的博大。

“好吧，爹呀，你这下放心吧，再苦再难，我也一定把四弟给你接回来。”

那晚，在黄河东岸的柳林县城客店，我的父亲睡梦之中还对祖父发誓。还有那两个可怜的妹妹。

“大哥，让我跟你一道儿去吧，路上也有个照应。”大姑正英说。

“我也要去。”二姑正兰说。

当时，我的爷爷瞪起眼睛说：“你们就不要再添乱了。女孩子出门不方便，还得你大哥照顾你们，反倒成了累赘。”

“正彤兄弟，这就过了黄河，你快睁眼看看呀！又到了你曾经战斗过的地方，你在这里打过日本鬼子，还破坏过鬼子的铁路，端过鬼子的炮楼，听，那枪炮声仿佛正响着哩。”

在这一刻，我突然想到了二叔父李正民。他同样参加了那次战斗，而且幸存了下来。他是同正彤一路同行的战士。

抗日战争之初，刚参军的李正民、李正彤随359旅战斗在晋西北地区，他们并肩参加了保卫太原的忻口战役、配合129师679团夜袭阳明堡日军飞机场的战斗、出击同蒲铁路北段的战役。在晋西北战役中，他们一同参加了克复岢岚、神池、宁武诸县的战斗，继而开辟了雁北应（应县）山（山阴县）朔（朔县）等县解放区。特别是在邵家庄一战，击毙敌常冈旅少将团长，使日寇闻风丧胆。在上下细腰间、南土岭、西张望和冀南等战役中，两位叔叔所在的718团功勋卓著，战绩辉煌，毙伤敌伪军 10000 余人。1938 年秋，日寇分九路进攻晋察地区，两位叔叔和战友们一起奉命阻击三路日军，在山西灵丘以北地区血战七天七夜，击退日寇 4000 余人的疯狂进攻，保卫了边区。那次战斗中，两位叔叔同样是冲锋在前，英勇顽强，表现出了不怕牺牲、敢冲敢打的大无畏精神，火线立功一同加入了中国共产党。1939 年，在著名的河北省灵寿县陈庄歼灭战中，两个叔叔所在连队协同兄弟连队顽强坚守阵地，阻击敌人逃窜，穷凶极恶的日寇水源旅团就在英雄子弟兵顽强抗击、猛烈冲杀下全部被歼。718 团在太行山中、滹沱河两岸、晋北丘陵地带，到处与日寇作战，打了许多胜仗。718 团打胜仗出了名，"平山团"的名字使人民欢欣鼓舞，使日伪军胆战心惊。

1939 年 6 月 4 日，日军以 1 万 5 千余人的兵力向边区河防发动大规模进攻。李正彤随 359 旅 718 团离开家乡一带，正是由这里渡过黄河进驻陕北，就驻扎在绥德、葭县一带黄河防区。1940 年 6 月，日军出动 1 万余人，企图摧毁我晋西北抗日根据地，进而威胁陕甘宁边区。李正彤随 718 团 1 营东渡黄河，向进犯之敌进行侧击，配合 120 师主力切断敌交通运输线，使日军后方不宁，自顾不暇，不得不缩小规模，以致最后放弃对陕甘宁边区河防的进犯。同年 8 月至 12 月，李正彤所在的 718 团再度渡河东进，参加了著名的八路军"百团大战"。

我的父亲脑子里就像过电影一样，不断地闪现着四弟在战斗中奋力杀敌的情景。渐渐地又想到了四弟刚刚参军的一幕：

平山山区 359 旅司令部。我的祖父领着刚刚穿上军装的正民和正彤，一高一矮两兄弟来见王震将军。刚满十四岁的李正彤，那套银灰色的新军装穿在身上显得过于宽大，但他自己却感到神奇又光荣，走路很夸张地抬头挺胸，越发显得有些滑稽可爱。他一进门，首先学着军人的样子，对着王旅长就来个立正敬礼。王旅长一还礼，就摸着他的小脑袋哈哈地笑了。我的祖父是当地有名的革命领导人，正是他在很短时间内动员了全县一千多农村青年参加八路军。王震旅长早就听说了我的祖父李在公为抗日刚刚失去了一个儿子，现在又把两个儿子送来当兵，心中甚是钦佩。革命者也是人呀，人心都是肉长的！谁没有家庭私欲，谁没有骨肉亲情？今天见这爷父三人来到面前，王旅长别提有多高兴。想不到这小儿子还这么小的年龄，就参加了八路军，王旅长心中甚是感动。他亲手为我的叔父李正彤整整军帽，拉拉军服，心疼地对祖父说："李在公同志，听说你的二儿子李正清刚刚牺牲在日本人的监狱中，你就又亲自送这两个儿子参军？正彤还这么小，能不能让他留在你身边……"

我的祖父忙说："如今部队反扫荡，减员严重，正是用人之际呀！不光是我们一家多人参军，晋察冀好多群众都是一家献出几人参军参战呀。"

"可正彤年龄太小，你瞧，长得还没有三八枪高，我看就先留下做地方工作，或是送到延安去上学吧。"

我的叔父李正彤一听急了，忙说："报告王旅长，我坚决不去上学，我要上前线，打日本！替哥哥报仇，替王二小还有槐石峪的烈士报仇！"

王旅长被感动了，就说："好啊，那我问你，行军打仗可是苦差事，你小小年纪，身单力薄能吃得消吗？"

"能，我一定能行！"

"你看他行不行？"王旅长又故意问正彤的哥哥正民。

正民胆子小，平日见人就没话，他听到首长问，为难地看看矮小的四弟，结巴地说："我看……能，能行吧。"

"究竟是行还是不行？你得说清楚呀！"王震将军笑着看看我的祖父和正彤叔叔。正彤急得直给哥哥正民挤眼睛。

"我看，也能行。"

"好啊，你说能行。那就是说哥哥替弟弟担保啦？那好，我就给你一个任务，在部队里一定要照顾好弟弟。”

李正民很不乐意地接受了王旅长给他的特殊任务。我的祖父与王震旅长哈哈大笑。我的叔父李正彤红着脸，兴奋又不服气地也嘿嘿地傻笑不止。

此后不久，部队开拔。夜晚在敌人的眼皮子底下穿行。连日的夜行军，伸手不见五指。经常是后面的人拽着前面人的背包带子摸黑行进。此日，天降暴雨，部队仍在行进。我的叔叔李正彤拽着正民叔叔的背包带，不断地被滑倒，浑身泥水。他实在累得走不动了，眼瞅就要掉队。正民叔叔就要帮他扛枪，他说什么也不依。两人正争执，王旅长骑马来到了近前，看见他俩即翻身下马，一下子就把正彤连人带枪抱上了自己的坐骑。我的叔叔李正彤如坐针毡一般难受。他委屈地哭了。一个人在黑暗中流泪……

战斗中，李正彤可是机智勇敢，完全是一个合格的勇敢战士。百团大战期间，他参加破路斗争，参加炸毁敌人的机场、破坏敌人飞机的行动，在面对强敌的战场上，更是英勇顽强，从不退缩。几次都是王震将军亲自为他颁奖。

转眼进入冬季，部队还穿着单衣。弟兄俩和战士们一样，冻得脸色发紫。一天露营时，王震旅长来查铺，发现我的叔叔李正彤和衣抱着枪躺在草铺上，身上只盖着一片草帘子，便心疼地把自己的大衣轻轻盖在他的身上。我的叔父李正彤一觉醒来发现王震旅长站在自己面前，便一下子跃起身，立正敬礼！王旅长一见，高兴地说：“好呀，才半年不见，你就长得超过日本的三八大盖枪啦！”

我的叔叔李正民在一旁说：“正彤在战斗中已经缴获了五支三八大盖，击毙七名日本鬼子！”

王震旅长拍拍正彤的肩膀，说：“好呀，嗯，不愧是李在公的儿子。你呢，正民？你消灭了几个鬼子？”

“打死鬼子比弟弟少了两个。可我缴获了一挺重机枪……”

“那我还缴获一门迫击炮哩。”

王震旅长听得哈哈大笑。两兄弟红着脸不知如何是好……

时光要能倒流那该多好！恍惚之中我的父亲想。方才想到的那些往事，都是四弟正彤回家那年亲口告知大哥的。我的父亲深知，正民、正彤，他们两兄弟虽然性格不同，但是感情很深。可如今两兄弟都已经不在人世……都成了光荣的革命烈士……

我的父亲再也想不下去了，因为正民兄弟牺牲后，遗体再也没法找到，他的灵魂只能在祁连山中的冰天雪地里游荡……如此想着，父亲打了个寒战，他就把四弟正彤的灵柩搂得更紧，就像小时候的冬夜里，大哥搂着三弟和四弟睡觉那样。正民叔叔在弟弟正彤牺牲后，又马不停蹄地跟随王震旅长解放兰州、进军新疆……

据说他告别弟弟时抹去泪水只说了一句话：“正彤，你累了，躺着睡吧，再也不用起来了。等到新疆解放，我就回来看你。”可是，他却一去不复返……

“正彤兄弟，”我的父亲难过地说：“这就到了你时常在信中提到的葭县的香炉寺一带。你快看，这下面躺着的就是你们在延安学会的《黄河大合唱》里的黄河呀！过了黄河，咱们就离家不远了。整整二十三天了，你一路餐风饮露……可也看到了南泥湾，还有绥德义和镇，那么多的老战友、老房东和老区人民都还惦记着你！那个劳模郝树才，那个义和镇的老房东，还有那么多素不相识的人们……正彤兄弟呀，我的好兄弟，你真了不起呀！快睁开眼睛看看香炉寺的日出……”我的父亲唠叨着，终于看到了黄河日出。

东方呀你就一个红，

太阳呀你就一个升，

咱们中国就出了一个毛泽东，

他是人民大救星……

当我的父亲在沉思中听到一阵歌声的时候，才发现果然是太阳升起来了。香炉寺的东边，黄河的东岸群山之上，一颗红日喷薄而跳出灿烂的云霞，是真正的黄河畔上的旭日，又红又大又圆的一颗太阳，把无限的温暖与希望播撒人间。

二十三

我写的《寸心的表白》，继续在一家重要报纸连载着。社会上的反响越来越大。楠楠和她的妈妈秋云还有我的儿子太行，不知从啥时开始都成了忠实的读者。看来还是得相信灌输与传播的潜移默化的力量。就像绵绵而来的春雨，虽然不是倾盆而下，但是却润物于无声之中。播撒精神的潇潇春雨，做着这样的一件事情，我感到了莫大的欣慰。全家几代人有了一个共同关注的问题，大家都感到了充实与兴奋。

每天晚上新闻联播过后，我们家原先冷清的书房里就成了最热闹的地方。大伙儿不再热衷于议论近来哪里又打住了什么大老虎，还是拍死了几只苍蝇蚊子，而是议论着我的文章——《寸心的表白》所引发的巨大反响。

“爸，您赶紧上网看看，我的粉丝眼看全都成了你的粉丝了。”秋云不无夸张地说，眼睛瞪得很大，惹得楠楠都嘿嘿地笑她。

“爸，别听她瞎忽悠，诗人的本事就是危言耸听。”太行说。

“谁忽悠来，人家这是夸张的表达。你不信自己看看，在我评论帖子后面跟帖的网友少说也有好几千。你自己看。”

秋云说着，把手机伸到太行的眼前。太行吓得一躲。秋云就笑着又把手机伸过来让我看了。果然，有许多赞许的评论，令人感动。有的说："太感动人了！"有的说："向革命烈士李正彤致敬！"有的说："中国的脊梁就在于此！"还有的说："应当把《寸心的表白》节选编入中小学课本，而把某某、某某某和某某某那些破玩意儿删除。"等等。还有一个帖子竟然说："应该组织那些大大小小的贪官污吏到李正彤烈士的坟前跪拜忏悔！"当然也有出言不逊，甚至调侃的。总之，看得出，那些跟帖的网友，对于诗人秋云的观点都是同意、赞赏的。偶然，也有不同的声音，比如说："活人不要老是抱着死人不放呀！"还有的甚至说"炒历史的冷饭乏味"，甚至说是"借尸还魂"。

从这些简短的，却是充满热情的甚至是情绪化的简短话语中，我感到了当代人的热情与跳动着的时代脉搏。难道一篇文章真有这样大的威力？在人们普遍注重物质存在的当下，精神的神经仍然是如此的敏感。这令我更加强烈地意识到，"占领思想文化阵地"这个久违了的词语。

这是起先没有料到的效果。说真的，我写这本纪实性的书，并不敢有写一部畅销书的奢望，甚至不敢奢望自己的儿孙能够阅读和喜欢。而只是为了表达自己的感情，了却一桩心愿而已。只是想着把上辈人的牺牲与奉献的业绩和精神用文字的形式记录下来而已。每个人都有自己精神上的穴位，就像身体的穴位一样。当外界的信息刺激到了相应的穴位，就会产生连本人都想象不到的效应。

瞧秋云近日的表现，简直令人难以相信。痴情的诗人，精神焕发得像个演员，更像是一个自信的朗诵家。她手里捧着报纸，站在大伙儿面前。听众除了楠楠和他的爸爸太行，还有我、年迈的婶婶和我的老伴。当我还在客厅里观看央视新闻联播，秋云就说楠楠，去请爷爷来听朗诵故事。我当然不敢怠慢，好容易有人愿意朗诵自己写的故事，而且是一位思想独立不群的当红诗人。这说明什么问题？我一时还琢磨不透。于是我来到书房，面对着叔叔的照片坐下，听秋云开始声情并茂地朗诵关于叔叔的故事。诗人读得十分投入，我简直不敢相信，这些文字就是当初自己排列上去的那些孤立呆板的方块汉字。此时此刻，它们突然就变得有声有色，更像是由秋云自己的心灵中放飞出的一只只美丽动人的小鸟。

延安的夜晚是宁静的。到了深夜，整个古老的山城就都进入了沉沉的梦乡。巍巍的宝塔山高耸在城东南的嘉岭山上，如同尽心尽职的哨兵守卫着这陕甘宁边区的首府。月光之下，那一半在河畔，一半在凤凰山上的完整结实的城墙，在皎洁的月光里显得格外雄伟凝重。如果是在冬季的雪夜，你登上对面高高的宝塔山观望，就会发现这原名“肤施”的圆形的城池，就像是一位老人的脸的轮廓。高耸的凤凰山就像是老人头顶上笼着的羊肚子手巾，而那山上的窑洞与无数条大大小小、弯弯曲曲的道路，就像是他的眼睛与记录着岁月沧桑的皱纹。城东边清凉山的万佛洞与高耸入云的灯火明灭的道观，正隐约传来无线电波的歌唱。那是新华社和《解放日报》的编辑们在收译电文和编发报纸新闻。这宗教与科学的交融，为古城增添了神奇浪漫的文化韵致。再看西边的远处，枣园窑洞在夜空里闪烁的灯光则像是老人手中举着的一把照明的火炬。眼下，火炬正是通明。饱经沧桑的老人，正瞪起眼睛望着那灯火。他也许明白，那是人民救星毛主席在彻夜办公。再向东边过去大约十里路，就是桥儿沟了，灯光还亮着，那是住着作家何其芳、周立波、孙犁，还有年轻的诗人贺敬之与音乐家冼星海，还有画家古元、石鲁、罗工柳，艺术家们正在熬夜创作。而在东关清凉山下抗大校园中，有一孔窑洞竟然也亮着一盏灯。这就是李正英与何玉兰的宿舍。在这春天的静夜里，两个姑娘也是久久不能入睡。她们默默地在灯下读着一个人的来信。信是写给她们两个人的，开头是：“亲爱的正英、玉兰妹妹，你们好！”末尾的签名是“思念你们的正彤”。这是她们共同思念的一个人，但是她们并不能满足于这来自远方的久盼才来的一封信。算起来，跟随王震将军南下作战的正彤哥，已经同她们分别一个多月。可这三十多个日日夜夜，却像是漫长的三十年。两个姑娘日夜盼望，终于看到了这封来信。部队整天行军打仗，能够收到一封信该是多么的不容易呀。她们看了一遍又一遍，几乎能够背诵其中的话语。

部队南下的漫漫征途，紧张而充满了预想不到的凶险。没有前方后方，没有阵地和掩体，也没有兄弟部队的配合照应。一支孤旅，长驱深入敌人内部，周围总是陌生的环境、凶恶的敌人，情况不明、地形不熟，冒然行进中，随时都可能遭遇敌情。时常会同鬼子短兵相接，往往要刺刀见红。这就是我们每天的战斗生活……

正英惊得读不下去了，玉兰听得目瞪口呆。她们完全陷入了正彤哥哥信中描绘的危险境地里，替他和他的战友们捏着一把汗。

我们睡觉也得睁着眼睛。昨晚穿过敌人的封锁线，又有几位同志牺牲了，我们甚至来不及掩埋战友的遗体，就得迅速转移。部队孤军作战，随时都面临被敌人围歼的危险。但是战士们一个个却很英勇，也更加地乐观。王震旅长身先士卒，同样是把生死置之度外，给大家以极大的鼓舞。我们如同一把锋利的尖刀，直刺敌人心脏。更像是一道闪电，以迅雷不及掩耳之势在运动中打击着鬼子，使敌人闻风丧胆、惊魂难安……

灯光下，正英和玉兰读着正彤的来信，心中更加充满了崇敬与思念。这些差不多每月才能盼到一封的来信，有些就像是正彤哥哥一路之上的日记摘录。他之所以随信把这些战地日记抄录寄回来，很显然就是一种托咐，证明他自己已经做了随时牺牲的精神准备。这令两个姑娘十分的紧张又担心。她们再也读不下去了，而是情不自禁地抹着眼泪。

多年后，回想起延安抗大的这一段生活，正英姑姑还会伤心落泪。她一边哭，一边就忍不住诉说正彤哥最后离开家的那次，同样也是做好了牺牲的思想准备，那还是德贞婶婶亲口对她讲的。叔叔的故事，就像一幅破碎了的画，分别被全家人小心地揣在怀里。等着有一天，由我这个承上启下的晚辈把他们设法搜集粘贴在一起的时候，就呈现出了一个完整而感人的画面，拨动你心灵的琴弦，令人惊心动魄的画面。

二十四

叔叔的灵柩过了黄河，又在吕梁山区行走了几天。此日黄昏，就在太阳即将落山之时，终于看到了雄伟的太行山了，那熟悉亲切的山峰，使得我的父亲十分的兴奋。准备着回家了！父亲在一条溪流旁洗了脸，嘴里哼着家乡小调，心中别提有多高兴。连一旁那两匹疲惫不堪的走马，也冲着那夕阳里的山峰欢快地打着响鼻。

“爹——我们要回来了！”

我的父亲第一次扯开嗓子吼喊着，声音颤抖着，似乎要把心中的艰辛与惆怅统统释放出来。

此刻，我写作的心情，也同父亲当时一样。那种历经千辛万苦，终于胜利在望的喜悦与轻松，是用语言无法表达的呀！我也情不自禁地哼起了太行小调。

夜晚，儿媳秋云的朗诵仍在书房中继续。想不到她竟然完全成为了我的一个忠实的粉丝。小楠楠一边听，一边还在小本子上记录着，说是老师和同学们都喜欢听这个有关“家风”的故事，不少同学都喜欢由她亲口来讲述这个真实而动人的传说。她还说同学们认为，过去看电影、电视剧里面打日本的情形，都觉得假，觉得是演员在表演，离得很远，有人还说那都是编剧编出来的瞎话，有的甚至是丑星恶搞，逗人一乐了之。连我那一贯只讲物质实惠的儿子太行也附和说，过去最烦看那些打打杀杀的战争影视片，其中明星云集、美女晒秀，假模假样、忸怩作态的，一看就是假的，谁还能被感动。

我不知道对于他们的这些感受该如何表态，也说不上是高兴还是伤感。纪实文章还没有最后完成，我仍然沉浸在战争的残酷与亲人英勇就义的悲壮和悲伤之中。感到自己的血脉里流淌着英雄家族的血液，就应当想着干点无损于英雄英名的事情。

1949 年 7 月 10 日至 14 日，彭德怀指挥中国人民解放军第一野战军，与从西安败退的 17 万国民党军和外围部队进行了著名的“扶眉战役”，基本歼灭了陕西境内的国民党军队，完成了陕西关中全境解放的历史使命，充分体现出一野在西北战场上势如破竹的雄风。彭德怀在指挥部队击退宁夏、青海“二马”的偷袭之后，不给敌人以喘息之机，立即指挥一野全部，兵分三路对蒋胡匪军主力发起进攻。当时是王震率第一兵团，沿户县、周至西进，先后在子午口、黑山寺、哑柏、横渠同敌人展开激战，击溃敌 90 军后，又于 14 日攻占宝鸡门户重镇益门镇。许光达率第二兵团攻克临平后，经天度、法门、青化、益店，一夜急行军 150 里，像一把尖刀直插至敌军后方的罗局镇，又夺取了眉县车站，连续击退敌军十余次突围。此后又激战十余小时，攻克扶风县城，将敌 65 军一部及 38 军、119 军大部压缩于午井以南、郿县城北至葫芦口之渭河滩上。与第一兵团形成双钳夹击之势，直至一举将其围歼。与此同时，担任战役正面主攻任务的解放军第十八兵团，在周士第指挥下由西凤公路、陇海铁路西进，首歼漆水河两岸及武功南北线之敌后，一部插入杏林、绛帐，击溃敌 247 师，歼灭 187 师主力，收复武功，继续进军至罗局镇东南与第二兵团会师，合歼残敌。杨得志率解放军第 19 兵团在乾县、礼泉阻击北面的马鸿逵部，保证了扶眉战役的胜利进行。此役一举歼灭国民党 4 个军 6 个师和另外 6 个团共 4 万余人，再次解放了宝鸡，为解放大西北和大西南奠定了基础。

那是一场波澜壮阔的大战，更是一场艰苦卓绝的苦战。双方投入兵力之多，战场分布之大，也是西北战场上空前。双方二三十万兵力在秦岭山下的渭河沿岸数十里的开阔地带，在短短的四天之内，昼夜展开激战。胡宗南所属国民党军各部，眼看大势已去，当地守军与退出西安的部队企图与青海、宁夏的马家军配合呼应，对西北野战军的强大攻势展开垂死抵抗。我军集中优势兵力，各个击破，发挥士气高昂与民心所向的优势，兵贵神速，迎头痛击，乘胜进击，不给敌人有喘息之机。像关中农民吃锅盔一样，一口一口地把敌人分割围歼，使敌人首尾难顾，溃不成军。敌军就像误入火阵的一群疯牛，开始了盲目的挣扎。战斗激烈异常，形成一片混战。

七月天，正是陕西关中酷热难耐的季节。人民解放军西北野战军的参战部队迅速进入秦岭山下集结。彭总亲自召开作战会议部署兵力。随即各部队按照总部战略意图分头进入阵地。官兵士气高涨，大战在即，地方民众支前繁忙。双方各自调兵遣将，气氛热烈而紧张……

这是由扶眉战役纪念馆回到省城的当天深夜，我陷入了深深的思念。扶眉战役打响时尚未出生的我，五十年后在西安，读着这些党史、军史研究报告、历史文献和当时的报纸新闻，感受着战争的气氛与战士的心情，想象着叔叔的处境与情怀。就在这次西北战场的重要战役中，我的叔叔李正彤为人民流尽了最后一滴血……想到此，我的眼睛模糊了。我感到的不是自豪，而是一种深深的惭愧。感到自己自从参加工作这一路走来，虽也为国家和人民做了不少工作，但也有不少失误，甚至在私心杂念的促使下，自觉不自觉地也干了一些叔叔不会同意我做的事情。比如在是非面前明哲保身但求无过的事情，比如在名利面前也会斤斤计较的事情，比如在公与私的较量中往往犹豫不决甚至偏向私心的事情，等等。此刻想起来就感到羞愧，感到内疚。在和平建设时期，人们真的需要常常想到牺牲了的先烈，时常缅怀他们的事迹，同他们展开心灵的对话，想想他们的存在与自己的作为，就会有所顾忌与检点的。这应当成为一种精神传承的方式。

“李正彤身为西北野战军第1兵团6师18团独立第一营营长，在攻占马家山的战斗中再度身先士卒、冲锋陷阵，不幸身中数弹壮烈牺牲，时年仅仅二十六岁……”

昨天的新闻就是今天的历史。几十年后，《解放日报》上这几行简单的文字，包含了多么丰富的历史信息与感情的内容呀！作为没有见过面的亲人，当我读着这些党史和军事研究者们十分看重的历史文献，心中就忍不住热血沸腾，眼前就呈现出战争的场景：

……这是最后的生死大决战！是你死我活、不共戴天的大搏斗。结果是解放军一举歼灭了敌人，解放了陕西关中。而在这次战役中，有多少酷烈战斗细节，只是在一个个生命中短暂的一瞬，就像流星划过天空，就像彩虹的呈现与消失……残酷的战争，它把多少年轻的生命变成了染红土地的血而驱赶着邪恶与黑暗。一个血色染红的黎明，就这样出现在西北的原野上。这就是战争，就是一个阶级征服乃至消灭另一个阶级的你死我活的战争。在这改天换地的战争中，一面是被黑暗笼罩着的日薄西山、气息奄奄的旧世界，而另一面则是凭借着理想的光辉迎来的绚丽多彩的灿烂黎明……征战双方，虽说都是炎黄子孙，但却分别代表着正义与邪恶的力量。一群是黑暗世界的破船之上惊恐万状，垂死挣扎，却被人用枪逼着非得破釜沉舟的乌合之众、溃败之军；一群是迎接光明的英勇顽强，前赴后继，视死如归，甘洒热血的胜利之师。这些恰如其分的词语，在今天的人们已经无法真切地理解它们的深刻含义与准确概念。可是激烈的搏斗就这样展开着。

历史的画面再度呈现在我的眼前：

我叔叔李正彤所在的部队——王震所率第一兵团，经过浴血苦战，击溃敌90军后，李正彤所属的十八团奉命围歼金渠镇敌人守军。敌人利用镇上民居进行抵抗，使得解放军的重炮失去用场。为了保护民众，只能智取，不可强攻。如果派一支精干部队抢占镇子南边的制高点马家山后，既可以防止敌人增援，又可以逼迫敌人投降。李正彤代表全营主动请缨。战斗开始前，独一营光荣地担任了控制马家山制高点的任务。部队经过一夜急行军，赶到马家山前，这才发现敌人已经在山上布下重兵。情况发生了如此重大变化，也就是说，我们的攻打镇子的部队将腹背受敌。

“情况十分危急，必须趁着敌人立足未稳、情况不明，一举拿下山头阵地。”

营长李正彤经过侦察，迅速搞清马家山上是敌36军165师495团占领着。一个营能攻下一个团的阵地吗？战斗一旦打响，独立营的处境将会十分的困难。眼看天色微明，时间万分紧迫。面对高地上三倍于自己的敌人，李营长来不及想更多的问题。为了整个战斗的胜利，他义无反顾，只有率领全营拼命夺下山头，才有可能扭转危局。他深知战斗一旦打响，敌人的火力一定会很猛烈。他迅速命令一连二连作为预备队，自己则亲自带领三连作为首攻。战斗打响，敌人居高临下，火力很猛。部队刚刚接近，就被压在一个山坳里，敌人封锁住了前进道路。这时英勇的营长李正彤带领三连奋勇冲锋。天还没亮，解放军从天而降，还没等敌人反应过来，部队就占领了山头阵地。敌人开始疯狂反扑，占领山头的三连遭到严重阻击。李营长奋不顾身，组织火力反击，掩护后续冲上来的一连二连进入阵地。不幸就在这时，李正彤腹部中弹，倒在了阵地上。一营部队按照预定计划占领了高地，成功地阻止了敌人援军，保证了战斗的胜利。

二十五

终于走进了平山县境内，也就是说，走出了吕梁山，进入了太行山区。县民政局早早派人等在县境上接应了！我的父亲一松劲，就一步也走不动了。他终于无奈地躺在了担架上……

我写着。《寸心的表白》仍在连载。我们家书房里的朗诵会仍在继续，而全家人似乎再也不曾有过什么大的分歧。只是我的儿子太行却越来越多地缺席。他的社会应酬固然是多，但是根本上还是不能接受秋云的令人难以理解的痴情。秋云对此很是不满，但是并不强求他，只是依然坚持着义务读报。连续多日声情并茂的朗诵使她诗兴大发。她的新作《从历史中走来》就是此种心情的表露。

不知何故
突然有那么一天
我竟然背叛了自己
脱胎换骨的我
一头扎进了从前
原本厌恶过的历史
如今我化作一叶扁舟
在过去的河流漂泊
捧起三叶虫的化石
刻骨铭心的感动

那穿越时空的灵柩
属于昨天今天明天
属于你也属于我

有一天，在读完了当日报纸连载的《寸心的表白》之后，秋云紧接着朗诵了自己的这首新作。当全家人都沉浸在回味与咀嚼中时，孙女楠楠突然抢先鼓掌，说：

“妈妈的诗真好，就像是楠楠要说的意思。‘化作一叶扁舟’‘捧着三叶虫的化石’，妈妈的诗就像老师讲的‘漫卷诗书喜欲狂’的杜甫和发现了陆相生油新理论的科学家李四光。妈妈，难道爷爷写的太叔公的战斗故事真的就这么吸引你？”

“这是我寸心的表白，当我为人民流尽最后一滴血的时候，让这张被战争锻炼成的肖像，随着你们漂泊吧！”

秋云没有正面回答女儿的问题，而是又痴情地朗诵了烈士李正彤的这句遗言。这是叔叔他留给这个世界和亲人的最后一句话，既像是英雄的豪言壮语，更是壮士男儿抒情的诗句。显然，他的话拨动了诗人的琴弦，也令全家感动。

是的，这正是叔叔最后一次寄给家人相片时在照片背面的附言。还特别在末尾工工整整地署上了“李正彤”三个字。

“爷爷，妈妈，我想到陕西还有延安去看太叔公打过仗和开荒种地的地方。”

秋云说：“好呀，请爷爷领队，国庆节长假我们一同去陕西和延安朝圣。”

楠楠高兴地拍手跳了起来。我当然乐意带他们全家去了。太行的表情似乎有些为难。

“太行你要是忙，就不用去了，你以前不是去过嘛。”我有些不耐烦地说，心中还惦念着关于陕西特别是延安的印象。

延安是中国革命的圣地，陕西是叔叔战斗和牺牲的地方。对这片神圣的，洒满无数革命烈士鲜血的英雄土地，我有着一种特殊的感情，充满着向往。幸运的是 1998 年我由河北调到陕西工作，有机会沿着叔叔战斗过的地方，寻找叔叔留下的足迹。1999 年清明前夕，我到宝鸡、眉县下乡，午饭间我对当地领导同志谈起叔叔在这一带牺牲的事情，他们即派人到扶眉战役纪念馆打听，并很快告诉我，馆里有正彤烈士的资料，展室有他的事迹介绍，陵园还有他的坟墓（是 1955 年 11 月建陵园时从马家山埋葬叔叔的地方取土为坟）。并说，扶眉战役我军一举歼灭国民党胡宗南、马步芳军 4 万 4 千余人。我军伤亡、失踪数千人，正彤是牺牲的军官之一，是著名战斗英雄。

那日饭后，我和陪同人员即赶往纪念馆。纪念馆内，墙面上悬挂了许多烈士的照片，展柜中陈列着烈士的遗物。遗憾的是，在我叔叔事迹介绍栏上方，没有他的遗像，但却张贴了一张 1949 年 6 月份日子不清的《解放日报》。这份已经发黄并有破损的报纸的头版头条刊登了悼念叔叔牺牲的文章：

悼李正彤同志

……他在战斗中智勇双全，一九四八年部队西府行动，一营打抗击，由于敌人兵力超过我们几倍，他带的重机枪排被敌紧紧包围。这时，他对敌高喊："你是哪一部分？快去追八路军！八路军往西跑了！不敢打枪，谁打枪谁负责任！"敌人在他的指挥下往西追去，部队才转危为安。平时他在生活上简单朴素，从来没有穿过另外的衣服。他雷厉风行，积极负责。一次在韩城县休整，为减轻人民负担，到十多里的地方背粮，他就背了五六十斤。三月间部队向陕西渭北进军，他为了部队战士少受痛苦和胜利完成任务，每到宿营地不分早晚，就到各连检查部队有多少脚上打泡的，想很多办法使打泡的把泡消下去。那时其他单位坐大车的很多，一营没一个。他经常深入下层，找班长谈话，在谈话中了解到连的领导有些方式差，就借空闲进行指导，很快地解决了领导问题。机枪连连长张加彬在生活上有些特殊，他很快地给纠正过来。他这种对工作负责对人诚恳而和蔼的态度，在十八团提起来没有不留恋和赞叹的。

李营长在负重伤时，他告诉政治干事花玉春同志："你告诉杨教导员，我是不行的了！现在我把这支部队带得能打仗了，这次我牺牲了，叫他好好地领导，完成光荣的任务。我牺牲了不要紧，中国还有四万万五千万同胞，革命还是会胜利的。"

正彤同志请安息吧！你所盼望的今天基本上实现了。我们为你报仇，更坚决为你的理想而战斗到底，你是人民的功臣，是永垂不朽的！

当时，读着这篇五十多年前的悼文，我的心情格外沉重。我将写有"沉痛怀念叔叔正彤"的花圈摆放在这篇悼文前面，并向张贴着的那张报纸深深地三鞠躬，以寄托后辈儿孙对先烈们的哀思，心里默默地想着：敬爱的叔叔，您是人民的功臣，您的侄儿今天站在这里，决心继承您的遗志，为您的理想而奋斗到底！

二十六

我的尚未写进故事的讲述，楠楠和秋云很是用心倾听。我感觉到在这母子两代人的心中，烈士李正彤已经成为了一个活生生的可爱又可敬的偶像。她们，特别是我们固执又挑剔的诗人秋云，已经在关心那位从未见过面的亲人的命运与归宿，更愿意接受任何关于他的信息。秋云甚至对于我采写《寸心的表白》过程中的任何背景、心思与花絮，都十分地关注。我从小喜欢音乐，特别是弹拨乐演奏的乐曲。人的感情就是一把神奇的三弦，当你盲目地接近它的时候，你不知道撞到了哪根琴弦，它突然就会发出你始料不及的怪异的声音，有时候甚至会把琴弦弄断。而当你熟练地掌握了它的原理与规律，你就会弹奏出动听的乐曲。这时候，不需要你费多大气力，听者感情的琴弦就会为之震颤而共鸣，发出预想不到的回响。此刻，面对着秋云和孙女楠楠，我感慨万端。精神渗透的力量竟然是这样的强大！当过去的历史人物与事件积淀为一种精神文化，它就足以穿透一切，成为永恒的存在，并非是看你接受还是不接受。

此日晚间，我正步入书房等待着又一次令人感奋不已的朗诵，心中便如此地想着。

“爷爷，快讲讲您是怎么想到要写叔叔的故事，又是怎么写成的。我们老师都在作文课上读了您的文章，还说您写得真好，是真情的流露，是最具影响力的家风教育。”

秋云站在一旁点头微笑着。显然，楠楠的问题，她的妈妈也很感兴趣。只见她抚摸怀中的宠物猫的手突然停了下来，一双单纯的大眼睛深情地望着墙上的照片，等待着我的回答。我发现她最近还在阅读一本关于南京大屠杀的书籍。我渴望着看到年轻的诗人更具民族精神和爱国情怀的诗作问世。

二十七

我的父亲躺在担架上，昏昏沉沉地就想到了兄弟的故事。那是兄弟俩入伍不久的故事。

雨夜，部队急行军。道路泥泞，不断有人滑倒。要过敌人封锁线了，刺眼的探照灯在远处扫来扫去。前面不断地传来连长的命令。

“快，跟上，跟上！不许掉队！”

“是哪个又掉队了！真要命！”连长压低嗓门厉声喝问。

李正民回头一看，果然又是弟弟正彤。他的脸呼地就发烫了！真丢人呀，弟弟正彤又掉队了！他看到长得还没有枪杆子高的正彤正拼命追赶队伍，却滑倒了，他爬起来又追，又滑到了，爬起来再追。如此反复多次，人就更加没有了力气，枪在肩头显得更加沉重。他弄得满身是泥，狼狈不堪，但仍然努力挣扎着前行。一道闪电，正民看见正彤脸上的表情仍是那样坚毅：牙关紧咬，眉头紧皱，仍然一副不服输的样子。可他还是被落下了，急得几乎要哭。正民被他深深感动，就停下来，等他走到近前，二话不说，把枪拿过来自己背上。正彤也顾不得再争夺，乖乖地跟在身后拼命迈开脚步赶路。快过敌人封锁线了，部队的行军速度越来越快，干脆跑了起来。正民生怕正彤又赶不上，可回头一看，他正拽着王震旅长的马尾巴前进。将军自己也下了马，走在正彤身边，搀扶着他行军。前面要上一道大坡了，正彤脚下打滑，将军不由分说把他抱上了战马。难怪正彤常常自豪地讲，王旅长是扶我上战马的人。

到了宿营地，人累得早趴下了。难得有夜晚宿营的时候，正彤睡得很死。正民半夜就推他起来小解。正彤半天不醒。正民就不停地摇晃他的身子。因为他每夜不这样叫他起来撒两次尿，行军打仗疲劳的正彤就可能尿湿裤子，他还是个孩子呀。正彤很不高兴地起来小便，真是让正民操了不少心。哥俩的感情别说有多深。如今正彤牺牲了，只剩了正民一人，跟随王震将军进疆，他一路上的心情别说有多痛苦。

在茫茫戈壁滩上，李正民一边行军，一边就回想着这些亲切的往事，仿佛弟弟正彤还在自己身边走着。可他定睛一看，却是别人。他就禁不住泪流满面。这时，恰巧王震将军骑马经过，看到李正民痛苦的样子，就下马走在他的身边。过了一会儿，见他情绪平静下来，便说：

“李正民同志，不要难过，你弟弟正彤可是为咱们解放大西北立了大功的，也为平山团争了大光。他是好样的，我们不会忘记他，全西北人民不会忘记他。”

说这话，王震将军把手绢递到正民手中，要他擦去泪水。

“坚强起来，孩子，不要悲伤，你这样正彤也会不高兴的。化悲痛为力量，彻底解放大西北，让烈士们放心安息。”

王震旅长的叮嘱，成了他最大的安慰。雪夜，部队行进在翻越祁连雪山的艰难征途上。那又是悲壮而震撼人心的一幕。历史留下了那铿锵有力的脚步声。那是历史的脚步声，永远不会消失的脚步声。后来作家杜鹏程曾经写过这一段生活。那是在初夏，就在那天夜晚，部队在没有时间做任何准备的情况下，奉命翻越祁连雪山。当行进到半山腰时，暴风雪突然袭来，黑暗中道路完全无法辨认。正民所在的尖兵连，接连有战士走着走着就落入悬崖牺牲了。为了给后续部队指路，我的叔叔李正民主动站在一个拐弯处的悬崖边上为部队作路标。时间分分秒秒地过去，他咬牙坚持着。结果经过几个小时的煎熬，当所有部队过去之后，人们发现，他已经冻僵牺牲了。他在临牺牲的时候，嘴里还一个劲地念叨着弟弟正彤的名字。他平时不爱说话，不像弟弟那样活泼外向。但是他是心中有数的人。当眼看着弟弟牺牲后，他就有了一种为革命流尽最后一滴血的打算。在那风雪之夜，在那高高的祁连雪山上，他为了保护战友，实现自己的入党誓言。不然，他感觉没有脸回家见亲人们。

默默无闻的李正民，他同李正彤烈士牺牲得同样悲壮。他以雕塑的形式，永远地挺立在了祁连雪山上。人们没有办法把他的遗体运回来安葬，他就同那些牺牲的战友们一同化入了祁连山的巍峨与峻拔，化入了大自然的永恒。历史铭记着他们的事迹。

祁连山中，被冻僵牺牲的一排长李正民，他浑身披着冰雪，像一尊冰雪的雕像屹然挺立在风雪之中，他咬紧牙关，但还是面带微笑，一手拦着悬崖峭壁，一手指着前进的道路。那刻骨铭心的形象令每一个通过的战士都深受鼓舞，难以忘怀。人们并不知道，他们平日少言寡语的一排长，早已经成为了一座凝固的雕像。在生命弥留的时刻，在面对失望的一刻，难以忍受的痛苦渐渐地离他而去。他的心中出现了幻觉。

“正民哥，你醒醒，可不敢睡着呀！”

在弥留之际，他一定听到了弟弟正彤在呼唤自己。这令他振作起来。这也许是在延安背粮食的路上，同样是一个风雪弥漫的日子，在崎岖的山路上，那天他正患着严重的疟疾，浑身发烧，打着摆子，腿软得迈不动了。

“来吧，正民哥我替你分背一些。”

正彤不由分说，就把正民背上的粮袋子卸下来，给自己的口袋里匀了一多半……那也是行进在茫茫的风雪之中。山路又湿又滑。……正民的眼睛里充满了最后的泪水，这也许是他即将冻僵的身体中所能够发出的最后的热能，很快连那未曾涌出眼眶的泪水，也都凝结成了冰霜。然而，他的心脏还在跳动，他的生命的意识，也还在回味着那美好的往事……

“为了战争的需要付出自己的一切！”

在生命的最后一刻，李正民仿佛还听到了弟弟正彤坚定有力的声音。

二十八

经过了难以言说的千辛万苦，我的父亲终于把叔叔李正彤的棺柩运回来了。听母亲说，父亲当天走进石墙老屋的院门，就瘫倒在院子里。他面容枯槁、脸色苍白，连说话的气力也没有了。那两匹经历了一个多月痛苦折磨的骨瘦如柴的马，老黑马和小白马，也早已是筋疲力尽。它们也像是通着人性，挣扎着一跨进院门也就瘫倒了。不幸的是整个的灵柩，就一下子压在了老黑马的头上。老黑马嘶鸣一声，喘着粗气挣扎了几下，就不再动弹。当人们急忙把棺材抬起来，发现老黑马已经断了气。小白马见到它的母亲倒下了，一直卧在老黑马的身边，眼睛里淌着泪水，不停地用舌头舔着老黑马头上的伤口。

就在回家的当天夜晚，家里人在村西南角小山上的巨石旁边为叔叔选了墓地。安葬那天，全村男女老少都到了。临下葬时，大家都要求打开棺柩，再看上正彤一眼。于是，在墓地打开了棺盖，只见叔叔安详地躺在里面，胸部覆盖了一面鲜红的绣着镰刀斧头的党旗。叔叔的头部和腹部都用白色的绷带多层缠绕着，绷带上凝结着深红色的血迹。显然，他是头部、腹部都受了致命的枪伤而牺牲的。

“正彤儿，你总算是回来了呀！”

奶奶伏在棺材上，拼命地哭泣着说。两个姑姑和婶婶扶她起来。可是老人家浑身已经“瘫痪”了。山风吹起老人满头的白发，墓地的气氛十分的凄凉。

在场的人挨个地手扶着棺材，含泪瞻仰叔叔的遗容。人们和叔叔最后道别。村支书致了简短的悼词，然后烧纸，上供品，燃放鞭炮，掩埋。披麻戴孝的家里人和村里人都趴在坟头呜呜地哭。就这样，刚刚完成叔叔灵柩的安放，晴空里突然就聚集了乌云，下起了阵雨。人们的衣服刚被淋湿，雨就停了。空旷的天空透出一道彩虹。低沉哀婉的唢呐声，回响在太行山的岩壁上，仿佛是把人们痛苦的哭声撞碎了又拉得老长，更加显得悲壮。

那天，听父亲讲，我的母亲是怀着我参加叔叔葬礼的。也就是说，我在母亲的肚子里参加了叔叔这个简单却又是隆重的葬礼。葬礼上，人们对于叔叔的哀悼与缅怀，成了对我刻骨铭心的一次胎教。

十四年后，我中学刚毕业回乡务农，在生产队里当上了“羊倌”。四年之内，几乎每天都是赶着羊群上山，都要从叔叔的坟前经过。我常常蹲在山头上，两眼久久地凝视着叔叔的墓茔。这时候，没有见过面的叔叔的形象总是清晰地浮现在眼前：他站在山头上吹响了冲锋的号角；他端着冲锋枪向疯狂的日军扫射；他用刺刀扎向鬼子的胸膛，敌人惨叫倒下；他骑着高大的战马，高举着马刀，率领着全营向前奔腾，势如排山倒海，锐不可当；他受伤了，额头上裹着绷带，用手捂着淌血的腹部，在那硝烟弥漫的战场上奋不顾身地向敌人爬去……他，英勇的叔叔，他在我的想象中，就是手托炸药包的董存瑞，就是用身躯堵住敌人机枪眼的黄继光，就是电影《英雄儿女》中端着爆破筒跳入敌群高喊“向我开炮”的英雄王成！

就这样，每天早晨太阳从对面山上一露头，我就赶着羊群上山。在东边阳光照耀的山坡上，几乎可以看到整个冀中平原。在那辽阔的大平原上，日本人的炮楼和公路今天已经没有了影踪，但是凝神守望，我的耳边却时常会响起枪炮声和被鬼子无辜枪杀的人们冤魂的哀鸣。因为父亲在我很小的时候，就讲述了许多日军罪行和关于八路军太行山抗日的故事。而那浴血奋战的勇士的战斗行列中，就有我的叔父李正彤。

又是清明时节，又是春暖花开。我再次赶着羊群，来到埋葬叔叔的山头附近。远远就看见婶婶为叔叔扫墓的身影。婶婶当时已经在省城工作，不尽的思念总是涌上她的心头。婶婶每年清明节都要从省城回到槐石峪为叔叔扫墓。她虽然上了年纪，但是还要穿起鲜艳的衣服。这是许多人都不理解的。只有她自己心中明白，是为了纪念他们新婚的日子。有时候，会有几个青年陪她来，那是她收养的孤儿。她自己没有儿女，就把自己的工资用于救济那三位烈士的母亲和收养烈士遗孤，直到三位老人相继去世。婶婶的故事，在家乡一带传为了佳话。她在我的心目中，一直是一个高尚的人，她对我也很好，但是要求很严，从不宠溺。那时农村生活困难，我以后外出上学，也都是由婶婶供养。她乐观坚强，任劳任怨，像太行山的石头一样的质朴无华、厚重实诚。她是我们老李家全家人心中的女神，也是我们家为革命牺牲的所有人精神的化身。

我的家乡太行山下，至今流传着我的婶婶的传奇故事，更流传着许多八路军抗日的故事与动听的歌谣。

“伫马太行侧，十月雪飞白。战士仍单衣，夜夜杀倭贼。”

从小就会朗诵这首诗，但是长大后才知道这是朱德元帅的抗战诗。这诗歌如今就写在太行山上，更铭记在太行儿女的心中。

我的心目中，高高的太行山就像一座耸立云表的丰碑。太行山的军民就像这碑上的血写的字句。那些牺牲了的与活下来的，都是值得我一生品读与敬仰的。而令我自豪的叔叔和婶婶，就在这杀敌与支前的勇士的行列中。有趣的是，叔叔参军之前，也是在家放羊。我初中毕业回乡务农，恰巧也是十四岁，可我只能当羊倌，不能当八路军。这也许是我终生的遗憾。

我十八岁那年，要参加工作离开家了，临别那一晚，我的父亲讲述完叔叔的故事，便慎重地由衣柜中取出珍藏已久的这张复制放大装了镜框的照片和那把带血的军号递给了我，说：

“孩子，你要参加工作了，从此离开家，要自己管理自己了，带着这个吧，让你的叔叔时刻伴随着你，让我们老李家的家风时时提醒着你，该干什么，不该干什么。”

这珍贵的肖像照与带血的军号，几十年来随我走过了许多地方，伴随我由一个幼稚的小青年成长为担当重任的国家有用之才。它们在我心中的地位始终若严师和镜子，时时督促和鉴照着我的思想言行。

无论何时何地，只要面对或是想起这张照片和军号，就好像见到了亲爱的叔叔，我的心中就会肃然起敬，就会感到自己应尽的责任与诚实守信、端庄处世的约束。如今自己年过花甲已经是退休赋闲在家，但每天走进书房看书、写作，时刻与这老照片和军号相伴，就时时感到那种责任与约束的存在。眼前时常会浮现出叔父那早已熟悉的音容笑貌，还有他那令人羡慕又兴奋的炮火连天、青春似火的峥嵘岁月……

“这是我寸心的表白，当我为人民流尽最后一滴血的时候，让这张被战争锻炼成的肖像，随着你们漂泊吧！”

可以想见，这是叔父临上战场前的遗言，是他经过深思熟虑的一句话。此刻，我情不自禁地抚摸着那把似乎还保留着叔父体温的军号，顿时心潮澎湃，热泪盈眶。我虽然没有见过叔父，可是他的音容笑貌与深情的留言，他在三名战士相继倒下而奋不顾身吹响冲锋号的英姿便呈现在眼前……

2014 年 8 月初稿于延安，
9 月修改于上海，
11 月 10 日改定于北京。

神湖

一

李娜娜甩门走出房间那一刻，她就有些后悔。她很希望郑为拉住自己的手不松。或像平日那样狼狈地追赶出来，厚着脸皮搂住自己，嬉皮笑脸好言挽留。可是这一次郑为有些反常，竟然还发疯一样地摔碎了花瓶。当她快步下到楼梯转弯的地方，禁不住扭头向上看了一眼，却见那扇熟悉的红门冷冷地闭着，她心中的邪火就直往头顶上蹿，脚下的步子也不由得加快了。接下来，她几乎是飞奔着往下跑了起来，嘴里呜呜地发出声响，连自己也不曾意识到那是在哭，是心里在流泪、伤口在滴血。她觉得自己受了天大的委屈，自己是这个天底下最最倒霉不过的人，没有一件事情是顺心的。

自从七年前她大学毕业，他们就一直租住在这里。这栋楼房的第十层，也就是顶层，一室一厅，冬天暖气不热，眼下倒是热得像蒸笼一般。她为此整天唠叨埋怨，但还是咬牙坚持着，因为这里也有她所希望的二人世界中温馨甜蜜的一切。她最反感郑为动不动就拉出农村农民的衣食住行如何艰苦如何简陋来说事。都什么年代了，还扯那犊子干啥。娜娜学着闺蜜高小美好讲的一句话说。眼下人家那么多人都住着大别墅，开着大奔驰你咋不说？真是！她唯一能够做到的，就是不顾郑为反对，硬将那扇破旧木门用油漆染成猩红耀眼的颜色。那是她梦寐以求的大奔驰车的颜色，也是她最喜欢穿的红裙子的颜色，是她喜欢的艳丽口红的颜色。她的二十个指甲，对，是二十个，包括手和脚的打磨修饰过的指甲颜色，也都是涂成猩红锃亮的。还有披肩长发上特别招眼的蝴蝶发夹也是猩红色的。她发现这种火辣辣的颜色，最能够激发和体现青春的活力，也最能够引来异性的青睐。虽然郑为多次劝她不要把自己搞得那样夸张，看着就像动画片中的卡通人物。但是他永远也不会知道，如此走在大街上回头率会有多高。因此每每感受到这种颜色给自己带来的荣耀和欣喜，李娜娜的眼睛就会陡然一亮，心中的郁闷也会暂时消散。

她原先本是南方经济发达地区一个县城高中质朴听话的乖女孩，自从考进这座北方都市的名牌大学，她就开始变得不安分起来。书本再也无法吸引住她的一双大眼睛。电脑和手机在她的面前展开了一个虚拟的花花世界。她越来越变得缺乏理性，几乎每天都生活在空想的物质世界之中。她时常躺在床上上网聊天，或同闺蜜小美大通电话。话题总是离不开名车洋房还有排场舒适的职业与可观的工资收入。可是真正到了毕业，却遇到了亚洲金融危机。许多跨国公司纷纷裁员，就业成了一件十分困难的事情。于是她就像一只误入城市的飞鸟，盲目地四处碰撞寻找出路。她原本是学经贸英语的，可是对金融却是情有独钟。她倒不是喜欢那枯燥乏味的工作，而是看好这个行业相对丰厚的收入。经过艰难的角逐之后，她毅然放弃自己喜欢的专业，而改行到一家国有控股银行一线柜台工作。辛苦固然辛苦，可月薪竟然超过了研究生毕业的郑为几乎一倍。这也是她总是在他面前显得趾高气扬的一个没有说出口的原因。不过她的听起来也很可观的工资，总是月月不够花销。既然疯狂购物是她生活的重要内容，因此也就从未给在家乡县城生活的父母寄过一回钱，反而还经常接到二老的汇款。她偶尔也会因此感到隐约的内疚，但是又有什么办法呢？谁让我是你们的女儿，还是宝贝独生女儿。母亲时常在电话里唠叨，要她赶紧找个有钱女婿，好为他们养老送终。李娜娜总是说，那还得要有“感觉”才行。母亲始终问不清楚什么叫“感觉”，其实这个问题连李娜娜自己也说不很清。她暂时还不敢把自己同郑为恋爱同居的事情告知父母，只是含糊其词地说妈妈的老脑筋同自己想不到一起，有“代沟”。

“不好意思”，李娜娜飞奔下楼，几乎同乘凉归来的邻居大爷撞个满怀。她累得气喘吁吁地冲到院子，却一时不知所措地愣在那里。到哪里去呢？她看看手表，已是夜里十点多钟。她焦虑地犹豫着，抬头看看楼上自家屋子的灯光。她还是希望郑为能回心转意，突然出现在楼门口。但是那里黑洞洞空无一人。她想到了一个成语，是他们之间经常在亲热的时候总会讲的，可是这回意义却完全不同。她狠狠地对着楼上的窗户说，哼，你这回是王八吃秤砣，真是铁了心了！瞧吧，有你后悔的时候！她立即想到给闺蜜高小美打电话。可是拨了几次，都没人接。她又开始烦躁不安起来，双手不由得颤抖，手心直冒冷汗。这是她最近又增添的一个毛病。自从上次出现可怕的“鬼剃头”之后，她近来一着急上火或焦躁不安，就会双手发抖、手心冒汗，嘴里也会发干，嗓子直冒烟，夜里失眠的毛病也变得严重起来……好在这时，小美的电话终于拨通了。她没说话，就对着电话呜呜地哭了起来。在这种时候，闺蜜小美显得多么重要呀，简直比父母还要当紧。许多话，她只能对她讲，喜怒哀乐总是同她一起分享，她几乎就是她精神上的避风港。

二

这是一栋同他们差不多同龄的建筑。上个世纪八十年代中期，即1985 年前后，这座研究院拆了平房宿舍建了这拔地而起引人注目的住宅楼，也算是改革开放十周年的产物。虽然因为观念和投资有限的原因，仍是砖混结构，设计也还保守落后，没有电梯，也没有宽敞的阳台，明显还留有计划经济时期那种窘困与寒碜的痕迹，但这毕竟也算是破天荒的一举。房子的主人，夫妇双双都是年轻的科研骨干。他们破格分到这套小一居不久，就毅然下海，摇身一变，成了百万富翁，以后又出国定居。房子就由国内的朋友代为出租。

房间里布置得十分温馨。墙上贴了粉红色的壁纸，床和沙发都是欧式的，笨重而豪华。郑为此刻呆若木鸡地坐在同门一样猩红刺眼的欧式沙发上发愣。地上是一个摔碎的花瓶和一束鲜红的玫瑰。并蒂的两朵花，有一朵掉了下来，孤独地滚到了墙角。郑为的脑子里乱成了一团麻。原本很有耐心的他，今天不知为什么，再也不愿意忍受。他是摔了花瓶，是那只插着红色玫瑰花的花瓶。那还是他去年给娜娜买的生日礼物，鲜花则是前天从花店新买的。他每个周末都要为她买一枝并蒂的玫瑰花，为的是让她有个好心情。可她的心情却总是那样的容易忧郁。看来单靠玫瑰花是满足不了她的生活欲望。也就是他买来花瓶的那天晚上，喜出望外的娜娜显得异常兴奋。她当即搂着郑为的脖子动情地表示，房子暂时就不说了，只要买一辆像样的车子，她就答应嫁给他了。郑为当即高兴得把她抱起来转了几圈，激动得彻夜难眠。郑为原本是学建筑的，但是为了陪娜娜留在北京，他不得不改行在一家电脑公司应聘。他与高小美是老乡，也是来自远方的那一片草原。他还是通过小美介绍才认识李娜娜的。他比李娜娜大五岁，农村的父母都上了年纪，一心盼着他结婚生子好抱孙子。郑为又是个孝顺儿子，他也想尽量满足辛苦了一生的父母那一点可怜的要求。可是快一年过去了，买车的计划眼看就又要泡汤。这使得娜娜十分的绝望。因为在前不久，传来了郑为母亲病重急需手术的消息，他不得不背着娜娜把积攒了准备买车的十万块钱交给父亲给母亲治病。父母是农民，虽然开始享受医保，但大病做手术还是有相当比例的自费。不料娜娜知道这个消息，立即就和他翻了脸。这是郑为最为感到失望的。难道七年的恋爱，她就那样的绝情？“要么回去跟你妈去过，要么就干脆把钱要回来买车！”他简直不敢相信，这样的话她竟然能讲得出口。想到这里，他抬眼望着对面墙上那张放大了的合影照，那是前不久才照的，是娜娜一直催他去照的全套照片中的一张。光照这一套准备结婚的照片，郑为就花了一万多元，足够父母在农村一年的生活费用。精美的照片上，娜娜披着雪白的婚纱，显得清纯而儒雅。这是郑为最最喜欢看到她的那种矜持端庄的表情。他们相识的时候，她就是这个样子。这比她眼下时常喜欢穿着猩红色长裙上街要耐看得多。他们常常相拥着坐在沙发上欣赏这张合影。娜娜总会动情地伏在他耳边甜言蜜语地说：穿上白色西装的你，可真是帅气，你就是我梦中的白马王子。随即又调皮地端详着他的脸挑战地问，平时那股子掩盖不住的土气儿上哪去了？于是两人就相互动手挠对方的痒痒肉，抱着滚倒在沙发上，笑作一团……想到这里，郑为真后悔刚才没有阻拦她愤然出走，没有像以往那样向她认错求饶。可这次她讲的话也太伤人了呀！郑为的心中感到一阵难忍的痛苦与焦虑。他的北方男子的善良淳朴，和在女性面前的隐忍又不无软弱的本性，更因为对娜娜深深的爱而延伸开来。这使得他常常处在愧疚与自责的泥沼之中不能自拔。他总觉得自己应该为她提供更好的物质条件，创造更理想的生活空间，但是自己却只能做到眼下这样，让她住在这破旧的廉租房里，每天挤公交车上下班，连一件她所喜欢的像样的钻戒、金银首饰或翡翠玉器都买不起……他总是觉得自己欠娜娜的太多，他这才下决心要赚钱为她买一辆小车，可没想到竟然又成了空话……这与李娜娜的想法显然又变得一致起来。说真的，郑为是真心爱着李娜娜的，尽管他们在许多方面看法并不一致。不过真正的男女爱情是很难用理性解释的。郑为他所爱的，他七年来一心一意所珍惜的，就是娜娜这个人，包括她的虚荣与任性、自私与脆弱。尽管他们也经常发生冲突，但是这只能使得他们双双更深地陷入爱河。感情在磨合中不断地加深着……这么想着，郑为又开始担心娜娜此刻的心情与处境。

夜已经很深，痛苦的思索使得郑为毫无倦意。他想给娜娜打个电话，可又觉得有些丢份儿，她肯定又是在高小美那里。每次发生冷战，她都是躲在小美那里，让性情直爽言辞激烈的小美为她出了气，她才肯回来。

这时，电话铃突然响了。郑为有一种不祥的预感。他像触电一样从沙发上弹了起来，急切地抓起耳机。那边传来父亲颤抖的声音："为儿，你妈……她……她走了。"

"我妈？我妈怎么啦？爸，爸，你慢慢说，我妈她……不是说手术很成功吗，怎么就……"

父亲在那边泣不成声。郑为挂了电话放声痛哭。他瘫倒在沙发上。脑子里就像过电影，满是母亲慈祥的面容，耳边也全是母亲和蔼的声音……

不知过了多久，他冷静下来。脑子里闪出的第一个念头，就是把这个不幸的消息告诉娜娜。时间过十二点了，她还不回来，肯定就是在小美那里？他心中有些发毛，感到十分的后悔。真不该打破那只她心爱的花瓶。他迅速拿起电话拨号。可是那边已经关机。怎么办呢？娜娜临出门时留下的那句令他伤透了心的话又响起在耳边：要么回去跟你妈过去，要么把钱要回来买车！这话此刻就像刀子一样捅在了郑为的心上。不知为啥，他固执地把母亲的去世，同娜娜的这句令人痛心的话联系在一起。郑为双手颤抖着，泪水止不住又挂在脸上。他完全失望了，他不知道娜娜得知这个消息会是一种什么态度。他改变了主意，决定还是自己独自一人悄悄地回老家料理母亲的丧事，然后把年迈孤独的父亲带到城里来一起生活。他觉得自己失去了母亲，再不能失去父亲呀。这一刻，他在爱情与亲情之间，断然地选择了亲情。失去母亲的郑为，他的心里乱透了。

三

李娜娜正等得着急，一辆猩红色的小 QQ 就停在了她的身边。车门打开，穿着粉红色睡衣更显得窈窕性感的高小美急匆匆从车上跳下来。娜娜，怎么回事？她一下子就冲到李娜娜面前。小美，娜娜喊了一声，就势抱住小美，泪水就止不住夺眶而出。幸亏时间晚了，街上除了来往的汽车，就近并没有行人看见。小美心疼地抚摸着娜娜只穿着背带裙的裸露的背，无奈地直摇头，一时不知该说什么。快上车吧，今晚就住我那里。是郑为又欺负你了吧！这个没良心的老小子，看我明天怎么收拾他！

两人上了车。车内空间很小，只有两个座位。李娜娜时常开玩笑说驾驶员旁边的座位，是自己的专座。她们几乎每天都要见面。每次见面也几乎都是小美开车来接娜娜。高小美对李娜娜几乎是言听计从，连她买这辆廉价小车的颜色，也是李娜娜帮她拿的主意。李娜娜是南方姑娘，细腻聪明而矫情；高小美是北方姑娘，粗狂豪爽而纯真。她们一同大学四年，同班同室，朝夕相处，一南一北的两个人，反倒好得就像一个人一样。同学们都开玩笑说她们是“同性恋”。两个人也是只笑并不否认。有时候，娜娜也疑惑地感到小美瞅着自己的眼神，有些火辣辣的吓人，几乎就像郑为看着自己那样。每次到了小美那里，进门第一件事，她都会紧紧地拥抱她。而且抱得那么紧，令她呼吸都有些不畅。人的感情，有时候真有些说不清楚。此刻开车的小美，脸上却严肃得有些吓人。车内平日动人的音乐没有播放，空气显得十分的沉闷。一见到小美，娜娜心中的邪气就消了大半。她开始觉得有些愧疚不安，觉得又是自己的破事搅扰了小美开朗乐观的好心情，便伸手打开了音乐。那熟悉的旋律与歌声，顿时改变了气氛。小美冲她挤挤好看的丹凤眼，莞尔一笑。两人就都沉浸在了那悠远深沉的歌曲之中。

清澈甘甜的克鲁伦河水，
流淌到此再也不愿离去。
在这绿色大草原的腹地，
碧波汇集成孕育生灵的神力。
啊，美丽宽广的达赉湖，
我可爱故乡母亲的奶水，
养育了天地生态万物生息，
滋润着古往今来英雄壮举。
我们是成吉思汗自豪的后裔，
我们用真情与善良续写传奇。

源自天上的克鲁伦河水，
把纯洁与博大凝结这里。
在这远离尘嚣的圣洁之地，
无私和睦与珍爱凝聚成诗意。
啊，高贵圣洁的达赉湖，
我灵魂的归宿沐浴的琼浆。
洗涤着心灵守卫精神家园，
呵护着祖先留下的美德善意。
我们是中华民族坚强的后裔，
我们用劳动与智慧编织奇迹。

不知什么原因，这首平时不知听过多少遍的《达赉湖之歌》，今天听起来却是格外的感人。一曲终了，李娜娜竟然止不住泪流满面。她再看小美，这个平日性格中充满男子豪气的女友，足以成为娜娜坚强后盾和靠山的小美，此刻也早已是泪水盈盈。沉默之中，高小美慢慢地把车停在路旁，抽出纸巾给娜娜拭去泪水。不料两人却忍不住抱头痛哭。在这一刻，不需要语言的沟通，她们心有灵犀。在这灯红酒绿红尘滚滚的都市之中，在这冰冷的钢铁与混凝土伴着无数的冷漠面孔与自私心灵挤压组合成的现代都市伴作癫狂的摇滚乐曲中，她们感到了自己生命空间的窘迫与无可奈何。作为一个人，一个接受了高等教育的现代人，一个了解了外部世界的光怪陆离的物质享受的青春勃发对未来充满期待的年轻女人，她们原本认为自己来到这座城市就有权利希望得到自己应该得到的一切。可是顽强地打拼了这么多年，她们却连证明最起码的合法身份的本市户口都没有得到，更不用说是豪宅靓车。是的，如果她们也是那些官二代或是款爷的千金，这一切就都不成问题……此刻，在困境之中，当她们听着那来自天堂的音乐，就像在泥沼之中仰望着天空的明月。两个八〇后的年轻人，眼瞅着已经是而立之年，却还是一事无成，心中平时无法排遣的委屈与痛苦，此时都化作无奈的泪水默默地宣泄出来。她们同时都感到了生活的艰辛与人生的不易。可是又都感到孤立无助前途渺茫、幸福遥遥无期。都市的灯光掩盖了天空的星辉，现实中的人们失去了诗意的空灵心境。那么多的欲望无法实现，那么多发生的事情不尽人意。那个父亲高洪所写的歌中所描绘的遥远的达赉湖，真的就那么美好？她难道能够拯救她们疲惫不堪的灵魂吗？

高小美的租屋，是在市内一座等待拆迁的大杂院中。她没有固定的工作，大学毕业后就凭着自己拉大提琴和唱歌的业余爱好，联络组织了一个女子民间乐团。她们费了好大劲儿才申请到在城市中心的女青年基督教会唱诗厅不定期的排练和演出，有时也承接一些以慈善名义举办的社会演出，从中得到一点微薄的劳务收入来维持最简单的生活支出。她显然生活得十分节俭，所有的衣服都是从地摊上淘来的廉价货。她用的化妆品除了大宝之外，就是素面朝天。她眉毛像父亲一样，是天然的浓眉，至今也没有修过，眼睑上也是天然的长睫毛，看着就像是粘了假睫毛般的夸张动人。他的父亲高洪和母亲琪琪格都是蒙古族。就像歌中所唱的那样，"我们是成吉思汗的后裔"，她常常自豪地说自己的动脉中流淌着成吉思汗的英雄血。她就出生在达赉湖所在的那个遥远的大草原呼伦贝尔。父亲原先是边防军的团政委，前年转业到了地方，由于没有了县团职的岗位，就被分配到达赉湖管理局下属的一个保护站担任了站长。不料父亲很快就爱上了这份新的工作，竟然还写了那首动人的歌曲《达赉湖之歌》。这令深深爱着父亲的母亲既自豪又感到伤心。说盼了几十年终于能够过几天团圆日子了，却不料又成了牛郎织女。说过去你爸是一年四季在军营里度过，如今又是以保护站为家。母亲每次在电话里给女儿诉苦，都说得十分伤心。她还说自己现在也有了自己的事业，和几位喜好唱歌的姐妹和离退休老同志组织了一个老年合唱团，每周都要在公园中排练，然后定期到社区和市民政局专门为老残人士开办的一家爱心家园演出，说那首《达赉湖之歌》也是他们的保留节目，同样很受人们的欢迎。小美听了，替母亲感到高兴。关于父母的矛盾，高小美嘴里虽然总在劝说母亲，也表示了足够的理解与同情，但是她对于父亲还是有自己的理解。父亲是一个性情中人，他为人豪爽、真诚豁达，喜欢音乐和文学，喜欢大自然中的一草一木，这也许是蒙古族和当地少数民族人们共同的天性。而母亲虽然出生在城里，但从小就喜欢歌唱。父母的爱好与音乐情结，显然对于小美产生了深刻的影响。她总是说自己对于音乐的热爱就显现出了家族的基因。因此当父亲把自己新近创作的这首歌词，请人谱写曲子，从网上发给小美时，就立即成了她们乐队的保留节目。她真佩服那个名不见经传的蒙古族青年歌手，听说他是离父亲的保护站不远的一户牧民巴音朝鲁的儿子，大学毕业后又上了研究生，同时参加社会公益演出，成为了一名很受人们欢迎的民族歌手。《达赉湖之歌》，那歌词的纯情，旋律的凄美，仿佛来自天上，堪称是天籁之音，最适合于在教堂演唱。听父亲说，那个蒙古族作曲吉日木图，还是个大帅哥呢。其实小美并不知晓，说此话的时候，父亲其实并没有真正见过吉日木图。高小美太喜欢他的旋律了，蒙古族长调与呼麦的巧妙融合，使得歌者的情绪一直处在激昂饱满的控制点以下，像一条草原上默然涌流的河水，蜿蜒曲折、波澜不惊地把人引入诗意遐想的意境之中，产生震撼心灵的强烈共鸣。每当唱起或听到这首曲子，高小美就感到自己的心灵在经受着高尚的沐浴，感到心胸豁然开朗。

两个人疲惫地进了门。小美没有像往常那样佯作癫狂地拥抱娜娜，而是动手清理床上堆放的杂物。平时这项工作都是由娜娜来完成的，她一边埋怨一边帮小美分门别类地收拾。那埋怨中带着亲昵口气，就像一个溺爱又不满女儿懒惰的母亲。高小美的仅仅六平方米大小的斗室，看着可一点也不像是“闺房”。用李娜娜的话说倒像是典型的单身汉的寒室。东西放得几乎统统杂乱无章，她还美其名曰为“随手丢也是一种风格”。说是“杂乱”即无规律，本身也就是一种规律。今天李娜娜也没有心思帮她收拾屋子，更没有力气同她斗嘴取乐。她呆呆地坐在墙角那唯一的一把椅子上发呆，满脑子都是郑为摔碎花瓶的可怕情形。她也开始后悔自己说的那句气话。看来那句话触到了他的痛苦神经。人的心灵中也是有高压线的，触碰了它就会爆发出失控的火光。她开始有些后悔，感到心慌气短，焦虑不安。她知道自己的心悸病又犯了。这都是长期郁闷和失眠造成的。这么多不顺心的事情，她感到自己的精神就要崩溃。这么想着，嘴里就突然冒出一句话："小美，真的，我不想活了，假如真是朋友，你还是帮我寻个了断吧。我近来常常想到死，想到活得没有一点意思，可是我真是无能，连找死我都不知道路在哪里。"

高小美听得一愣。扭头惊异地看着李娜娜，发现她又一次哭得泪流面满，眼睛直直地瞪着自己，一点也不像平时开玩笑的样子。她一下慌了神，一时又不知道该怎么劝慰娜娜。情急之下，便狠狠地说："有什么了不起的，不就是郑为把买车的钱给他妈看了病嘛，大不了再想办法。至于要命嘛？"

"不是，是，也不是，我也说不清心中有多少纠结，有多少痛苦，总好像生活中的一切，都在同自己作对，都在折磨着我整夜整夜地不能安眠……"

"别胡说了，看看我们身边，有哪个人不是都有那么多的愁事，谁是百分之百的心想事成、万事如意？你说说。"

"小美，你别说了，反正我不想活了，这是我最后一次求你，帮我完成这人生最后的请求吧，我求求你啦。"

李娜娜说着，起身拽着高小美的胳膊，放声痛哭。高小美就势把她紧紧地搂在怀里，发现娜娜浑身都在发抖。自己也不由得随之打战，眼泪止不住夺眶而出。娜娜情绪失控的话语，就像一把刀子深深地刺进了小美心中那隐秘的伤痛处。她这个三年前就在同学和友人面前公然宣布终身信守"独身主义"的人，其实也有过一场感天动地的爱情，最后却是在撕心裂肺的痛苦中结束。她很理解娜娜此刻的心情，原因倒不是因为她追求物质享受不能满足，而是对方背叛了她的无比纯洁的感情。当时她自己也曾经想到过死，但是大提琴和音乐挽救了小美。她从此把全部的感情都投入到了音乐事业，而把那不堪回首的伤痛连同自己的爱一同封存了起来。此时她看着娜娜，就像又看到了几年前的自己。心中无法控制的痛苦的潮水顿时淹没了理智。在这繁华都市的不眠之夜，两个失意的姑娘，索性放开，抱头哭作一团。

四

每年盛夏，都是达赉湖最迷人的季节。清晨，火红的太阳刚刚亮出绿色如染的东方地平线，高洪就早早地起床了。他还保持着几十年军旅生涯的习惯，飞快地洗漱完了之后，就沿着湖边跑步晨练。他五十岁了，个子不高，但敦实而有力，跑起步来弯曲的双腿有些外踢，身子晃动着显然是从小骑马留下的终生纪念。他皮肤晒得很黑，从浓眉细眼、高颧骨的外貌看不出他内心的细腻和充满了诗意浪漫，反倒像个老实巴交的草原牧民。其实他就是牧民的儿子，从小在草原的蒙古包中长大。他喜欢草原的辽阔和牛羊的气息。喜欢与人十分亲近的纯净无比的蓝天白云。喜欢躺在毡包里透过天窗瞭望晴空神秘的星星。喜欢祖父在月夜篝火旁拉马头琴和父亲吟唱蒙古长调时的豪迈忘我神情。而最最令他陶醉的还是依偎在奶奶或母亲的怀抱中，在那漫漫冬夜里伴着寒风的呼啸和奶茶的清香，听她们亲切地讲述蒙古族祖先们是如何走出山洞和深林来到大草原上，又是如何克服种种困难与征服所有恶魔的故事，为他幼小的心灵中播下了英雄的种子。他的诗意的熏陶与歌唱的天赋则是从小在马背上牧羊放马养成练就的。那旋律和韵味都是原汁原味的草原情节的流淌。他以后把这种情结带到了部队，用牧歌的旋律谱了许多新边塞诗歌，有的还一直传唱不息。前年转业到地方，他原以为自己可以过几天安稳日子，不料却又到了这达赉湖畔，又找到了自己新的重新开头的事业，甚至可以说是找到了灵魂的归宿。当他每每面对着遥远天边的一汪净水，他就禁不住暗暗为自己庆幸。

此刻，高洪跑步来到了湖畔耸立的一块巨大的黑色岩石边上，习惯地停了下来。每次到了这里，他都要静穆地伫立仰望一阵，脸上的表情就像是在举行一个神圣的仪式那样庄严凝重。成吉思汗拴马石，这是他从小就印在脑海中的一块不寻常的石头。奶奶的故事常常会提到这块巨石，爷爷说他曾经在这块石头下边拉过马头琴。这果真是伟大的祖先成吉思汗迎娶心上人拴过骏马的石头吗？那他老人家的坐骑该有多么高大威风？儿时的高洪，常常带着这一类幼稚而浪漫的问题入睡，梦中也终于看到成吉思汗骑着棕红色高头大马飞驰在达赉湖畔。有一次他竟然梦见自己也随之骑在了那宽阔的马背上，那马竟然长嘶一声陡然离岸而去，直奔大湖的深处。他感觉耳畔风声呼呼，头顶上白云与百鸟迅速掠过，往下看则是蓝色的湖水像镜子一样平滑而透亮。那战马跃起又突然一头扎向水面，他就在此时惊呼着醒来。奶奶惊异地问他怎么啦，他只说梦见了祖先成吉思汗和他的战马。奶奶竟然当即朝着毡墙上悬挂的成吉思汗的画像跪拜祈祷起来，嘴里还念念有词。据说能够梦见大汗的孩子，是先祖降福的征兆。如今几十年过去了，奶奶早已经长眠在草原之下，高洪也已经过了知天命的年龄，当他面对着那个传说中的神秘的拴马石，心中的感慨顿然化作遐想。那梦中的英雄先祖和会飞翔的战马何时再回梦中？成年后这个少年的梦境一直深藏在他的心底，成为他思念祖先最难忘的一幕。于是他把那思念化作绵绵的诗意，就像奶奶当年的故事，亲切地倾诉给年轻的一代。

说是晨练，其实也是观赏美景，更是巡逻。湖畔的太阳，一出来就是火辣辣的。夜里肆虐的蚊虫统统不知去向。湖边河水入湖口宽阔的湿地，成了百鸟的天堂。眼下正是它们繁育雏鸟的季节。用高倍望远镜可以看得见那些刚破壳不久的小鸟，毛茸茸的，憨态可掬。他望得开心极了，仿佛在观赏一部表现动物世界大爱的电影。他总是兴致勃勃，像年轻时那样。别人都说保护站的工作远离城市，太寂寞太苦。可是他并不觉得多苦，寂寞这个词汇，似乎在他的人生词典中根本就不存在。突然从什么地方，似乎传来一声枪响。他警觉地在仔细倾听，却没有了声息。也许是自己过于紧张而产生的幻觉，日夜的操心都快有些神经质了。不过这个时候，是常常有偷猎者侵入，瞬间就会干出伤天害理的勾当。

眼下到了雨季，正是达赉湖涨水的日子。丰水的年份，这块天柱一样伟岸的巨石，在某一天的早晨就会毫不犹豫地跑到水中沐浴，就像一个不怕风浪的顽童与水鸟和浪花尽情地打闹嬉戏。那时候，各种各样的水鸟，就会对这巨石格外的亲近。连草原上的百灵鸟和云雀，也会远远地赶来凑热闹，公然在它的躯体上筑巢产卵。因为有了巨石的托举与呵护，它们的天敌狐狸与苍狼就不能把它们伤害。

高洪正在遐想失神，突然听到一阵悠扬的歌声由草原的深处传来。那唱的是一曲蒙古族长调，是难度很大的曲子，几乎没有歌词，只是表达一个牧人在辽阔大草原上放牧的喜悦心境。他急忙登上湖畔的高坡，就见一位穿着蒙古袍头上系着一条红丝带的年轻人，骑在一匹白马上赶着羊群，悠然自豪地漫步走来。高洪感到有些奇怪，他认识这匹白马，那不是临近的牧民兄弟巴音朝鲁的威武坐骑吗？每天早晨这个时辰，都是高大魁梧的朝鲁亲自骑马放牧经过，今天怎么换成了这个有着一幅金嗓子的年轻人？

“啊哦——远方骑马走来的英俊少年，

你的歌声为什么如此的扣人心弦，

请问尊姓大名赶着羊群将走向何方，

你的爸爸是哪一位有名望的草原骑士？”

高洪用蒙语伴着牧歌的旋律幽默地唱问道。这是蒙古族的古老习俗，在草原上相遇的人们，就用这样欢快而友好的方式相互问候交流。从此也就成为了朋友。

“啊哦，这位勤劳尊敬的大叔，

晚辈吉日木图首先向您鞠躬致敬，

我是您的邻居巴音朝鲁的宝贝儿子，

我们远在呼和浩特的歌舞学院放了暑假，

今后，你会看到放羊的人就变成我啦！”

小伙子机智而调皮，真是妙语连珠，高洪听得心中一阵欣喜。啊哦，原来是他新结识的好邻居巴音朝鲁的宝贝儿子吉日木图。他此前不知多少次听到过巴音朝鲁夸奖自己的儿子学习多么用功，歌儿唱得多么好听，马头琴拉得多么动人，果然是名不虚传。其实在未见面的时候，他已经喜欢上了这个小伙子。吉日木图是从内蒙古艺术学院毕业后，又被学校保送上的歌舞学院研究生。自己新近创作的那首《达赉湖之歌》，就是通过巴音朝鲁转给他谱的曲子。可谓是未曾见面，就已经有了成功的合作。

两人对唱着，已经走到了一起。吉日木图翻身下马，深深地鞠躬，大大方方地说：

“不用问，您该是达赉湖保护站的站长高洪叔叔吧。”

“是呀，咱们合作的《达赉湖之歌》也就是我的就职宣言。”

“那也是我献给您的见面礼了。”

小伙子说着，竟然从容地取下马背上驮着的马头琴，马步站立纵情地拉着，随即就放声唱了起来：

清澈甘甜的克鲁伦河水，

流淌到此再也不愿离去。

在这绿色大草原的腹地，

碧波汇集成孕育生灵的神力。

啊，美丽宽广的达赉湖，
我可爱故乡母亲的奶水，
养育了天地生态万物生息，
滋润着古往今来英雄壮举。
我们是成吉思汗自豪的后裔，
我们用真情与善良续写传奇。

高洪这还是头一次听到作曲家自己演唱的《达赉湖之歌》，周身的每一根神经都兴奋得振颤不已。以前只是通过多次电话，果然如自己所料，是个能迷倒一片姑娘的帅小伙子。他此前听的是女儿小美版的演唱光盘，就已经是十分的感动，但是相比之下，吉日木图浑厚的男中音中，又多了几分苍凉与辽远的历史感。这使得这首圣洁的歌谣，更加显得高贵而神圣起来。高洪兴奋得不能自已，于是在吉日木图的琴声与眼神鼓励下，他开始像一只草原的雄鹰，跳起了飞翔的舞姿。

源自天上的克鲁伦河水，
把纯洁与博大凝结这里。
在这远离尘嚣的圣洁之地，
无私和睦与珍爱凝聚成诗意。
啊，高贵圣洁的达赉湖，
我灵魂的归宿沐浴的琼浆。
洗涤着心灵守卫精神家园，
呵护着祖先留下的美德善意。
我们是中华民族坚强的后裔，
我们用劳动与智慧编织奇迹。

吉日木图唱完一遍还不过瘾，又重复着唱了一遍。高洪就一直忘情地跳着，跳着。直到琴声落下，他才由深深的陶醉中苏醒。草原恢复了早晨的平静，百鸟的鸣叫声与波浪声又重新显现。突然身后传来一阵很响的掌声。两人回头看时，笑眯眯地站在那里的竟然是村支书巴音朝鲁。他牵着一匹白脑心的枣红马，左手竟然还抱着一只成年的丹顶鹤。他的身后站着保护站新分来的大学生小贾，小贾背着一只药箱跑得满头大汗。

“这是怎么回事？”高洪惊异地问，急忙上前接过那只受伤的丹顶鹤。

“唉，中枪了，在湿地那边，又来了偷猎者，可惜为了救鹤没抓住人，让他开溜了。”身材高大的巴音朝鲁懊丧地说：“不然我这个铁拳头可饶不了他。”

“小贾，快，是翅膀中了枪，我们得回去，先得把子弹取出来。”

“快上马吧。”巴音朝鲁喊着，一把就将小贾揽上马背，挥鞭便向保护站的方向飞奔而去。

高洪则和吉日木图一道向湿地那边快速进发。羊群在草地上静静地游荡吃草，草原湖畔又恢复了早晨的平静。但只是表面的平静，同样是充满了真善美与假恶丑激烈交锋与角逐的平静。

五

令李娜娜感到更加绝望的，是郑为竟然失踪了。看来这家伙也学会了玩消失！现在男女恋人玩腻味了，不就兴这种不辞而别的做派嘛。李娜娜的心里顿时又燃起了邪火，那刚刚浮现的一点回心转意的念头顿时消失得无影无踪。而更要命的是，母亲在这个节骨眼上，却千里迢迢不打招呼就从老家来找她，说是想女儿啦，专程来探望，其实是来探虚实“催婚”“督婚”的。什么都快三十岁的人啦，还不快快找个有钱的乘龙快婿把自己嫁出去，什么他们二老眼瞅着快要干不动了，要靠女儿女婿养老送终云云。说得那么可怜，至于吗。说着说着，竟然还动情哭了起来。连等着抱外孙子这样不着边际的话也说得出口！这令女儿在高小美面前十分的没有面子。情急之下，李娜娜恼羞成怒，当着高小美的面对母亲大发雷霆，甚至把水杯都摔了。女儿这是怎么啦！母亲大吃一惊。过去那个在妈妈面前言听计从、说话慢声细语的乖乖女哪里去了？怎么读了几年大学又在这大都市生活了几年，就像是变了一个人似的。那种完全失态的歇斯底里的表现，是母亲从未看到的。老人家是既害怕又伤心。李娜娜还是不依不饶，趁机把满肚子的不满与郁闷统统对着母亲发泄：还有脸讲功劳诉恩情哩，谁让你们把我生到这个可怕的世界上来的。要不是你们的过失，我也不至于痛苦到这个地步！口口声声关心关心，什么关心，我看完全是控制，是讨债！是不顾女儿的死活，要你女儿的性命！那好，我不活了，总该可以了吧！李娜娜完全疯了，无论高小美怎样劝说，她都要把心中的话说完，把怨气、恶气吐尽。她此刻哪里知道，她那些话就像钢针尖刀一样刺到了母亲的心上。母亲也失去了理智，一屁股坐在地上放声痛哭起来。李娜娜这才闭嘴，惊异地望着痛苦不堪而扭曲着身体的母亲，一时不知如何是好。

“阿姨，您别生气，娜娜是在说气话，她是爱你们的，心里是爱您和她爸的。她平日时常给我讲要孝敬您二老。要相信她是孝顺的呀。”

高小美简直也要疯了。一连好几天了她简直拿李娜娜没有办法。一天到晚除了要死要活，就是歇斯底里发作，整夜整夜地睡不着觉。母亲的到来，就像是火上加油，真不知道她会闹到什么时候。无奈之下她曾经给郑为哥打过电话，但是那老小子的电话一直关机。看来这回真是要闹失踪啦。他原本是多么喜欢娜娜，是娜娜真正伤透了他的心，他也许再也不会回到娜娜身边。如果真是这样，那可怎么办呀？那不是真就要了娜娜的命吗？高小美如此想着，自己也急得直流眼泪。娜娜和她的母亲一见，竟然都冷静下来。母女俩相互看着对方，眼神中的怨恨迅速地消失了。

“妈妈，都是女儿不好。”

李娜娜说着，泪水又流了下来。她上前奋力地扶起母亲。母亲就势搂住女儿哽咽着说：“好孩子，再不要闹了，有什么不开心的事情，你给妈说。要不然，咱们回老家吧。瞧你住的这房子，咱们家那么大的房子，还有院子，回去在县城里找个安稳的工作上班……”

“妈快别说了，我不会离开这里的……”

母亲显出很失望很无奈的样子，痛苦地摇头无语。

“妈，你没事就回去吧，我爸一个人在家，他会担心的。女儿没事的，我会把自己的事情处理好，放心吧。”

母亲无言以对，脸上的表情仍是那样的忧虑。一旁的高小美都不忍心再看。唉，可怜天下父母心。她心中默默地念着这句话，就想起了自己的父母。心中突然涌起一阵强烈的愧疚。自己自从发布“独身宣言”之后，母亲几乎每天都要打电话来劝慰半天。好在她还没有向父亲透露这个消息。不然老爸再掺和进来，又要严肃命令自己限期回到家乡啦。也就在这一刻，她突然产生了强烈的思念父母和家乡的念头。何不趁着这个机会带着娜娜回一趟海拉尔。让呼伦贝尔大草原上的劲风吹落满身的疲惫，让清澈的达赉湖的水洗洗心灵的污垢……她这么想着，突然就有了主意，便灵机一动说：

“阿姨，要不然这样你看好不好，你老人家先回南方去，我和娜娜回一趟我的家乡海拉尔。她早就说要我领她去那里看看。眼下那里十分的凉爽，我的父母也十分欢迎我们去。我们暂时离开这里，让心情平静下来，好冷静地规划一下自己的未来。给我们年轻人一点思考的时间吧，阿姨你说是不是？”

果然不出高小美所料，李娜娜听得眼睛突然一亮，急忙拉住母亲的手，摇晃着说：“妈，我看小美的主意不错。等我们从那里回来的时候，一定会给你们二老一个满意的回答。”

母亲怀疑地望着小美和娜娜，一时不知该怎么表态。她原先是打算不解决女儿的婚事，就要把她带回老家的。看来这个计划又要落空了。又觉得高小美和娜娜讲得也有一定道理，既然孩子已经长大了，许多事情还是要她们自己拿主意的。海拉尔在哪里呢？她抬头望着墙上的全国地图。

高小美赶忙上前，指着“大公鸡”后脑勺那个地方，自豪地说：“阿姨您看，这里就是我的家乡，呼伦贝尔大草原。”

李娜娜也走上前说：“妈妈您看，还有这里，这蓝蓝的一大片，就是小美歌里面唱的美丽的达赉湖。我先去看看，如果真好的话，我将来一定带着您和我爸也去那儿一趟。”

母亲没有言声，但是却苦笑着亲昵地把李娜娜揽到了自己的怀中。刚才的一切都像没有发生一样。

唉呀妈呀，一场风暴终于过去了。高小美望着亲热如故的母女俩，心中暗暗松了一口气。但是当她望着娜娜那无法掩饰的忧郁的眼神，她心中不禁又涌起一阵惆怅。

六

郑为回老家料理母亲的丧事，简直累得半死。一切都是按照传统的丧葬习俗，院子里搭起了灵棚，灵堂要设三天。他又是独苗儿，一个人披麻戴孝日夜守着。有人来吊唁，不论年龄大小，他都要跪地磕头。到了第三天，要启灵的时候，他累得简直连腰都直不起来。回到家乡，他才感觉到了这里的闭塞。公路尚且不通，手机没有信号，村里甚至连电灯也还没有点上。好在守灵有马灯照明，再加上录音机里放出的哀乐缭绕，也还别有一番凄凉哀婉的情调。这是额尔古纳河东岸的一个小山村，属于室韦镇管辖。据说这室韦镇一带，就是当年的蒙古族人祖先生活的领地，他们的祖先就是由这里出发走向了广阔的草原。那还是在成吉思汗出生的两千多年以前，蒙古族部落与突厥人频频发生战争。结果蒙古族人战败了，整个部落就只剩下两男两女。他们逃进一个叫“额尔古纳昆”的大山之中隐居起来。额尔古纳河畔的一座山岭，这个地方，四周都是陡峭的山崖和茂密的森林，唯有一条十分难走的羊肠小道通往山外。这两男两女的姓氏一个是纳古思，一个是乞颜。四人在这闭密而自由的天地里相恋婚配，繁衍着后代，经过四百多年的漫长岁月，遂后竟形成了一个拥有七十多个分支的蒙古部落，称为“迭儿勒勤蒙古”。此时随着人口增长，额尔古纳昆日益显得地狭人稠。拥挤不堪的状况迫使他们谋求出山，以寻求更广阔的生存空间。可出路在哪里呢？雷电与山火将山上的铁矿融化流淌的现象启发了人们，他们决定用熔铁的办法开道出山。于是，他们动员全体男女老少，伐木烧炭，宰杀牛马，用皮革制成巨大的风箱鼓风催火。熊熊大火烧化的铁水开始奔流，终于在悬崖峭壁冲开了一条大道。于是人们沿着这条大道来到广阔的草原。以后才发生了成吉思汗的故事，他继承先祖英雄壮举，在此厉兵秣马、蓄精养锐，然后挥师南下，驰骋征战。也就才有那“七载之中成大业，六合之内为一统”的万古流芳的辉煌业绩。想象之中，疲惫过度而又兴奋不已的郑为的眼前出现了幻觉。他又以为自己是同娜娜在一起讲述家乡的故事。每每讲到这里，李娜娜总是听得出神。她是那种敏感且智商很高的女孩，想象力十分的丰富。蒙古族人祖先的壮举令她惊叹不已。就像许多的漂亮女孩一样，李娜娜虽然也无法抵御物质与金钱的诱惑，但是她的内心深处依然埋藏着诗意的正直与英雄崇拜的种子。

“接着讲，接着讲嘛。”

李娜娜双手托着自己漂亮的脸颊，催着郑为继续讲述。

“如今，在额尔古纳河对岸，别列佐夫确有一个古老的大铁矿遗址。在莫尔道嘎林区黄火地一带又发现了七十七处祭祀神堆。当地至今还留有一个完整的黑山头古城遗址，也还流传着蒙古族人‘熔铁出山’的悲壮故事。”

“黑山头古城？为什么叫这个名字？蒙古族人是不是崇尚黑色？”

“不，那只是个地名，是成吉思汗的弟弟拙赤合撒儿的封地。蒙古族人崇尚的是蓝色、白色、绿色和红色，这四种单纯颜色，那是天空和大地的本色，是激情与勇敢的象征。”

“我也崇尚红色呀，你怎么不肯定人家？快说，那黑山古城如今是什么样子？”

“方形的城池，厚厚的土城墙，中间看得出是一个巨大的房基，可能是大殿。小时候我们经常在那里玩耍。泥土里埋藏着许多的铜箭头，还有铁器什么的。”

“这个地方我也得去看看，沾点儿英雄的气息。”

“可不是嘛，那时我们的疆域是多么的辽阔，包括额尔古纳河对面的广大地区，都是蒙古部落占有。俄国人的到来是千百年以后康熙年间的事情。而如今的额尔古纳河已经成为了中俄的界河。站在我们村子的后山包上，可以清晰地望得见河对面俄罗斯人的村庄。他们的木刻楞是紧靠着河边盖的，而我们这边的村落反倒是远离河岸。”

故乡的夏季山清水秀，凉爽宜人，安静又祥和，是郑为时常梦中向往的地方。的确，他也曾常常梦想着能够有一天带着李娜娜回到家乡拜见父母，同她一起尝尝母亲做的家乡饭菜，听听村里的歌手唱的原汁原味的蒙古族牧歌，或是一起走在乡间的小路上回忆童年的往事，让她也体验一下什么叫做慢节奏的生活，什么才是真正的温馨与静谧。城市的高速飞旋的车轮般的生活，钢铁的喧嚣与冷漠面孔，还有灯红酒绿的虚荣与物质的诱惑，这一切无奈对于人们实在是一种折磨。特别是对于心中尚无定力的青春勃发的青年，这简直就是火上不断添油的煎熬。人们逃离都市回归自然的愿望，也正是产生在这样的时候。可怜的李娜娜怎么就执迷不悟呢？他多少次希望自己的言行能够使她顿悟，意识到人间除了喧哗与物质的追求，还有许多更美好的东西足以安抚心灵。可是看来这一切都是徒劳，眼下甚至连带着她回家乡看看也都成了泡影。李娜娜的愤然出走与母亲的突然离世令郑为心灰意冷，他开始质疑自己，在那座永远都不会属于自己的庞大冷酷的都市中，自己到底在苦苦地追求什么，到底还能够支撑多久。

眼下送走了慈爱的母亲，郑为父子俩深夜独处在家。屋外是明月高悬的静夜。屋里没有点灯。月光从窗户上透进来，照在屋墙上，看得清那一片发黄的奖状和相框。那奖状是母亲生前陆续贴上去的，有父亲的也有她自己的。年代从上世纪五十年代开始，一直到八九十年代，记录着他们的劳动和光荣。父亲时常说，贴那些干啥，还不如投进灶膛燃火。母亲说他净胡说，两个人为此没少斗过嘴巴。看来还是留下来好些，眼下瞅着那些奖状，就像看到了风风火火的母亲。她当过多年村里的妇联主任，时常抱着郑为到各家布置检查工作。郑为时常躺着咬紧母亲的奶头听她同姐妹们说话，直到昏然睡去为止。眼下母亲不在了，那些发黄的奖状显得多么金贵呀。它记录着一个时代，也记录着一代人的劳动汗水和功绩，更是他们人生观与价值观的烙印。如今人们是不再看重这些，甚至感觉那都是一个历史的笑料。是的，一个人不再可能为一张印制粗糙的薄纸奖状、一条毛巾和一只喝水的搪瓷缸子而兴奋不已，更不可能因此而高兴甜美整整一年或是更长远的时间。眼下急功近利的人们，兴奋点与甜蜜点，干脆就说是幸福的起点委实高了许多。因此人们得到的再多，也照样会唉声叹气，顿足骂娘的。正因为如此，电视台的年轻记者才会逢人便问：你感到幸福吗？人的崇高感消解之后，而动物的属性就会趁机膨胀，失眠厌世和永远感觉痛苦的恶果也就应运而生。郑为这么想着，就情不自禁地想起了李娜娜……他的心不由得一阵发紧。难怪父亲说母亲临去时还望着那些奖状抿嘴笑了。屋外传来一两声猫头鹰夹杂着猎犬无聊的叫声，使得周围显得更加悄静。从容的山风隐约地送来久违了的林涛之声，如同是这山村静夜柔和的背景音乐。不远处的额尔古纳河在悄然地涌流，时间就在这流淌中消逝。小山村这样的夜晚，人们不知送走了多少又迎来多少，同样的氛围也不知重复了多少遍。郑为想到了自己的年龄，更想到父亲的年纪，想到了老坟地里安卧着的母亲和祖祖辈辈的亲人。分分秒秒的时间集合成岁月，祖祖辈辈的人群化作了过去。山河依旧、林涛依旧，人类的历史就是如此的繁衍。这些墙上的奖状到底能够说明什么？人们究竟需要以怎样的态度对待生活才算是明智？是力争有为做出一番事业，还是不管岁月流逝任其散淡无为？把奖状烧了还是贴在屋墙上其实并不重要，重要的是母亲从中得到了某种满足与宽慰倒是实实在在的。欲望或希望对于人们，究竟是奋进的朋友还是折磨你的敌人……儿子漫无边际胡乱地想着，父亲此刻又在想些什么？他老人家一贯主张把奖状投入灶膛燃火当然自有他的道理。此刻他不知是思念老伴还是在操心儿子的婚事？甚或是想到了把他遗落在这一方土地上的远祖？郑为不知道此刻该说点什么来安慰父亲。父亲可真是一个沉默寡言之人。他蹲在炕头吧嗒吧嗒一个劲儿地抽着旱烟。满脸的纹理深切眼睛眯缝着像一尊固执粗糙的木雕。他好像是看透了也厌倦了这世间的一切，老伴儿的突然去世，使他伤透了心。他经受的打击如同山崩地裂，如今却再也流不出一滴眼泪，说不出一句话了。这个从年轻时就开始担任生产队长的高大挺拔老实巴交的汉族农民，一生艰苦沉重的劳作压弯了他的腰腿，也改变了他开朗乐观的个性。他的祖上是由关内逃荒，也叫闯关东来到这里淘金的汉人，以后就祖祖辈辈繁衍生息在这片遥远而富庶的土地上。他们世世代代同当地的蒙古人、达斡尔人、鄂伦春人和睦相处，甚至通婚结亲，共同建设和守护着这片古老美丽的土地。郑为的母亲就是一名美丽的达斡尔族姑娘，他的外祖父曾经是当地有名的好猎手。小时候郑为常常跟随母亲去看望外公外婆，在他们兴安岭森林中奇特的庵棚里度过静静的夜晚。特别喜欢喝酒的外公可真是海量，他一个人就着烤狍子肉喝完整整一瓶高粱烧之后，就开始红着脸唱歌或讲述狩猎的故事。郑为就这样躺在外婆温暖的怀抱中，渐渐进入梦乡。白日里他喜欢由山坡上打来青草喂那些还没有成年的驯鹿。那些性情温顺而又富有灵性的小精灵成了他童年的朋友和伙伴。他常常骑着它们在林中漫步，有时候还会采集到最珍贵的羊肚蘑菇……多少次，当他把这些神奇的故事讲述给李娜娜听的时候，她就忍不住要求他带她回到那里看看……可是还没等这个愿望实现，他们的感情就出现了前所未有的危机。郑为伤心地不知该给父亲如何解释，他生怕父亲询问娜娜的情况。不料想正在此时，父亲突然抬起头，狐疑地问道：

“娜娜还好吧，怎么没有见她回来？”

郑为看看父亲，支吾着说：“她，她要考试，忙得请不开假。”

父亲不再说话，继续狠狠地抽烟。满屋子烟雾缭绕，郑为被熏得猛烈咳嗽起来，刚好掩饰了他内心的不安。

“爸，你还是跟我走吧，到城市大医院里好好看看你腰腿疼的毛病。”

“唉，我这是老病，治不好啦，别再为我花冤枉钱。你得赶紧着攒钱买房结婚呀。”

郑为不再说话。过了好一阵，他才又说："爸，你去了也能帮我们看门，我们也不要再回老家了。把钱都花到了路途上，哪里还有钱买房。"

"我哪里也不去。我得守着咱们的家。"

"那，你要是不去，我也不回去了。你不在我身边，我放不下心，怎么安心工作？"

父亲不再说话，眼睛盯着墙上的相框。那是他们一家三口的一张合影。年轻漂亮的母亲怀里抱着小时候的郑为，父亲高大而挺拔，一脸的憨厚站在他们身后就像一座山。

"那好吧，我跟你去看看，过些日子，我还得回来。"

郑为高兴地瞅着父亲，发现他老人家的眼睛里再一次聚满了泪水。

第二天，全村人把他们一直送到村外，还送了不少山货和路上吃的东西。老村长执意要亲自赶马车送他们去就近的火车站。郑为被乡亲们的深情深深感动。愧疚与不安再加上失去母亲与爱情的痛苦令他心情复杂，泪流满面。这里还保持着淳朴纯净的乡情，人与人之间充满了超越血脉的温暖，加之他又是全村第一个考上大学的孩子。全村人当年送他上大学时的情形还历历在目……他们终于登上了西进的列车。当列车开进一个大站时，手机才有了信号。

七

真是一个遥远的地方呀，李娜娜伏在飞机舷窗上嘴里自言自语地唠叨，兴奋得像个小姑娘似的。高小美一直注意观察着，她自从飞机起飞，就处在亢奋状态。一直盯着窗外看，连个盹都没打。可不是嘛，飞机经过两个多小时的飞行，这才来到了大草原的上空。"小美，你快来看，大草原到了，那是什么？弯弯曲曲的河流，会是真的吗？就像我小时候画的图画。”李娜娜坐在靠窗的位置，她情不自禁地惊呼着：“小美，快看，草原可是真美丽呀，简直就像一块巨大无比的绿地毯。怪不得你爸妈管你叫小美，嗯不对，你今后应该改名为大美。原来你就出生在这样一个美丽无比的地方，难怪你的爸爸能够写出《达赉湖之歌》那么好的歌词，你妈妈能生出你这样一位举世无双的大美女。这样的地方，可是神仙待的地方呀。怪不得你整天呼伦贝尔长呼伦贝尔短的夸个不停。我妈还说我们太湖美哩，你瞧瞧人家，相比之下，那只是小家碧玉呀，你们这里才算是大家闺秀。瞧那弯曲的河流，河边上点缀着的羊群和马牛，简直就像是天然的五线谱。难怪你们这里的人们都喜欢音乐，都有歌唱的天赋。在这样的环境下，人不放声歌唱，那才叫憋屈呢。”

“听见了没，我的大美女，你怎么一声不应呀。”

李娜娜说着回头一瞧，自己也不禁哈哈地笑了。原来在她独自唠叨的时候，高小美一直笑眯眯地在背后深情地望着她，还用手机对着她拍照。

“还说呢，你自己一颗脑袋早把舷窗堵严实了，还嫌人家没有应声。我什么也没有看到，只看到你在现场直播感慨。瞧，我把你的话全都用手机录下来了，再加上你伏窗俯瞰的傻样儿，早已经上了微博，现场直播了。”

“胡说，你敢，你敢。”

娜娜说着就去夺小美的手机。高小美把手机高高举起，故意逗她说：“夺也没用，早发出去了。”

娜娜故意显出焦急的样子说：“你敢，你这是侵犯人家肖像权，知道吗？是犯法的。”

“谁说的，我可没有侵犯你肖像权呀，我拍的只是你后脑勺，知

道吗？哈哈哈。”

“你真坏，偷拍人后脑勺罪责就更严重了，还附带有扭曲肖像的问题。你知道吗？”

“哈哈哈，才不是呢，我是现场直拍，真实报道，又没有弄虚作假。你瞧瞧，多么真实，赶明儿不会有人认出你来的。放心吧我的大美女、大明星。”

李娜娜终于把小美的手机抢过来，她看着那拍摄的图像，真是太好玩了！连她自己也忍不住乐得哈哈大笑起来。这么多天了，高小美还没有见到娜娜这么开心地笑过。她一时不知是高兴还是感动，心中突然涌起一阵复杂的酸楚，眼泪顿时就聚满了眼眶。她赶忙扭头掩饰，却不料早被敏感的李娜娜看见了。她竟然像个小孩子，一下子匍匐在高小美的怀里，在她的耳边轻轻地唤了一声姐姐，就再也默然无语。这一刻，两人紧紧地拥抱在一起，两个好朋友彼此听着对方的呼吸与心跳，心灵完全地连通在一起了。在那一瞬间，她们同时都感受到了友情的高尚与友爱的力量，感受到了相互搀扶着终于从都市的沉沉阴霾中亮出脑袋透过气儿来的爽朗轻松的感觉。

“娜娜，”过了好一阵子，高小美终于忍不住说，“心情感到好些了吗？生活中，还是有许多美好的东西，只是我们要善于发现和寻找，更要善于辨别和把握存储。”

李娜娜还是不说话，只是静静地伏在小美的怀里，显然是想听她说话。

“比如说我的家乡，这一望无际的大草原，头一次看到，没有人不惊叹它的宽广美丽，可是如果你是怀着过多的功利心到此，就很快会觉得这美丽的背后，还掩饰着许多许多的平庸甚至是丑陋。”

李娜娜不解地仰起头，惊异地看着高小美的眼睛，故意惊讶地说：

“啊哦，我们的大美女，突然变成了神秘的哲学家，说出的话简直是发人深省呀。”

高小美还是严肃认真地说：“真的，娜娜，姐不骗你，你可要有充分的精神准备。要是想在这里得到我们在大都市所渴望得到的一切，那你一定会感到失望的。”

这一回，李娜娜也不再开玩笑了。她抬起身子，坐直了，又开始默默地望着窗外。此时，飞机已经开始下降。傍晚的阳光下，草原的景色更加多彩迷人。当飞机侧翼转弯的时候，那绿色的大草原更像是一条斜挂在大地上的绿色绒毯。森林、河流、牛马羊群和点缀于其间的特别醒目的蘑菇似的蒙古包，都浮雕一样历历地呈现出来……

“小美姐，你说，人们苦苦地守着大都市，究竟是为了什么？难道那里的一切真是我们所需要的吗？”

“嗯，我也在想这个问题。我们千辛万苦，死活赖在那个其实并不属于自己的地方，究竟是为了什么？”

“我们这是不是在误入歧途、自做自受。”

“我看称为‘作茧自缚’也许更贴切些。”

“你说，郑为他真的就这样不再理我了吗？”

“我看不会的。也许是发生了什么重大的变故。”

“他会不会生病，或是……”

“我看不会的，他一贯健壮如牛，这你当然比我更清楚。会不会是他妈妈病重，或是父亲的腰腿病又犯了？”

“如果真是那样，他也应该给我们打个电话呀。”

“我也是这么想的。不过你那天的气话，可是真伤他伤得太深，他也许一时还转不过弯来。”

李娜娜有些愧疚地低下了头。高小美赶忙安慰道：“不过你也不要过分自责，要相信郑为哥不是小肚鸡肠的人。他也是呼伦贝尔的儿子，他更是真心爱你的，一定会回到你的身边。我已经给他发了好几条短信，也告诉他我们一同来了海拉尔，要他得到消息尽快赶过来同我们会合，然后咱们再一同去游达赉湖。”

机声轰鸣。李娜娜默默地点点头，没有再说什么。她突然很想念郑为，想马上见到他。经历了这一次离别的考验，她发现自己已经深深地爱上了郑为。但愿小美的计划能够变成现实。这也是对命运的一次考验。

此时，飞机已经平稳地降落到了跑道上，正在缓缓地滑行。李娜娜开机给母亲打了一个电话。却意外地收到了一条短信。这令她喜出望外。显然，高小美也是收到了同样的短信，两个人一下子高兴地抱在了一起。这一惊一乍的举动，惹得机舱里的人们都讶异地直看她俩。

八

达赉湖国家级生态保护管理局，下设四个核心区保护站和一个旅游区管理站。成吉思汗拴马石保护站是其中最大也是最重要的一个。因为这里避风向阳，滩涂宽阔，水草茂盛，是鱼类和两栖动物生长的最佳区域，也是旅游者喜欢光顾和偷捕者经常出没的地方。加之距离克鲁伦河的入湖口较近，周围大片湿地上的水鸟也较别处种类繁多，保护的任务自然也就更繁重。说是一个“站”，其实固定的工作人员只有三位。除了站长高洪和年轻的大学生小贾之外，还有一位即将退休的老职工巴特尔。巴特尔也是蒙古族，老伴和儿子都在海拉尔市区居住。性情沉默而固执的他几乎从来也不回家休假，而是一年四季总守在工作岗位上，年年都被管理局评为先进标兵。他在保护站已经工作了二十多年，也就是说从保护站建立的那一天起，他就开始在这里工作了。他整天总是严肃认真、默默无语。没事的时候，喜欢拉蒙古族的乐器四胡，用蒙语吟唱好来宝。平日最热情的听众就是临时雇用的女厨师杨姐和她那负责守夜的老伴王大哥。他们虽然都是汉族，但是从小在草原上长大，能听得懂蒙语并理解蒙古族曲艺艺人特有的幽默。之后来了新站长高洪和小贾，他的观众就立刻增加了将近一倍。这天晚饭后，他又照例定弦清嗓地摆开了阵势。令他格外兴奋的是今天还多了一名特殊观众——那只受伤得救的成年丹顶鹤。

那天被牧民巴音朝鲁从偷猎者枪口下救出的这只不幸又万幸的丹顶鹤，显然伤得不轻。但是经过小贾连日来的精心治疗与护理，它已经能够站起来自己行走了。野生动物抗御伤病的能力远远超过了人工饲养的动物。小贾每天都要到湖边捕捞一些小鱼小虾喂它，它也就一步不离地跟随在他的身后。瞧眼下它紧紧地依偎在小贾的身边，就像是一个家养多年的宠物，那原先惊恐不定的眼神，开始变得安详而从容，对周围的一切充满了信任。在高洪看来，这也是从小爷爷和奶奶传达给他的智慧，所有动物的心灵都是相通的。显然，这只获救的丹顶鹤，它已经开始融入了新的环境。它从每个人对待自己的眼神和态度中，准确地分辨出了真诚、温暖与友善。

看着小贾与丹顶鹤建立起的亲密关系，站长高洪心里别说有多高兴。这可是国家一级保护动物呀，也是世界上濒临灭绝的珍贵野生动物。它通身披着洁白的羽毛，唯有尾部有几支长长的黑色羽毛。那眼睛则更像是深蓝色的宝石，头颈上像帽子一样点缀着一团鲜红的冠肉，显得格外的耀眼迷人。只有面对它，你才会理解“鹤立鸡群”这个成语的真正含义了。既然达赉湖良好的生态环境接纳了它们，我们就要千方百计保护它们的安全。高洪这么想着，就向丹顶鹤轻轻一伸手，那牲灵像是理解他的好意，竟从容地迈着鹤步，伸着长长的脖颈走了过来。高洪喜出望外，用手轻轻地抚摸着它那光滑的羽毛，嘴里禁不住说：“好国宝，快快养好伤，我们就送你回到湿地上的鹤群中去，你的兄弟姊妹们早急坏了，正盼着你归去哩。”

他的话，一下把大伙儿都逗乐了。唯有小贾的脸上显出忧虑的阴云。高洪看在眼里，便说：“小贾，你可不要舍不得，咱们救助受伤的动物可不是为了饲养宠物，而是为了保护它们，是完全的无私奉献。管护站的工作人员，首先要过好思想这一关呀。”

“高站长说得没错，我们就是为了保护。再说，野生动物只有让它们回归自然，才能健康成长。”

巴特尔说着，开始拉响悠扬的四胡，随即用蒙语唱道：

啊——拉起我心爱的四弦胡，
唱一段动听的好来宝。
我们都是草原的后代，
要颂扬达赉湖的美丽，
说说她的重要意义，
唱唱她的英雄传奇。
啊——达赉湖你每朵欢快浪花，
都承载着千年人物故事呀！
成吉思汗曾经在这里迎亲，
瞧高高的拴马桩依旧铭记。
南征的大军曾经由此出发，
圣母孛儿帖坦胸教子团结的故事，
感天动地就是发生在这里。
啊——多少自强不息的民族呀，
就曾繁衍生息在你的周围。
多少骁勇善战的英雄呀，

就成长在你的怀抱中。
啊——你是草原的神奇肾脏，
你是大地资源的宝库，
你是地球众多生物的摇篮，
你是大草原的明眸神眼，
你是洗涤人们心灵污垢的圣水，
得到国内外专家学者盛赞……

巴特尔唱得十分投入，毫无表演的痕迹，就好像独自在抒发心底的感情。他的完全即兴的歌声显然感动了所有的人们。高洪站长的眼睛里闪耀着被点燃的激情。连那不懂人语的丹顶鹤，也伸直长脖子侧耳恭听。平时少言寡语的巴特尔把达赉湖的人文与自然巧妙地融为一体，使得一座生态湖泊的存在具有了更加丰富的生命意义。

太阳的余晖随着巴特尔的琴声缓缓落下，西边天际顿时燃起了火红的晚霞。整个湖面、草原，连同保护站的建筑和每个人的面孔，统统都染成了金红。大伙儿热烈地鼓起掌来。这时，一个身着蒙古袍的英俊青年出现在大伙儿的面前。

“吉日木图，你怎么来啦？快进来说话。”高洪喜出望外，赶忙把年轻人迎进房门。

“我是来给你们送马奶酒的，我妈妈新酿的马奶酒，我爸爸就叫我赶紧送来让各位尝尝鲜，还有新煮的手抓羊肉……”

大伙儿听得都十分的感动。高洪接过马奶酒，给每人斟满一杯，大家举杯一饮而尽。巴特尔禁不住说：“唉呀，这可真是地道的马奶子酒呀，酸甜清醇，好多年没有喝到这样纯正的酒啦。”

人们都说是好酒，唯有小贾喝得皱起了眉头。他显然是头一次尝这种草原最珍贵的饮料，还有些喝不惯哩。

吉日木图见状，说："感觉太酸了吧？这可是最好的东西，不光解渴消暑，还能治疗和预防许多疾病。"

高洪说："的确是好东西。可是光接受你家的东西，这可真不好意思。好在我们自己种的蔬菜成熟了，刚说要给你家送去尝鲜哩，正好你就带上。"

杨姐听后急忙就去院子里收菜，小贾也跟出去帮忙。

说来也怪，那只丹顶鹤见到了吉日木图，好像见到了熟人一样，大胆地凑到近前，用长长的嘴巴蹭蹭他的长袍，仰头鸣叫了一声。牲灵是有灵性的，它也许是从吉日木图的身上嗅出了巴音朝鲁的气息。那是它的救命恩人。他那一声仰天长鸣，分明是要他向恩人带声好吧。这是浪漫诗人高洪自己的理解，他说出来，令所有的人都十分的感动。巴特尔收起四胡，又要来吉日木图背上的马头琴，羡慕地看着、抚摸着。

"大叔，你的四胡拉得不错呀，好来宝也唱得地道。喔，真的，高站长大叔，我爸说过些日子我们家要杀羊，请大家一起到毡包里聚聚，一同联欢。"

高洪忙说："那好呀，到时候我们再一起合唱《达赉湖之歌》。还有你爸，他唱的《母亲》，每次都能够催人泪下。"

"到时候，丹顶鹤也要带上，我妹妹娜仁花可喜欢画鸟哩。"

一旁的小贾听得，不知为啥，脸上一下就发烫啦。幸亏晚霞中没有人看得出来。他曾经多次在湖边见过美丽可爱的娜仁花姑娘，那个海拉尔师范学院美术系的高材生，笑起来就像百灵鸟在歌唱。她几乎每天都要到湖边来写生，画各种各样的鸟，真是可爱极了。她性格开朗，纯真质朴，在小贾的眼里，就像是从天而降的一只美丽的丹顶鹤。细心的站长高洪早已注意到了小伙子脸上的细微变化。别忘了他可是边防军的老团政委，最善于发现年轻人的心中在想什么。小伙子二十六岁了，至今没有对象。他原本是可以留在大城市工作的，可自愿应聘来到保护站，对象就吹了。单纯的吉日木图哪里看得出这些，临出门时，他还一个劲儿地叮嘱小贾说，好兄弟，可别忘了那天带丹顶鹤来我家毡包让我妹妹看看。小贾答应着，赶忙低下了头。他是害怕遇到高站长那一双鹰一样犀利的眼睛。

九

李娜娜和高小美拉着各自的行李箱，又一人搭一只手抬着大提琴盒子走过出站口。小美一眼就认出了人群中的妈妈。可李娜娜看到的却是神情有些不好意思的郑为，这使她大吃一惊。他怎么会在这里？她简直是喜出望外，但是还是控制住了自己的感情。只是矜持地站在那里，等待着郑为先开口说话。这时，高小美的母亲已经同女儿紧紧地拥抱在一起。郑为接过小美手中的大提琴盒子，站在那里，一时竟不知如何是好。

“郑为哥，呆愣着干啥，见了面也不亲热亲热，还不赶紧替娜娜拿行李箱。”

高小美的提醒使郑为有了一个台阶，他这才上前接过娜娜手中的行李箱拉杆，脸却是呼地一下红到了脖根。

这一刻，李娜娜仔细看了他一眼，吃惊地发现才几天不见，郑为竟然变得又黑又瘦，甚至有些苍老。该不是果真病了，或是发生了什么大事？她心中突然涌起一阵不安与难过。毕竟是好了整整七年的恋人，哪能真就那么绝情？就在郑为弯腰伸手要接她手中的拉杆时，李娜娜一下子忍不住搂住了他的脖子。她满心以为郑为在母亲与自己之间，要决然而然地选择自己了。两个人不顾一切紧紧地抱在了一起。不知为什么李娜娜竟然哭了。她哭得很伤心，嘴里还不住地说：

“郑为，你好狠心，我以为你再也不理我啦。”

郑为说："傻妹妹，哪可能，没有你我怎么行呢？"

"出了什么事情？看把你折磨成了这个样子。"

"我母亲她，她……"

"阿姨怎么啦？"

"她老人家去世了。"

李娜娜听了，突然一楞，随即哭得仿佛更加伤心。郑为起初还有些感动，但随即就意识到情况并非是那么单纯。唯有郑为能够敏感地觉察到娜娜此刻的眼泪是复杂的：是不是有些许愧疚？但更多的恐怕还是埋怨、委屈和失望。她也许觉得生活强加给自己的责任与负担实在是太多太重了，感到自己活得实在太累太不容易。总之，可以肯定地说在这一刻，李娜娜并没有感受到同郑为重逢和言归于好的喜悦与幸福，而是意识到了一种新的责任、负担与压力。郑为母亲的离世，这就意味着他的年迈多病的父亲完全成为了他们的一大包袱，而攒钱买车买房结婚显然就变得更加遥遥无期。她不可能跟他一同遭受这样的磨难呀。在李娜娜看来，老天爷给予自己的不公平就已经够多够多的了，她于是想到了逃避，想到了像妈妈所希望的那样，找一个有房有车的富二代，一个能够让自己衣食无忧、倍感荣耀，足以依靠一生的人，一个绝没有那么多的破事儿让她整天烦恼担忧和懊丧的人……当她这么想着的时候，她的眼泪便顿然消失，搂着郑为脖子的双手也慢慢地松驰开来。说白了，李娜娜毕竟是一个自私的年轻人，她的感恩之心与对于别人的同情是很有限的，而她的单纯与善良本质的一时冲动也绝不可能达到忘我的程度。当两个人由拥抱突然之间又变成呆立相望的时候，他们心中涌起的爱意就变得淡漠起来。功利本来就是爱情的天敌，那无情的杀伤力实在是太厉害啦。

高小美母女在一旁看着，一时不知发生了什么事情。就这样，两个不和的恋人，再度走到了一起。但是他们并不感到轻松愉快，甚至都感到还有一种看不见的隔阂，横亘在他们之间，使得他们很不踏实。但这究竟是什么东西？他们自己当然是心照不宣。经历了此前的考验，他们反倒明白地觉得相互之间感情的基础还是那样的不稳固。郑为甚至更加强烈地感到李娜娜所需要的，并不是自己所拥有的。他开始有些后悔，后悔不该在看到高小美短信的那一刻，就毅然决然地同父亲商量后在那个车站下车赶回到海拉尔的。而李娜娜也开始冷静地考虑，他们之间是不是还真的适合在一起？这些复杂的心理活动，当然是高小美无法看出的，而小美的母亲就更是蒙在鼓里。她的热情与见到女儿的喜悦，使得她显出格外的高兴与热情。

“娜娜，我们走吧。咱们先去家里吃饭。我为你们炖了一锅子羊肉，听小美说，你平时最喜欢吃羊肉。”

李娜娜勉强地笑笑，说了一句：“谢谢阿姨。”就从郑为的手中要过自己的行李箱拉着就走。

“啊哦对啦，今晚我们正好有个演出活动，是到爱心花园为老人和残疾儿童们演出。你们可以去看看。”

“好啊，妈妈，我可以为你们伴奏吗？”小美显得十分兴奋。

“当然可以，告诉你，今晚我们还请了一位马头琴演奏高手伴奏哩，听说他是自治区歌舞学院研究生，能拉会唱还擅长作曲，人称音乐奇才。”

“是吗，那可是我难得的一次学习机会。”

高小美开着车，母女俩在前排说着话。坐在后排的李娜娜和郑为一路无语，他们显然都想着自己的心事，冷漠的脸上愁云密布，使得车里的气氛变得异常沉重。

十

这座边城里引人注目的爱心花园小区，是市民政局负责建设并管理的一个慈善项目。饭后驱车去爱心花园的路上，远远望去，那鹤立鸡群般的建筑物就像一座富丽堂皇的欧式城堡。夜晚灯火辉煌的轮廓就像镶了金边，更像是童话世界里的国王的宫殿。郑为不愧是学习建筑的，他对建筑格外敏感，一再赞叹这座建筑群落的独具匠心。说是把中国传统的四合院与西方建筑理念巧妙结合，而设计出的既适合居住又具有观赏价值，既有现代理念又不无古典元素，既绿色又环保的一种多元创新的新型建筑。

小美听得心里美滋滋的，见李娜娜闷声不语，便说："娜娜，建筑师的评价，听见了吗？没想到吧，我们家乡竟然会有这么新潮经典的建筑。你没感到把它放在任何一个大都市都会毫不逊色吗？"

"是呀，我感到十分的讶异，我正在想，一座名不见经传的偏远边城，怎么会有实力盖这么豪华的房子让老年人和残疾人来住？这些人对社会而言，是只有获取需求而没有丝毫回报的能力呀。谁来为他们埋单？难道是政府，还是别的什么人？而且它的运行成本一定也会很高，这谁来负担，如何维持长久？"

"啊哦，我的银行家，你这倒是新观点、新视觉。我还真没想过从这样的角度思考问题。"小美扭头看着娜娜，感到惊异。

郑为正欣赏眼前的建筑，听李娜娜这么说，便忍不住接过话说："娜娜，话可不能这么说，照你说，老年人就对社会没有过自己的贡献？那这样的房子就只能让年轻人住，或是让政府官员来住了？或是有钱人和他们的后代？他们当然贡献要大。可社会的福利与公平又将从何体现？"

李娜娜扭头瞪郑为一眼，不再说话了。

小美的母亲说："哎，你可别说，当初盖这些房子的时候，社会上可真就有娜娜讲的这样的观点。甚至连一些政府官员都有这样的看法，结果工程就迟迟定不下来，可急坏了民政局长夏文海。"

“那后来怎么就又定下来啦？”郑为和娜娜几乎是同时问道。

“一来是得到了市长和市委书记的认可，政府无偿提供了一块地皮，同时也遇到了真心支持他的人，即今天的达赉湖管理局局长，当时还是新区开发管委会主任的江文涛。是江局长推荐了几位有实力而又热心社会公益事业的企业家，才使得夏文海局长的理想得以实现。他们也从此成了好朋友哩。江局是学建筑的，施工中，据说他还提了许多的建设性意见。今晚的活动正是民政局与保护区管理局联合举办的，听说江局长也要来观看演出。”

“是吗？”高小美越发兴奋起来，因为他将要见到爸爸时常在电话里夸奖的领导江文涛了。

“那，爱心花园的运行经费如何解决？国家不可能拿钱，个人拿不起，企业家也不可能无止境地慈善下去呀。”李娜娜还想着她那个问题。

“听说政府每年有一笔固定的经费，个人也要负担一部分，再加上社会捐资和爱心奉献活动的无偿服务，问题就得到了圆满解决。”小美的母亲显然对这里的情况很熟悉。

“看来，社会制度和运行机制固然重要，但要办成一件事情，最后解决问题的还要看人。人的思想素质和人的爱心、良心与社会责任心。”

郑为说完，故意看了看娜娜。李娜娜敏感地回他一眼，没有再说话。

在爱心花园大门口迎接他们的，正是夏文海和江文涛两位局长。江局长相对年轻，大约四十五六岁，而夏局长大他一轮，接近了退休年龄。但老夏看着并不显老，精神面貌反倒比江文涛还显得年轻些。这两个人，站在一起，倒是十分的有趣儿。江文涛高大魁梧，皮肤晒得乌黑发亮，说话富有胸腔共鸣，可谓是声若洪钟。夏文海瘦小精干，脸色白净细腻，声音中倒有几分女性的温柔，堪称儒雅内秀。江文涛浓眉大眼，总是一脸的严肃，仿佛永远都在苦苦地思索谋划着什么。夏文海细眯着双眼，见任何人都是这一副平易近人的表情，好像永远都在发自内心的微笑。一个带领着一支人数不多但使命特殊的队伍，常年累月围着浩淼的达赉湖转圈圈，在大自然的怀抱中为保护那一汪圣水和其间的生灵万物而挖空心思、劳神奔波；一个见天在各种屋檐下同各种各样的社会福利对象和他们的家属及其生老病死者周旋打搅、着急犯愁。作为公务员，相同的是他们都真正意识到了各自工作的神圣意义和重要价值。用他们自己的话说，他们是权力有限，而做事的野心、愿望和标准却是在无限地膨胀拔高。他们还有一个共同的理念，就是做事从来不害怕闲言碎语，正如他们从来不首先考虑自己的利害得失一样。他们的清廉形象也是人们所共知的，人们背后都亲切地把他们称之为“二文”。熟悉他们的人们都说，眼下像“二文”这样的干部，可真正是凤毛麟角。他们自己倒并不这么认为。他们还有一个共同的爱好，就是对文化的情有独钟。那也许是因为他们都有一个道德底线的缘故。用夏文海的俏皮话讲，就是食草动物误入了食肉动物群中，一生都感到很不适应。

“欢迎欢迎，听说有年轻的北京客人要来参加我们的晚会，我们是不胜荣幸，热烈欢迎。”

夏文海热情而不无幽默地说着，眼睛完全眯成了一条细缝儿。那样子，一下把李娜娜逗笑了。江文涛却是正经八百地站在一旁，就像迎接外宾一样同大家一一庄严地握手。

晚会的演出场地，就设在爱心花园内部的天井中。只有走进这座花园般的小区院落，你才能感受到“爱心”二字的分量。这可真是老年人与残疾儿童的乐园。环形长廊，假山荷塘，还有绿地花圃和各种健身娱乐设施。幽闭安全、宽松祥和，完全是一个闹市之中取静的世外桃源。老人和儿童们刚刚吃过晚饭，三三两两地在长廊散步游戏。一个穿着蒙古族蓝色长袍的精干的年轻人正在指挥老年合唱团在廊子中间的空地上集合，扩音器中不断传来他的洪亮声音。这富有磁性的声音，一下子引起了高小美的格外注意。妈妈也加入到合唱的队列中。高小美不住地扭头看着那个独特的身影，连夏文涛局长领着参观的解说，她几乎都一句也没有听清。

晚会开始了。头一个节目是合唱《呼伦贝尔大草原》，作曲是著名的乌兰托嘎。小美同那位穿蒙古族服装的青年并排坐在一侧伴奏。女声合唱原本是无伴奏的，如今临时加上了伴奏，显得不是那么和谐。但是老人和儿童们喜欢，掌声不断地响起。妈妈和所有的合唱团员们都唱得十分卖力，更显得十分的兴奋。连李娜娜和郑为也完全被这热烈的场面感动了。一曲完了，报幕的姑娘，据说是由市文工团请来的专业报幕员宣布，第二个节目是由蒙古族青年歌唱家吉日木图演唱的原创歌曲《达赉湖之歌》，作词高洪，作曲吉日木图，大提琴伴奏高小美。小美这才恍然大悟，原来这个还没来得及相识的青年歌手，竟然就是自己十分佩服的作曲家吉日木图。她还来不及细想，演出就开始了。令高小美自己都感到吃惊的是自己的大提琴浑厚悠扬的声音，在这富有回声的回廊院落中竟是那样悠扬动听，简直就像蒙古长调一样扣人心弦。她一下子来了情绪，手指就像是着了魔似的灵巧柔顺。场上顿时变得一片寂静。唯有她的琴声如同一道道的流星，在深蓝色的夜空中轻轻地滑过，一下子就把人们带入了音乐所要展开的幽静而辽远的境地。正当所有的人们都在陶醉，高小美向自己身边站立着的吉日木图轻轻一点头，他的深沉而纯美的男中音开始响起，一下子就把人们惊呆了：

清澈甘甜的克鲁伦河水，

流淌到此再也不愿离去。

在这绿色大草原的腹地，

碧波汇集成孕育生灵的神力。

啊，美丽宽广的达赉湖，

我可爱故乡母亲的奶水，

养育了天地生态万物生息，

滋润着古往今来英雄壮举。

我们是成吉思汗自豪的后裔，

我们用真情与善良续写传奇……

歌声与琴声征服了所有的人。许多老人听得大张着缺牙的口，连那些智障儿童都被感动得直流眼泪。高小美万万没有想到，这首感动了自己和北京她们所有乐团成员的歌，竟然被吉日木图唱到如此动听的地步。而自己的大提琴同他的歌声相伴，竟然会有如此意想不到的效果。她简直不敢相信自己的耳朵。但看到现场每个人的表情，她又不得不相信这的确是真的。

李娜娜同样感到了震撼。她注意到了，小美的母亲从开始就感动得泪流不止。还有那表情严肃的江文涛局长，竟然也几次伸手抹了眼睛。吉日木图的演唱，是她从未听到过的。他的声音是那样的深沉纯净，又是那样的充满激情，就像在飞机上看到的草原的河流，那种由远及近的安详、悠扬、舒展、坦荡，几乎是绝无仅有的。而更令她感动的，是那些原本孤独的老人和残疾的儿童，他们竟然能够对于这首纯抒情的歌曲，理解到这样的地步，完全陶醉其中，完全懂得了歌曲所表达的感情与意境。歌声唤起了人们的精神自觉，更在人们的心灵中播洒下爱的种子。当爱在人们的心底悄然萌动之时，艺术的审美才算实现了自己的存在价值。崇尚物质的她，平时是很少进行这种理性的思索，可今天竟然放飞了思想的信鸽。她已经好多年没有了这样的感觉，任思想在精神的天空中自由翱翔。她顿时感到无比的兴奋，也感到了久违了的满足与幸福。多日来堵在心头的世俗的块垒，开始像冰雪一样融化开来。此刻，她很希望能同郑为交流一下神情，才发现他早已经是热泪纵横。娜娜突然感到了一阵愧疚，悄然地伸手握住了郑为的双手。这一刻，当两个恋人的手在那歌声中紧紧相握，就足以胜过千言万语的沟通交流。

歌声徐徐落下，琴声戛然而止。人们依然陶醉在歌声的意境之中。等到掌声响起的时候，高小美与吉日木图竟然情不自禁地当众紧紧拥抱在了一起。

接下来的节目，是夏文海局长的独唱。据说也是他的保留节目。谁也没有料到，他唱歌会那样的在行。他唱的是一首自己作词谱曲的儿童歌曲《伊敏河上寻童年》。

月舒波，
夜阑珊，
伊敏河上我寻找童年。
迷离的波光，
朦胧的梦幻，
一串串脚印丢失在河岸。
故乡的河，
故乡的河，
游子行千里，
却有万重思念，
万重思念……

夏文海局长还很会同观众交流互动。他一会儿走到东边孩子们中间，一会儿来到西边老人们中间，还不时地把麦克伸向孩子和老人要他们来唱。大家伙儿居然都能接得上，一下子就把演出气氛推向了高潮。等他唱完，一位残障儿童的代表捧着一束鲜花上前送到他的手中。正当他把那孩子亲热地抱在怀中的时候，那小家伙竟然大声地喊了一声："我的亲爸爸！"这一下子就轰动了全场。人们笑得眼泪都流出来了。这时候，其他的孩子好像早有准备似的齐声喊道：

"祝愿老爸夏文海身体好心情好！祝愿老爸夏文海，身体好心情好……"

这时，老年人也不示弱，一位白发如雪的老者站起来喊道："夏局长，你比我们亲儿子待我们还亲，让我们祝你健康快乐！"老人们齐声响应着。弄得老夏一时竟不知说什么好……接下来，是达赉湖管护局青年职工自己创作的一个模仿各种动物自由奔放的舞蹈。

晚会结束的时候，已经是月上中天。那可是一个难忘的夜晚，一个令郑为与李娜娜都未曾想到的动人的夜晚。高小美最大的收获就是认识了吉日木图。他们相互交换了电话号码，分手的时候，简直都有些恋恋不舍。

十一

夏天，进入了雨季，达赉湖变得有些焦躁不安。这情形也就像它的四季不同、一日多变的景色。画家很难在这里捕捉到固定不变的形象与色彩，唯有摄影家永远都会得到瞬息万变的景象。晚饭过后，高洪站在湖边，习惯地欣赏着天空与湖面瞬息万变的景色，心中想着的却是夜间巡逻的问题。

这时，天边突然涌起一团团乌云，转眼之间，风就把那厚厚的云层吹送到了眼前。看来要下雨了，还很可能是一场暴雨。湖边下暴雨，那是经常的事情，原本也没有什么稀罕。可是在眼下这个节骨眼上，要是真下起来，可就有些不妙。因为刚刚得到巴音朝鲁托人送来的情报，说又有几个偷猎者已经进入了草原，正在沿着湖边向克鲁伦河的入湖口一带潜行。据瞭望哨观察，那里有一只母狼，刚刚下了一只狼崽，行动很不方便，脱离了狼群。这是很危险的，弄得不好，它们母子就会成为偷猎者枪口下的猎物。偷猎者都是一些丧尽天良的人，为了一张狼皮，他们会毫不手软地射杀一只怀孕的母狼，甚至也不放过刚刚出生的小狼崽。高洪想到这里，心中暗暗下定决心，就是天上下刀子，也要亲自带人出去巡逻。他转身回到了保护站，把自己的想法告诉巴特尔和小贾。他们都说要随站长出巡。最后商量的结果，还是巴特尔留下守家，小贾随站长立即出发。这时候，乌云已经把整个天空布满，天也就完全黑了下来。高洪和小贾都穿上了雨衣，每人手中的武器也就是一根高压电棒和一把强光远程手电筒。这同偷猎者手中的钢枪相比，简直就等于是手无寸铁。

他们刚走出还没有多远，雨就哗哗地下了起来。伴随着令人发毛的雷鸣闪电，那阵势就仿佛是整个的湖水与天空突然掀翻而倒了过来。这样的时候，偷猎者还会来吗？小贾在风雨中高声问站长。高洪没有回答。他正侧耳在风雨雷电的缝隙之中警觉地搜索着异样的声响。他拿出了在部队风雨中巡逻的特殊本领，开始向湿地的深处摸索着走去。他深知这样的行进是非常危险的，脚下一不留神就会掉进泥沼之中。好在他平时走得多了，有许多天然的路标留在他的记忆之中。他不断地提醒小贾一定要踩着自己的脚窝。这样的天气，克鲁伦河一般都会涨水，湿地有许多地方会变成湖面。遭到水淹的鸟巢也需要及时地给予抢救。因此，这样的夜晚，他们常常是彻夜难眠。

突然间一道闪电划过夜空，他发现有个黑影在不远处一闪。还没等雷声传来的时候，远远地就听到一声狼的嚎叫，那声音既凄惨孤独又有些绝望。果然是那只产崽的母狼，它还留在湿地。小狼崽也在风雨中哇哇地直叫。看来偷猎者已经走在了前面，高洪不由得加快了脚步。他思谋着该如何制止和治服这些狠毒的家伙，又如何救助这遇险的母狼和幼崽，不然它们母子很可能被猎杀或是被洪水冲走。

风雨渐渐地小了下来，夜的宁静又逐渐回到了他们的周围，但是空气却显得格外的紧张起来。高洪仿佛看到那偷猎者的枪口已经瞄准了可怜的母狼……这该怎么办呢？

他急中生智地突然大喊一声："哎，偷猎者你们听着，你们已经被我们包围了，赶快放下手中的枪，我们保证从宽处理。"

对方没有动静。他又重复喊了几遍，对方还是没动静。高洪正怀疑是自己看花了眼，却听到一声清晰的枪响。随即就传来母狼痛苦的呻吟，小狼崽的叫声也更加的凄惨。

"小贾快，跟上！"

高洪喊着，不顾一切打着手电朝着枪响的方向冲去。前面几十米处，两个偷猎者也一跃而起，他们疯狂地用网子把母狼和小狼崽网了起来，正要抬起来逃走，高洪与小贾及时赶到。

"不许动，你们老实伏法！"

两个强壮的歹徒一见，丢下抬杠，就向他俩扑来。高洪与为首的一个扭打在一起。小贾也抱住另一名偷猎者的腿死死不松手。他们一老一少，哪里是偷猎者的对手，很快就被人家按在了地上。情况十分的危急。眼瞅偷猎者手中明晃晃的钢刀就要刺进自己的胸口，高洪突然集中生智地喝道："民警就要到了，你们还是快跑吧！"那家伙一听，松开他就跑，另一个见状，也丢开小贾蹬腿就逃。不料此时，黑暗中却传来一个炸雷般的声音：

"坏东西，你们往哪里跑！"

高洪用强光手电一照，就见巴音朝鲁带着几个青年牧民威武地骑在马上。他们把偷猎者团团围在中间，每人手中的套马杆此时可发挥了特殊的作用。没多大工夫，他们就制服了偷猎者。等到公安分局的民警赶到之时，战斗已经结束。这时大家才注意到网中受伤的母狼和可怜的小狼崽。那母狼此时显得十分的安详，静静地躺在草丛中，前腿胛受了枪伤，正流着血。小狼崽正在用舌头为母狼舔着伤口。这一幕看着十分的感人，谁也不想打扰它们的安宁。过了一会儿，小贾戴上厚厚的防护手套，开始为老狼处理伤口，服药包扎。小狼崽静静地在一旁看着，母狼显出感激的神情。

“动物是绝对通人性的，”高洪说，“只要你真心对它好，它是懂得的。”

“对的，”巴音朝鲁附和着，“你瞧那母狼的眼神，它分明是说：‘你们可不要丢下我们母子不管呀’。”

一句话逗得大家全都笑了。高洪却笑不起来，他正在为此犯愁，这一对母子今后可怎么生活。眼下那只丹顶鹤倒还好说，保护站可不能养着两只狼呀！再说拿什么来喂它们呢？聪明的巴音朝鲁看出了高站长的心事，便说：“没事，狼先养着，我们牧人经常杀羊，羊的内脏就都送到保护站，不就解决了吗！”

“好啊，你是村长，说话有号召力，那就全拜托你啦。”高洪喜出望外，小贾更是高兴得合不拢嘴。他心想，今后吉日木图的好妹妹一定会常来保护站为狼写生，那该多好呀！

“小贾，这回该高兴了吧？”

巴音朝鲁风趣地说。他并没有料到，这个腼腆的臭小子正在暗恋着自己的宝贝女儿哩。

大伙儿商议的结果，那只聪明的母狼大约从人们的表情上已经明白。因此，当人们抬起它返回的时候，它非但没有反抗挣扎，反倒显得十分的安详，那黑暗中磷火一样的目光里甚至还流露出感激的神情。小贾在一旁抱着小狼崽，它也不显得紧张，小狼崽的眼神中也透着回家一样的安然。

就在大伙儿走出湿地，攀上湖岸的草坡，却发现有了新的情况。不远处亮出一道火光，还有人影在其中晃动。那是什么？这一带此时不该有人呀，该不是又来了偷猎者？人们一下又紧张起来。高洪的脑子里迅速闪过这个念头，就吩咐隐蔽前行，尽量接近目标，等弄明了情况再作计较。

十二

这天一大早，三个年轻人告别了高小美的母亲琪琪格阿姨，就开着她家的那辆小型越野车出发了。仍然是小美开车，李娜娜坐在她的身旁，后座的郑为怀里紧紧抱着高小美的大提琴盒子。车里放着一张光盘，其中全都是吉日木图的歌。高小美正听得如醉如痴。李娜娜竟然还为她哼着节拍，共同欣赏着这草原雏鹰悦耳动听的鸣叫。草原雏鹰，这是李娜娜刚刚为吉日木图起的雅号，高小美倒觉得这个名称很符合吉日木图在自己心目中的形象。

“小美，我看你多半是爱上了那个吉日木图吧！瞧你听着他的歌，那种不管不顾的眼神，简直叫人受不了。除了那只草原雏鹰，你眼里还有我这个姐妹吗？”

“谁说的，人家是在欣赏艺术，不像你，一见到郑为哥，就哭得鼻涕一把泪一把的，大庭广众就搂在一起啦！”

“说谁哩！你才是大庭广众搂来。人家那是礼节性拥抱。你那晚在舞台上同吉日木图那才叫搂哩！”

“不，那叫熊抱，据说是当下时尚的一种礼节。”听不出郑为是在替小美说话，还是为娜娜帮腔。

“呸呸呸，别再揭人短了！那是感情一时冲动不能自已。回到家里就被我妈猛批了一通。”

“是该挨批！阿姨批得完全正确。一个黄花大姑娘刚知道人家叫什么名字，就感情不能自已，那还了得，还单身主义哩，我看有点靠不住。”

“谁说单身主义，人家那是说不在大都市里找对象。”

“嗷嗷改口了吧，郑为，你听见了吗？小美改口啦，不再是单身主义啦！”

“嗯，是听见了，不过我原先也没相信过我妹妹会是单身主义者。我妹妹是什么人？人家是有身份——证的人，是不见真人，不动真情的人。”

“嗯，你这话我爱听。”李娜娜说。

“我也爱听！”

“哎呀，这姑娘可是真疯啦，一个吉日木图竟然有如此大的魔力，真应当替你高兴。”

高小美红着脸假装专心开车。李娜娜和郑为反倒被她的坦率弄得一时无话好说。是的，她是爱听。高小美也不知道为什么，自己老想听李娜娜提起吉日木图。她也觉得自己好像很喜欢这个比自己还小一岁的蒙古族小伙子。她心中还有一个小秘密，就是他们已经在短信里约定，这次到了成吉思汗拴马桩检查站，一定要到他家的毡包中做客。高小美期盼着那一刻，但也有些说不出理由的紧张。

天气十分的晴朗。一出城就进入了一望无际的大草原，大家的心情一下子就变得开朗舒展起来。大草原上的一切似乎都是慢节奏的。牛羊在不远处安详地摆着尾巴吃草，雄鹰在低空里悠然地盘旋，偶然看得见牧人骑马漫步，跃进飞翔的云雀画出不紧不慢的飞翔轨迹，连奔驰的汽车在这一望无际的绿海中也显得像甲虫一样缓慢爬行。天空中的朵朵白云争奇斗艳，却完全是静止的。耀眼的阳光似乎把一切都定格在这绿色与蔚蓝紧紧拥抱的天地。人世的烦恼被完全挤压失去了空间。

李娜娜显出从未有过的兴奋，大草原的切身体验要比听来和想象中美好得多。这里的空气与阳光，简直可以说是心灵的过滤器，把一切的不愉快统统都清除了似的。终于又要看到那向往已久的达赉湖啦，她心中别提有多期盼。那晚参加完爱心花园的晚会，她一回到酒店房间就立即同父母通了电话，报告了自己的所见所闻。睡梦中被叫醒的二老见女儿竟然会如此的高兴，都显出十分的欣慰。李娜娜一再说这里可真是适宜人居的理想之地，说回头一定要带二老来这里看看，说洁净的大草原比起污染严重的所谓太湖风光不知要好多少倍。母亲只是附和她，再也不像过去那样同她争辩。眼下的父母亲，再也不敢在电话中提婚嫁的问题，女儿的情绪高低，反倒成了他们关注的重点。娜娜在那天的表现实在令母亲后怕，她最担心的是女儿精神会出问题，这竟成了远方父母的一块心病，娜娜自己倒是浑然不知。

郑为感到奇怪的是，来到呼伦贝尔大草原才几天功夫，李娜娜简直就变成了另外一个人。他默默地从旁观察，发现她变得安详随和了许多，变得对什么都好像能够接受了，甚至变得勤快朴实了许多。穿衣服也不再那么另类，甚至对于爱心花园的老人和残疾儿童表现出深深的同情，对夏局长他们的工作业绩，更是赞不绝口。包括对于这座遥远的边地城市，也觉得什么都好，说空气好，人也朴实，不堵车，还没有雾霾污染等等。这种过快的变化，反而使他感到有些不安。就像一根橡皮筋，突然在某种外力的抻拉下，变得很长，他担心那外力消失的时候，她又会退回原位、恢复原状的。他这么想时，正是要出发的时候。从饭店临出门的时候，茶几上还有吃剩的两个苹果和两根香蕉。郑为想带着路上吃，李娜娜说没必要，说别让服务员小看咱们。郑为犹豫了一下，还是背着娜娜把苹果和香蕉装进旅行袋中。这一点虚荣的流露，倒像是以往的李娜娜。她总是那样的照顾自己的面子，他常常批评她是死要面子，活受罪。

车子在辽阔的大草原上行驶大约两个小时以后，蓝色无垠的达赉湖终于呈现在面前。远远望去，湖水同天空完全是一个颜色。连天空的白云，也都原原本本地在水中漂浮着。湖面上风平浪静，没有船只，也没有任何的漂浮物。

高小美把车子停在湖滨，三个人立即向水边飞奔而去。可是跑了好一阵还是离着老远，等到气喘吁吁时他们这才意识到这里的距离感完全不是在城市拥挤空间中的那样。在这空旷的天地间，一眼望去不远的地方，往往需要走上老半天才能到达。好在脚下的草地上开着许多不知名称的野花。李娜娜从小就喜欢画画，对形象与色彩自然格外的敏感。她很快就被那些小巧而又精致的花朵迷住了。这些千奇百怪的小精灵，几乎什么颜色的都有。可惜它们在十几米开外就都看不见了，完全被强大的绿色淹没在其中。只有当你出现在它们的面前，才能够发现这些顽强生命的精彩绽放。这令李娜娜想到了都市中可怜的人们，每一个人也许就像这大草原中的无名小花。就单独的个体生命而言，人们的存在完全是微不足道。他们其中任何一朵“花”的开放与凋谢，对于周围的世界几乎不产生任何的影响。但正是因为这些无数的微不足道的个体生命的存在，才组合成了强大的可以淹没一切的都市交响乐章。可是自己从前老想着要干出一番惊天动地的事情，至少也要把自己装扮成引人注目的角色，成为百花丛中最最艳丽的一朵牡丹。结果往往并不是这样，过高的标杆使自己感到格外的吃力。何不安心做一朵普通的小花，默默地绽放又默默地凋谢。如此这般，就完成了一个生命的责任，这样的人生又有什么不好？这样浅显明了的道理从前怎么就没有感悟呢？她为自己的顿悟而感到由衷的欣慰。

“娜娜快来看，这里有一丛小花，一定是你从没看到过的。”远远地，高小美喊道。

李娜娜急忙赶过去，果然发现一丛像熏衣草一样紫色的小花，简直美丽极了。李娜娜忘情地跪在那一丛花的近前，任由高小美用手机为她拍了许多照片。到后来她还是不愿意离去，突然有一种渴望把它们用水彩描画下来的强烈冲动。也就在这个时候，一贯细心而善解人意的郑为，早已从车上取来了事先为娜娜准备好的水彩画纸与画笔。这简直让李娜娜喜出望外。她当着高小美的面，就搂着郑为亲了一口。高小美故意遮住眼睛惊呼。郑为也感到有些不好意思。李娜娜开始投入地作画，她的超人的绘画天分很快就在画纸上显露出来。大约只用了半个多小时，一幅题名《精灵》的精彩的水粉花卉作品就已经完成。李娜娜忽然突发奇想，说要把这一幅画作为见面礼献给高洪叔叔和全体保护站的工作人员。高小美和郑为都说这个主意真好。李娜娜又说只可惜没有装一个画框，显得有些简单。郑为神秘地冲她笑着说这不用娜娜你操心，到时候他自有妙法，保证叫她满意。原来他事先早已秘密地准备了几幅画框，他知道心性极高的娜娜做什么事情都要尽量地追求完美。

这天，他们沿着浩瀚的达赉湖，边走边游，不知不觉就到了太阳西沉的时候。高小美这才开始有些着急。原本只有三百多公里就可以到达的成吉思汗拴马桩保护站，他们整整走了六七个小时还不见影子。汽车驶离国道之后，草原上开始出现许多岔道。尽管他们在岔道口停车问路耽搁了不少时间，但还是担心已经迷失了方向。特别是到了太阳即将落山的这个时辰，一切都变得迷蒙而苍凉起来。高小美开足马力在草原便道上飞奔，渴望在天黑之前能够遇到一户人家。可是就在这慌乱的时刻，天上又涌起了黑色的云团。接着天就很快黑了下来。她急忙把车子开到一片高地，雨水就刷刷地从天上倒了下来。三个人都感到有些紧张害怕。这么大的雨，湖水会不会涨到停车的地方？高小美把车灯打开，直到电瓶中的存电用完。等到她想把车子发动起来充电时，却怎么也发动不起来。电瓶耗尽了电，油箱中油也已经不多，也就是说只能在荒野上抛锚过夜。这里连电话也没有讯号，他们这才意识到问题的严重。而他们带的食物早已经用完，甚至连矿泉水也只剩了最后一瓶。高小美连呼倒霉倒霉。李娜娜还从来没有遇到过这样的危机，她开始自责都是自己画画耽误了赶路的时间。郑为只是瞪着眼睛沉默不语。外面的雨仍然下得很大。车里的温度渐渐降得很低。黑暗中，郑为伸手摸摸李娜娜的手，发现那冰凉的双手正在不停地哆嗦。他立即把自己的外衣脱下，为娜娜包裹在身上，又把她紧紧地搂在怀里。有好一阵，谁也不再说话。时间在暴雨中就像是被冻结了一样。郑为感到了自己肩头的压力，无论如何，他得把她们安全地带出这片草地。

暴雨终于停了。他们开门走下汽车时，才感到了雨夜草原的严寒有多么可怕。三个人同时都浑身发抖，尽管是在夏天，但完全没有了丝毫的夏意。彻骨的寒气像鞭子把他们很快赶回了车里。“那是什么？”小美突然指着窗外惊恐地问。郑为和李娜娜顺着她指的方向望去，就见黑暗中，闪烁着一双双磷火般的亮光。“是狼。”郑为小声说。“啊！”李娜娜同高小美几乎同时惊呼了一声。郑为小时候在外公的狩猎庵棚外面曾经见到过这样的景象。那是外公射杀了一只老狼之后，狼的眼睛在黑暗中就是这样的吓人。可奇怪的是，这些狼并不像他从前见过的，还不住地嚎叫。眼下这些就像来看热闹的幽灵，过了不一会儿，便悄然地消失了。

“我们该怎么办呢？”李娜娜几乎是哭着问郑为。过去多次产生过轻生念头的李娜娜，这时才深切感到了生命的珍贵。原来一个人能够平安地活着，是多么幸运的一件事情。如果这次能够化险为夷，就一定要珍惜生命的分分秒秒。她心中暗暗叮嘱自己，突然之间意识到过去那个李娜娜真傻。

高小美见郑为沉默不语，便显出乐观地说：“只要我们坚持到天亮，就会有人来救我们的。”

熬到后半夜，三人又冷又饿，头一次体验到了饥寒交迫的滋味。高小美一再说后悔没带上母亲准备的干粮。李娜娜只是皱眉不语。做了错事从来不承认错误，显然是一种畸形的自尊。郑为突然想到了自己坚持带上的香蕉和苹果，迅速把水果拿出来慷慨地分发给两位女士。娜娜惊异地半晌无言以对。真是士别三日当刮目相看，她的惭愧与自责显然流露在眼中。她开始在内心深处重新审视和确定着郑为的位置。眼瞅着她俩感激地吃着水果，郑为开始琢磨着如何摆脱困境。值此他更加感到了问题的严重。偶然带着的这一点水果，是最后可以充饥的东西。高小美的母亲原本为他们准备了丰盛的干粮，却被李娜娜与小美坚决地谢绝了。年轻人总以为自己的思维正确，而父母的想法统统都是老掉牙的黄历。当事实证明了相反的结论，他们虽然觉悟却往往为时已晚。面对这样的危机，该做出怎样的决断？郑为想决不能等到天明，那会更加难以发出求救的信号。因为只有夜间的火光才会传得很远，才容易招来营救的人们。

“我们不能就这样束手待毙，要积极争取营救。”

郑为这句话，既是对两位同伴的动员，更是对自己的鼓舞。好在临出门的时候，他还顺手装了一盒宾馆的火柴。这又是不幸之中的一个万幸。可是刚刚下过雨的草原，一切都是湿漉漉的，没有能够点燃的东西呀。于是他想到了自己脚下的鞋子。为了便于在草原上活动，他除了脚上穿的皮鞋之外还特意带了一双旅游鞋。他决定把那双鞋子烧掉，向周围发出求救的信号。

雨停之后，天空很快就闪烁着冷冷的星辉。远远地也能够望得见湖面上的水光。其余就都是黑漆漆的一团，像一个怪物张大了嘴巴要吞没一切。郑为把自己的想法告诉娜娜和小美。高小美忙说，不用烧鞋子，说她看见后备箱有一捆废报纸，大概是母亲准备卖往收购站的，刚好派上了用场。于是，大家下车燃火。火光果然很旺，想必很远的地方都可以看得清楚。

一大捆报纸即将燃尽，他们仍然看不到任何的希望。李娜娜的情绪开始变得焦躁不安。小美开导她的话语也越来越缺乏自信。郑为依然是冷静沉着。他心中在积极地想着新的办法。他的血脉中流淌着二分之一达斡尔人的鲜血，这个民族的特点就是聪慧坚毅，在困难面前从不退缩。他从母亲与外公外婆的身上继承来的这种优良的品格，在这一刻发挥了重要的作用。娜娜与小美被他的情绪鼓舞，也积极出谋划策努力摆脱困境。虽然她们的想法有些幼稚而不切实际，但是却表现出了平时罕见的勇敢坚定的人生态度。时间就这样在焦虑与积极的等待中慢慢地挨过。大约凌晨四点钟的时候，郑为突然又开门下车，嘴里还坚决地说：

“我还是坚信一定会有人看到我们发出的信号的，一定会有人赶来营救我们的。”他是一再用这句话来鼓舞她们。这一回，他又拿出自己的一件衬衣，点着了高举着在黑暗中画着圆圈。嘴里还打呼着，“啊哦——周围有人吗？”

令人难以置信的是，当郑为的喊声落下，却远远地传来一声回应：

“啊哦——你们是什么人，为什么在草原上露营？”

三个人起初还以为是产生了幻觉。

当郑为又重复了一遍之后，却发现那回音更加显得清晰。郑为连忙回答说我们是迷路的游客，车子抛锚了。

喊话的人此刻已经来到近前。高小美一眼就认出了为首的那个人竟然就是爸爸。

“爸——爸！”她一下哭着扑到父亲的怀中。

巴音朝鲁随即下马带着牧民们帮他们推车。汽车很快发动了起来。骑马的、步行的、乘车的，大家一同跟随着开始上路。队伍还显得有些浩浩荡荡。

公安分局的民警已经把那两个偷猎者提前铐走了。李娜娜惊异地发现了人们抬着一只受伤的母狼，情绪容易冲动的她一下子就忘记了自己刚才的处境。特别是看到小贾怀中乖卧着的小狼崽，更是感到了格外的新奇有趣。回想起这一整天富有戏剧性的经历，好像浓缩了自己十年的生活。一场有惊无险的遭遇终于化险为夷，顷刻之间她感到自己成熟了许多，甚至很羡慕人们这样艰苦而有趣的生活。每个人都似乎是为别人活着，但又同时从别人的劳动与奉献中分享快乐，这同她从前的生活显然是截然不同。可是为什么今天的人们又远离这样的生活？

十三

达赉湖畔的黎明是静谧慵懒的，又是骚动不安的。黑暗与光明交替中，辽阔的草原、天空与湖面，尚未从睡梦中苏醒。而湿地与草丛的千虫百鸟早已经开始陆陆续续地振翅伸腿。虫儿和鸟儿永远是开朗乐观的动物，草原晨曲，正是由它们的勤恳与歌咏大赛开始。金蝉蠕动，蝈蝈跳跃，云雀啁啾，喜鹊喳喳，鹭翁互答，鹤鸣九天……一时之间，水草间精灵自由的跳跃与鸣叫配合成了大自然精彩绝伦的交响舞蹈，驱赶着夜的黑暗，迎接着太阳的回归。

当太阳升起的时候，他们这一行人终于回到了达赉湖成吉思汗拴马桩保护站。高小美万万没有想到的是，迎接他们的人中，竟然还有母亲。妈妈多次生气地讲过，她是不会到保护站去看父亲的。可是昨天夜里听说三个孩子没有按时到达保护站，她就不顾一切地跟随江文涛局长的车子赶来了。琪琪格显然也是一夜没合眼，一直焦急地等待着女儿他们和丈夫平安归来的消息。

江文涛早已经听过自然保护区公安分局民警的汇报，他对昨晚发生的情况感到内疚。他见到高洪，握着他的手，老半天只说了一句话："老高呀，是我们局里的工作没有搞好，为你们提供的工作条件实在太艰苦了。"

高洪感动地说："江局长，条件是有些艰苦，但是国家保护经费实在有限呀，我知道局里已经做了最大的努力。我看等科考站建成就好了。按照你的总体设想，公安、渔政与保护站联合执法，保护、科研与社会自愿者参与，再加上像巴音朝鲁他们当地牧民作为坚强后盾，我们的保护工作一定前途光明。"

他的话令大家热烈地鼓起掌来。他们正说着话，那只受伤的丹顶鹤好像是凑热闹一样好奇地把头伸过来，侧目看着他们，逗得大家都乐了。高小美的母亲见丈夫满身的泥巴，衣服完全湿透了，便为他取来干净的衣服要他立即洗澡更换。牧民们的蒙古袍和皮靴倒是很适宜野外的活动，此时脱去袍子后，内衣都还是干的。

同样折腾了一夜的李娜娜和高小美此时毫无困意。她们跟随小贾看着巴音朝鲁和牧人们把那只受伤的母狼安顿在事先就盖好的铁笼屋中。母狼此刻卧在草垫子上，那小狼便又开始用舌头舔妈妈的伤口。老狼爱抚地用那只好着的前爪轻轻地抚摸着小狼崽。母子深情就像人类一样，表达得淋漓尽致。李娜娜突然想到了自己的母亲，想到自己发飙的时候，在母亲面前摔水杯和说过的那些浑话，她顿时感到脸烧心跳加快，感到羞愧万分。人有的时候，真是连动物都不如呀！她这么想着，眼里顿时聚满了羞愧的泪水。

郑为和小美看出娜娜的心事，就都凑过来同她说话。

“娜娜，这只小狼崽好可爱呀，那么小，一只手就可以托起来，听说才出生不到三个月，你随后应该为它们母子好好画几张水粉肖像。”

李娜娜看看小美，点点头答应着。

郑为一时不知该说什么，只是凑到她身边，轻声问：“娜娜你没事吧，一夜没休息困了吧。”

“没事，我精神着哩。昨晚多亏你沉得住气，我都快崩溃啦。你那个燃火的主意可真管用，还有那香蕉、苹果和火柴……我可真是服了！以后，我还是听你的没大错。以前我总是好作、要小聪明，关键时候还是你有办法……”

“唉，打住，打住！”

郑为伸手在她嘴上一堵，两个人都哧哧地笑了起来。

这时，远处传来一阵马蹄声。大伙儿看时，骑马的人竟然是吉日木图。他离着老远，就喊着爸爸，一直到了保护站的院门外这才翻身下马。他气呼呼地冲到父亲身边，没好气地说：“昨晚出发为什么不唤我一声？”他老爸说：“我见你睡着了，再说今早还得有人放羊嘛。”父子俩说着话，巴音朝鲁就牵着儿子的手，自豪地向大家一一介绍。等到了高小美面前，还没等父亲开口，吉日木图就说：“这一位不用你介绍，我们早就认识了。”巴音朝鲁莫名其妙，大家都笑了起来。吉日木图说：“那天在爱心花园我们同台演出过，人家还是大提琴的演奏高手哩。”巴音朝鲁这才恍然大悟，突然像是记起了什么，转身对江局长和高洪说：

“啊哦对啦，两位领导，你们还记得吗，明天是什么日子？”

大家面面相觑。

“朝鲁村长，你说是什么日子？”

江局长想到了一个日子，即保护站建立的日子。但是他没想到牧民们也会记着这个日子，便反问道。

“是咱们成吉思汗拴马桩保护站建立二十周年的纪念日。”

“啊哦，你果然还记着这个？”江文涛感到十分的奇怪。

“我怎么能不记得？我们是老邻居呀，是咱们自家人呀。自从保护站建立后，冬天非法砸冰捕鱼的人没有了，夏天偷猎者也少多了。湖区的生态明显恢复，雨水也充足了，我们这一带的草原就得到了很好的恢复，我们的羊群和养马业也得到了发展。你说我们能忘记这样的日子吗？”

巴音朝鲁的汉语讲得不怎么流利，但是意思却表达得十分清楚，令大家都很感动。

江文涛局长说：“二十年来，保护站要是没有当地牧民的支持，也不可能取得这么大成绩。在这里我倒是要感谢你朝鲁村长，感谢你们全村的牧民兄弟对达赉湖保护区工作的支持和帮助。”

“是呀，”高洪也忍不住说：“近些年，我们保护区新增加的野生鸟类就有十一种。其中像卷羽鹈鹕，世界罕见，都是上了联合国红皮书的。还有靴隼雕、黑枕黄鹂、黑琴鸡等等，都是珍稀鸟类。就拿昨晚的行动来说，要不是你提供情报，又带人跟踪援助，很可能就让坏人的阴谋得逞了。恐怕不但动物安全难以保障，我们自己的人身安全也都成了问题。”

“高站长讲得对。看来实行联合执法和保护工作者与当地牧民的通力合作，再加上旅游者的自觉参与形成合力的机制创新刻不容缓，我们要设法建立起这样一种长效机制，把大家组织起来，把群众宣传动员起来。”

正说着，杨姐喊大家吃饭。吉日木图硬说要去放羊，竟然还带走了高小美，说是他们要去草地上吃蒙古族风格的野餐。郑为和李娜娜狡黠地笑着谢绝了他俩的邀请。巴音朝鲁和那几位牧民被高洪站长硬是拦住一起用餐。早餐很简单，馒头稀饭和奶茶，更有吉日木图那天送来的马奶酒。蔬菜都是保护区院子里自种的。高洪一再自豪地介绍是绿色无公害食品。大家吃得很香，也很愉快。其间巴特尔又为大家唱了一段好来宝，得到了巴音朝鲁与牧民们的热烈鼓掌。

在李娜娜的记忆之中，这是她有生以来的一顿最香甜可口的早餐，也是吃得最多的一顿早餐。杨姐亲手蒸的馒头实在是太好吃了，吉日木图的母亲酿造的马奶酒她喝着口感比雪碧可乐之类的饮料不知要好多少倍。据说它的营养价值，比酸奶和奶酪都高，还可以治疗高血压、糖尿病等许多老年性疾病。大家围着圆桌吃饭，那只丹顶鹤就悠闲地在大家身后转悠。它同小贾显得格外亲昵，连保护站养的那只大黑猫也看着有些嫉妒。它喵喵地叫着直对丹顶鹤呲牙。小贾便呵斥它注意礼节。丹顶鹤上前安慰似地向黑猫友好地点点头，大黑猫乖乖地接受了这个现实。李娜娜看着感到十分有趣，心想那只黑猫的心态，大约就像自己看到吉日木图把小美勾走的心情一样，就像是吃了一颗酸葡萄，酸到心里却又难以启齿。

吃完饭不久，吉日木图的妹妹娜仁花来了，说是专程来看看丹顶鹤与狼母子的。但是随后不久李娜娜就发现，她的一双很好看的大眼睛，竟不停地在人家小贾的脸上晃悠。也因为共同喜欢绘画的缘故，她很快也成了娜娜的知心朋友。她对李娜娜画的那张《精灵》赞不绝口。她们计划着明天一早就去湿地那边写生。整整一个上午，娜娜都毫无倦意。她们一同为狼母子和丹顶鹤画了好几张肖像写生。娜仁花画得严谨细腻，造型十分的精准。而李娜娜则是以传神取胜，深得生命的张力和神韵。她们相互欣赏，互补短长，很是喜欢对方，到后来干脆手拉手地走出保护站来到水边写生。李娜娜感到自己如同进入了人间天堂，一切的不愉快都化作了此刻的顺畅。她一边画着一对大胆游近自己的鸳鸯，嘴里还不住地哼着“梁祝”动听的旋律。她感到生活充满了欢乐和希望，感到自己的人生之旅才刚刚展开翅膀。

黄昏来临时湖畔的景色更加迷人，一切都沐浴在金碧辉煌之中。李娜娜也一时说不清为什么到了这样的环境，人怎么就会变得心胸如此宽广。几乎所有的人都在为别人着想，同时又得到别人的帮助与赞美欣赏。这同都市中的情形大不一样，当自私遇到自私，才会产生那种沉闷忧虑的状况。娜仁花每画完一幅写生画，就要拿给李娜娜为她指导点评。娜娜很欣赏她的扎实灵动，对所画的生命充满了尊重与同情。这是一个画家重要的素质，而不是把对象当作炫耀自己才华的玩偶。她们一边读画，一边深入探讨，时而窃窃私语，时而放声欢笑，真是没完没了。这使得一旁的郑为与小贾很是有些无奈，他们想插句话也一时没有机会。小贾终于红着脸提出想收藏娜仁花一幅作品。娜仁花竟然让他在自己画作中任意挑选。这使得暗恋者喜出望外，急忙从那写生中选出一幅《鹤舞图》来。在小贾纯洁热烈的心灵之中，单纯高贵的娜仁花就是一只草原上的丹顶鹤。他要把她的这幅作品悉心保存心中。郑为和李娜娜真心为他高兴，希望娜仁花也能理解他这一番苦心。

当娇媚月亮升起的这一个夜晚，达赉湖畔成了爱的乐园。高洪携夫人琪琪格在湖边漫步，含情脉脉地回顾着大半生爱的奉献爱的结晶和所经历过的一切风风雨雨的历程。他们的女儿小美早已同吉日木图依偎在一起，草原上隐约传来了他们动听的琴韵与歌声。郑为与李娜娜牵手漫步草地，经历过漫漫冬季的并蒂莲在这湖畔盛夏就要结蕾开花。年经的小贾与娜仁花则坐在湿地里听着蛙声聊天，不停地传来天真无邪的笑声。江文涛局长正在与巴特尔亲切谈心，询问他的家庭还有什么困难，又征求他对今后工作的看法。爱的种子经历过漫长焦渴与辛苦的酝酿考验，这一刻就要在每个人的心中生根发芽。就在无私奉献、有缘相聚的这个默默无闻的小小团队里，人们强烈地意识到达赉湖是属于爱的乐园。千虫之爱、百鸟之爱，人与自然之爱，还有相互之间崇高的亲情、爱情、友情与豪情，这一切的人类崇高的情感，都会在这里得到呵护，得到滋生繁衍，得以开花结果。

十四

巴音朝鲁的蒙古包在成吉思汗拴马桩保护站的西南草原上。那里看得见克鲁伦河转弯后舒缓地涌入湖中。真是盛情难却呀，江文涛和高洪接到正式的邀请，只得领着大伙儿分乘着两辆汽车，不到半个小时就到了。当时正是下午四五点钟，太阳还斜着悬在天空。河水和草地都被阳光照得透着翡翠的颜色，而草地上的羊群和河边饮水的牛马，则更像是晶莹的珍珠与透亮的玛瑙一样，望着十分的迷人。

人们刚一下车，远远就见身材高大魁梧的巴音朝鲁身着浅蓝色的蒙古袍，脚蹬一双新高腰皮靴，腰间扎一条金黄色的绸腰带，双手捧着哈达，十分显眼地站在那里。他的身旁，一边是他的老伴儿，早就听说了不知多少遍的贤惠能干的都兰大嫂，一边是他的一双宝贝儿女，大伙儿早已经熟悉的吉日木图和妹妹娜仁花。全家人都穿着节日的民族盛装，手里都捧着雪白的哈达，来迎接最尊贵的客人——达赉湖管理局和保护站的朋友们。他们的牧羊犬老黄，今天也显得格外的兴奋，它不停地领着孩子围着人们撒欢呼叫。不远处木桩上拴着的十几匹母马和身边的小马驹也都一齐冲着人们点头摇尾，表示欢迎。

娜仁花看见小贾怀里抱着那只可爱的丹顶鹤，她的心中顿时一股热流涌起，忍不住就上前喊了一声“小贾哥”，把那精灵抱在自己怀中。吉日木图在一旁得意地说：“娜仁花，怎么样，哥哥我赢了吧。”

娜仁花红着脸只是哧哧地抿着嘴笑。原来事前兄妹俩曾经辩论打赌，一个说小贾答应过，一定会带来丹顶鹤的。一个说一定不会带来，因为那个小小的承诺，人家早已经忘到了脑后。事实证明了在人家小贾哥的心中，她娜仁花早已有了重要的位置，怎么会轻易就忘记承诺。

另一个场景令李娜娜十分的震撼。她起初并没有注意到这个，还是高小美首先发现并提醒她的。

“娜娜你快看，母羊和身边那些小羊羔羔，多可爱！哎，你注意了吗，它们在母羊肚下吃奶，怎么都是一个姿势？”

“对呀，怎么全都是前腿跪着的？哎，奇怪！”

她们牵手来到那些正在喂奶的母羊近前，娜仁花一直抱着丹顶鹤陪在娜娜和小美的身边。三个姑娘蹲下身子仔细地观察。李娜娜越看越发感到惊奇。娜仁花说小羊羔吃奶就是这样，前膝盖都磨出了一片茧子。李娜娜就掏出速写本认真地画着。郑为和吉日木图见状，也凑了过来，几个年轻人围着羊母子亲热得不行。他们从中感悟着人生的哲理。

吉日木图说：“嗯，李娜娜不简单，画得真生动，比我妹妹的画要活泛得多。”

“那是的，娜娜姐是谁？绘画的天才！人家是传神，我是写实，一个天上，一个地下嘛。”

“哪里，不是我画的生动，而是小羊羔的举止令人感动。”

“‘羊羔羔吃奶腿跪下’，这是我们内蒙民歌中的一句经典歌词，这下你们可亲眼看到了。它们这是表示对母亲的感恩和尊敬。”

“动物中也有如此深刻的亲情表达。这不是老羊教导它们这样做的，而是浸入到了血脉中的种群本能，是羊这种动物的善良美德。就这一点而言，动物是通人性的，甚至比有些人类还要高尚。”

郑为附和说。他从小就听外公讲述过许多野生动物类似的故事。

李娜娜和高小美听得都十分的感动。她伸手轻轻抚摸着一只正在吃奶的羊羔，发现它的眼睛一直深情地望着母羊。难怪陕北民歌中也有一句歌词，叫“羊羔羔吃奶眼望着妈”。想到此，她又突然感到一阵难言的惭愧。扭头看看郑为，郑为却把目光躲开了。她更是感到了羞愧难言，好在这时巴音朝鲁大叔来喊大家进蒙古包喝奶茶休息。

吉日木图说：“爸爸，人家在观赏羊羔羔吃奶哩。李娜娜还画了一幅素描，画得真好，人家是有绘画天赋的。”

巴音朝鲁赶忙接过画稿仔细地端详，连连点头夸好，还说要女儿娜仁花拜李娜娜为师，好好学学提高。

他家的三座毡包，坐北朝南地弧形排列着。中间一座是主人的卧室，左侧是厨房兼餐厅，而右侧的就是女儿的闺房，如今成了临时的客厅。大家喝了下马酒，接受了哈达之后，就被迎进毡包，分别坐定。毡包里面十分的凉爽，因为四周的墙围下方掀起来有半尺，顶窗也打开了透着凉风。

“欢迎各位，欢迎各位。”巴音朝鲁显得十分兴奋，他一边为客人斟奶茶，一边不住地重复说：“咱们这里不是旅游点，咱们都是自家人，先尝尝我们的奶茶，一会儿还有马奶酒。”

吉日木图也兴奋得满脸通红：“爸你陪大伙说话，我来倒茶。”他从父亲手中接过茶壶，为大家添着奶茶。等到了高小美面前，小美看看身边的娜娜，连忙抓住壶柄说：“不用你忙，我们自己来吧。”

娜娜也故意说：“对呀，就让小美姐替你给大伙儿倒茶，你忙别的去吧。”

小美听得脸一下红了。她看看父母，高洪显出特别高兴的样子，只是母亲的神情还是那样的冷峻。她心里就有些不踏实。

好在这时巴音朝鲁被人叫出去杀羊了。眼下羊价很高，牧民招待贵宾才会偶尔杀一只羊。

江文涛局长说："我看你家小美别在外面待着啦，干脆回来，到咱们保护区来工作。还有你们两位，"他是指郑为和李娜娜，"也都来咱们这里。你们来了就是难得的人才，又能拉又会唱，又能写又善画，将来咱们保护区宣传上需要你们这样的人才。还有吉日木图和娜仁花，毕业后也都来咱们保护区吧。咱们成立个文艺轻骑队，常年为大伙儿巡回演出。完了咱们还要开展旅游开发，要对外扩大宣传，要同市场接轨，搞各种宣传和促销活动，文艺是最好的形式。"

几个年轻人听着，都显得更加兴奋。特别是李娜娜，她这几天简直就迷上了这个地方、这里的人们和这样的生活，甚至包括花草动物都透着诱人的力量。她感到自己的灵魂开始摆脱了物质与功利的泥淖，又回归了人性崇高的自由天性。高小美的内心何尝不是这样。她自从同吉日木图相识的那一刻起，她就感到自己飘忽不定几乎心灰意冷的心灵，又像达赉湖上的云彩，转眼之间化作了一场甘霖，一下子就全都集中播撒到了一个人的身上。方才听了江局长话中有话的暗示，却没有看到父母的反应。她实在耐不住了，便趁机鼓起勇气问父亲和母亲："爸妈，江局长的提议，你们同意吗？"

高洪看看夫人琪琪格，笑着没有表态。小美的母亲却说："你的事情你自己做主吧，免得以后又说爸妈自私，舍不得放你远走高飞。不过，我倒是觉得江局长讲得很有吸引力，我自己都有些动心啦，将来要是需要，我们老干部合唱团也要参与进来。"

这时候，巴音朝鲁弯腰走进来，他庄严地提着一只大铁壶。嘴里喊着：

"哎——马奶酒来了，咱们尝尝吧，这可不是从旗里超市买回来的，是咱们女人自己酿制的，完全传统工艺，最地道的味道。"

他嘴里认真地讲着自己的"广告词"，就挨个为大伙儿敬酒。他的并不自觉的冷幽默，十分的耐人寻味。人们品尝着马奶酒，纷纷点头伸出大拇指说好。其实凭心而论，在味觉很刁的李娜娜看来，那味道虽然比可乐雪碧要好，但还是有点过酸。但是她告诫自己，在此绝不能流露出来。听到大家的赞扬，巴音朝鲁的神情就显得更加得意，他不断地述说着马奶酒的保健和医疗功能，说长期饮用可以延年益寿。还现身说法，说自己一年四季酒肉不断，又这么胖，但血压血脂统统正常，胆固醇也不高。

高洪见他那么高兴的样子，就故意逗他说："朝鲁村长，你刚才不在，我们江局长说了，希望吉日木图和娜仁花将来毕业都回咱们保护区来工作，你同意吗？"

"我当然同意，只要他们愿意回来。你看咱们这里多好，空气好、风景好，吃的喝的都是绿色无公害食品，还有这么多的好人，夏天住蒙古包多凉快，冬天咱们在旗里也有暖气楼房，一点不比大城市差。我听说城里的空气污染很厉害，开车堵得一塌糊涂，房价也贵得不得了，不知道那么多的人挤在一起有什么好。"

他最后这句话，显然是讲给儿子听的。说真的，他是怕儿子不同意回来哩。他并没有想到，人家如今有了心上人，和从前的想法不一样了。

"朝鲁老弟，有你这个态度我就放心啦。"高洪说着端起一杯马奶子酒，说："来咱们干一杯，我代表成吉思汗拴马桩保护站，感谢你们长期以来对保护站工作的支持帮助，感谢你们对我们的盛情款待。"

巴音朝鲁一仰头喝干了酒，认真地说："高站长，你不要客气，这还不是正式的，正式的仪式等一会儿羊肉煮好了才开始。那得喝白酒，喝咱们的草原大曲。那也不是从外面买回来的，也是咱们自家酿制的，完全传统工艺，最地道的白酒。"

江局长听了，忙摆手说："朝鲁村长，我看白酒就不要上了，现在上面有规定，不允许大吃大喝。"

“我知道，是有规定，但是中央还提倡各级干部要密切联系群众哩，干部到群众家里来做客，吃顿饭、谈谈心，这些年是太少，而不是多了。动不动就到大宾馆设宴，那一桌子饭菜的价钱，够我们牧民半年的生活费，那才叫大吃大喝。我们今天吃的，都是咱们自家劳动成果。你看，菜是自家种的，酒是自己酿的，羊是自家养的，所有的东西，都是咱们自家的劳动成果。”

朝鲁村长的话，把大家逗乐了。人们更加喜欢这个中年汉子的憨厚与坦直。他说话不紧不慢，做事有板有眼，在村里当村长二十多年，深受牧民信任爱戴。

“江局长，你说我说得对不对？来，我给你敬一杯马奶酒。我都听说了，自从你担任管理局的局长，管护区的工作起色很大，这是巴特尔告诉我的，他这个人不轻易佩服谁，祝愿咱们保护区的工作越搞越好。”

两人一碰杯，朝鲁村长带头一饮而尽。

江文涛端着酒杯说：“巴特尔是个好同志，他是把一生都献给了达赉湖的生态保护。你当村长有什么体会？听说现在的村长也不好当呀。”

“要说难也不难。我的体会是，只要你自己不谋私，事情就好办。你自己一伸手，问题就复杂啦。”

江文涛点点头，心中甚为钦佩，随即对这个识字不多的蒙族汉子充满了好感。

高洪说：“我听到一个故事，是牧民们讲的，说他们的朝鲁村长当了那么多年干部，至今还没有自家的马棚。说上面一有补助建马棚的资金，他都给了困难户。前年旗里有政策，给工作出色的村长奖励盖一座马棚，钱刚到手，一位生活困难的老奶奶来找他说马棚给她家吧，朝鲁村长二话没说，就给了人家。”

“给就给了，她家困难大，我将来再慢慢建嘛。”

朝鲁村长说得很平淡。没有马棚牲口遭罪不说，每年也少收入许多。他的心胸真是比大草原还要宽广。

说话间，都兰大嫂不声不响地把煮好的一大盆香喷喷的羊肉端上来了。朝鲁村长要她为客人敬一杯马奶子酒。她红着脸羞涩地端起酒杯一饮而尽。随即笑着朝大伙儿点点头，就转身出了蒙古包。孩子都那么大了，她还看着很年轻。一双大大的眼睛，嘴唇棱角分明，像女儿一样的耐看。

这一回轮到了巴音朝鲁大显身手。他举刀由带皮的羊胸腔上割下一块肉，递到江局长手中，又割下一块递到高洪手中，嘴里还念念有词：“最好的羊肉，献给最尊贵的客人，愿我们的友情天长地久，愿我们的达赉湖永远繁荣，愿我们的孩子们健康成长，愿我们的牛马羊年年兴旺。”

说完，又接着给每一位来宾都分一块鲜美的羊肉，这才提议举起儿子吉日木图为大伙儿斟满的草原大曲，一一碰过，带头干杯。如此一连三杯过后，他的脸就红了，说话也更加的木讷有趣起来。江局长又回敬他三杯。高洪同他是好朋友，两人更是喝得痛快。没一会儿，他就酒酣脸热，主动提出要给大家献歌。于是，就用蒙语唱了一首《母亲》。唱完之后，还做了翻译，说歌词的大意是母亲为我们付出许多许多，我们儿女却为她老人家做得太少太少。他唱得十分动情，到了最后，喉咙竟然有些哽咽，便转过身去了……后来人们才知他的母亲刚刚去世不久，朝鲁的心中日夜思念老人家。吉日木图和妹妹娜仁花都由奶奶带大，看着十分苍老的奶奶活了九十四岁，临走的时候却是无疾而终。巴音朝鲁可是动了真情，唱完这支歌，好大一阵子眼睛还是红红的。

“郑为，老奶奶的墓地在什么地方，我们应该到老人家的墓地去祭拜。”动情的李娜娜对郑为说，却不料郑为的话令娜娜更加的感动。

“蒙古族人世世代代生活在草原上，他们对于草原十分地爱护。他们一代一代的人，百年之后，包括成吉思汗这样的伟大人物，都没有占据一寸草原的土地。他们总是认为自己活着的时候，享受过草原太多的恩惠，过世之后，就应当回归草原，葬于草原，并且将牧草覆盖墓地，不留下任何的一点痕迹。那意思是要把自己的遗体化作肥料奉献给草原，也就把自己化作草原无限的生机。”

这是多么博大的胸怀，又是多么无私的风俗。李娜娜的面前，巴音朝鲁的形象突然变得越发的高大。世界上也许再没有哪一种丧葬文化如此高尚环保。而这种文化直至今天，依然亘古不变地渗透在祖祖辈辈的蒙族人的血脉之中。

接下来，轮到了巴特尔的保留节目好来宝。这是巴音朝鲁亲自点的。巴特尔当然没有忘记带心爱的四弦胡。见他要开唱了，巴音朝鲁赶忙让娜仁花喊来了妈妈。大概是因为喝了白酒又得到了江局长的表扬，巴特尔唱得格外卖力。他先用蒙语演唱一遍，然后又译成汉语再唱一遍。李娜娜这才听明白了，他唱的内容，都是在鞭笞破坏生态的自私行为，表彰好人好事，宣传生态理念和保护法规。能够把枯燥的道理，唱得如此幽默风趣，真是令人佩服。巴特尔唱完了，掌声格外热烈。他大约觉得不够过瘾，就又主动要为大家唱一首自己新近创作的歌曲《心声》。“好啊！”大家兴致勃勃，热烈欢迎，他就开始酝酿感情，然后清唱道：

曾经的草原是父亲的草原，
未来的草原是子孙的草原。
父亲留下的是富饶的草原，
我给子孙后代留下的是什么？

是什么？

曾经的草原是母亲的草原，

未来的草原是子孙的草原。

母亲留下的是美丽的草原，

我给子孙后代留下什么？

是什么？

如今的草原是我的草原，

草原是我生命的摇篮，

我用生命来保护和传承，

让草原世世代代更加美好！

更加美好！

旋律依然是民歌的风采。平日少言寡语的巴特尔很忘情地唱完了三段歌词，大伙儿都陷入了一片沉思。他的歌词写得很有针对性，声情并茂、情理交融，更是发人深省。三句话不离本行，歌中所唱自然也是江局长与高站长的心声。年轻人听了也都感到了自己的担当与责任。巴特尔唱完之后，江文涛局长更是十分感动。他心想，什么也别说啦，就起身郑重其事地对巴特尔深鞠一躬，遂又敬他一杯醇香绵长的草原大曲。两个人红着脸又是紧紧地拥抱。

十五

月亮升起来了，又大又圆地悬在低空。草原的夜色真是格外的迷人！琴声与歌声如同来自苍穹，人们的心灵变得如同天空一样沉净。

李娜娜记起了那句熟悉的歌词，远方的人们多么渴望此地。她如今躺在成吉思汗拴马桩保护站的客房床上，身边的高小美同样也是默然无声。两个好姐妹好一阵都不说话，各自只想着自己的心事。她们的心思还留在吉日木图家的毡包，当时的情景依旧历历在目。巴音朝鲁和巴特尔的歌声印象固然深刻，而最最动人的还是吉日木图和高小美的绝配演唱。多么神奇的《达赉湖之歌》，李娜娜忘不了那近距离的观赏，那简直就是自己的灵魂在忘情歌唱：

清澈甘甜的克鲁伦河水，
流淌到此再也不愿离去。
在这绿色大草原的腹地，
碧波汇集成孕育生灵的神力。
啊，美丽宽广的达赉湖，
我可爱故乡母亲的奶水，
养育了天地生态万物生息，
滋润着古往今来英雄壮举。
我们是成吉思汗自豪的后裔，
我们用真情与善良续写传奇。

这完全就是发自内心的感慨，是一个人，更是千万人对大草原、对达赉湖的感恩与赞誉。她说不清自己为什么会如此的着迷，简直就像是把头脑来了一番彻底地清洗。此刻的自己，就是一滴净水，渴望着能融入那达赉湖的明媚。环境的美也创造着心灵之美，真是一条真理，没有什么能把这规律违背。她这才真正理解了高小美的父亲、高洪叔叔何以能够迷上达赉湖的朝夕四季。他的每一句歌词都是真意心声，绝没有丝毫的矫情与无病呻吟。

源自天上的克鲁伦河水，

把纯洁与博大凝结这里。

在这远离尘嚣的圣洁之地，

无私和睦与珍爱凝聚成诗意。

啊，高贵圣洁的达赉湖，

我灵魂的归宿沐浴的琼浆。

洗涤着心灵守卫精神家园，

呵护着祖先留下的美德善意。

我们是中华民族坚强的后裔，

我们用劳动与智慧编织奇迹。

当个体的生命融入了高贵的集体，你才能够理解崇高进而创造奇迹。精神的升华就在这一刻发生，七情六欲的个人意愿，那些平日纠结不清的琐碎一切，竟变得微不足道，可以忽略不计。她这才理解了为啥唱完这首歌后，高小美与吉日木图竟然会当场表态，说愿意响应江局长的号召，将来就留在保护区工作，还说要继承巴特尔大叔肩头的担子，以音乐为武器，把生态保护的事业继承发扬。李娜娜当下深深为之感动，没来得及同郑为相商就当众表态说，自己也要同高小美一起留在草原，留在这美丽迷人的达赉湖畔！别了那嘈杂拥挤而又生分的都市，别了那欲念横溢又令人痛苦不堪的名利之所，别了那破旧狭小又昂贵萎靡的出租屋，别了那灰暗污浊垃圾遍地令人窒息的空气和烦人的喧嚣，当然还有诱惑人的红口唇、假睫毛和所谓名牌奢侈品等等促使你虚荣心膨胀的一切。是人，就要活出人性的本真；是人，就要活出人的快乐；是人，就要活出人的价值；是人，就要活出人的尊严。令李娜娜无比欣慰的是，当她表态之后，郑为竟然当众拥抱了自己。就像吉日木图和高小美那样，人们为他们热烈地鼓掌，连小美的母亲也都笑得像盛开的秋菊花。李娜娜当时该是多么的感动，从来都是感觉自己付出太多的她，突然意识到自己收获得太多太多……此刻，她再也按捺不住，回头看看小美。莹莹的月辉里，小美也正悄悄地望着自己。两个好朋友什么话也没讲，就紧紧地相拥在了一起。心中的千言万语，只化作默然一语：祝福你，我的好姐妹。我们终于成熟了，懂得了人生真谛。在这大草原、大湿地、大湖畔，在这我们古老民族的福地里，在这孕育万千新生命的摇篮中，她们将开启崭新的人生。

第二天，是放飞那只康复后的丹顶鹤的日子。按照高洪站长的提议，地点选定在克鲁伦河入湖口的广袤湿地中。那里恰巧有一片高地。市旅游局和教育局还组织了数百名游客和参加夏令营的中学生前来观看，同时接受环保理念和生态保护的宣传培训。李娜娜把自己和娜仁花画的关于丹顶鹤与其他水鸟，以及狼母子的写生与水粉画集合，搞了一个色彩斑斓的现场画展。整个版面设计与文字的排列，都由郑为不辞劳苦一手完成。小贾则责无旁贷地担任了义务讲解。他从生物学的角度，诠释着这些画作除了艺术观赏之外的更加重要的科学含义。江文涛局长亲自为他们的展览剪彩，巴特尔为此再度演唱《心声》助兴。吉日木图和高小美的绝配《达赉湖之歌》成了放飞活动最好的背景音乐。而这次活动的真正高潮，当然还是主角丹顶鹤出场的那一刻。身着蒙古族节日盛装的娜仁花作为生态形象大使抱着丹顶鹤一出现，全场发出激动人心的欢呼。而当她伸出双手将那美丽的精灵捧在手中，世界突然间变得鸦雀无声。只听那高贵的丹顶鹤在美丽姑娘的手中引颈长鸣三声，随即就展翅飞腾而起，乘风升空。人们的眼球跟着它在天空盘旋，又见不远处的湿地里同时跃起一群丹顶鹤的身影。令人惊异的是，当那只孤鹤同群鹤汇合之后，它竟然掉头又飞回到娜仁花姑娘的头顶。这一回它再也不曾孤单，而是引来了群鹤在人们头上长鸣盘旋。欢呼声和音乐在这一时刻陡然复起，人与动物共同演奏出鹤鸣九天的奇观。李娜娜与郑为紧紧地深情拥抱，此刻不用语言来表达，他们同时意识到这庄严放飞的正是自己的幸福与未来。

2013 年 8 月于义耕堂

老腔

第一章

一

冬天夜长。孤村二合塬旷野上一片静寂。此刻人们的听觉似乎特别灵敏，每个人蜷在地坑庄子里的热炕上，不但听得见风吼，还能听得见自己的心跳。这时不知从谁家炕上发出一阵吼喊，庄稼汉的老毛毛声，扯得又直又长又深沉。全村的人就都听见了，全村的人都附和，连根爷的花叫驴都跟着凑热闹。那唱词只有二合塬的人听得明白：两狼山战胡儿天摇地动，好男儿为国家不顾死生……二合塬求发展谁来做主？你和我我和他全凭自家。哇呜哇呜哇呜……

二合塬人把唱秦腔戏叫吼老腔。随心所欲随口自编的唱词见心见性。公元 2010 年腊月，眼瞅到了阴历年关。西北黄土高原上正是北风呼啸天寒地冻，一望无际的苍黄掩盖了所有生机，一切活物都在蛰伏猫冬。原野上庄稼收割干净，绿褪山原瘦，更显得天高地远、原凸沟深。眼下，偏远闭塞的环江县木钵镇外，那些碎银子般散落川原沟壑的大小村庄，一时寂静无声，仿佛统统进入了沉沉冬眠。气温骤降至零下二三十度，据说是几十年来少有的寒冷日子，连司晨鸡与守夜狗都似乎冻成了哑巴。那种荒寒寂静气氛，很像是到了人迹罕至的月球腹地。我们要讲的故事，也仿佛远离现代人类，就在这原始荒寂的孤独环境中发生。人们心中，唯有老腔在吼！

午夜时分，已经担任了二合塬村村支书身强力壮的黄继龙躺在祖传地坑窑的炕上瞪眼发呆。新的难事在面前堵着。当了村支书，他的眉头再也舒展不开了。身边，妻子李喜莲打着鼾声，偶尔还会磨几下牙齿说几句含糊不清的梦话。分别上小学三年级和一年级的儿子黄雪与女儿小茹睡得正香。此刻的李喜莲也许正在做着幸福的梦，就像她刚才偎在男人怀里撒娇呢喃，或是往日从地里回来，饿极了咀嚼婆婆做的鸡肉烙饼、玉米团子。老实宽厚的丈夫早已习惯了这一切，认为这是她忙活一天应有的享受。黄继龙从小很少听到他妈沉睡打鼾。他听到的总是他大鼾声如雷，和他妈手里的麻绳穿过鞋底的嘶嘶鸣叫。多少个冬暮寒天，母亲就着麻油灯豆粒大的光纳鞋底。那熟悉的声音就像是从她善良的心底里流淌出来的一股清泉。在黄继龙的记忆里，夜越深那声音就越发动人，激越而富有节奏的山泉流淌，伴随隆冬窗外老北风的凄厉嘶呻，令他过早地感悟到农民生计的窘迫与艰辛忧愁。如今想起那麻绳穿过厚厚鞋底的呻吟，他就又记起他们两兄弟跟随父亲跑十多里到塬底河湾里驮水……他拼命拽扯驴缰一步步艰难上塬。那麻绳穿过鞋底的每一声嘶鸣，在少年黄继龙心中都像是针扎刀割。他时常在睡梦中醒来，透过那声音想象着母亲的手指是怎样使劲扣住鞋底，又是怎样吃力地一下一下拽扯。细细的麻绳似无情刀刃，深深地嵌进母亲右手的皮肉，难怪每拽动一次，母亲的眉头就要痛苦皱紧。母亲手上的皮肉被反复磨破结茧又龟裂，伤痕里渗出殷红的血珠。母亲舔舔伤口用碎布悄悄缠起，又操起鞋底继续做活。母亲手中的鞋底和麻绳，牵扯着儿子的心。于是，那嘶嘶的呻吟，就像是刀子一下一下割在儿子心上。

少年黄继龙迷迷糊糊伴着痛苦入睡，梦见自己生出翅膀变成了一只野雀飞起在天空盘旋……他跟随父亲和哥哥驮水，不知怎么又顺着他爷指引的方向飞到木钵镇上，飞到环江县城……他还和小伙伴一同飞起上学、打球、赛跑……他的双脚在空中自由地飘着，轻快又舒服。他虽然还穿着他妈亲手做的鞋子，但却再也不会磨破。他高兴得抿嘴哧哧直笑……心想人能变成一只野雀，该是多么的幸福！

少年心中亲爱的母亲，千针万线地做着新衣新鞋，心中唯一的念头就是赶在大年初一，让全家老少都穿得体体面面走到人前里。这也是二合塬家家户户婆姨们的理想，几乎是她们共同的信念、幸福的追求。除此以外她们从没想过人生还会有什么意义，更不晓得自己的生活中还有什么更值得追求的目标。平日里村里的女人们早晚聚在山神庙前麦场上，除了家长里短，秦家塬或外面世界的风流韵事，甚或交头接耳翻弄点小事非之外，好像再就没有什么话题好说。其实真正重要而严肃的话题，倒往往不是用语言来表达。说到敏感而紧要处，人们就沉默无语。

“你给娃娶媳妇的钱攒够了没？”

“你男人出门打工咋这久没见回来？”

“你娃他大咋死守着老窑，也不说出门挣钱？”

“咱二合塬啥时候才能不受穷、不被世人歧视？”

“咱们女人为啥就只能一辈子受苦受累？”

她们相互提问，又彼此报以沉默。而那无语的回答，加倍地透出忧郁与沉重。她们握锄把镰把和铁锨把的粗糙而灵巧有力的手里，永远都在不停地操持家务、做着针线活儿。

眼下，在这隆冬深夜的古村老窑里，黄继龙家热炕头上睡得正香的一双儿女，两人平时都穿着木钵镇街上买的时兴旅游鞋。这不是因为他们的奶奶做不动了，也不是母亲喜莲不想为一家人的穿戴忙碌，而是她要全力以赴支持丈夫领导村里修路。其实不再穿家做鞋，这也早就是人家沟对面秦家塬的新风格。可是二合塬的多数孩子从小到大还是穿着奶奶或母亲做的鞋。穿上令村里其他孩子羡慕不已的买鞋，黄家兄妹俩的心里反倒少了童年乐趣。他们没有了别的孩子穿上母亲新做鞋子的那种激动心情，没有了睡梦中聆听母亲纳鞋底音乐的听觉享受，更没有为了节省鞋子而赤脚跑步游戏的习惯。他们只是觉得，每天穿着买来的鞋，远没有小伙伴们穿上家做鞋的那种得意与自豪。

二合塬地处一座孤塬顶端，是环江县木钵镇最偏远闭塞的一个古老孤独的村庄。人们的印象中，它就像从县里的版图上一不心被扔出去的一只断了线的风筝，不偏不倚地落在了董字塬最西边边一块孤立的残塬上面。那塬面高高地突出于邻近的秦家塬。站在秦家塬西望，这里是距离太阳和月亮更近的地方。天气晴朗的黄昏，人们会望见火红的大太阳整个是落在这二合塬头的，而金黄金黄的月亮又分明慢慢地由那塬畔近处升起。日月相合，传说这大约就是二合塬村名的来历。

二

二合塬，整个村庄的面积不足一平方公里。进出村子原本就只有一条羊肠小道。那道路像天梯一样弯弯曲曲悬挂在陡立的南坡上，背后和两侧都是万丈深沟。当年秦家塬的洋神父气喘吁吁走到村前一看，发现那小路远远瞅着像一条蟒蛇缠绕在十里塬坡之上。于是就在传教时说，进出二合塬走的是一条龙道。这话掉进黄继龙他爷耳朵里就再也出不来了。他爷听信此话，就成天对着那条龙蛇一样的坡道凝神发呆。一天傍晚残阳如血似火，他爷瞅着瞅着，眼前就恍惚跃动起一条金龙。他定睛再看，却又是那坡道了。再细瞅，那条长龙竟然活了起来……都来看嘛！你们都来看嘛！洋神父的话显灵了，洋神父话显灵了！老汉疯了一样放声喊叫。消息轰动了全村，也惊动了对面的秦家塬。满村的人都跑到塬畔观望。当时正值雷雨过后，又是日落时分，云蒸霞蔚里天边火烧云就像血染的一只金凤凰，云头一角伸到塬畔，活像那凤凰头对着龙首亲热：活脱脱一幅天地融合、龙凤呈祥图案。可不是嘛，那小路果真就像一条传说中的龙蛇……从此，事情越传越神。至今村里的老者还说，那条路分明就是老天派来的护法神仙，守卫着日月星辰和咱二合塬的平安福康。因此，二合塬人历来逢年过节拜天拜地之外，还要敬拜想象中的龙蛇“路神”。那条通向外面的唯一的路径，逐渐就成了人们心中一个神圣图腾。

可惜，路神拜了一辈儿又一辈儿，却再也没见那所谓“龙蛇沸腾”的幻境出现，更没给二合塬人拜来福康呀，黄继龙时常这样想。二合塬仍然偏远闭塞，外面人进不来，村里人出不去呀。严肃的少年这么想着的时候，他还不满十二岁。他爷和他大商量了多次，正犹豫着要不要送他到秦家塬去念中学。可是黄继龙的心思，却是小学毕业就回乡种地。俗话说龙生龙凤生凤，老鼠生儿会打洞。他黄继龙天生就喜欢在土地上刨挖。

“龙儿，你眼瞅就小学毕业了，我和你大说了，想把你送到秦家塬去上中学，你看……”

“我不去，爷，我想跟我大学做庄稼呀。”

“唉，这娃怎这想法些，没出息呀！种地有啥出息？你瞅你大……”

“我大咋？有名的庄稼把式，村里谁不待见？”

此刻，他大正蹴在炕头闷头吃旱烟。听到他们爷孙对话，突然就把烟锅脑子在炕楞上磕得嘣嘣响。黄继龙手里捧着毛巾正要抹脸，瞅着那脸盆底上一壳壳水，呆愣着了。

黄继龙每天大清早起来洗脸，总是他爷和他大抹过脸的剩水。二合塬人把洗脸叫抹脸，是因为塬上的水就像油一样金贵。吃水都很困难，谁舍得“洗”呢。于是闷湿了毛巾，草草抹一把了事。可这抹脸倒成了一个家庭如同吃饭一样的重要仪式。黄继龙他妈每天早晨小心翼翼从瓮里舀上半瓢水倒入那祖传的铜面盆中，于是他爷抹了他大抹，此后这才轮上继龙和他哥继祖。等他兄弟二人抹完，那一盆底儿的水早已经发黑变稠，可是他妈还舍不得倒，就势自己也就抹了，这才郑重倒入猪圈旁粪堆边的老枣树下。眼瞅那一丁点儿的水，顺着老枣树的根深入泥土，她老人家脸上的神色异常庄严。如今，黄家早就娶了儿媳妇，又先后添了一双儿女，但是仍然没有改变一家人半瓢水抹脸的习惯。缺水和贫穷，改变了二合塬人的卫生习惯，更影响了人们的生活理念。这是李喜莲嫁到黄家最不习惯的一件事情。她起初还坚持着自己原先用净水单独洗脸的习惯，日子一久，竟然也被同化。只不过她如今是和两个孩子还有丈夫继龙同用半盆水抹脸。抹脸的次序也颠倒了过来：是她自己先抹，然后是女儿小茹，此后是儿子黄雪，最后才是丈夫继龙。她自己当然至今也许还不知道，这竟成了老公公心里头对儿媳妇最有意见的一件事情。

三

再说小学将要毕业的那天早晨，黄继龙捧着湿毛巾呆愣在那里。他不知道他大的心思，更不晓得眼前这个寡言少语脾气生倔的庄稼汉，他是想叫二小子继续上学，还是想让他跟着自己下地学做庄稼？由于很少言语的沟通，这个问题黄继龙至今到底也没搞清楚。但是他还是自作主张地谢绝了他爷的一片好意，回家跟随父亲学做庄稼了。

交通闭塞的二合塬村，十年九旱，村里更大的问题是缺水。因为缺水，人们依旧过着近乎原始状态的生活。祖辈流传着“宁舍一个馍，不舍一碗水”的村谚。这种状况到了眼下，倒是愈演愈烈。模仿安徽小岗村分地单干之后，缺水问题就更加的严重起来。从前集体时，一遇大旱，坡底的泉子干了，队里就抽出驴骡列队到几十里外的环江驮水。可如今没有了集体的关照，问题就极为严重。黄继龙记得生产队散伙时，全村五十七户人家，原有的二十多头大牲畜分不过来。人们面红耳赤地吵了三天三夜，最后还是无奈，只好卖了牲口分钱。结果，全村除了根爷那头宠物版的花叫驴还在，其他的驴骡就都没有了，连平日吃水，也得靠各家以后自养的耕牛去驮。牛原本走得慢，吃得还多，拉犁拽耙还行，用以驮水那就很不划算。如此下沟驮水艰难，加之又天旱无雨，家家户户院中的积雨水窖就常常见底，人们只得延续着常年不洗澡和全家每天半盆水抹脸的习俗。那时不时唱着的老腔，也就表达的是这种苦憔的心境。

到了晚年，他爷依旧终日呆坐山神庙前老柳树下，眼睛里总见四季扬着黄尘的土路上孤寂地走着疲惫的行人与负重的老牛。老人的身边，时常卧着他家的老黄狗。那狗很懂事，夏天怕老主人嫌热，他就伸长舌头卧得离人稍远些。冬天怕老主人受冻，它就紧卧在老主人脚下，用浓密绒毛为主人遮风御寒。此时已是暮春，眼瞅天就要黑，突然起了一阵凉风，老人感到有些凉。那聪明的黄狗，就往老主人腿边靠近了些。已经到了喝汤时辰，黄继龙扛犁吆牛由村外走来。他满头满身都是黄尘，脸颊上面还清晰地留着流汗的印痕。他是刚犁地回来，见他爷坐在那里，就放下犁铧，把牛拴在柳树上。

“爷，你歇着。”

“嗯。歇牛了？”他爷看着他，欣慰地咧嘴笑着。

“嗯。今年墒又不好，地干得翻不动。”

他爷不说话，只是目不转睛地望着已经长成大小伙子的他孙子。那年，黄继龙刚满十六岁，长得比他大还显高，做农活也能顶个全劳力。他哥黄继祖，比他还低半头。村里自从分开种地后，他们家成了劳多户。人勤地不懒，黄家地里的庄稼总是长得比别人家好。

他爷过足了瘾，黄继龙接过烟锅自已装满一锅子老旱烟点着，眯起一只眼睛慢慢地抽。他爷张了嘴，一直盯着孙子看不够。老汉心里想着什么，孙子当然不知道。老汉此刻是感激自己从小最疼爱的孙子留在自己身边种地而没有远走高飞。父母在不远游，这是古训呀！何况你爷还坐在这里。老人家心里独自对自己说。黄继龙想着的，却是他爷的身体。他爷明显瘦了许多，脸上的老年斑也增加了不少。眼瞅着老人家一年比一年苍老，他的心头掠过一抹阴云。自从黄继龙小学毕业跟随父亲种地，爷孙俩即很少这样安闲地静坐相处。他爷显然很高兴，黄继龙却有些忧虑，便没话找话地说："爷，听人说如今有一种营养人的好东西叫麦乳精。"

"啥？美日精？该不是白骨精变的吧？"

"唉，是吃的，人家说那东西好，营养价值高，老年人吃了添精神。"

"嗨，有精神人吃啥也精神，没精神把浑猪吆到肚子里也白瞎。"

"爷，你要相信科学么，我前个已经托人从木钵镇给爷捎两筒子。"

他爷一听急忙摆手摇头，说："千万要不得，啥啥都不胜咱五谷杂粮养人。但凡好吃喝不外乎粮食里得，那还不胜粗茶淡饭来得便当。"

坐在他爷身边，爷孙俩亲热地拉话。他爷眼睛里，孙子还是个碎娃。黄继龙自己倒觉得自己成了真正的男子汉。他已经像他大一样，学会了像模像样地用自制的烟锅吃烟。尽管生出一层绒毛毛的嘴唇咬着椿木烟锅有些不自然，但点着了慢慢地抽，就觉得自己是个成年人，思想也似乎变得深沉。此刻，他先把点着的烟锅递到他爷嘴里。老人家很配合，使劲儿吸几口，便不住地咳嗽。黄继龙就势收回了烟锅，自己有滋有味地吸烟，又悠然自得地慢慢吐出。烟雾缭绕在爷孙俩的面前，就像一股仙气。

这时，突然听得后庄上一阵闹哄哄的嘈杂。不一会儿，就见根爷的花叫驴呜啊呜啊吼叫着扬起一哨黄尘飞奔而来，老汉气喘吁吁花子花子地吼喊着紧追其后。再后面就是一群碎娃娃乱哄哄追着看热闹。原来是花叫驴又发情了。村里没有母驴，到春三月这牲灵便照例发开了淫威。大人们对此已经是习以为常，没人关心这屄事。只见那花叫驴肚子下面拖着个黑乎乎的家伙，一溜风地跑到麦场上，转了好几圈，又朝着秦家塬的方向呜哇呜哇地长啸短叹起来。秦家塬的塬畔上，很快就聚集了一群母驴，仰起脖子齐声朝着二合塬哇哇吼叫。那花叫驴听到叫声更是火烧火燎，身子一晃一晃地把个肚子下面拳头粗壮的黑家伙啪嗒啪嗒直往自己肚皮上甩打。对面的驴群叫得更加急切。花叫驴疯了一样朝着那群母驴长嚎一阵，末了就躺在地上疯狂地打起滚来，搅得尘土飞扬。碎娃娃们围着它嘿嘿大笑不止。根爷在一旁搓手跺脚干着急没有一点办法。他突然一仰头，发现黄继龙和他爷正坐在庙前看自己的热闹，顿时便来了气，也像个发情的叫驴，嘴里一个劲儿地大声喊叫：

“唉，把他的，饱汉咋知饿汉肚子饥呀，饱汉咋知饿汉肚子饥呀！”

四

高高在上的二合塬，据说是地球上迄今发现少有的一圪垯土层极为深厚的完整黄土高原标本。亿万年来，冬春两季的旷野大风好像是不知疲倦的巫婆，把黄尘从毛乌苏沙漠吹扬起来，飘落在这枯海低洼地带层层地堆积沉淀，形成了绝无仅有的神圣高原。风雨雷电，更像手中拿着无情雕刀的恶作剧顽童，任意将塬面切削破碎，雕造成深深的沟壑与高凸的塬峁。二合塬村不足一平方公里塬面，当初同对面秦家塬和更远处的赵家塬、马家塬、霍家塬、令家塬、呼家塬等各村，全都是连在一起的。由于风雨雷电的剥蚀、河流山洪的切割，便形成了绝无仅有的独立塬面。站在秦家塬望过来，那几乎是直上直下的切剖面上，展现出高原形成的图像与轨迹。那一层层规整而又清晰的沉积印痕，活像岁月的一道道年轮，更像是一座充满现代理念的大地艺术雕像。塬上其他村子的沟坎与塬坡断面，都在上世纪七十年代农田基建中被劈崖填沟造成了梯田或埝地，唯独二合塬如今依然保留着原始的面貌。

几乎与世隔绝的古老村庄，天然军事要塞般一处奇景，成为了环江县人议论的飞地。春暖花开、风和日丽时节，高原上宽广蓝天悠闲的云朵时常会好奇光顾塬头。这时候，远望塬畔桃花殷红、麦苗青青、人影绰绰、村落隐约，就像是人们传说中的世外桃源。那悬坠于高坡之上的龙蛇古道，更像是一幅图画中的点睛之笔。道路上隐约点缀着行人与驮水的驴子，空山旷野的寂静气氛和裸露的淡黄苍凉色调，融合成独有的高原风情，平添了一种青山绿水中难以见到的宽博峻拔与仙风道骨。

“唉把他的，通讯基本靠吼，交通完全靠走，娱乐只能靠手！”说这话的人名叫路三娃，他满脸麻子，是二合塬一怪，时常在庙前人多时出现。说话还故意用眼睛瞟那些年轻媳妇，特别盯着看年轻寡妇徐凤美的白脸脸不放，招惹得那女人挤眉弄眼、笑得浪气十足。女人们就哧哧地笑，小伙子们就哈哈地闹。黄继龙见不得路三。

也是，二合塬通外部的交通主要靠步走。人们脚下的鞋子和牲口的蹄掌就倍受煎熬磨难。黄继龙和他哥黄继祖还有他大他爷一家子，无论他妈一双手如何昼夜努力，百纳鞋做得有多结实，哪怕是铜帮铁底也经不住如此常年累月的蹂躏。“每人一年少说也得磨穿四双鞋底。”他妈时常抱怨说。双手也就一年四季忙个不停。少年黄继龙心疼他妈，梦里总是梦见自己把鞋提在手里赤脚行走。小时候学校放了忙假，他随父亲上地收麦，就总是赤着双脚。麦茬扎破脚心也舍不得穿鞋。在村小学跑步打球，他老是赤着双脚上场。更难以做到的是他同他哥黄继祖吆驴下塬驮水，也是来回赤着脚。他妈见了，就要斥责他们。发现他脚底的伤，就把小儿子的脚抱在怀里心疼得直流眼泪。村里人见这瓜娃一双鞋总提在手里，还当他是嫌他妈做的新鞋不可脚。谁也不曾想到娃是舍不得穿他妈做的新鞋，是心疼他妈哩！结果，他的脚上就磨起了厚厚的茧子，连冬天都敢赤脚走路。有时冻得实在不行，见路上有牛拉的冒热气稀屎，就赶紧把双脚伸进去取暖，旁人见了都说这娃瓜，那却是他记忆中最难忘的故事。

路三娃却不同，他从小就是个孤儿，他和他哥兄弟俩几乎是赤着脚长大的。他出天花几乎死了，落了满脸麻子。他没有得到过多少人间的温暖，因此也就不大懂得心疼别人。他的心就像是一坨冻硬了的土，生硬而冰冷。等到靠队里的救济和关照长大了，他变得就像是根爷成天手里牵着的那头叫驴，长得瘦小，但脾气却铁硬古怪。他住的老坑窑里，炕墙上贴满了美人着三点式的挂历图画。乳房和阴部，都被他用烟头烧出了三个难看的黑窟窿。而他的心里比他窑里的光线还要黑暗。他在睡梦里把全村像样些的女人都睡遍了，最舍不得赵寡妇的白细与风骚……然而人家寡妇心中有人，死活瞧不上他这个麻脸光棍。

相比之下，黄继龙兄弟俩倒像是福窝窝里暖大的。黄继龙舍不得穿他妈做的新鞋，但却不能从根本上减轻母亲的劳苦。好在村里其实除了好吃懒做的徐寡妇，几乎所有的女人都是如此辛苦。家家户户，老老少少，每人脚下鞋和身上衣都靠女人的双手来做，还不算烧火做饭生儿育女。这就是二合塬女人的命，受苦受难的命。一年四季，女人还要跟随男人上地劳作。如此全村女人的每一双手，就都一律像鸡爪子般的粗糙铁硬。黄继龙是懂事的娃子，在他幼小的心灵中，母亲的手却是全世界最美最温暖的手。有时母亲在他睡着了轻轻抚摸他的头，他醒来了总是装作还在沉睡。他感到那粗糙有力的手就像传说中王母娘娘的手在抚摸自己一样舒服。如今他已经是三十四五的庄稼汉子，母亲也已经是满头银发的老太婆。从前几年开始，老人家显出有些痴呆，整天手里拿了针线活，端坐在炕上望着窑顶发呆，见了黄继龙总是怀疑地说：

“这该是我儿吧。”

听到他妈这话，儿子心里一酸，眼睛里顿时就会聚满泪水。

“妈，你不认得继龙？我是你儿呀！”

黄继龙紧握住他妈骨瘦如柴的手，舍不得松开。

母亲瞪大眼睛，痴痴地望着他，老半天没有一点反应。

“妈呀，你真的不认识你继龙儿啦？你再仔细看看……”

儿子带着哭声央求母亲。老人家抚摸着儿子的脸，嘴角这才露出一丝勉强的苦笑。娘在儿子心目中是一尊神。他铭记在心的永远都是母亲熬夜做鞋子的情形……那高大无比的身影，永远供在心上，活在梦里。

眼下，黄继龙握着他妈那双骨瘦如柴的手，泪水就忍不住夺眶而出。那是神仙手，高贵而不知疲倦的一双手，尽管看着是那样粗糙。随即眼前幻然出现的，是数不清的结实的鞋，精巧的面花、窗花，令人爱不释手的绣花香包……还有他从小到大穿过的衣裤。

五

如今他爷已经作古，父亲开始变得啰嗦，母亲眼瞅越来越苍老，神志也一天比一天模糊。黄继龙长大了，成了真正受人尊重的庄稼汉。自从那年他当了周台的村民组长。工作的负担会让这个身强力壮的汉子经常半夜醒来就再也睡不着。他翻来覆去地想着儿时的往事，想着他爷越来越变得模糊不清的容颜……村里的大事小情，他大的啰嗦指责，这也不行那也不对，根爷没完没了地说怪话，路三娃不住地出瞎主意刁难，丧气话像冷风冷雨劈面而来……大大小小的天灾人祸，总是有许多的麻烦在面前摆着，令他愁眉不展，长唉短叹。继龙呀继龙，你这是何苦哩？有时候实在愁得不行，他也会反问自己。但是很快就会狠狠地拧一把大腿，骂自己㞞包软蛋！“黄继龙你听着，”他对自己发狠说，“没那金刚钻，不揽这瓷器活儿嘛！现如今你就像毛驴子驮水，驮到半坡里遇上风雨，路滑坡陡，人没劲了，上不得上，下也不得下……唉，把他的，这叫啥事！”他狠狠地又拧一把自己的大腿。如今村里又要修柏油路，修路工地上又断了资金……见一个日头，没有几百元钱等不到天黑呀……根爷和路三，这些反对修路的人，还不停地捣乱……“看你，年轻轻的，熬得白头发都有了。”他媳妇喜莲给他理发，不止一次地说，还把白发拔下来叫他看。

转眼挨到过年。新的一年来临，似乎并没有给这遥远孤村带来新气象。大年初一，根爷领着路三上门闹事了。原来村前山神庙与村后娘娘庙都已年久失修，泥塑的神像也显得破旧寒碜。可那里安顿着全村人的盼头与梦想。不少村民建议，甚至命令黄组长张罗着筹资修缮村庙。可村里正改造路，哪里有钱修庙？于是根爷就大年初一上门闹事。老汉抖着白胡子带头上黄组长家论理。看热闹的人自然不少。跳得最欢实的当然又是光棍路三娃。

“黄组长你听着，没有那金刚钻你就不要揽承这瓷器活儿！你可不要像你爷当年那样，占着茅坑光放屁不拉屎呀！”

隔着院门，路三娃尖声轻狂吆喝一阵过后，又传来根爷拿腔拿调的声音，活像他平日演皮影戏的戏文道白：

“众乡亲都来听听，孔圣人讲得有理，啥啥事情，都没有敬天敬神当紧。自古往来，修庙敬神，便是积德行善。现如今咱二合塬人还能违抗孔圣人不成？！”

人群里有人哧哧偷笑。谁都知道，这白识字老汉并没有读过什么四书五经，他的文化底子也同黄继龙他爷一般，就是小时候念过几天洋神父办的冬学。好在他有点小聪明，又串着垄子耍皮影戏，杂七杂八地背了几折子戏文，紧火了好吼几声老腔，在二合塬便自认是大学问了。平日一开口，总喜欢把自己随便一句什么话按到孔圣人或是戏文里的什么大人物头上。好在大伙皆是懵懂，虽是觉得好笑，但谁也不能当面违驳他。久而久之，根爷竟自以为是村里学术权威。他面子越来越大，终究无人挑战，这种优越感觉，便成了老汉的命根儿。人们叫他根爷，似乎与此有关。原本不无讽刺之意，老汉倒以为是尊称。

听到根爷闹腾，黄继龙急忙迎出门。大年初一，他让大伙进窑里说话，可根爷头一歪就是不理睬。路三娃趁机火上浇油：

“我说黄组长呀，你看把根爷气成啥样样了，你看你看！”

根爷一听，干脆咕咚往门框上一歪，头扬起老高，闭了双眼发邪火。师徒二人当众演双簧，人就越积越多。根爷嘴里呼哧呼哧像是花叫驴发情一般粗气直喘，下颌上那一把花白胡子抖得如同戏里发怒的胡子老生。

黄继龙哪里见过这阵势，以为要出人命，赶紧上前搀扶老汉。心里一时愧疚，感到自己真正就成了一个惹人生气的罪人。根爷眼瞅黄继龙被吓唬住了，便又装作皮影戏里神仙讲话的语调开腔道：

“黄——继龙，你把话给我——听清，如果三——天之内，村上还不开工——整修山神庙——娘娘庙，神神就要大发——邪火啦！”

“对，神神一发邪火，全村人都要遭殃！”

路三娃像崖娃娃一样应声附和。众人都听得相觑无语。黄继龙一时也张口结舌，不知如何应对，只是一个劲拽根爷回窑喝汤。根爷哪里肯依，干脆一弯腰，就势赖在了黄继龙怀里。

眼瞅黄组长下不来台，人群一阵唏嘘混乱。有人同情根爷，也有有人不满根爷的行为。路三娃急忙搭腔说：

"黄继龙你听着，今天根爷要是有个三长两短，我路三可是跟你没完！"

话音刚落，就见人群里闪出一个彪形大汉，声如裂帛地喝道：

"咋啦黄组长，你不要着急，叫我看看，这冬幕寒天兴师动众的又是哪路神仙不高兴啦？"

大伙不用回头，听声音就知道是黄继龙的好友，村里的赤脚医生大刚子。"赤脚"二字原本早已过时，可二合塬人叫惯了，一时改不过来。根爷当下睁开眼睛看看，又皱眉闭上。这一回，瘦小干巴的路三娃可就有些急慌。众人正等着看热闹，就见大刚子上去二话没说，一把就将根爷揽在怀里。那老汉手还死拽着他的花叫驴缰绳不放。转眼就背毛口袋一样地放到了驴背上。

"大刚子，你娃要咋？你娃这是要咋？！"

大刚子不开口，拉起花叫驴就走。路三娃急了，拽住驴尾巴不放。众人一阵哄笑。那花叫驴被这么一折腾，突然发了脾气，驴腰子一躬，抬起蹄子就踢。后边路三娃毫无防备，被当胸一家伙踢了个四脚朝天，根爷也差点从驴背上闪下来。

"哎呀我的㞞神！哎呀我的㞞神！"

根爷叫喊着，众人哈哈大笑。到了这一刻，众人这才看出来，这老汉原来是个装货，平时瞅着厉害得不行，原来却是个欺软怕硬的软蛋。黄继龙怕事情闹大，忙上前劝说大刚子放手，却被气头上的大刚子一挥胳膊拦住。

"黄组长，你不用拦，我今天豁出去了！二合塬不能再任由这些瞎㞞横行霸道。这老汉今个既然已经疯圆了，待我驮回诊所，给老家伙浑身上下扎上几十老针，放放黑血再说。"

根爷一听要给自己扎针放血，早吓得魂不附体，赶紧出溜一下从驴背上滚下，拉起花叫驴拔腿就走。大刚子故意抬高嗓门学着戏里的道白喊：“哎呀，我说根爷，休——走，休——走呀！”众人个个都要笑翻。从前总以为这老汉就是活阎王，不料遇上了八尺金刚，老汉竟现了缩头乌龟原形。真是造物有规矩，一物降一物呀。哈哈哈……老汉孤村老窑，就像一段有趣的童话，在众人的大笑回声里渐渐落下神秘的幕布，陷入梦乡。

六

村子里的山神庙孤零零蹲在打麦场边，远看黑乎乎就像个庄稼老汉垂头丧气地蹴着。这老汉整天瞅古塬抽旱烟，弄得四周烟雾缭绕，神秘兮兮。眼下正是傍晚，太阳即将落塬。血红的火烧云像火一样燃烧在西边天空里。黄继龙此刻也就蹴在庙门前皱眉发呆。他是故意躲着他大的唠叨，也是在思念他亲爱的爷。他爷生前时常就蹴在这里瞅天看地想心事，特别是到了晚年，更是如此。村里人都说他爷是疯颠颠、神叨叨，天上一句地上一句唱乱弹，满嘴说的都是谁也听不大懂的神仙大话：

“……他秦家塬是啥啥？秦家塬是凡俗之地，哪能同咱二合塬相比？二合塬是啥？咱这是神仙福地呀。神仙停的地方，你们说美呀不美？一个在地下，一个在天上，能一样吗？天地差别，天王老子也无治。”

这多半是在饭时，众人端着空碗听得哈哈大笑，也没人同老汉辩论。大伙都忙，很快四散，各忙各的去了。唯独根爷不服气，这光棍老汉一辈子嘴不饶人，好跟他爷斗嘴取乐见高低。

“嗨，我说黄大学问，我看你这是眼窝瞪瓷说瞎话么。你说咱二合塬是天堂，可人家秦家塬人咋都不愿同咱结亲？你老汉扳指头数

数，人家有几条光棍，咱二合塬有多少光棍？”

“光棍？光棍是个尿子溜溜！我看你们这些光棍才是些活神仙。”娃们咯咯地笑。老汉冲娃们挤一挤眼，把掉光了牙的大嘴一撇。

“哎，我看你这老家伙是猪嘴上插葱，装成大象了不是！”娃们听得又是咯咯地笑。根爷还是不依不饶，说：

“你这是狗咬鸡巴，一股子尿骚味呀！”

娃们笑得更厉害。根爷这才觉得解气，捋着胡子哈哈大笑。

他爷不再言语。根爷更来了劲。

“还是那话，你是饱汉不知饿汉肚子饥。”

“这话又是咋说哩？”他爷上了圈套。

“你老汉见天黑夜搂着老婆睡觉，我的是干尿打得炕板石响，你咋说哩。”

“唉，你你……当着娃们，你……满嘴胡说！”

“王朝马汉一声叫，你把老子尿咬掉！”

根爷大获全胜，也过足了嘴瘾，就牵着他的花叫驴哼着皮影戏扬长而去。那花叫驴也不甘寂寞，走着走着，一伸脖子就哇哇地朝天大叫起来。根爷感到惊奇，回头亲昵地骂道：“你驴日的嚎叫啥，人常说，正月的婆姨，二月的猫，三月的叫驴满坡嚎，这还没到正月，你驴日急啥，到时候有你好活的！”

根爷故意提高嗓门说着，临了还扭头瞅瞅场上看晚霞婆姨们。花叫驴不高兴，见主人光顾看婆姨们，落在了它身后，便尻子一撅，就照着根爷的脸咕嘟嘟放了一串连珠屁。根爷被熏得大叫起来，逗得满场的婆姨们笑开了锅，连在场的鸡猪猫狗都跟着唧唧哼哼叫个不停。

他爷那时也才六十出头，可腰腿疼得走路艰难。二合塬的老年人祖祖辈辈上了年岁都是这样。

“唉，把他的，坡上坡下躬着爬行几十年，就是铁打的腰腿，也会磨成跛子瘸子。”

他爷手里拄着拐，咬牙走到庙门前石台阶坐下来。老汉头上一年四季顶着白布帽，鼻梁上架着农民很少戴的金丝眼镜，手里揉搓着一对山核桃，话匣子打开来就收刹不住。他从不管人家爱听不爱听，一任意识流淌，直说得口沫四溅、眉飞色舞，石头眼镜在鼻子尖尖上抖颤舞动。那神气就像神仙附体，巫神跳神，逗得一群光头碎娃们呵呵直乐活。那其中有黄继龙、大刚子、柱子，还有路三娃和小顺子，全是一色的光葫芦。路三娃手贱，看着他爷的金丝眼镜稀奇，就由不得动手摸，这一下惊了他爷的神，老汉一下子把眼镜按了说：

“看你个捣蛋锤锤子，这宝贝是你摸的？万一打了，把你娃卖了也赔不起！”

娃们些嘻嘻地笑。路三娃红了脸，逃出人堆回嘴说：“把你老汉卖了也赔不起！”

恰在这时，黄继龙他大吆牛路过，见他爷又在庙前丢人显眼，顿时气得满脸通红。这个从小没念过一天书，就知道埋头做庄稼的好面子人心想，多亏你身边围的尽是些憨娃子，不然……老实巴交的庄稼汉想着一拧身急急火火绕道而行。

“把你老汉卖了也赔不起！”路三娃还在不远不近地吼叫着戏弄老汉。他爷才不理会，只是说自己的胡话，说得唾沫星子乱飞，招引来了一只绿头明蝇绕着他飞。碎娃们都觉得稀奇。明蝇落在老汉鼻尖上，他也不赶它。

黄继龙却是从小爱听他爷云里雾里说道，感到那些有趣的话题和稀奇古怪的想法同自己心思对卯。他时常两手托着下巴听他爷天上一句地下一句地说古道今，竟然忘了回家吃饭。过了饭时，他妈就把热饭给他们爷孙送到山神庙前，眼瞅着他们吃。他爷吃饭也不闲着，连吃带说，他妈非但不烦，还认真听得仔细。他妈虽是一字不识的农村妇女，竟然也喜欢听老公公的乱弹梆子。那些个神叨叨的故事，完全超越了烧火做饭、生儿育女的浪漫话题，令她感到新鲜。老公公在儿媳的心目中是不同寻常、深明大义之人。她很稀罕他老人家不是像人家老年人那样满脑子都是发家致富经，都是一样的怕死爱钱没瞌睡。她理解老公公，懂得他瞧不起根爷的原由。

“你老汉不要张，也不要搔刮我，你尿泡尿先把你自己那驴脸照一照。叫我说还不胜你手里牵的花叫驴。花叫驴放个屁，还有一股子臭味道，你说话连臭味都没有。”

她就爱听老公公这话。众人哈哈大笑，她也爱看根爷不服气地反抗：

“对，我是放屁不臭，你老汉说句话顶风能臭四十里。哈哈。”

众人还都没笑，根爷自己独自个先笑得人仰马翻。接下来不用张口，那花叫驴尾巴一摇，她就知道那通人性的畜生会放响屁。

“把你老汉卖了也赔不起！”路三娃还是不依不饶。他爷早忘了这碎㞞娃的存在，愣着吸烟，潜心想自己的事。用洋神父的话说，他爷是名符其实的乡村哲学家，尽想些庄稼人不易想到的问题，总觉得二合塬人不该如此的自怨自卑。他爷有时候也会和他二孙子继龙说些私密的话题。比如当年闹社火，说二合塬的社火，咋么比秦家塬的社火好。听了他爷的疯话狂言，少年黄继龙也变得痴了。他时常站在塬畔上望着秦家塬打掉了十字架的天主教堂发呆。他拼命想象那歇了顶的低个子意大利胖子传教士是咋么给人们布教讲经。他相信人间之外是有一个天堂，他相信洋人所说的上帝在二合塬也有。那也许就是山神庙里的山神爷和娘娘庙上的西王母。想到此，少年心中就感到一阵欣慰与自豪。后来他念了书，渐渐长大了，眼瞅着他爷一年年老去。全村唯一的一棵老柳树就在庙前立着。那柳树老得树干都空了，里面住着一窝黄鼠狼。黄鼠狼早晚出出进进的，大大咧咧的也不怕人看着。村里人讲迷信，都叫那黄鼠狼黄大仙，说谁要是惹了黄大仙，就会中邪得怪病。因此，人们到庙里烧香，也会顺便给黄大仙点上一柱。谁料想那黄鼠狼闻惯了香火的气味，一家老小竟然还时常聚在树洞口的香火边上打盹儿。有人就认为黄大仙显灵，就有人求黄大仙看病。有一年路三得了奇怪的病，嘴歪眼斜说胡话，先是吃了几天大刚子开的药不见好，他就到树洞前烧香许愿，结果没过几天病竟然好了。于是他就说黄大仙的本事比大刚子的药还灵验。气得大刚子当众搧了他一耳光。路三娃不服告到老支书面前。老支书批评大刚子打人不对，也批评路三娃宣扬封建迷信贬低合作医疗不好！结果是各打五十大板，事情不了了之。二人结仇更深，简直不共戴天。大刚子不信邪，买了一杆土枪，时常扬言要打那树洞里的黄鼠狼，他媳妇凤仙说什么也挡着不依。

第二章

一

夏天的时候，小庙被罩在一团浓浓柳荫里。树上野雀窝里生出了小野雀，唧唧喳喳，老老少少整天跳上跳下叫个不停。寂寞的山神庙开始红火起来，却搅扰了昼伏夜出的黄大仙一家不能安稳打盹儿。黄大仙就时常蹿上庙房顶上叫闹抗议，“呜哇——呜哇——”那声音尖利又古怪，直吓得野雀一家立即住声。可是等到黄大仙下到地面才进树洞，那野雀邻居又开始喧哗了，黄大仙无奈，只得再上庙房顶上示威，这一回除了尖叫之外，还屁股对着野雀窝顺风放屁，直臭得野雀一家逃离为止。如此重复多次，黄大仙的本事用尽，野雀照样还是改不了唧唧喳喳的毛病。久而久之，黄大仙与野雀两家子倒成了好朋友。黄大仙一家渐渐习惯了野雀子一家的热闹，野雀子一家也习惯黄大仙不时地来到庙顶凑个热闹。两厢里谁也不再烦谁，谁也不再怕谁。更友好的是，黄大仙有时会把自己吃剩的供品，比如鸡肉烙饼什么的，噙上庙顶请野雀子品尝。野雀子也会把塬畔采来的酸枣红果送到树洞口上供黄大仙一家受用。如此一年四季睦邻友好，倒形成了和平共处的团结局面。如此和谐景象，村里上香的和麦场上干活、谝闲传的人们看着，都感到十分的异样。路三娃和根爷硬说是野雀子搅扰了黄大仙的安宁，要把野雀窝端了。黄继龙他爷挡住不让，两厢僵持不下，谁也说服不了谁。黄继龙他爷说，这是山神庙显灵，只有和平，才能共生。说那是人与天地神明万物相互包容、共荣共生。说二合塬就是个洞天福地，万万不可放弃这块福地。他说这话时，公社正吵吵着要把二合塬整村迁并到秦家塬。人们听信他爷的话，团结一心，抵制了歪风邪气。二合塬人从此就像庙前的鼠和鸟一样的团结。他爷还说，秦家塬人种地，连草也懒得锄虫也懒得捉，听说全用除草剂和杀虫剂。听说这些来自日本的农药，可是瞎东西哩！他刚才说着农事，就有一只野雀飞下来，落在老汉肩膀上看他。老汉就不再说话，闭上眼睛享受这难得的光顾。在老汉看来，鸟是最灵验的动物，最能看透一个人的心是善还是恶。鸟儿和老汉正和睦相处，根爷牵着花叫驴来了，和谐立刻打破。两个老汉为修庙又争吵起来。连野雀和黄鼠狼都看得清楚，山神庙上早年的砖墙瓦顶已经十分破旧，瓦缝墙角生出荒草没人敢清，到了冬季就显得异常荒凉。庙里供着一尊穿着古时官服的白胡子老汉。那泥塑的神像一脸和善，泰然地端坐在那里，瞅着目光祥和、嘴角上翘，仿佛总是笑眯眯的。用黄继龙他爷的话说，无论你心情多坏，只要走进山神庙，拜过山神爷，立马就烟消云散，笑逐颜开。这泥塑的神像，不知是哪朝哪代传下来的。“文革”时期，村里有几个愣头青二流子聚在一起商量“造反”。讲到“破四旧”，立刻就想到了山神庙和村后的娘娘庙。他们也想学着秦家塬人砸了天主教堂里耶稣像和教堂顶端的十字架。听说有人要砸山神庙和娘娘庙里的神神像，黄继龙他爷赶紧叫人阻拦，他自已甚至抱上铺盖彻夜睡在山神庙的门台上誓死护庙保神。造反派无奈，只得悻悻作罢。如今泥塑的神明已经很旧，颜色斑驳，泥胎多处都裂了缝。特别是这尊劳苦功高的山神爷，左边一只眼睛被耗子凿成了黑窟窿，麻雀又趁机做了自个儿的窝巢。山神爷的嘴角也被老鼠咬开了一个洞。难怪根爷说，如今神神嘴歪眼斜，断事说话能灵验嘛。老汉他是一直主张修庙造神的，这和黄继龙他爷倒是一致的。

说来也真有些邪火，二合塬连续几年总是天旱无雨，牛羊鸡猪也不安稳。说起来娘娘庙上的娘娘像，也是泥皮脱落，衣衫破旧。两旁的送子童子，原本是一男一女，可那男童两腿间的小鸡鸡不知啥时就被谁家的小媳妇偷着吃了。倒是那女童的下部却多余出一个鸡鸡……根爷看着胡子都气歪了。可是无论如何，两个庙的香火倒是一直很旺。没有报纸看，没有电视电影看，村里小学校的老师也由公办转成了民办，由师范生变成了村里小学校的毕业生。识字的人是越来越少。人们的文化娱乐，像路三娃这样的光棍汉，冬天聚在一起，就只有扣明宝、说二话和串门子了。路三娃的窑里，满炕墙上都贴着只穿着裤头乳罩的美女，他黑夜躺在炕上瞅着那些诱人的美女哪里还能睡得着觉。于是就有了用烟头烧人家美女乳房和阴部。不知何时开始，他还喂了一只母羊。夜里睡不着，他就把羊牵回地坑里强奸。母羊起初不依，夹着尾巴哀叫。他把自己那东西掏出来硬是塞进羊尻子里，羊渐渐不叫唤了，停下来任他日踏。直至浑身发抖，叫唤不止……路三从此见人就说，羊是通人性的。丑闻传遍全村，男人们听了都不美，女人们撇着嘴呸呸唾着真恶心。

路三娃的丑闻，其实也不光是他的专利。有一年队里的母羊下了一窝怪胎，两只羊头人身子的肉疙瘩，被挂在老柳树上展览了好几天，众人都说是放羊的傻子刘二干的好事。刘二他妈和堂兄近亲生了刘二，脑子里掺了浆糊，说话嘴里像噙个羊卵子。

除了根爷逢年过节义务为大家演几场皮影折子戏，二合塬人的全部的精神寄托，就在被窝里面和这二庙之中。

村里人无聊之下，把传布八卦新闻当作他们的“焦点访谈”。“你们听说没，根爷跟花叫驴有一腿。”大家听得目瞪口呆，随即便有人哈哈大笑。笑过之后，又有问说，“那你得说路三娃和母羊是怎么回事？”众人又是一阵大笑。

眼下深更半夜，山神庙里的香火早已熄灭。神神大概也困了。唯有那山神爷身上披着的一匹红布在夜色里隐约泛着幽幽红光。黄继龙自从经历了根爷和路三娃登门闹事之后，心情一直不好。他大反对他当组长的老病又犯了。整天一见面就嘟嘟囔囔，唠叨个没完没了。

“你自己没出息不算，把两个娃子都害了。”

这话就像是一根针，一下子扎到了儿子的疼处。

“我咋把娃们害了？修路也是为娃们好哩。”

他大不再说话，只是噗嗤噗嗤一个劲地咬着旱烟锅子抽个没完没了。

黄继龙坐在一旁，紧紧握着他妈的手，一时不知道该说什么。他妈打着盹，怀里卧着的老狸猫也在打盹。父母本来是住在正窑里的，每顿吃饭就到黄继龙窑里来聚聚。他哥人家一家如今都在木钵镇上做生意，常年四季不回来。这老窑院里，就只住着他们两老两小和两个娃子。

“大、妈，你们趁热喝汤。”

李喜莲双手把两碗热米汤端到公公面前说，又端来一碟腌碎菜和一盘柿子炒鸡蛋、一盘切开的葱花烙饼。他媳妇明显有些发胖，说话的声音却轻柔得能把冻硬的石头化开。黄继龙他妈显然对喜莲的声音很敏感，老人家一下睁开眼睛，吃惊地望着面前的黄继龙，问：“这该是我儿继龙吧？”

他大不耐烦地说：“就是你儿，这还有假！可人家如今是黄大组长，你当还是从前咱继龙娃。”

黄继龙的脸呼地红了。多亏灯光昏暗，谁也没能发现。他妈迟疑地瞪圆眼望着他，一脸的痛苦迷茫。老人家当面都认不得自己的亲生儿子！儿媳李喜莲伸手抚摸着两个娃子的头，眼里顿时就聚满了泪水。黄继龙见状，心里猫抓一样难受。窑里的气氛由紧张变得凄惨。趁着无人注意，窑缝子里的一条长虫竟然探出头来朝下张望，好像要掉下来一样地悬着。

他大抬眼看到了，又假装没有看到。低头看见孙儿和孙女都开始喝汤，这才停了吃烟，很不情愿地端起汤碗。

二

喝汤是二合塬人的老习俗了。从前人家秦家塬有钱人多，夜晚全家团聚，就摆开阵势吃呀喝呀。男欢女笑、吆五喝六，猜拳行令之声隔着塬沟听得清楚。这是二合塬人最感痛苦甚至屈辱的情形。争强好胜的根爷，就领着大伙寻乐子。不是集合村里的光棍汉打平伙划拳喝酒，就是演皮影唱戏。故意弄得雷鸣喧天，同人家对抗，可是到头来还是穷根难拔。俗话说人穷志短，马瘦毛长。到头来，还是二合塬的女子愿意嫁秦家塬当儿媳，而秦家塬的姑娘却是一个心思要嫁木钵镇的小伙子。等到改革开放年月了，二合塬人还保持着几十年的习惯，晚餐，也就是一碗稀溜米汤就腌碎菜。好在李喜莲进了黄家的门，就把秦家塬的习俗带来一半：外加一张葱油烙饼、一盘柿子炒鸡蛋。用喜莲的话说，公公婆婆年岁都大了，不吃好点咋行。再说黄继龙也劳累一天，有时晚上还要熬夜开会，不吃点干粮咋行。李喜莲是用秦家塬人的常规思维考虑问题，老公公对此起先很有意见，但又不好直说。喜莲又一味坚持，慢慢地也就习以为常。如此，黄家的吃喝在村里就成了独一无二的“奢侈”，花销也就增大不少，日子过得反倒有些紧巴。

“继龙，你也吃嘛。”

见丈夫还痴痴地愣着，李喜莲又一次禁不住鼻子发酸，心里一阵难过。这么老是僵持着可咋办呢？她知道此时此刻她男人是有口难言也不敢言语呀。脾气倔强的老公公正等着他开口说话。只要儿子又开口“论理”，老子正好劈头拦住，随即雷霆大作。这样的家庭战争不知发生过多少次了，但终究还是谁也无法说服对方。聪明的女人懂得，一个人，情愿与不情愿是无法用道理讲明说清。继龙情愿留在村里当村民组长，带领大家修一条通向外头的路，完成他爷念叨了一辈子临了都没能实现，至今还被人当成笑柄的这个梦想。可世事变了，风气已经不同，连交通便利的秦家塬的青壮年都纷纷上镇进城经商挣钱去了。农村人历来就好随大流，他大当然希望继龙也像他哥继祖一样离开二合塬，在木钵镇上开个商号店铺，轻轻松松挣钱买房供娃们念书，从此告别孤村穷窑，告别这被世人祖祖辈辈瞧不起的贫穷与落后……爷父俩的心事截然不同，可仔细斟酌，想得都不错呀，难怪谁也不愿意站在对方的角度上想想。什么理解万岁！人呀，即便是最亲近的关系，往往也不见得就心灵相通。可见彼此能够互相理解，那该是多么难得的呀。世间的道理千千万万，从任何一个角度来讲，都会找出一大堆理由，演绎出一大堆道理来的。公说公有理，婆说婆有理。公公打了瓮，片片都中用；媳妇打了锅，要这烂铁干什么！眼下黄家的矛盾就是这样！该讲的道理都已经讲过了，继龙没话可说，也不想再说。李喜莲默默地把一整张烙饼加了炒鸡蛋递到丈夫手里，眼中透着深深的爱慕。这样的眼神，在农家媳妇中少见。他大瞟了儿媳一眼，假装没有看见。他心里开始对这个支持丈夫留在村里当组长的儿媳感到不满，甚至有一些怨气。

黄继龙接过烙饼咬一口嚼着，心里好受些了。多亏喜莲还是支持他的，要他无论多难也要继续带领大伙修路。

晚饭过后，两个老人回正窑歇息了。李喜莲辅导两个娃子完成作业。黄继龙躺在炕头却没心思睡觉。已是夜深人静，村里零星几声狗咬，过后就听到怪怪的叫声，令人毛骨悚然！邻家的瞎子老婆来栓他婆为病重的孙子“叫魂”：

来栓——回来！

来栓——回来！

回来……回来……回来……回来……回来……

村外的“崖娃娃”重复地发出回声，使得那叫声更加显得凄惨可怖。来栓得的是天花。这样的病据说外村早已绝迹，二合塬却时有娃子得上。听说人家年年都打预防针，唯独二合塬没人管，听说这病传染，黄继龙很为自家的两个娃子担心。路三的麻子脸就是得天花落下的。

叫魂，是二合塬的古老风俗。别处听说早已经没了这种乡俗。在二合塬人心目中，人的灵魂与肉体是可以分离的。小时候黄继龙一听到这喊叫就吓得把头蒙在被窝深处。崖娃娃长什么样子？他使劲地想象着。如今他听到瞎眼的来栓他婆“叫魂”，倒担心来栓的烧退了没有。这可怎么办呢？他又开始心急如焚，得想法给娃医治呀。

他对自己说，黄继龙呀，你自己是组长，各家的事情也就是你家的事情。你不能眼瞅娃被烧糊涂呀，这么想着他就再也睡不着，起身穿衣出门。他去了栓子家。他看见来栓睡在炕上，烧得迷迷糊糊，忙让人叫来大刚子。大刚子说不能打退烧针，说就要叫烧，等烧到天花出来，烧自然就退了。可是，也许等不到天花出来，人早就不行了，他蹲在地上看着来栓娘着急，恍惚间打盹。眼瞅塬上的黄土开始变得有了些许绿意，接下来又得备耕、春耕了，一年的时间，过得实在太快。从来栓家回来，已是后半夜。他睡不着觉，时间却并不止步，此刻窑窗上的亮光，他并没有留意。喜莲不知啥时醒来了，黑影中发现他那一双大眼瓷鼓鼓瞪着，直盯着窑顶上那条深深的裂缝，她的视线也跟在那里。

老窑当顶有一道四指宽窄的缝子，白天瞅着里面也是黑乎乎价。二合塬人把地震叫土牛打盹，这不知是哪年土牛打盹的产物。他爷当年仔细考证后发布了权威研究报告，竟然认为是龙子龙穴。照理那窑缝子本该用黄泥巴封死的，可他爷却使劲摇头否定了他大的提议，原因是天意不可违抗。他大原本就说话木讷，只得以沉默来抵抗，心想总有一天自己会亲手把那窑缝封上。可是说来也怪，自从黄继龙他爷过世，突然就发现有条土黄的长虫寄住里头，不时把细长舌尖儿嗖地探出粘了苍蝇、蚊虫或蜘蛛进去受用。

黄继龙他爷的话显灵，吓得他大再也不敢说要填缝窑子的话了。

他爷黄宗贵是村里的长辈，虽是有时好装腔、爱面子，但他认几个字，能读书看报讲古朝，毕竟在众人眼里是神伟之人。村里人背后都叫他“黄圣人”。黄圣人小时候只读过几天冬学，能背“我中华，在东亚，人口多，土地大……”的课文。嘴里还时不时地冒出个“亚细亚洲”“欧罗巴洲”之类的洋话。当年冬学的教员，就是那个蓝眼金发秃脑袋的矮个子洋神父。人家原本是秦家塬天主教堂的大牧师，每年冬天都要来二合塬传教。传教的方式就是开班冬学。这使得老几辈子没有念过书的二合塬人开始了断文识字。一辈子都渴望着走出二合塬，可是到头来也没能实现这梦的他爷黄圣人，到了最后完全认了命运。他晚年变得十分的相信神明。每逢年节月初或旬尾，都要到村前的山神庙里烧一柱高香，撒一把香火钱。抬脚动腿，都得祷告神明佑护。窑院和窑掌的神位前更是香火缭绕。走路生怕踩死蚂蚁，连家里的蚊蝇都不许打，墙角的蜘蛛更是不许惊扰。他在世时还常常念叨说，老窑里如果看见长虫，也不敢惊动，说那长虫是家龙，避邪积福，不伤人，听得黄继龙头皮直发麻，浑身打颤。看来此话像是有所指的呀！黄继龙心想。眼下瞅着瞅着，却不由得就在心里同他爷说起话来。

三

老窑的缝隙有时幻化作他爷那缺牙的嘴和笑眯眯的眼睛，这令黄继龙留下来的决心更大。如此，一年之后，黄继龙就接替老支书，担任了二合塬的支书。眼目前，黄继龙仰面躺在炕上，一双大眼瞪得溜圆。他正同他爷对话哩，这是他每日早晚的功课，只是好多年了喜莲和娃们都还不知晓这个秘密。的确，瞅着这条老窑缝子，黄继龙就会看见他爷，想起他老人家希望看看塬外面世界的心结。这也许是二合塬人祖祖辈辈的一个心结。这老窑也不知属哪朝哪代留下的。在二合塬村，几乎家家户户都住着这样的老窑。老窑不是挖在塬畔下，而是挖在塬面上。二合塬没有砖石，也没有木料，外面又运不进来。塬上塬下数百米全是一眼望不尽的厚厚的黄土。人们就在塬面上挖一个方方正正的坑，向阳的一面捅开一个斜坡通道。另外三面挖三排窑洞，形成天然的四合院，起名叫地坑庄子。窑也就随之叫地坑窑。这样的村庄，老远处的人是看不见的，窑洞都躲在地坑里面。在二合塬老一辈人的眼里，地坑老窑是宝贝。它避风向阳又十分坚固，还冬暖夏凉。二合塬人祖祖辈辈的故事与温情，都盛在这地坑窑里。二合塬老窑的寿数究竟有多大？你问村里眼下最年长的根爷老倔驴，他都瞪眼弄不清。“根爷，你说咱这老窑多少岁了？”根爷白山羊胡子翘起老高说：“晓得些，你问我爷去！”真是冷幽默。他都快八十岁了，他爷是谁，年轻人谁晓得些。村里见过他爷的人，大概只有村支书杨文忠。

杨文忠虽是二合塬四十年一贯制的大当家，但是他还是管不住根爷老倔驴。这倔老汉是个聋子，平时说话嗓门大得出奇，吼喊起来就像打炮仗。据老支书杨文忠讲，有一年二合塬来了贩牲口的回回。一老一少，就是根爷和他爷。说那少年是个聋子，见人就磕头作揖……杨文忠时常给黄继龙他们一群娃们说这段子。根爷晓得了，生气地一挥手，说，娃们全别信，那都是老汉瞎嚷嚷。娃们就搞不清这两个老汉谁说的对了。杨文忠接着说，老回回牲口还没买好，人就累倒了，一病不起，就把个小回回丢在了二合塬。“谁是回回？”倔老汉从来都不承认自己是回回族。他却像天生喜爱文艺，比如爱唱环县道情，爱吃猪肉下水，爱喝酒划拳，更爱扭秧歌闹社火，还是远近闻名耍皮影戏的把式。他还喜好养牲口，特别好养叫驴，可就是不爱种庄稼。可惜他脾气太倔，更有个难言之隐，就是裤裆里那东西生得过火，像那小叫驴的家伙。村里有人见过，很快就风传开来，说是比女人们在涝池洗衣缍布的小棒棰还要大，有人不信，就打赌，结果输了。根爷这外号就这么跟了老汉七十年。他一辈子没有婚娶，也就没有后人，可他喝多了就会自负地说，全村的驴，都是他的妃子。他眼下最大的愿望，就是把眼看着就要失传的皮影戏传给后人。可是除了麻子脸路三娃，没人愿意随他学艺。手艺眼看就要失传，老汉心中的焦虑也在增加。

临近天明，黄继龙满脑子胡乱想着，感觉身边有些动静。他由那“龙子龙宫”的窑缝子收回眼神，发现是妻子喜莲醒来咧。女人睡觉不中看，只中摸，他想。刚睡醒的女人，就更是不中看，连摸都不想摸。呲牙咧嘴黏糊眼，嘴里隐约地呼着难闻气味，浑身的肉也松塌塌的。他记起了他爷的名言：家有丑妻是个宝。可人家喜莲当年可是秦家塬上一枝花呀！如今生育过两个娃子，再加上一年四季每日从早操劳到黑，当然没有当初鲜嫩了。花开也有败的时候嘛，如今虽没败，也有些蔫巴了。女人的眼里却是相反，男人就像地畔上吊着的南瓜，越老越甜越好吃，是宝疙瘩。喜莲这边醒来一翻身，闷头就往男人怀里拱。好像发情的母猪拱圈或是饿了的月娃子寻奶，连眼都不睁一睁。继龙想躲开，却又有些不忍心。才不像夜黑刚睡下，他一连在修路工地盯着干了四十多天没回家，回来就像饿狼，女人倒像是羊羔子。狼口圆张嘴角哈喇淌，喜莲想躲也躲不及。再说这会子，继龙粗糙的手应付地摸着女人的两只布袋奶，心里却念叨着：周台、汉台，汉台、周台。他是估摸着两个村民小组的事情哩。不料却失口念出了声音。喜莲就一愣，没好气地问他："怎咧，把人家奶子当成二合塬咧不是？亏你还当支书哩，周台长，汉台短的！我又不是赵寡妇，是公共地，谁想种谁就种？"黄继龙一怔，知道她又起了醋意。多亏两个念村小的娃子随着他爷他奶睡哩，不然这话叫娃们怎听哩！但又一想，他竟噗嗤一声笑了。喜莲就把他搂得更紧。他刚想逗趣儿说，你这奶大小茹和黄雪的功勋大奶子，不就是为咱老黄家立下汗马功劳的周台汉台嘛。可没等他张嘴，就听得门外头公鸡打鸣似地有人哑着嗓子喊："哎，继龙，继龙……"一声比一声急。他就神经发紧，愣起耳朵仔细听。喊他的人分明舌头大，性子也猴急，听着倒像喊的是"鸡笼、鸡笼、鸡笼"。把他的！放下黄支书你不叫，老爷这好个官名，叫你狗日叫糟蹋咧，黄继龙撅起嘴故意不答应，喊叫的声音便到了门近前。他这回听清了，又是村主任自强。大清早急火火有啥要紧事？"咋哩吗王自强？"他没好气地答应着，推开喜莲坐起身，心中有些躁。

都说黄继龙憨厚老实，打小一起在涝池里打澡水、在粪堆上和尿泥，王自强这家伙都要占欺头。可如今二人搭班子，一个村支书，一个村主任，二合塬的大小事情都得他俩商量着办。久而久之，自强反倒对继龙言听计从了。眼下，黄继龙起身穿衣就要开门，一边就想着那从前的王自强。这人要说变起来，也是不得了的事。自强从前是溜光锤，嘴儿甜点子稠，能招老支书和长辈们欢喜。平时在村里偷鸡摸狗传闲话，一开口就少不了谁家母驴下了马驹子，谁家牙狗同秦家塬母狗野媾粘着开不了啦，谁家娃子长得不像谁而像谁谁谁，谁家男人出门打工女人窑门里溜进了串门客，谁家雇来做家具的小木匠半夜偷着上了人家儿媳妇的炕，谁又半夜去赵寡妇的窑门不幸挨了一扁担……反正尽些淡㞞日怪事！黄继龙耿直，多少不爱听这些，也看不惯他这样。自己是啥人些？干大事的人，无心操那些㞞心。对的，二合塬应该有大事等着自己做！他那时总这么想。等到能干事人都出门挣钱了，那就是给自己腾地方，大事情就会在前头等着自己哩。当时他还没对象，两头齐的好小伙，吃面一顿能吃两老碗，扛粮食一回能扛两麻袋。他整天同父亲下地种庄稼，除了责任田里的庄稼活，就是躺在被窝里头梦梦娶媳妇，干那事。不然就是胡摸揣，兴奋得半夜睡不着。他女人喜莲当时还是个黄花大闺女，人家是沟对过秦家塬上人，根本不看好二合塬。秦家塬人瞧不起二合塬人，嫌咱成天死守孤村老窑不活泛，也不说外出寻个门路挣大钱。人家所指的外面，就是指镇上、县上。把他的，那远得增火些！继龙就想起他爷的口头禅：金山银山不胜咱二合塬头一亩刮金板！二合塬上的土地有多肥，只要一年三场透墒雨，打的粮食就够吃三年。这当口讲开放，秦家塬出了不少企业家，喜莲她娘家堂兄，也就是黄继龙娃他舅，人家进城才几天，听说就办起个什么大公司，一家子跟着住上洋高楼、坐着蛤蟆车，吃香喝辣的多受活。继龙听喜莲一遍一遍夸他哥，就没好气说，那你也跟着受活去嘛，谁又不挡你！他媳妇就拉长脸摔碟撴碗发脾气。这些当然都是过往的事。

眼下黄继龙正想着村里修路的事，却听门外另一个声音说："继龙侄子，你快些出来，是叔有紧火事寻你哩。"怎么又是老支书亲自登门？！这一定是有啥当紧事。他就想起了当年的那情景。同样也是这老窑院，同样也是老支书沉甸甸的话语里，很有几分长辈人不由分说的权威感。时间过得可真快，转眼都快十年了。如今老支书已经快八十岁，身板子虽说还算硬朗，说话底气却不足了。虽说村里人还尊敬他，可权力毕竟掌握在你黄支书手中。二合塬的昨天已过去，今天正在进行中，明天前程将如何？黄继龙感觉到担子很沉重。他梦想通过正在开修的这条开放路，把这同七仙老母断了联系的二合塬的生命脐带接起来。这是他从镇上郭镇长那里学来的一句时兴话。

四

十年前，也是春三月这天一大早，支书杨文忠就来到黄继龙家老窑院门前敲门喊话。不知为什么，那时机灵鬼自强虽然天天献殷勤，可他老人家却偏偏看着老实巴交的黄继龙顺眼。继龙急忙穿衣下了炕，用脚趾头勾了鞋就去开门。门外面王自强正弯腰双手圈成喇叭冲着门缝喊继龙，门里这边黄继龙眯了眼呼啦一声开了门。王自强收不住身子，一头栽到继龙怀里。两个人这都吓一跳。他们见支书板着脸，爬起来就都忍着没敢吵。"啥事嘛支书叔？"继龙问。自强看看支书脸抢着说，"就是前两天说那事。""前两天说啥事？""你忘了？今儿个老支书就带咱出门去办哩。""啊哦，你是说到本钵镇上考察交通的事？""除了那事还有啥事？"自强说。"真的吗，支书叔？"继龙拉住老支书的手问。支书眯眼笑着点头。黄继龙这才一跺脚，高兴得把自家脑门子拍得啪啪响，连声说："哎呀，支书叔，你看我这烂记性，几乎把大事都忘了。好，等一下。"黄继龙转身又说："我把我哥黄继祖也叫上，这就来！"他正要转身进边窑，对面爹娘住的正窑里就传来了问话声，"继龙你说啥？外出看胶桶？咱可不要那洋玩意，咱的柏木老桶驮水正合适，你可咋神成看啥胶桶哩。"继龙是孝子，急忙冲着窑里说："爹，不是胶桶，是交通，还要看汽车，我支书叔说了，铁壳壳下面安着四只圆轱辘，人坐在里面比骑叫驴还蹦得欢。"他爹开始咳嗽不能说话了。他娘说："继龙呀，听说镇上远得增火哩，妈这就给你们煮鸡蛋预备干粮路上吃。"

不一会儿功夫，正窑里传出他娘拉风箱的声响。老支书蹲在门口吸旱烟，王自强却猴急得搓手打转转。不大一会儿工夫，黄继龙背着个老粗布袋子出来了，他哥黄继祖揉眼跟着，手里牵一头驴，说是他爹说路远实在走不动，就叫老支书骑着。老支书二话不说，把抽了半锅的旱烟往鞋底上一磕说声走，四人就急火火上了路。

此刻，太阳已在东塬顶上冒了花，脚下的深沟还被夜气笼罩着，像被云雾遮了一层纱。沟对过的秦家塬，如同那云海中一座孤岛。云腾雾罩里只露出二合塬上两座烽火台，黄里透着殷红，像是女人的乳头。清晨静静的，黄继龙正瞅得出神，忽然烽火台上有人唱酸曲曲：

周台上牡鸽汉台的鹰，
一双双眼眼对缝缝，
叫一声哥哥飞哪呀，
妹妹见天价想你拉。

黄继龙循声张望，就见朝霞里一个身材苗条的女人穿了粉红衣衫站在烽火台上如泣如诉地对着这边唱。那是不久前死了男人的媳妇。

他扭头看看老支书，支书铁青着脸低头假装没听见。身后的王自强绕到他面前怯声吼：“继龙，你听你听，这可是三月的草驴叫骚哩，是向你小子求偶哩。”继龙说：“放狗屁！”自强当然不服气，竟对老支书说：“支书叔，你来评评理，看我猜得对不对？”老支书抬头狠瞪他一眼，没言声。他这才记起那是人家拐了弯的外甥媳妇，赶紧低下头，就像挨了砖头的起骚狗，夹起尾巴蔫了。唱曲的赵寡妇也是秦家塬人，嫁过来没一年就死了男人，可怜的她心里暗恋着还没有对象的黄继龙。走过村小学操场时，继龙就想起了刚过世的他爷。他爷在世时总说二合塬就像仰面光身子躺着的七仙老女。他此刻心里就说，爷呀，孙儿今日出塬呀，要看看那七仙老母脚边的环江以外究竟啥模样。等我看究竟了，就回来上你坟头汇报去。四个人走过周台与汉台之间的崾岘梁，他左右看了看，发现到处一片白茫茫。那粉红衣衫的赵寡妇还孤零零站在周台上朝他挥手。他仿佛看见她那清秀的脸上挂着泪珠子，他的心就跳得咚咚响。

他们这四人一行上了路，再加上那头白嘴黑毛驴，就像是唐僧西天去取经。全村的人都登上周台汉台目送他们出行哩。人们也许很操心，更很羡慕，也不知道这一路之上会看到些什么妖魔鬼怪、好风好景些。路三娃还气喘着撵出村，央求老支书把他也带上。老支书说，等咱村通了路，我用汽车拉你们到木钵镇看景致。路三无奈，只得垂头丧气瘫坐在地上发呆。

五

继龙自己姓黄，他心里头就固执地以为，生他养他这黄土高原腹地的二合塬也应该姓黄。冬春时节，庄稼收净百草安眠，二合塬连同周围的山形地貌果真就像一个脱光了衣裤的黄皮肤女人平躺着。女人亮出了真面目，是好看还是难看？黄继龙一时半会儿还说不清。只是他从小就喜欢坐在塬畔上双手托着腮帮子瞅那赤身裸体的女人。有时从早瞅到晌午，有时从日当空瞅到日偏西。要是他妈忘了叫他回窑去吃饭，他就会一直瞅到后半夜，直瞅得月亮把那女人的光身子映成一尊冰美人。他白日看到的景象是一片纯净的金黄色，月夜里看到的，却是一片水头特好的白玉骨。这个女人是谁呀，为啥睡得这么深沉？开始并没有答案，还是他爷那年领着他到村小学报名上学路上说，继龙呀，咱二合塬可是不简单，传说是七仙老母下凡沐天光浴的地方。你看那满身金黄的光身子人形，那就是七仙老母的玉体子。她刚刚沐过早上的太阳浴，浑身闪着金星。满月般的脸就是北边不远的秦家塬。她那肚子、臀胯和大腿就是南边远处一溜排列的连环塬。那头枕着一座蜈蚣岭，脚蹬一条环江水……他爷没说完，他就忍不住说，爷呀，咱二合塬是七仙老母的啥子嘛？他爷才一愣，他就抢着说，我看就是胸腔崛着的两个大奶子，周台和汉台，就像我娘……他爷听得赶紧捂他嘴。这娃咋瓜成这样些！满嘴胡说哩！他就羞得不再敢说话，许多年之后他才知道他爷为啥骂他瓜。他当时心里还不服，悻悻地顺着那七仙老母的双脚再往远处瞅，接下去就成了灰蒙蒙一片。那再远处是啥？他不由得问他爷。听说再远处就是公社和县上。公社和县上啥样子？他又问。他老人家尴尬地翘着花白胡子半天没词了。这个大问题，他爷当然也是说不清。因为他爷的一双脚，也像他爷的爷和爷，也像他爷的娘和奶，从来都没有迈出过二合塬。至远也就走到秦家塬。二合塬同秦家塬世代结着亲。他爷年轻时去过的，那是到继龙他外奶家去相亲。难怪他爷活着时，张口闭口就说，我那年到秦家塬如何如何，好家伙……继龙听得耳朵都起了茧。这一带地形就是怪，好像天空的云，你瞅着它像个啥，它就越看越像啥。为二合塬看相的，还有一个人，那就是他奶奶。他奶奶是村里的美术家，剪窗花、捏面花、画皮影、绣香包，谁都比不得她精彩。她说咱二合塬是狮娃子的两只露睛眼。说那狮娃子是面南坐北踞着的，两只前爪伸向环江边，尾巴落在蜈蚣岭，脊梁高弓起，就是北边她娘家秦家塬。他奶说得也是有鼻子有眼，可是继龙还是愿意相信他爷的话，认定了是七仙老母洗澡晒日头，瞅着叫人长精神。

六

二合塬太偏远，二合塬太封闭，二合塬就是个典型的封建土围子，二合塬发展比沟对过的秦家塬整整落后二十年！这是从土改、合作化一直到社教运动开始，几十年间凡是上到二合塬的公家人，都会深有感触地说出这样几句话。黄继龙感到很奇怪，他们就像商量过，除此之外再就没有别的话讲啦。还有一年，来了个戴眼镜的说是搞路线教育的年轻人，他喘着粗气连起两天拼命爬上二合塬，第二天就指手画脚说，什么二合塬行政村，这简直就不是人呆的地方，连鸟都飞不进来逃不出去呀！得立马想办法搬迁到有公路的地方去。结果全村人都说这娃是疯了。他的话当然是山神爷的卦，到头来二合塬还是二合塬。一直到文化革命，再到改革开放这么多年了，二合塬虽然依旧是广播听不见，电视看不着，除了老支书依旧再没有人见过自行车，更没有人见过公路和汽车是啥模样。二合塬在外人眼里是落后闭塞得一塌糊涂。而祖祖辈辈生活下来的二合塬 135 口人的心目中，自己的家园却依然好得不能提，是天底下找不出第二个的世外桃源。用根爷唱皮影戏的开台词讲，村里香烟缭绕、鸡鸣狗叫、人欢驴啸，土地是刮金板，老窑是金銮殿，牲口是麒麟驹，人都是宝贝蛋。每逢想到这里，黄继龙就感觉自豪。连那些光棍汉都不愿离开二合塬，虽然点灯燃油，交通靠走，解闷凭酒。村里的光棍汉们宁愿打一辈子光棍，也不愿意离开二合塬到秦家塬去倒插门。咱二合塬的男人们，一年到头很受活，除了种地务庄稼，就是闹秧歌、唱酸曲、看皮影、吼乱弹、摸花花、推牌九、掷骰子、扣明宝。二合塬人见得世面少，可想象力却格外丰富。二合塬人的聪明才智就都体现在他们的想象力和创造性上头。这从家家户户过年窗子上的五彩浪漫窗花就能看出来。狼虫虎豹啥没有，龙凤麒麟样样工，还有什么天仙配、鹊桥会，什么四郎探母、张生戏莺莺、孙悟空大闹天宫、钟馗嫁妹、老鼠娶亲什么都有，那简直就是一年一度的大型美展。还有逢年过节户户锅里蒸出的彩面花，更是巧媳妇们的才艺大比赛。至于说周台王唢呐，汉台杨笛箫，到了夏夜坐在各自的烽火台上面对面摆擂台，你吹一段《大摆队》，他哨一曲《杨柳青》，你来一首《兰花花》，他对一阙《花木兰》，谁也不服谁，更分不出高低上下。人们听得如醉如痴，比北京城里的春晚还迷人。就拿黄继龙来说，天明了就下地劳作，夜里便抱着枕头睡觉。他在村小学一毕业，高高兴兴回家种地，也不存在失业就业问题。这么着一年又一年，二合塬人的幸福指数一点也不比外面人低。这就令外面人看着有些怪。有一年，二合塬来了个号称联合国科教文组织的大专家。这家伙也不知是哪国人，长得高鼻蓝眼黄头发，脖子上挂个照相机，见啥都举起瞄着捏一下，咔嚓咔嚓怪吓人的。惹得村里男女老少撵着看不够。陪着他的是乡政府的郭文书，也就是眼下的郭镇长。还有一名打扮得花里胡哨的女翻译。三个人在二合塬村委会整整住了半个月。考察的结果说：二合塬是世界上罕见的黄土塬，说黄土的厚度和质地都是别处见不到的。正当大伙儿欢呼时，黄继龙却觉得这话说了就像是没说。他们还把二合塬的特点总结为“闭塞圣境”。说要是路通了，如此完好的原始地貌就很可能遭破坏。黄继龙觉得这话倒讲得有些日怪。二合塬就是天然美，人上塬种地和驴下塬驮水，走的羊肠小道，全是靠羊蹄人脚踩出来的。他爷说，从前“闹红”那会儿，听说刘志丹的队伍一遭难，连夜就往二合塬上攀。说只要上了二合塬，就像进了根据地。家家都是保垒户，男女都成赤卫队。敌人瞅着干瞪眼。由于交通不便，乡上的干部都很少到二合塬来下乡。上面有了什么新精神，只要骑车子到了秦家塬，站在秦家塬的塬畔上对着二合塬扯开嗓子喊一阵，老支书就能听得见，全村的人也几乎都能听得清。可是看着这么近，却隔着两条深沟和两面大陡坡。那坡直上直下二十里，不但车子不能骑，走路要是不留神滚了坡，那就非滚到沟底刹不住。因此听说要去二合塬，公社干部腿肚子就转筋。连邮政所送信的，提起二合塬都摇头。多少年了，信和报纸都是送到秦家塬，然后等人往回捎。半月四十天能够捎到手就是最快的。秦家塬人就笑话说，二合塬人看报从来都是迟半年。也难怪，一上一下，就得一整天。二合塬的人也懒得出村去。老支书到公社一年只开一次会，少说也得半个月。所有的事情都集中起来办，他也就成了全村见过大世面的人，也是唯一到过县城、见过县长、踩过柏油路和坐过汽车的人。二合塬人听到的许多新鲜事，都是老支书嘴里传达的。

第三章

一

太阳升起老高了，沟里的雾气散尽。春天早上的风还是有些渗凉，黄继龙却走出一身汗。他个子比他哥黄继祖高，身子骨显得壮实些。他哥黄继祖和王自强此刻已经落在后头，只有继龙还能勉强跟上老支书的脚步。老支书步子跷得大，走得稳，双手甩起来脚下呼呼带风。继龙就学着那样，果然又快又来劲。这情形一下令他想起他爷那年送他上学也是走得这么欢实。他爷长得很像黄继龙。听到有人这么说，继龙总是赶紧纠正说，不对，是我长得像我爷。环江那边是啥模样，他爷眯眼想半晌却没话说，该不是还躺着一个男人吧？他爷说。他就对他爷的爷的爷很佩服，竟能够找到二合塬这么好的一方土地定居下来。

“从咱二合塬到环江那边的县上，得走几天才能到？”歇脚时，黄继龙忍不住问老支书。支书把烟锅嘴子从口里拔出来说：“快走得三天，如果像你哥和自强那走法，恐怕四天也走不到。”黄继龙扭回头看看，他哥和王自强一前一后落了足足半里路。他哥骑着驴，王自强拽着驴尾巴。那驴可就受了罪，低头弓腰使劲走。头一天，走到大晌午，日头开始发了威。好几个月没下雨，地上的浮土足有半拃厚，人走过去踩得直冒烟，把鞋底都烫得发烧了。黄继龙干脆光着脚，把鞋提在手里走。可是还没走多远地，就叫刺角扎了脚，他赶紧又把鞋穿上。

这天黄昏，他们终于赶到了木钵镇。啊哦，原来镇街就在七仙老母两腿中间这沟滩里，还被密密麻麻的柏树护围着。黄继龙就暗暗称稀奇，镇名也起得雅。老支书说木钵是从前人吃饭的木碗，那意思分明就是说，这古老镇子就是神话中七仙老母吃饭的一只碗了。老支书又指着街边一渠清水说，这是木钵泉，泉水甘甜，四季长流，哪怕天再旱也没干过。几个人当下跪在渠畔用手掬着喝，水果然渗甜。那白嘴黑驴子也毫不客气地把长嘴伸进渠里咕咚咕咚喝。

木钵镇可是个大地方。镇街看着宽，房子盖得高，满街的烫头女人和长发男人，挤哄哄，闹嚷嚷。道边的商店花花绿绿啥都有。老支书眼看三个愣头青就像小偷进了城，东张西望，目瞪口呆。似乎什么都害怕，又像是什么也不怕。走路走在当街上，见了车辆也不懂得让路。黄继龙失了神地瞅着人家骑着的自行车在人堆里钻，越看越觉得日怪，好尿神，两个轱辘竟然骑上倒不了！王自强则是专看女人的怪打扮，鸡腿裤子最惹眼，屁股裹得紧捂捂，简直就像一个个的豆腐包，他真担心那尻子一撅会崩散伙。还有那脚下的高跟鞋，走过来呱嗒呱嗒响，简直就像踩高跷。黄继祖的眼珠子一直盯着商铺看，他对那些出售的货物感兴趣，很羡慕那些穿西服扎领带长头发的小老板，心想自己要是能在这镇上开个杂货铺子就好啦。

镇上的人们很快也警觉了：一个老汉领着三个愣娃，手里还牵着一头驴，土头土脑的就像拍电影。人们看着他们指指画画、交头接耳，还有的把相貌堂堂的黄继龙认成了电影明星唐国强。他们路过一家小吃店，那刚出锅的小笼包子雪白雪白腾热气。黄继龙扭头再一看，王自强果然正脖子一伸咽口水。店门里飘出不知名的歌舞曲，倒让黄继祖听得出了神。黄继龙原本就是二合塬闹秧歌的好伞头，开口还能即兴编词。那节奏就像是秧歌调，可比秧歌还来劲。鼓乐节奏气刚刚，旋律就像走大场，他禁不住脚底板直发痒，踩着节拍就跳开来。继龙这边当街叮咚咚跳得正得意，突然一个怪物冲过来，只听“吱——”的一声叫，毛驴子和人都吓一大跳，赶忙就往路边躲，那怪物就放个大屁过去了，留下一股烟尘气，继龙闻着还挺香。紧接又是一大怪物，嘟嘟嘟嘟停下来。铁棚棚里坐着一个人，钻出脑袋就叫唤：“哪来的瓜屃些，车来了都不知道让，不想活了！”

难道这就是大汽车？黄继龙不但没生气，还笑嘻嘻围着那怪物仔细看，左看看右看看，嘴张得就像糖罐罐。他一边看，一边就问支书叔：“这是不是你说的大汽车？没有腿就能跑，没有嘴就能嚎，没有眼窝就能瞭？”支书说：“对着哩，这就是我说的大汽车。”铁棚子里的人听得噗嗤一笑，也不再发急训人了。他下来把他们让到路边调皮地说：“叫乡党你们听着，这是一辆大卡车，力气大得很，货物拉得多，可就是刹车不太灵，要是你不躲，碰上可就很难说！”三人听得直咬舌尖，慌忙向后退了好几步，人家把车开走了。黄继龙闻着那烟气味，忍不住又问支书叔：“这个大家伙都吃啥喝啥哩？放屁还是香气气。”支书故意说：“光喝油，不吃饭。”黄继龙有些想不通，再看那继祖和自强，更像是瓜娃愣不懂。支书心里很难过，说：“唉，这都怪咱二合塬太偏僻，都啥年月了，娃们竟连汽车都没见过！这大卡车还不算最厉害，就这一天至少就跑几百公里。能从咱二合塬到镇上松松宽宽打四五个来回哩。后面车厢能装多少货？能把咱全村一年交的公粮全装上。”三个瓜娃听得倒吸气，嗨呀呀争尿些！继祖摸着毛驴屁股问：“支书叔，按你说，那足顶一百头毛驴子？”支书说：“可不是，只要有了那东西，毛驴子就只剩杀着吃肉了。”王自强这才回过神，吐了一下舌头说：“哎呀我的爷，这家伙真是惊死人，比吃了黑豆的叫驴不知增火多少倍。”黄继龙听得笑着问：“支书叔，为啥把这叫个大卡车？倒不胜叫它大叫驴。”自强、继祖哈哈笑。路人好奇尽管围着看，看着又不像拍电影，都觉得镇上出了怪。老支书一瞪眼，压低嗓门说：“再别胡说了，也不怕人家笑话咱。这次带你们出来就是要学习长见识，为咱二合塬改革开放做准备，因此咱们要虚心，多留神，不懂可不要乱说话，知道吗？”三人一齐点头说：“知道了。”

天黑时继龙又是没想到，木钵镇街竟是一片灯火通明，比白天还繁华。特别是电影院门前的广场上，那么多的人跳健身舞，还有的敲锣打鼓扭秧歌，粉衫绿裤红腰带，不分男女脸上统统抹油彩。二合塬人扭秧歌光甩胳膊不裂胯，而人家是胳膊夹紧光裂胯，看着怎就怪怪的。更离奇的是还有的干脆男人女人搂着跳，亲热得简直不得了。你前进，她后退，你后退，她前进，就是脸还定得平，好像个个无事人。王自强回头怯声说：“好家伙，你看人家多解放，脸贴脸要多增火多增火！不怪那路三娃常说，男的跳出三条腿，女的跳出花露水。”“行了，你再别学路三胡咧咧！”继龙生气地说：“那第三条腿你见来？花露水是你喝来？”抱腰牵手转圈圈，转着圈圈还不松手，胳膊一举腿一踢，双双配合玩花子。三个小子看得着了迷，连老支书喊叫都听不见。老支书一旁一看那阵势，干脆蹴着吸旱烟。不料那毛驴子啃了树，还把粪蛋子拉了一河滩。这下引来一个戴红箍的老婆婆，拉住说啥不叫走。“你是干啥的？驴啃树怎就不管！”老婆大声斥责。老支书急忙上前说好话，好说歹说都不行，说是要罚两块钱。支书这里一急，忙说是郭镇长的亲戚。那老婆一听态度大变，这才免了罚款，说是得教育，还帮着找旅店帮登记，然后就请来了郭镇长。郭镇长曾经陪着洋人到过二合塬，感情更是不一般。见面首先发纸烟，开言之前先是一阵大笑。“哈哈哈，我欢迎，代表全镇干部群众热烈欢迎你们二合塬交通考察学习团……”

夜深了。睡在木钵镇交通旅社大通铺上，黄继龙听见老支书与继祖、自强都睡得很香甜，可他独自个却怎么也睡不着。他就干脆不睡了，瞪起眼睛望着黑乎乎的天花板，心中竟跟他爷说开知己话来。好爷呀，他暗叫道，你老人家可听着，你孙子今天可是出山了，到了大城市木钵镇，见了大官郭镇长，亲手摸了大卡车，还到大广场上看了人家扭秧歌。想不到外面的世事这么大！想不到，镇上的日怪事这么多。看着这些我就想，要是爷你老人家还活着，能和我一齐看到这些该多好。我知道，你老人家一辈子也和你孙子我一样，虽然是个识字不多的庄户头，可心气儿高得很，总梦想能看看二合塬之外世事是啥样样。可是到头来也没能看得着，难怪你老人家咽气时，眼睛高低合不上。可你孙子见了这些又能怎么样？你孙子的心，原先就像一湖水，平平静静没波澜。如今起了一阵风，好像飞来一条龙，湖面再也难平静，波澜起舞闹哄哄的，这龙看来不安生呀，不知道以后咋办呀。我看我哥继祖那眼神有些怪，飘忽飘忽就像飘着一条虫……那虫虽小可会动呀，人家早晚不是咱二合塬的虫。可我心头还是恋着咱二合塬呀，恋着咱的老窑院，恋着咱的刮金板地土，恋着咱的浆水饸饹玉米面鱼鱼……恋着咱的毛驴子羊群和连枷碌碡老镢把，恋着咱的窗花面花皮影戏，还有秧歌乱弹酸曲曲……他说着说着竟迷迷糊糊睡着了，倒梦见是和他爷一同牵手逛着木钵镇，一同恋着二合塬。

二

第二天四个人又在木钵镇上转一天，还是从早到晚车水马龙的，渐渐也觉得不新鲜了。傍晚听说镇政府一把手郭镇长要正式接见，地点竟然是在一家饭店。原来也就是请吃顿饭嘛，黄继龙心里暗暗盘算着。到了时候，老支书就领着他们三个年轻人，东张西望进了一家饸饹馆。这馆子看着并不大，名字却起得排场——环江饭店。里面大间摆着几张方桌，冷冷清清坐着几个人，一个个正埋头呼哧呼哧吃饸饹。就像村里过事吃席面，头不抬眼不睁的。当然也有几个喝酒的，可是人家却光喝酒不划拳。桌上也就摆着几碟菜，还没有二合塬人过事情讲究。王自强看了心里直嘀咕，黄继龙瞅着也有些纳闷。心想这大镇长请客怎这小气些？这时候，就见郭镇长从一个门框里撩起帘子探出头，对着老支书直招手："哎，二合塬当家的，快来，来来，你们快过来，咱们坐包间！王秘书，快招呼客人嘛，你忙啥哩！"立刻就有一个留偏分头的年轻人红着脸赶过来，把他们招呼到包间里。老支书满脸笑成了一颗大核桃，他领着三个年轻人恭恭敬敬走到郭镇长面前说："郭镇长，从来都是下级请上级，你领导那么忙还请我们吃啥饭？你领导看，这就是我们二合塬来镇上考察学习的三个年轻人！"说着转向他们三人介绍道："这位领导就是我给你们常说的郭镇长，快来，给咱镇长行个礼。"三人紧张地弯腰一鞠躬，齐声说："郭镇长好！"镇长眼睛本来就小，这下笑着早眯成一条缝儿，亲热地又同他们握了一遍手："好，好，好，快坐下，来，老当家的，你坐我跟前。"大家依次坐定，凉菜上齐。黄继龙眼一扫，一碟油煎花生米，一碟酱拌豆腐丝，一碟醋调洋芋粉，一碟盐腌萝卜皮，还有一碗辣子一壶醋。

这哪里像设宴请客嘛，继龙看着就像二合塬人平时吃饭一样不讲究。

郭镇长见他们注意菜，就说，没有啥，都是些平常下饭菜，主要是请你们吃饸饹面，咱这木钵镇上荞麦饸饹最有名。说着就弯腰伸手到脚边的黑塑料提兜里摸，半晌摸出一个小纸包，打开竟然是一包腊牛肉。他摊开来指着说：“这是我女婿从西安给我捎来的，正宗回民老马家腊汁肉。”随即就端起酒杯，“来，这瓶西凤酒是前年子我亲家捎来的，杨支书，这头一杯，我先敬你，二合塬这些年多亏你，以后还要辛苦你带着这些年轻人往前赶。”

老支书急忙端起杯子站起说：“谢谢郭镇长这么多年支持和关心！我尽力吧，反正我们那条件……唉！”说着就有些难为情，一下把酒灌进口，结果呛得直咳嗽，黄继龙看着也难受。就见郭镇长端起第二杯酒说：“来，小伙子们，我给你们也敬一杯，希望你们这次在木钵培训班上认真学，回去以后好好干，为咱二合塬人过上好光景做出新贡献！”

三人赶忙站起来，举着酒杯说：“谢谢！谢领导，谢我叔，谢镇长，谢政府……”

郭镇长哈哈大笑说：“不用谢我呀，该谢你们杨支书，是他要求我办的你们这个开放搞活培训班。来，大家赶路辛苦了，吃好喝好出门不想家。”

正说着话，一个穿红制服腰里系着蓝布兜的姑娘娃，就把一盘热气腾腾的大老碗饸饹面端上来。

郭镇长说：“来，咱们开吃，连吃带喝，不用客气。”

黄继龙忙起身在筷筒里取筷子，首先递了一双给郭镇长，然后再给每人发一双，自己手中剩一双，摸摸筷头就准备夹菜。

“唉，慢慢慢。”郭镇长急忙拦住他，“哈哈哈！小黄呀，这一次性筷子，一根也就是一双。”说着拿起筷子示范性地一掰两半，王自强起哄哧哧笑，黄继龙脸呼地一下就红到了脖根子。王自强随即瞪眼问："哎郭镇长，一次性是啥意思？"

镇长说："一次性，就是只用一次，就不再用了。"

大家就感到很稀罕。"好好的筷子，怎就不用了？！是不是为了显富贵？"自强问。

郭镇长和老支书都笑了。镇长说："是为了防止传染病。"这用一次和用多次，与传染病不传染病有啥关系？继龙和继祖到底还是不明白。明白不明白不当紧，眼前还是吃饸饹面最当紧。

木钵镇荞麦饸饹可真是名不虚传呀！三人调了酱油辣子醋，又剥了几瓣子红皮蒜，端碗就吃起来，几大口香喷喷的饸饹面下肚，早忘了郭镇长杨支书，吸溜吸溜不抬头，嘴里就着生蒜头，一边吃，一边还用手抹嘴角，用衣袖擦头上的汗。郭镇长坐在一边笑眯眯地抽烟。眼瞅三个年轻人每人吃了三大碗，杨支书不好意思说："嘿嘿，郭镇长你可别笑话，我们山里娃能吃呀！"镇长掐着烟头说："嗨，这有啥，能吃才能干嘛。我年轻时也能吃。"

等到他们打着饱嗝抬起头，郭镇长就让王秘书把一个塑料袋子提过来，亲自把里面的东西往外掏。一边掏，一边说："也不知你们吃饱了没有？这是我前天子在地区开会时发下的，来，你们都尝尝。"老支书高兴地接过来，黄黄的弯弯的，说不好听看着就像小伙子裤裆里那东西。"给，你们都尝吧，咱们这里可没有这东西。"三人一人一根接到手。左看看右瞅瞅，连说谢谢郭镇长。镇长关照说，吃吧吃吧。

他们相互看了看，不约而同就把那东西伸到嘴边咬一口。"好尿神，这东西怎就这么难吃些？！"

郭镇长看着先一愣，接着就忍不住哈哈笑。他赶紧亲手给每人剥一根，说："这是南方产的好水果，名字叫香蕉，吃的时候要剥皮，来，给你，给你，给你。”

黄继龙他们接过剥开的香蕉脸通红，一时不知说啥好。黄继龙心里连喊爷，你孙子这回可给你把人丢大啦。把咱二合塬人的脸丢到了木钵镇，回去这可怎给老少爷们儿交待呀！

第三天，又是一个大晴天。郭镇长、杨支书和三个年轻人一大早就登上木钵镇外的黄土山峁往下瞅。只见弯弯曲曲的公路就像一条大蟒蛇，翻山越岭由远及近从山脚下穿过去。公路上川流不息的卧车、面包车、大卡车，还有好几辆满载货物、驮油罐的加长载重车，就像蝎子蛐蜒壳壳虫，慢慢悠悠列队爬过来爬过去。黄继龙看着直发愣！“我的爷，这载重汽车好威风，一车拉的货要多少毛驴才能驮得完？”郭镇长哈哈一笑说：“这算啥？还有几十节车厢连接起来就像一条长龙的火车，那一列火车拉的货，这加长载重车得拉几十趟！”“火车？”黄继龙听得更惊奇，说：“火车咱也是听说过没见过呀，真有那么厉害吗？”杨支书点头说：“郭镇长的话还能假？”“这外面的世事可真大呀！”黄继龙当时想，我的爷，啥时咱二合塬上也修一条直通外面的公路就好了，那就等于是给周台汉台插上翅膀了。二合塬这只伏地的鹰，就要腾云驾雾飞起来了。杨支书听了兴奋得直点头。

白天上山考察完，晚间回到旅社里，黄继龙满脑子还是汽车和公路。郭镇长懂得他的心思，就像变戏法，手里拿了个遥控器，对着那客房中的方盒子轻轻一按，就见镜框子里闪出花花绿绿一座城：高楼大厦、车水马龙，不知比木钵镇热闹多少倍。又一按，还有各种人物登场又唱又跳就像正月闹社火。三人满脸惊奇地围着那盒子看傻了眼。郭镇长一边按，一边还说：“这东西叫电视机，里头能看十几个台哩。”

他哥继祖对这兴趣格外浓，不停地转，不住地看，还不由得伸手摸，本来话少的人，却连声感叹说：“我的爷，这玩意儿太奇特，这么一点点大，装得下那么多！”“可不是，这咋说？”继龙也问老支书，“你说那些花花世事，人人马马，可是咋个装进去的呀？”郭镇长只笑不说话，还是不停捻弄着，突然听见一声吼，一辆火车冒着浓烟飞出来，吓了他们一大跳，继祖抱住继龙的腰，王自强赶紧朝后躲。老支书哈哈一笑说：“唉，娃们些这没啥，这就是郭镇长说的那火车嘛，模样看着像条龙，里头坐的还是人嘛。”郭镇长说：“就是么，这没啥，见得多了，思想自然就开窍啦。年轻人接受新生事物快，过两年你们见识肯定会超过我们的。”

夜深了，夜静了。热闹了一天的木钵镇睡定了，杨支书也累得拉起鼾水风箱了。黄继龙又是翻来覆去睡不着，他又要同他爷说会儿话，却听身边有动静。原来是黄继祖也失眠了，王自强更是揉眼挠头蹬腿叹气哩。继龙说：“你们咋也没睡？”黄继祖说：“嗯，越睡脑子越灵醒，眼前光是闪电视。”王自强却说：“这几天见到的怪事太多，哪个还能睡着？一闭眼，尽是女人的爆花头，毛眼眼，高跟鞋，豆腐包子沟蛋蛋，花里胡哨直晃眼眼。”继祖一听哧哧笑。继龙说：“唉，又胡说啥，这好事一到你嘴里，那就变味啦！”“就是嘛，那你想啥？假正经，我看你听见赵寡妇唱曲曲，眼睛里面就放电。这咋说？”继龙呼地脸发烧，多亏黑暗中看不着。“你再不用胡咧咧！”他就故意岔开话题问：“继祖哥，你想啥来？”他哥说，“我想在这木钵镇上开办个贸易货栈做生意。”“还有呢？”“还有……就是赚了钱，给咱爸咱妈买个电视机，叫他二老也开眼界，不出二合塬，就知道外面世事。”“还有呢？”“还有那还用你问，”王自强抢过话头说，“再给你娶个洋嫂子，搂在怀里多受活！”黄继祖只笑不说话。黄继龙严肃道：“自强你小子别开玩笑，你今后回去有啥打算？”“我有啥打算？你说说，你有啥打算？”黄继龙突然坐起身，看看老支书正睡得香，便手遮在嘴上说：“我想给咱二合塬修一条公路，我要亲手把汽车开到周台、汉台上，让咱二合塬人全都坐上逛一回木钵镇，再逛一回环江县城！”“你说啥？”自强问，“你想修公路、开汽车？你这才是做梦娶媳妇，亏你也敢想！”“咋不敢想，我还想，要是咱们二合塬上通了火车就更来劲！那多吸引人。我不光是要让咱二合塬人看外面的世事，也要让外头人来看看那咱们的二合塬。”“你行了，”自强说，“我问你，你拿啥修路哩？拿气吹哩？”黄继龙一时无话说。他哥继祖看他二人抬死杠，禁不住哧哧地笑，心想还是自己的想法更现实，只要筹到一笔钱，货栈就能开办起来。对呀，继龙想，人家王自强问的也是呀，修路钱从哪里来？他一时愁得不得了，就又想着朝他爷求办法。在黄继龙的心目中，他爷就是百事通。无论什么难怅事，没有他老人家搞不定。

三

木钵镇考察回到二合塬，转眼已过十多天。这些日子里，黄继龙一直愁眉不展也懒得说话。他大他妈问咋咧？继龙只是皱眉不言传。其实他肚子里有许多话，可是除了天上的他爷他还能给谁说呀。日子还是照旧过，他每天还是照例跟随除了教训他就是不停咳嗽的父亲下地种庄稼。他娘喂的红公鸡，每日照样打鸣哩，他娘养的那群花母鸡每天照样下蛋哩。那下了蛋呱嗒呱嗒的鼓噪声，就像是好张扬的人做了点赢人事自夸哩。黄继龙听着就不喜欢。可是正是这声音有一天提醒了他，他就在这下蛋鸡上打主意。你可别小瞧这下蛋鸡，它们可是全家的摇钱树。他妈人善性子焦，不像他奶心灵手巧有定气。她不能剪也不善画，可是养鸡做饭的好把式。她每日围着锅灶做罢两顿饭，就打狗吆猪扫院补衣等天黑鸡进窝哩。只要等到鸡进窝，她老人家就跪在鸡窝口子上香敬神，不作揖，不磕头，只是庄严地把手伸进去，挨着个地摸索鸡屁眼。芦花鸡、大黄鸡、白鸡、黑鸡、五彩鸡，明日下蛋不下蛋，她老人家一摸便清楚。这些个鸡，可不是鸡，在他妈眼里那简直就是一个杂货店，就是信用社，就是聚宝盆、摇钱树，就是金山银山宝疙瘩。她老人家见天擦黑伸手这一摸，全家一年的日用百货、人情门户和一切零星花销就全都有着落了。在她老人家眼目中，全家窑里窑外一切都算上，没有再比这些下蛋母鸡更金贵。因此，她老人家最恨的是偷鸡的狐狸、黄鼠狼和抓鸡的凶神皂鹰。可眼下黄继龙却正想扮演一回黄鼠狼和恶皂鹰。他愁眉不展好几天，直到打起了这下蛋母鸡的主意后，脸上才算阴转晴。他把自己的鬼点子，如此这般地告诉继祖哥。黄继祖听得先一惊，“老天爷，你这不是要咱妈的命哩嘛！”随后又笑着直点头。他哥做事胆小却稳当，只要他说能成的事，那就十拿九稳能办成。

于是这天趁着天没明，黄继龙从炕上爬起来，轻轻一推他哥的肩。黄继祖睡得正深沉，翻个身又呼呼睡着了。黄继龙便捏住他哥鼻子不松手，直到他挣扎着醒过来。“干啥呢？”继祖恼怒问。继龙说：“干啥哩？哥，你忘了咱说的那事情？”继祖一骨碌爬起身，顺顺跟着继龙蹑手蹑脚出了窑门，朝院中鸡窝摸过去。

“继龙，快，你去抓嘛，我看人！”“好！”继龙说着就弯下腰，把胳膊伸进鸡窝里摸。不料一下子又收回来。“哎呀我的爷，好像有长虫！”黄继祖以为继龙故意出洋相，就生气地把手伸进鸡窝一抹，果然也吓了一大跳。两人吓得都退了好几步。窝里的鸡也咯咯咯地叫开来。继祖惊得一哆嗦，赶紧跑到门口侧耳听听窑里有没有啥动静。微明中，只见一条一米多长的大长虫，缓缓地由鸡窝里爬出来，还探头瞅瞅黄继龙，一转眼就进了老窑门下的猫窟窿。黄继龙认得这长虫，也记起了他爷说过的话。这时鸡窝里平静下来，继祖还吓得浑身哆嗦着，继龙却大胆地把手伸进鸡窝中抓出那只芦花大母鸡。那鸡也不太反抗，只是嘎嘎地叫两声，黄继龙忙将鸡头捂到衣怀中。黄继祖担心地问："继龙这芦花鸡是妈最心疼的，两天能下三个蛋，妈要知道了……""管它下蛋不下蛋，"继龙说，"快走些！要是惊动了咱大，那就啥都干不成了！"黄继祖说："换一只吧，这只鸡可是咱娘的心肝肝！"黄继龙急了，一甩手说："哎呀，好我哥哩，你咋这啰嗦些！哪一只不是妈的心肝肝？"说着提了鸡，拉起黄继祖就往院外走，他还说为了咱的理想，谁还管得了那么多。

天刚蒙蒙亮，黄继龙怀里抱着芦花鸡，就和他哥风一样地奔跑着，很快就来到王自强家的土窑院墙外。黄继龙麻利地把鸡往他哥怀里一塞，双手合起捏着鼻子叫："咕咕咕——，咕咕咕——"两声长一声短地才叫两遍，就听墙里压低嗓子回答说："快别叫了！"不一会儿，一个黑影从土窑里闪出来，原来正是王自强。"继龙哥，鸡抓到了？"自强显得很兴奋，他手里提着个干粮布袋子。"当然啦！"黄继龙得意地指着他哥怀里的鸡说："一切都按计划进行着。甭啰嗦了，快点走！"黄继祖说："操心咱大听着撵来，要是逮住了，事情办不成，咱还得挨揍！"三人警觉地飞奔而去。他们是要到木钵镇上去的。自从跟随杨支书去过一趟木钵镇，三个年轻人的心再也收不住。他们的心目中，木钵镇也并不再是那么遥远的地方。一路迈开大步快走如飞，有时甚至是小跑。等到太阳刚偏西，居然就进了木钵镇街。路上只歇了一小歇，每人吃了一个蒸馍，喝了一回泉子凉水。心里有了大事情，也就不觉得什么劳累。镇里的路也不陌生，进了镇街也顾不得东张西望看热闹，三人径直就来到镇政府大门口，趁着收发室老汉打瞌睡就悄悄溜进了门。可镇长的办公室在哪里呢？他们这才犯了难。

他们正在一溜子房门外徘徊，王自强猫着腰小偷一样缩头探脑从门缝里朝里面张望。说来也巧，他看见郭镇长就坐在里面办公哩。"快快，在这里！"他兴奋地挥手叫。三人在门外互相推让着，都不敢上前去敲门。正在你推我躲时，黄继龙怀里的花母鸡咯咯咯地叫开来，还扑闪着翅膀拼命挣扎想要飞。就在此时，门里的郭镇长奇怪地问："谁在门外做啥哩？"三个人一时不敢吱声。门吱呀一声就开了，郭镇长站在面前，"啊，是你们？你们三个冷娃做啥哩？"怀里的鸡又是一阵挣扎叫唤，黄继龙气得拍它一巴掌，几片羽毛就脱落乱飞，一片竟然挂在了镇长又浓又长的寿眉上。郭镇长皱皱眉，不禁苦笑着说："你们不就是二合塬那三个好小伙嘛！"

三人被让进门，郭镇长满脸笑容地招呼他们坐下说话。"你们是来镇上办啥事，咋不见你们杨支书？""郭镇长，你，你领导近日可好？"原先安排说话的王自强此刻紧张得说不成话了。郭镇长笑笑说："好着哩，你们有什么事要我帮忙尽管说。"黄继龙趁机把鸡往镇长怀里一塞说："这只芦花大母鸡，两天能下三个蛋。我妈说送给郭镇长养身子，支持镇上发展。"郭镇长听得嘿嘿笑，把鸡还到继祖手里说："有什么事要我办就尽管说，鸡我当然不能收，你们还得拿回去。"三人相互看看，王自强用肘子顶一下黄继龙的腰，继龙又顶顶他哥的腰。三人憋得脸通红，一时谁也不吱声。黄继祖怀中那惊恐不安的鸡倒是咕咕叫了两声。黄继龙就像是为自己壮胆，一下从他哥怀里接过那只母鸡，双手捧着站起身说："郭镇长，嗯，是这，自从上次我们来镇上考察学习，长了不少见识，还想让村里人也见……见见世面，所以想来向您借个宝贝。"说到这里，他瞅着郭镇长的笑脸，有些不确定地停了下来。"说吧，要借什么宝贝？"

黄继龙不好意思地憨笑着。"嘿嘿，嘿嘿，我们是想，想……""想干啥？你尽管说。""对呀，说嘛！"黄继祖着急地抢着说："郭镇长，我们是想把你骑的那辆自行车借回去给二合塬人看一看，叫大伙儿也都开开眼界。我们回去说郭镇长骑着个两轮车子快如飞，可谁也不相信，耍皮影戏的根爷老犟驴还说我们嘴上没毛哄人哩，空口朝天吹牛哩。说只有两个轱辘，竟然还能驮人飞跑？说有本事你们把那两个轱辘的怪物请回来让他亲眼看看他才相信哩。还说只要真有这怪物，他就干干给全村连唱三天皮影戏。根爷都说不相信，二合塬人谁还能相信？”

郭镇长一听，哈哈大笑起来。三个人先是一愣，随即也跟着哧哧地笑。笑得啥意思，当然是不一样。郭镇长笑着说：“啊哦，原来如此！好呀，我就送你们一辆自行车吧！可是二合塬没有路呀，你们咋么办？”“修呀！”黄继龙脱口而出，“正因为没有路，我们全村这才没有一辆自行车。只要有了路，那就好办了！”“这我知道。我答应你们的要求，应该让二合塬人开开眼界啦，还有眼下这车子咋弄进村呢？”“这好办，”黄继龙兴奋地说，“剩下的事这就不用镇长操心了。”“那好，车子给你们我就不管了！”三人一听郭镇长痛快地答应，激动得异口同声深鞠一躬说：“谢谢郭镇长！谢谢郭大伯！”黄继龙顺手把怀里的芦花母鸡往地上一放，认真严肃说：“郭镇长，这是我们二合塬人的一点心意，你要也得要，不要也得要！”“对，这鸡两天能下三个蛋，是给你老人家补身子的。”王自强也说。不料那母鸡一落地，便扑愣愣地满地折腾起来，慌得三个人赶紧上前就抓鸡。鸡飞人撵，一下把个办公室搞得乱糟糟。郭镇长脸一拉生气地说：“你们呀，真是乱弹琴！要想拿我自行车就赶紧把鸡逮回去，要不就别想要车子！”

黄继龙听得，看看郭镇长一副真生气的样子，又看看继祖和自强，忙把母鸡抱在怀里说：“那好，我们带走，我们带走。”郭镇长听得哈哈大笑起来，他拍拍继龙的肩膀说：“这还差不多，小伙子们，你们好好干！只要你们的想法是为了大家，我都支持！二合塬今后发展就靠你们这些年轻人啦！”

“谢谢郭镇长！谢谢郭大伯！”这一刻，郭镇长就是他们心中整个的大天。三个人千恩万谢地告别郭镇长，黄继龙扛着自行车，王自强在后边搭手扶着，黄继祖抱着鸡，就要出镇政府的大门，门房谢了头顶的老汉睡醒了正要上前阻拦，却见郭镇长挥手要他放行，这才嘟嘟囔囔地揉着眼睛退回收发室去了。

四

黄继龙他们三人出了镇政府来到大街上，很快就成了人们关注的焦点。街道上三三两两的行人纷纷伫足像观看怪物。黄继龙却扛着自行车威风八面，那走路的样子就像打了胜仗的将军，逗得大家都在嘿嘿地笑。他已经养成了习惯，心里有了高兴事，就不由得要向他爷显摆一下。他的眼前顿时就幻化出了窑缝中的长虫。好爷哩，你看见没，你孙子此刻好威风呀，这自行车子扛在肩头，就像我当年挎上书包上学堂。你老人家该多高兴，你孙子从此出息呀！继祖和自强也瞅着继龙的神情怪怪的。三人莫名其妙一副憨傻相，各自开心走得欢。他们并没意识到人们在看他们出洋相，只觉得镇上人是羡慕他们扛着那宝贝自行车。于是继龙就用衣袖故意擦擦这儿，又擦擦那儿，还不停地用口吹尘灰。这当刻，郭镇长穿过人群从后面赶上来，一面跑一面还叫喊着："继龙，继龙，你们等一下。"黄继龙听得心里格登一声，该不是镇长后悔了？他不由得就加快了脚步，最后干脆大步跑了起来。于是，三个人在前面跑，郭镇长吆喝着在后面撵。"年轻人，甭跑，甭跑！"三人跑得更欢实。郭镇长哪里撵得上，便吆喝道："快，拦住他们，拦住他们！"两个戴红袖圈的城管还以为是他们偷了自行车，就毫不客气地把他们拦住了。郭镇长气喘吁吁赶来说："哎呀，你们跑啥么，我还想再送你们一样东西！"说着举起手上的一页纸。原来是一张印有火车照片的明信片。"这个你们也带回去，给乡亲们看看吧！火车就是这模样。”

三人急忙传看着。黄继龙感动地说：“郭镇长，太感谢你领导了，日后你领导到了咱二合塬，我叫我妈给你领导炖羊羔肉、压荞面饸饹、摊荞面煎饼、调豆腐丝豆芽菜、擀臊子面、炸泡儿油糕、跌荷包鸡蛋，保证顿顿不重样……”“好好好，”郭镇长制止说，“我一定去。哎，我给你们说，这自行车你们不会骑，平处先推着走，上坡时再扛着嘛！”黄继龙憨憨一笑说：“嘿嘿，郭镇长，这车子推着别扭，老绊腿，扛着走倒还利索。”郭镇长笑着说：“那就扛着吧。”围观的人都哧哧地笑。

上路了，三人开始还争着扛车子，汗流浃背走在陡峭的坡道上，不时地有人羡慕（其实是奇怪）地瞅他们，劳累倒成了一种骄傲和幸福。可是渐渐地，继祖与自强就不再吱声了，只有黄继龙还是闷头扛着走。走着走着那车子就往下沉，累得他也撑不住了。好容易爬上一道长陡坡，黄继龙气喘吁吁将自行车放下说：“唉，这铁骡子真不轻呀，咱歇会儿再走吧。”黄继祖忙过来扶住车子说：“唉，你轻些，这可是宝贝，滚下坡咱可赔不起。”王自强说：“可不是，来，我也给咱护着点。”黄继龙展腰喘气高兴地说：“没想到郭镇长人这么大方，这大个宝贝疙瘩，说给咱就给咱。”继祖说：“镇长是个实诚人，不像有些当官的。”王自强趁机把蔫头耷脑打瞌睡的老母鸡往黄继祖怀里一塞，身子平躺，头往车座上一枕，舒服地长叹一口气：“唉，说到底咱还得谢咱杨支书，要不是他老人家领咱出去看世事，咱还瓜不唧唧以为二合塬就是全世界！”黄继祖说：“那是，这回好，我妈的鸡也回来了，我真想吼秦腔戏。”

黄继龙听得一伸脖子就唱道：

两狼山战胡儿天摇地动，

好男儿为国家不顾死生……

“继龙，你唱得真带劲！”王自强听得一激动，呼地坐起身说：“你弟兄两个是杨业、杨延昭，我王自强就凑合成杨文广吧。”“对呀，”黄继龙兴奋地说，“咱们要向二合塬的封闭与落后宣战了。这封闭、落后就是咱世世代代的强敌胡儿。”“谁说不是嘛，”王自强更来了精神头，“那咱们就要像人家杨家将抗胡儿，齐心协力为咱二合塬的发展做它几件赢人事情。继祖老兄你说呢？”黄继祖低头抚摸着怀里的芦花母鸡一时沉默不语。他正想着如何到木钵镇上开货栈发家的事情。他做事可不像弟弟黄继龙，母鸡下蛋一样好张扬，许多想法他嘴里不说，心里有数数哩。沉默不语的时候，继祖心里打的正是自家的小九九。他的心思别人猜不透，可他弟黄继龙心里还能不知晓。他这么自私有些像他大，只不过还不是碎嘴子。黄继龙大不咧咧、五马长枪的豪爽性格，倒是更像他爷。他爷在世时，最爱唱秦腔《杨家将》，黄继龙刚才那两句高潮戏，就是他爷的口头戏文。他爷还时常给他讲，杨家将英勇报国，世代忠良，满门忠烈。说是连同老家人杨洪、烧火丫环杨排风都是忠臣良将，一家子不分男女都是爱国英雄。每每说到此处，他爷就激动不已，眼睛里闪闪发光。说话的声音也变得有些发抖打颤：金沙滩一战，七郎八虎死的死、走的走，杨家将血染疆场，让人感动落泪。而杨门女将更是不简单，把杨家的忠勇爱国又提升一大步呀！他爷原本是庄稼人，只念过几年冬书，但是白识字的老汉记性过人，胸前时常还别一支金星老钢笔。别人看着他老人家有些不安分，但人家听书看书都能记得住。特别是根爷老犟驴唱皮影戏忘了词，每回都是他爷接上唱。于是他在人们心目中，竟成了二合塬最大的学问家。他爷还时常自称是秦人后代，说杨家将这是咱们秦人的骄傲！还说 1941 年中条山抗日，陕西十七路军有 800 抗日壮士弹尽粮绝被日本鬼子逼到黄河畔，他们个个宁死不屈，最后纷纷跳入黄河以身殉国，无一人投降当汉奸，说是再现了杨家将金沙滩抗胡儿那一幕。他爷还说，最后跳黄河的是一名掌旗手，说那掌旗手高举战旗，就是唱着那两句秦腔戏文跳下滚滚黄河的：两狼山战胡儿天摇地动，好男儿为国家不顾死生……他爷说到此，便要扯起喉咙唱，那声嘶力竭一声吼总是令人热泪汪汪。

想到此，黄继龙一时按奈不住自己的性子，便又将那两句戏文重复着高唱一遍。王自强也情不自禁地跟着他吼了起来。他哥继祖听得一惊，手一松，那芦花鸡竟然趁势就飞了起来，一下子落到了一丈开外。三个人都傻了眼，慌忙就去逮鸡。山坡上顿时乱作一团。鸡没抓住，三人倒滚成了土蛋蛋。“我的爷，这可咋办呀！”黄继祖站着直吆喝。王自强连说：“毕了，毕了！”黄继龙还是闷头穷追不舍。只见那母鸡像疯了一样，呱呱叫着直往塬畔上蹿。眼看着就要到秦家塬了，黄继龙就拼命地追，没过多大工夫果然就撵进了人家秦家塬村的地界。

说来也怪，这芦花母鸡蹿上塬顶的秦家塬村，它不往东头飞，也不向西头逃，剪直引着黄继龙直奔塬畔一家人而去。黄继龙累得实在抬不起腿。好在他撵得慢，那鸡也逃得慢，他追得紧，那鸡干脆就扑愣愣地连飞带跑走得急。王自强和黄继祖还在下面半坡上躺着喘大气，黄继龙则是满头大汗，腿软得连摔十几跤，弄得满身满脸的土，活脱脱一只泥猴子。他牛脾气上来了，嘴里一个劲儿地喊着秦腔道白：“大胆贼鸡，你你你，我看你哪里走，哪里逃！大胆贼鸡……”不觉得风声里却就传来一阵柔美动听的歌谣。黄继龙不由得伫足细听，竟然是个女人唱他熟悉的环县道情！是他奶生前喜欢唱的口头戏文。老人家每每坐在炕桌前剪窗花、捏面花，或是画皮影到了得意时，就会情不自禁地唱起这环县道情戏来。二合塬的男人就都不会唱，只有女人们会唱这委婉动听的环县道情。因为这原本就是人家秦家塬的村戏。二合塬的村戏是吼秦腔乱弹咣咣，别名也叫老腔。他爷说，“高亢老腔遇上柔顺的道情，那就是一段好姻缘来咧！”黄继龙想着有些心跳。咋地一进秦家塬，在这塬畔一家人的门外，就偏偏听到有女人细声细气地唱：

> 四月里来四月天，
> 塬畔上杏花儿粉团团，
> 公鸡就把个草鸡撵，
> 女娃子呀泪不干……

黄继龙心里原本还惦着赵寡妇那扣人心弦的酸曲儿。那年轻艳丽的女人名字就叫赵粉团，她也许是第一个不唱环县道情而好唱酸曲儿的秦家塬女人。他爹听说是有名的吹手，人称鬼子，其实是“龟子”二字，叫转音了就成了“鬼子”。方圆几十里埋人娶亲，响吹细打都得请他，据说通着阴阳两界，因此许多的人家都不愿意同鬼子结亲。只有鬼子同鬼子结亲。又听他爷说，“龟子”原本是西域的古国，念“秋子”。那里的女人都长得白净漂亮，因此贫家小户就不敢要这样的媳妇。白净妩媚的赵粉团到了二十四五还没有人上门提亲，就只好嫁给二合塬病病歪歪的杨三娃。杨三娃是老支书杨文忠的远房侄子。结果嫁过来没多久，杨三娃一蹬腿，赵粉团就成了寡妇。可她生性活泼多情，水汪汪一双大眼睛偏偏就看上了黄继龙。黄继龙也不知为啥就听着赵粉团唱的酸曲儿顺耳。他此刻被那芦花鸡整得又气又急，却远远站在人家墙外不敢吱声。芦花母鸡变本加厉，好像正是循着那环县道情而来，竟然落在院墙脊上，回头朝着黄继龙挑衅地叫。黄继龙当下又来了气，他故意停下脚步把脸朝向别处，脚下却铆足了劲准备来个老鹰扑鸡。不料想那母鸡陡然朝他反扑过来，翅膀刚巧扫到他的左眼角。黄继龙"啊"地一声，那母鸡趁机咯咯咯叫着竟飞进人家院子里。黄继龙抹着泪水直流的眼睛，急忙赶到人家门外，可怎么也睁不开双眼了。他用沾满泥土的手使劲地揉搓着眼眶，越揉眼睛越模糊。这当刻，他爷的声音又响起来：高亢老腔遇上柔顺道情，那就是一段好姻缘来咧！他爷的声音一出现，黄继龙的心就咚咚跳得厉害。此时院中那歌声戛然而止，门却吱地开了。他拼命睁开眼，眼前竟然是一双穿着绣花鞋的女人脚。鞋面上绣的是一对鸳鸯戏水图，其中的并蒂荷花开得好鲜艳。这是待嫁姑娘娃的鞋。鞋口小，把脚包裹得严严实实。听他奶说秦家塬的规矩就是这样。二合塬的姑娘娃可不穿这样精致的鞋。她们的脚整天要爬坡上沟吆驴放羊，鞋子就像是挫草筐，实在没有一点看头。如今这穿着绣花鞋的脚，就齐齐地摆在黄继龙眼目前儿，他的心早就跳到了嗓子眼儿。他赶紧把目光移开来，可又不由得就要往上移动，于是慌得不得了。一个多俊俏的大姑娘，正羞答答地站在你小伙儿面前里，手里提着那只还在挣扎的芦花鸡，正笑眯眯地瞅着他。"哎，你还愣着做啥？这不是你的鸡？"黄继龙忙说："是，就是呀，这该死的鸡，从半坡里直接蹿上来，害得我好苦呀！"姑娘听得哧哧地笑。黄继龙伸手要接鸡，那姑娘一侧身，用吊着长辫子的背身护住说："哎，先别忙，你一个大男人，连只鸡都逮不住，还怪人家鸡不听话，这咋说？"黄继龙红着脸支吾说："不是我追不上，是，是……""是啥嘛？看你吞吞吐吐，脸红得就像这鸡冠子。"黄继龙呼地更红了脸说："是，是鸡要往你家跑嘛。""你说啥？！"姑娘一下脸红了，"我家咋哩？刚才还怨鸡，这会儿又怪我家，什么理，什么人呀？"两人正斗嘴，就听窑里有人叫，"喜莲，跟谁说话哩。"姑娘脸更红，白生生的牙齿咬着红嘴唇。黄继龙瞅见一下动了心，就大着胆子问："你就叫李喜莲？""嗯，你咋知道？"喜莲问。"我们二合塬人都知道，李喜莲是秦家塬的村花嘛。"喜莲狠狠瞪他一眼，低头玩弄辫梢不再言声。黄继龙像喝了酒的关老爷，红着脸一时不知该咋办。李喜莲趁机偷偷打量他，见他浑身都是土，满脸都是泥，一下乐得嘻嘻笑个不住，赶忙把鸡往他手里一塞说："先别走！"就进屋取来了擦脸毛巾，还顺手端来一碗水。黄继龙心中大喜就来了胆，一边擦着脸，一边喝着水，一边就说："感谢你喜莲妹子，要不是你，这捣蛋鸡还不把我折腾到木钵镇上去。"李喜莲听得又是一阵咯咯地笑，笑得那么天真烂漫。黄继龙还从来没有听到过这么开心的笑，他就又想起了他爷那句话，便说："喜莲妹子，你环县道情唱得真好。"李喜莲抿抿嘴，不好意思地说："你老腔吼得也不赖呀。"继龙说："我那是胡吼哩，真正唱得好的人是我爷。""你爷是谁？"李喜莲认真地问。"我爷就是我爷嘛。"黄继龙老实回答。李喜莲又咯咯地笑了起来。窑里就又传出问话声，"喜莲，你和谁又说又笑？"喜莲说，"娘，是二合塬的人嘛。""二合塬谁么？""二合塬黄继龙。"这一回，是继龙自己冲着窑里回答。李喜莲听得，似乎显出惊异。"你就是继龙哥？""咋你叫我哥？""是呀，论起来咱们还是亲戚哩。你奶是我家姑婆。""那我更要感谢你了。""你这是出山卖鸡呀？鸡膀子要用绳绑嘛。""我不是去卖鸡，本来是靠鸡办点事情。""靠老母鸡办事？你可真有意思呀！"李喜莲又忍不住咯咯笑起来。"我不是让鸡办事，是想靠鸡办事，哎呀，反正事情办好了鸡也没用上。"黄继龙越说越乱，李喜莲笑得直不起腰了。黄继龙也挠头傻笑。那老母鸡凑热闹一样又扑腾着翅膀想飞，李喜莲赶忙收敛笑容说："好啦，不笑你啦！一会儿鸡飞了又怪我家地方不合适，对了，你在这里等等，我去一下就来。"说完转身奔窑洞而去，只留下一个苗条的背影和两条粗长的辫子在继龙眼里晃动。黄继龙怀抱母鸡正发愣，喜莲返身出来了，她手里捏了一截绳儿、一个装水的葫芦和两个大白蒸馍。

李喜莲爽快地将手里东西递过去，"给，这是绳子，把鸡翅膀绑住，这水你路上喝吧，二合塬还远着呢。这馍，你也拿上吃，不要说我们秦家塬人不待客。”说完就蹲下来帮着继龙把鸡绑住。继龙心里一阵暖融融，他爷的声音再度响起：高亢老腔遇上柔顺道情，那就是一段好姻缘来咧！

黄继龙心中一阵欣喜，抱起绑了翅膀的母鸡说：“喜莲妹子，谢谢你，以后到咱二合塬走亲戚，我请你吃羊羔肉臊子荞面饸饹。”李喜莲说：“你甭说大话，我要是到了二合塬，你可别问这女子是谁？”黄继龙说：“你放心，我认不得谁，也不会认不得喜莲妹子呀。”“那就好，再见啊！”说完这句话，黄继龙腿却迈不动。正当这时，一个老婆婆拄着拐杖出现在窑门口。那老妇人正是喜莲的母亲，腿疼卧炕已多年。李喜莲忙上前扶着她娘。老人家瞅着黄继龙，喜得眼睛眯成了一条缝。

五

太阳即将沉落西塬，殷红的晚霞映照下，二合塬上一片金色辉煌。黄继龙披着霞光，精神抖擞扛着自行车边走边吼老腔，王自强也就跟着吼起来。黄继祖抱着芦花母鸡，只是嘿嘿地抿着嘴笑，就像打板伴奏一样拉着下声：

自幼儿贩良马江湖游走，
入北番过绿林地理皆熟。
众伙伴将良马草坡喂守，
进城去会一会知己朋友。

这也是他爷时常挂在嘴上的唱词，《火焰驹》中马贩子艾谦长途

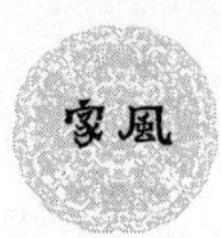

贩马的得意心理独白。黄继龙和王自强此刻也是得意地唱着，不知不觉就翻过了最后这道崾岘梁，眼瞅就要进村，却远远听见赵粉团唱着酸曲子《赶牲灵》，就像是要同他们故意争高低。

走头头那个骡子吆，
三盏盏那个灯，
哎呀赶牲灵那个人儿过来了，
你若是我那哥哥呀，
你就招一招手，
你若不是我那哥哥呀，
走你的那个路！

黄继龙此番听着，心里再也激动不起来，眼前却呈现出喜莲开朗天真的笑容，他的脸呼地一下烧到脖根上。幸好夕阳也是血红，他哥和自强没能看得出来。黄继祖说："继龙，咱这次到木钵镇可办了一件大事。我一路上想着，外面的世界真是精彩，我们可不能再傻呆在二合塬啦，要想办法出去打工赚钱，让咱大咱妈也能过上城里人的好光景。"王自强一拍大腿说："继祖哥说得太对了，树挪死，人挪活嘛，继龙你快给咱拿主意，要不咱们三个一起出去闯荡，我就不信闯不出一番大事业。"黄继龙沉吟半会儿说："唉，出去打工当然也是办法，可是如果我们都走了，闭塞落后的二合塬怎么办？郭镇长都说了，二合塬将来发展就靠咱们这些年轻人，可咱这里至今还没有一条像样的路？要不，我们想办法先修一条路，叫全村人都沿着这条路走出二合塬去。"王自强吃惊地问："什么？你还真要修路？从二合塬往外面修路？八沟十梁四面长坡，谈何容易啊！路修成怕是要等到猴年马月！"黄继祖说："再说这修路的事，也轮不到我们操心呀！

继龙呀，修路，修路，说话容易，做起来难呀。路要好修，公家早就给咱们投资修了！公家都修不起，咱们一无钱，二无权，拿什么来修？”“可不是，”王自强附和着继祖，“二合塬一穷二白的，哪有能力修路，我看还不如出去打工赚钱，等到赚了大钱，咱们再回来修路也不迟嘛！”黄继龙说：“打工赚钱？说起来容易，要是钱没有赚到，把修路也耽搁了呢？一穷二白咱不怕，我爷常说，一张白纸，好画画嘛。”“再甭提咱爷，咱爷一辈子光会讲空话！”“我就信咱爷的，”继龙固执地说，“只要咱们齐心协力，说服村里人，大家心往一搭想，劲往一搭使，一定能修出一条通往富裕的金光大道！哥，自强，咱们一起干吧！”

那二人都不再说话。各人还是想着自己的事，黄继龙动情的话等于没说。说话间太阳就要落下塬畔，周围气氛顿时沉重起来。

不料想，他们刚一进村，就听见周台王唢呐和汉台杨笛箫，一唱一和吹得正热闹。再一看，打麦场上黑压压聚了许多的人。黄继龙在人群里一眼就认出了喜笑颜开的老支书，还有他大和他妈，却是脸拉多长阴沉着。根爷老犟驴也拄着龙头拐杖站在那里翘着胡子顾盼哩。全村的男女老少几乎全都来了。赵粉团的红花衣衫显得格外醒目。路三娃厚着麻脸在她身边挤。连那些正坐月子的女人都包了头巾把月娃子抱出来了。原来是郭镇长早已同老支书通过电话，他老人家带领全村人在这里迎候他们哩。

“哎，你们快看，继龙肩上扛的啥些？”“那兴许就是自行车子吧！”“不对，人家那叫铁骡子，比咱驮水的叫驴还有劲。”麻子路三娃故意敲怪话，说着还瞅瞅赵粉团的脸，见人家没有反应，神情就有些尴尬。于是乎人们就把那两个轮子的自行车叫铁骡子。看到这阵势，听到这对话，黄继龙的心里甜得就像灌了蜂蜜。他心里对他爷说，我的爷，你孙子可给你老人家长脸了。这全村人异样的铁骡子，就是你孙子扛回来的呀。你老人家快睁眼看，众人都兴奋成啥样子啦！比那年你老人家从秦家塬背回转盘钢铧犁还稀罕哩。

黄继龙正得意地寻思着，就听老支书说：“继龙呀，你们辛苦啦！”老支书权威地迎上来，从他肩上接过自行车，在麦场上很老练地示范着推了一大圈，大家看得都着了迷。人们嘴里吱吱吱直赞叹。两个轱辘的车子哪里比得四条腿的驴骡好对付，会推着走一圈也是不容易呀！人们对老支书的钦佩又增加了几分。黄继龙特别留意根爷老犟驴的神情，只见老汉看得嘴都张圆了，眼睛瞪得就像驮着满桶水爬坡的驴。老支书表演完推车技还嫌不过瘾，就郑重其事对黄继龙说：“继龙呀，你们年轻人腰腿好，再说这自行车，咱老扛着推着不骑也不行，不能光让它骑咱们，咱们得骑它呀，你们说是不是？”王自强说：“对着哩，听说人家秦家塬人早都骑着自行车赶集了。”黄继龙说：“咱村里没路咋骑呀？人家城里人骑着自行车在大街小巷穿，咱骑上往哪走呀？”老支书说：“咱可以先在场院里转圈圈。”“场院里也能骑车子？”继龙一下来了精神。老支书说：“咋不行？”继祖说：“对！咱就在这麦场上学着骑。”人群里响起一阵欢腾声。周台王唢呐和汉台杨笛箫很知趣，顿时又开始联合奏乐了。呜哩哇啦一开奏，半大小子和光屁股娃们就停不住，扬脚踢腿开始扭秧歌，打麦场上就像举行隆重欢迎仪式一样，一片热烈喜庆气氛。

此时，月亮升起明晃晃，老支书就亲自指挥他们学着骑车子。还说过去生产队历来讲究搞夜战，咱们现如今骑车子也来他个连夜学。王自强自告奋勇先上马，头一个就被摔下来崴了脚脖子。黄继祖不服又上马，连摔三跤也泄了气。“哎呀！这玩意儿还真难驯服！真是铁铁骡子坏坏腰！”人群里开始出现了议论声。黄继龙在一旁仔细看，倒是看出点小门道。“哥！你先把鸡给咱抱上，看我咋个治服它。”他把住车子先不骑，像遛马驯驴一样就地推两圈。感觉车身往外倒，就把车把往回扳。感觉车子往里倒，就把车头往外拧。如此这般揣摩体会好一阵，沉稳冷静推了好几圈，车子开始听他话，众人都啧啧夸他能。支书看着笑眯眯点头表示很满意。

王自强看得手痒痒，忍着脚疼说："继龙哥，我稳住车子，你干脆朝上骑。"继龙说："行！等我骑上走开了，你就慢慢把手放开。""好！开始吧。"王自强帮黄继龙骑上车座子，就拼命推着跟上跑。全村人在后面悬起心地看热闹。黄继龙学着郭镇长的样子昂首挺胸蹬脚踏，车子就开始往前蹿。继龙激动地大声喊："自强你丢手！自强你丢手！"其实王自强早已松了手。黄继龙自信地骑着自行车在麦场里转圈子。全村人都跟着喊："成功了！成功了！继龙能骑铁骡子了！"他骑了一圈又一圈，骑了一圈又一圈，人们欢呼又鼓掌，王唢呐和杨笛箫一直不停齐奏《大排队》，那是娶媳妇新人被抬上坡进院门才奏的高潮调。赵粉团还随着锣鼓家伙唱起了《闹元宵》，路三娃骚情地给她拍手敲梆子，娃们些跟在后面秧歌扭得更欢实。黄继龙感觉自己就像是闹秧歌领路伞头。走完了花场子，人们围成一大圈，只有他立在中心点。于是他悠闲地骑在车子上，开口就唱一段《摆旱船》：

我叫黄继龙，
二合塬上停。
出外去散心，
远望环江城。
猛然抬头看，
来了一只船。
船舱里就坐着一个花大姐，
哎呀实实个爱死人！

“好！”大家热烈地鼓掌喝彩。黄继龙更加得意。可是当他就要再来一曲链子嘴夸夸这铁骡子时，身子却失了平衡。王自强一看急了眼，赶忙上前搭手扶，不料黄继龙急中生智腿一撑，竟自如地迈腿下了车子。老支书高兴地拍着继龙的肩膀说：“继龙呀，你真行！你是咱二合塬学会骑自行车的第一人，我代表党支部和村委会决定，车子今后就由你来保管。”王自强带头先鼓掌，黄继祖也高兴得合不拢嘴。继龙再看那根爷老犟驴，老汉这回可服了，正像个碎娃一样带头拍手叫好哩。黄继龙故意走到他近前，逗他说：“根爷呀，这回总该信了吧。”老汉说：“信信信，我侄孙子说话有母哩。”王自强说：“光说信可不行呀，还得说话算数哩。”“算数，算数，”老汉赶忙说，“从明黑开始，我给咱连唱三场皮影戏。”众人又是一阵欢呼。二合塬的热闹惊动了对过的秦家塬。连月亮也兴得停下不想走了。

六

夜深了，人散了。黄继龙兴奋又困乏，他推着自行车子一路用心同他爷说着心里话，正要进家门，却发现门从里面插住了。敲老半天也没人来开门，他知道是爹娘还在生他和继祖哥的气，无奈只好把车子靠在院墙上，蹲在门口抱头等。等了好大一阵子，还是不见有动静。他就又开始敲门，梆梆梆，梆梆梆，敲了半回，还是没人理。继龙手下就带了气，敲得全村人都好像听见了。静夜中的敲门声，传得好远好远些。里面的两个大大终于沉不住气，门就呼啦一声打开了。黄继龙抬头看，他大他妈怒气冲冲站在门里瞪着他。黄继龙结结巴巴说：“大，妈，你，你们怎么还不回窑歇着？”他大没好气说：“回窑？你还知道回窑呀！你这不学好的败家子，你爷在世白心疼你啦！眼瞅着偷了家里的鸡不说，还从外边弄回来这么个没用的倒霉货，看我今天不打死你才怪呢！”说着老汉就抡起手里的长杆子烟袋，照着继龙屁股就抡开了。黄继龙急忙往后躲。他娘拉住他爹说：“继龙呀，还不赶紧给你爹认错回话些。”黄继龙牛劲上来了，只是扭着脖子不说话。他大越发来了气，烟袋举得高下手更狠啦。一旁的黄继祖慌忙挡在继龙前面说：“大，你老人家别生气，我们既没有偷也没有抢，鸡不是好好地在这里嘛。”说着把怀里的母鸡放开来，那芦花鸡便咕咕叫着朝门里跑进去。他妈一下高兴了，说：“他大这就没事啦。”他大一见鸡没丢，气就消了一大半，便冲着黄继祖问：“继祖，你是当哥的，你得给老子说实话，这烂烂铁疙瘩怪物是从哪里弄来的？该不是偷人家的吧？”黄继祖急忙摆手说：“不不不，好大哩，咱二合塬黄家世代都是正经人，咋还会干那事情。”黄继龙赌气说：“对，就是偷人家的，是偷郭镇长的。”“你说啥？！”他大吃惊道：“偷镇上郭镇长的？！好你个毛头冤家，真是胆大包天，竟敢到镇长家里行窃！”闻讯赶来的王自强再也忍不住，急忙说：“好我黄叔哩，我们是借可不是偷。”他大狠狠瞪自强一眼：“哼，这么个破铁玩意儿，会有啥用场？”自强说：“嘿，好我叔哩，这东西用场可大着哩！它是个交通工具，人骑上赶路比毛驴子快得多！”“毛驴子能下塬驮水，它能驮吗？”他爹反问。黄继祖说：“对，能驮。”他爹一听又来了气：“能驮个屌！”听到吵架声，老支书不知啥时候也来了，说：“老黄兄弟呀，你甭动气，继龙娃借回来这辆自行车还真有用，郭镇长电话上给我讲得好，说是先让村里人开开眼，人家城里人上班都骑它呢，骑着走得快还能捎东西。你以后进城你儿就可以用自行车捎你啦！那多便当。”他爹说：“咳！咱二合塬那号牛羊都怕走的烂烂路，谁骑车子往沟里送？我才不挨那洋挫呢。”他的话惹得大家一阵笑。这时候，一贯好凑热闹的根爷也来了。他把手里的驴缰绳搭在自己脖项上，凑过去仔细端详那自行车，一边看，还一边小心翼翼地摸。黄继龙见他大消了气，就赶紧说："大，为了能走自行车，我想着给咱二合塬修一条路！到时候，骑上车子带你去木钵镇上逛一回。"他大说："你去去去！这娃！在众人面前又说胡话，修路又不是吼老腔唱乱弹，就不怕人听着笑掉大牙！开口闭口修路修路，你以为修路就那么容易？多少朝代了，多少年月了，咱二合塬没修成一条出山的路……"老支书说："哎哎，我说老黄兄弟，先别教训娃，你听娃们把话说完嘛。""好好，支书让你说，那你就说嘛。"黄继龙说："我们把自行车从镇长那里借来，就是想让乡亲们开开眼界，长长见识，要是我们二合塬有条路通向山外，我们村上人就都能骑上自行车赶集，山货也能运出去，乡亲们就有了赚钱的门道……老支书，你说，我这修路的想法对也不对？"支书说："太对了！"一旁的根爷"老犟驴"听了忍不住哈哈嘲笑，冲着黄继龙说："好娃呢，我活了快八十了，还没听说养驴养马不用吃草就能干活的？再说，咱二合塬人祖祖辈辈靠腿走路，凭驴驮水，走的都是羊肠道，山崖上想修路？可能吗？娃呀，你怕是大白天说梦话，脑子缺根弦呀。"黄继龙说："根爷，你甭嘲笑，要是有路，用这自行车的后座装运东西，保证比你那花叫驴要驮得快，也省事得多。"根爷不以为然挥挥手："行了吧！瓜娃别在这里犟嘴了，有这闲工夫干脆跟我学唱皮影戏，再不就好好跟着你大到地里把庄稼作务好，再帮你大多养几头毛驴子，比你胡张狂强，大伙儿说是不是？"路三娃火上泼油说："咋不是，哎，我说继龙兄弟，人家根爷说得对，二合塬人祖辈都这样过来了，还是安心种庄稼是正经。看来这铁骡子是个玩物，会骑也没用，不能干活，更不能当饭吃！"路三说着，一双碎眼直朝隔壁瞅，众人这才发现赵寡妇正在墙头望着黄继龙。继龙他爹没好气地说："走！回窑去！明儿个一早还要下地种玉米哩！"

第四章

一

二合塬老窑里的光景其实也难熬，好在人们生活的期望值原本定得就很低。庄稼人的命就连着两个字——吃和穿。冬天，滴水成冰时，全家人可以捂在一床棉被里。一条棉裤一件老羊皮袄轮流穿着出门。春荒时节，一条命就只靠一碗饭。只要有一口吃的，人们就心满意足，老腔就照样吼，环县道情就照样唱，唢呐笛箫就照样吹，窗花、面花就照样剪、照样捏，皮影子戏就照样看。这不，因为黄继龙他们果然请回铁骡子的事，根爷老犟驴不食言，老汉翘起胡子手忙脚乱一连要了三晚上。村里人可是美美享受了三晚上皮影。老汉要开了皮影戏，可就变成了另外一个人。性子也不犟，说话也不倔，时而是行云流水，时而是大漠高山，时而是百花怡人，时而更像哲人醒世。人们看着听着，发自内心的笑声和感动，自省与寻思就不断。根爷老犟驴的皮影戏，都是正宗八百的内容：《三国演义》《西游记》，还有《杨家将》《白蛇传》《西厢记》《桃花扇》，一本一本的，不是满门英烈忠君报国，就是才子佳人爱情专一，不是相公勤学求取功名，就是弃恶扬善宣扬善恶报应。用根爷的话说，他唱的都是正经戏文，都是寓教于乐，劝人向善。"文革"中也有人说根爷是四旧，是宣扬封建思想，根爷气得胡子翘起老高，说他不觉得自己这有什么落后或不时兴，他觉得有些东西是需要永远坚守的。就像人不能忘了自己是人，是人就得讲人性，讲德行。他说只有如此，二合塬人的精神世界，才能保持一片飘着信天游的澄澈蓝天。唱戏这几天，麻脸路三娃同那老人家形影不离的花脸叫驴一样，是根爷的铁杆粉丝。根爷唱戏，他永远都是端茶递水、敲梆子、扛道具，紧火了还放开嗓子拉几句下声。总之，从开台锣鼓到鸣金息鼓，他总是守在台前台后。有时需敲鼓，他就忙敲鼓，有时要敲锣，他就忙敲锣。人都说他是根爷的入门弟子，他也就乐得承认。其实根爷对他也不是没有看法。老汉嫌他人长得太丑，老汉嫌他嘴太多，老汉嫌他眼太活，老汉嫌他身子太懒。总之，他不是个本分庄稼人。根爷老犟驴说，耍皮影戏的人，先得是个好庄户头，农村人不嫌弃，你的戏才有人捧场。他说这话时，常常就夸黄继龙，说黄继龙要是愿意跟他学耍皮影，他就正式收徒呀。可惜继龙爱唱秧歌，却对学皮影戏没兴趣，眼下又骑那铁骡子，张罗着修路入了迷。

这些日子，二合塬上由黄继龙扛回来的"铁骡子"引起的一场闹腾尚未平息，春荒的艰难又使人们愁眉不展。又是一年春旱！一连几十天不落一星儿雨，干热风由北边远处的鄂尔多斯高原和毛乌苏沙漠吹来，把一层厚厚的尘沙覆盖在原面上，人们的眼前便灰蒙蒙的发黄，远近瞅着都是毫无生气的令人发愁。吆牛扶犁的人们发现，地里的干土层接住了硬地层，犁铧翻出的统统全是干土。如此庄稼就种不到地里去，种下去也不会出苗。庄稼人的脸，就一个个失去了笑容，每一条皱纹也都像这眼前水土流失严重的残塬一般，组合成一幅愁苦的图案，看着令人犯难，更叫人无奈。

夜深了，黄继龙全家人躺在炕上全都睡不着。他妈说："他大，窑里眼瞅又要断粮了，咋办哩？"黄继龙他爹半晌无语，只听见衣柜上的钟表滴答滴答走得烦人。"唉，这青黄不接时节，全村人都得勒紧裤带，我能有啥办法？"他爹说，"省着吃吧，还是老习惯，忙时吃干，闲时吃稀，赶明儿我到村里串串门，看能不能借个一升半斗的。"他大说毕，半晌无人接话茬。他妈长叹一口气，还能再说什么。继龙此刻还是想着他那修路的心事，好像缺粮断顿与自己无关。过了好一阵子，他哥继祖说："大，眼下怕不好借，借粮不如逃口，过两天我准备到木钵镇上打工去，要是能赚到钱，就量些包谷回来。继龙，要不咱一起走？”黄继龙说：“我不去，我得留下跟爹种地，再说还要张罗修路哩。”他爹生气说：“你留在窑里干活倒是正事，再甭提修路的事，免得人说咱是胡吹冒聊！”

黄继龙撅嘴瞪眼，一时无语。他心里又怀念他爷，眼睛不由得就朝那老窑缝子里瞅。果然就见那多日没现形的长虫伸出头来用小眼睛盯着自己。他心中便一阵激动，情不自禁地就在心里唤着，爷呀爷呀！那牲灵竟然会意地吐了吐长舌信子。黄继龙心中一阵委屈，就像果真见到他爷一样鼻子一酸，眼睛就模糊了。好在油灯昏暗，全家人都没有注意到这。黄继龙就在心中同他爷说话，他把自己执意要修路而全家都不赞成的事情告诉他爷，要他老人家给自己拿个主意。临了心里就说：“爷呀，你要是也不同意，你就不要再闪面理你孙子，你要支持你孙子，你就伸一伸舌头让你孙子看看。”说完就瞪着眼睛焦急地瞅着窑顶那道黑缝。过了好一阵子没有动静，黄继龙心中渐渐凉了下来。正当他有些失望，突然就见那长虫又一次吐出了鲜红的舌信子。黄继龙顿时眼前一亮，心中涌起一股热流，感到自己浑身都充满了力量。他爷在他的心中仍然还是一尊活着的偶像，仍然还是一根无可替代的定海神针。这一夜，好几天都没睡好觉的黄继龙睡得很香。他梦见老窑缝子里的长虫，化作了自己要修的那条路，转眼之间又变成了一条龙在天空中飞舞。自己骑在龙背上飞到了木钵镇，飞到了环江县城，在身后紧紧搂着自己腰的人，竟然就是李喜莲……

二

这天一早，黄家男人都起身准备下地的农具，他妈早早地燃火烧汤。风箱呼嗒呼嗒地响着，像唱戏的前奏，像皮影戏的开台锣鼓。这家家户户动听的音乐，宣告了一天忙碌日子的开始。此刻就听见有人敲门，继祖赶紧去开院门。老支书进门说：“都在哩？”他大说：“嗯，支书你来咧，坐。继龙，快去倒碗煎水。”老支书摆手说：“不倒了，我是来通知你们开会。继龙继祖兄弟俩今天早些收工，到庙前里参加会议，竞选村民组长。继祖继龙，你们都经过外出培训了，去参加竞选吧！”他爹惊异地问：“支书，他们能行？”老支书说：“咋不行，放心吧，让娃们闯一闯有好处。”他大无奈只得说：“你说行就行。”

傍晚，日头快下山了，晒了一天太阳，庙前麦场上暖堂堂的。村上临时布置了会场：一张桌子，两条凳子，算是主席台。老支书兼村长的杨文忠嘴里咬着旱烟袋和手中总是握一支笔的村会计兼文书路二娃分别坐在凳子上。男男女女的村民们围在四周，有的立着，有的蹴着，有的干脆盘腿坐着。抽烟的，逮虱的，梳头的，抠脚指头缝的，搓汗泥卷儿的，做针线活的，大声闲聊的，小声传谣的，伸手在裤裆里乱摸的，背靠在老槐树上蹭痒痒的，抠眼屎的，掏耳朵的，剔牙缝的，还有哼哼唧唧唱曲子的，挤眉弄眼打情骂俏的。松松宽宽、热热闹闹，好像各家的日子都好过得舒坦安逸了不得。这是山塬农民聚在一起的乐子，更是他们自由自在生存的状态。他们时常有一句话挂在嘴上：穷乐活，富忧愁，庄户人不兴怕干尿！于是，很快就有人吼开了乱弹咣咣。根爷老犟驴就再也忍不住成了主角。吼乱弹是秦腔中胡子生的即兴表演，无需打板伴奏，词也是根据需要现编现唱，众人就跟着拉下声附和，形成了有领有和的自由演唱形式，俗称老腔。今天根爷的领唱词语，自然与竞选村民组长有关。于是他老人家就用老毛毛声唱道：

红日头高照咱二合古塬，

打麦场根爷我吼开乱弹。

周台组今日要竞选组长，

好比那外国人选举议员。

什么人当组长咱心中有数，

有文化有公心不讲私情……

人们重复强调着根爷唱词句末的关键词。没有人指挥，也不需要打板领衔，麦场上竟然就形成了异常统一的群情的漩涡。连老支书杨文忠也都情不自禁随着大伙儿唱了起来。欢乐与凝重使每个人都融入了一种集体仪式般的庄严之中。这是乡规民约中不曾见到的约定俗成的乡间成规。千百年逐渐积淀成了一种文化的存在，无形中对人们的精神形成制约与导引的凝聚力量。有时候，家庭内部或是两家人乃至户族之间有了矛盾，人们还会用这种唱老腔的形式讲理说和。人们亲切地把这种自发自娱的说唱形式称之为“搅团老腔”。眼下这搅团老腔，唱得可真带劲。有人开始举起烟袋敲开了板凳，更多的人则拍手打着铿锵的节拍。顷刻之间，男女老少全都陶醉其中，整个周台村都在那慷慨激昂的吼声中酣醉不醒。老腔就像是一坛醇厚陈酿，人们一张口，就都感到了陶然绵香。唱到后来，根爷站了起身，黄继龙也不由得同他老人家对唱起来。这是老腔进入高潮的标志，对唱的内容由不同渐渐变为相同，就像是两条河流终于汇集在一起。终于，人们忘情的欢呼声淹没了领唱者的嗓音。

艰苦环境中的山民们，他们真还不晓得人家大平原和城镇上的人们日子有多便当，更不晓得天底下眼下有钱人吃饭睡觉是个什么状况，什么滋味。二合塬人就着大蒜吃一碗荞面饸饹，再唱着解馋解气的搅团老腔，那就是神仙过的浪漫舒心日子。说到底，塬上至今还真没有什么令人眼红的富户。自从土改分了路家地主的土地，又先后成立了互助组和初级、高级农业合作社，大家的日子就都没了贫富的区别。人民公社时期吃大锅饭是这样，后来“一平二调”刮共产风更是如此。

直等到包产到户，其实也就是分田单干，各家种各家的土地，各户过各户的小日子，贫富也还是没有多大差别。几十年了，村里还是依照老习惯，一户蒸馍全村都蒸馍，一户压饸饹全村都压饸饹。村里不幸摔死一头老牛，全村人阴沉着脸都分吃牛肉。谁家过事杀一只羊，全村人兴高采烈都喝羊汤。如此，这就是二合塬人引为自豪的“共产主义”。因此，在大伙儿看来，谁当村组长还不是都一样，庄稼还要自己种，日子还要自己熬，各人头上的秃痂子终归还是要自己挠嘛！

杨支书见人到齐，老腔也都唱够了，便从容地把嘴里的烟锅拔出来在鞋底上磕磕，威严地咳嗽了一声，会场顿时安静下来。他慢慢站起来，用眼光扫视一下会场，严肃地说：“都来咧？咱开会。”会场鸦雀无声。“咱们二合塬在全镇是最落后的行政村。”几十年了，这是二合塬最权威的声音，没有人敢挑战或轻视的声音。“大伙儿都知道，麦场上静得能听见风走。说白了是我这支书兼村长没干好，拖累了大家。另外，就是村民组长也不甚强，影响了发展。今天按照镇上统一要求，公开选举村民组长，村上决定先在咱周台组开选，要选有文化有头脑的年轻人来带领大家勤劳致富，周台搞好了，就能把全村带起来。用镇上郭镇长的话说，不能再让二合塬拖全镇工作的后腿啦！我希望咱们周台组这回能给全村带个好头，选个好组长。大家可以先酝酿，看选谁合适。”

支书话说完，下面就发出一阵嗡嗡声。老支书开始装烟、点烟、吸烟。村文书路二娃，也就是路三娃他哥，开始忙着给大家发选票——一张张手裁的废报纸条儿。他态度严肃，举止沉稳。有女人就议论说：“真是一娘生九种，九种不一般呀。他兄弟轻浮张狂，人家他哥却沉稳把握，说话办事有板有眼的。”路文书听见装作没听见，引导大家说：“咱周台年轻人不少，有文化能干事的也不少，选个好组长我看不难。”“对，我哥……不对，是路文书说得对！”人们看时，他兄弟路三娃嬉皮笑脸站在碌碡上用大拇指顶着自己的光头说："比方说我吧，路三娃，就是个人才，大家要选我当组长，我保证把周台组搞成全村并列第一。"他的话，引来满场子哄笑。根爷故意问："并列第一，那到底是第几？""你老算嘛，"他说，"咱二合塬总共两个组，并列第一能是第几？""对咧对咧，你再甭耍嘴皮子丢人现眼了，谁不知道你能吃多少屙多少。"根爷说："我看王自强外娃不错，可惜不是周台人，还有黄继龙、黄继祖兄弟两个也都合适。"听根爷这么一念叨，就有人附和说，"对呀，人家还参加了木钵镇积极分子考察培训。""我看大刚、柱子也都能行！""对呀，这两娃本分能干，庄稼活都是好把式。""对，我也看大刚这小伙子能行。""我看还是黄继龙全面。人家能骑自行车，还会唱秧歌当伞头，吼老腔也是把式。""当组长又不是耍杂技，得能干，不是要骑要扭要吼的。""骑自行车有啥用，那又不能当饭吃……"人们议论纷纷，麦场上一片乱哄哄的热闹。

三

民主推选村小组组长，是大事情，以往都是由支书一个人指定，如今由村民直选，可是新生事物呀！头天晚上主要是议论，议论出结果，第二天上午接着开会。文书路二一大早沿街通知了好几遍，可就是开不起来，你来了他走了，无耐杨支书请根爷就在碌碡上吼几声老腔，这还真管用。根爷盼不得这宣泄之机。他把花叫驴栓在碌碡上，人站上去，清一清嗓子吼叫道："出事了，出事了，周台要出圣人了！出事了，出事了，周台要出圣人了！"老汉声拉得老长，叫驴也跟着哇呜哇呜叫起来。

人们听得，这才纷纷到场上看热闹，会才开起来。太阳光线开始有些烤灼，人们就不自觉地往麦草垛子后边躲藏。连根爷的花叫驴和赶来凑热闹的黄继龙家的鸡、柱子家的猪都往人堆里拱。就有人用脚踢，骂它们畜生没眼色、不知趣。其实人们有所不知，这地方在平时这会儿正是鸡猪猫狗的天下，人都上地劳动了，谁有工夫到庙前闲转。此刻，人占了动物的游乐天地，自然也就打破了和谐。会场因此起了一阵骚动。有人站起来显出要离开的样子。这当刻，老支书一直眯着眼睛抽旱烟，抽得自己头顶上云蒸雾罩，看着很有几分焦虑气氛。这时，路二娃在他耳边悄声嘀咕了几句，老人家又一次习惯地抬起右腿，将烟锅在鞋底上磕磕说："今儿个，大家可得无论如何选举出一个人来当组长，票夜儿个已经发给大家了，上面写谁都可以。不会写字的，可以让路文书代写。"人堆里就有人说，票早不见了，要求再发一遍。路二娃面有难色。支书想了想说："那好，以今天发的票为准。"说着从衣兜里掏出一把炒黑豆递给路文书，让发给大伙儿。说从前边区政府选举就用过这扔豆子的办法。给候选人身后放一个碗，投票的人同意谁，就在谁身后碗里丢一个豆子。

老支书话音刚落，麻脸路三娃却站起来说："杨支书，先不能投票，听说这竞选还得本人演讲，刚才不少人不是都提到黄继祖吗，我看先就让继祖说说嘛。"老支书起先一愣，随即点头说："也好，继祖，发扬民主，那你就说说吧。"

黄继祖站起来说："感谢众人抬爱，我自从参加了木钵镇培训，就一直想着要外出打工，我觉得咱二合塬实在太穷太落后，我想要是村上年轻人都到外面打工赚钱，然后把钱寄回村，改善各家的生活，这比在村里种庄稼要强。"

平日不善言辞的黄继祖一席话，如同腊月天给老支书当头泼了一瓢凉水。老汉的脸一下白了，他知道上了路三娃的当，便求救一样把眼光投向黄继龙。黄继龙却在那里低头想心事，他哥说话他根本就没听。

会场陷入了僵局，路三娃得意地看着老支书。老支书的脸上挂不住了，说："怎么，年轻人都想外出打工？有没有人愿意站出来像人家穆桂英主动请缨？"会场上仍然沉默。老支书生气了，用烟袋杆指着人群说："哎呀，我说你们这些年轻人，难道个个都是老绵羊？难道就没有一条敢咬狼的狗娃子？咱先不说为二合塬如何如何着想，总得为你们周台村着想嘛，我就不信你们都甘愿咱周台一辈子落人之后吧？"老人家说着忍不住用铜头烟锅嘣嘣嘣地敲打着桌腿子。

黄继龙这才抬起头，看到老支书生气的样子，正想开口说话，路三娃又抢着说："哎！老支书，先别动气嘛，你不是常说，年轻人要有远大志向，我路三娃要当就当二合塬村主任，一个村小组长有什么意思？还不如出去打工逍遥自在。""三娃，你少说两句谁会当你是哑巴！"他哥训斥他说。老支书气得变脸失色，一屁股坐在凳子上直喘粗气，随即又忍不住瞅了黄继龙一眼。黄继龙便站起来说："老支书，我也去参加培训了，看到了山外的世事。与人家木钵镇相比，咱二合塬确实是落后，但落后光景也得过呀，担子再重也得有人担嘛，要不这个村小组长我来当？"他话还没说毕，他哥就说："继龙，你可不要说胡话，那组长你能干了？"老支书忙说："继祖你甭吭声，叫继龙把话说完嘛。"继龙说："我是没多大本事，可我想和大家一起努力，把咱们的二合塬建设得更加美好！""这就对咧！"老支书高兴得一拍大腿说："好呀，这才像个有志向的年轻人！咬人不咬人，先把尾巴给我翘起来嘛。"众人都哄地笑了。老支书说："大伙儿先甭笑，你们先表个态，也不用投票了，同意黄继龙当咱周台村组长的举手！""举啥手哩，同意嘛，咋不同意！"根爷和村里几位长者都说。还有人说，"现在的年轻人都不怕婆烦，组长总得有人当嘛。""就是呀，再说继龙兄弟不错，有能力，人也实诚，我们真满心赞成！"生性豪爽的大刚站起来一挥手说："继龙当周台组长，我举双手赞成！""我赞成！""我也赞成！”不少人跟着喊道。老支书高兴地眯缝着眼说：“嗯，好！看来多数人同意黄继龙？”路文书问：“支书，干脆举手表决吧！”老支书痛快地说：“也行。同意黄继龙当周台村民小组组长的举手。”只听“哗”地一声举起一大片手。老支书故意指着路三娃问：“三娃，你咋不举手？”路三娃说：“哼，黄继龙是个能不够，还想落个全票当选？我偏不同意！”大刚呼地站起来说：“哎，麻脸三娃，你咋这么说话？难怪人都把你叫搅屎棍棍，原来你一肚子草屎！”路三娃说：“你给老子才一肚子草屎哩！”身胚高大的大刚冲到瘦小的路三娃面前，当胸就是一拳。路三娃被打了个尿朝天，却就势抓住了大刚的领口，二人随即扭作一团。大刚媳妇凤仙和路二娃赶紧上去拉架，可哪里还拉得开。紧火处只听老支书厉声道：“住手！ 都给我蹴下！”三娃、大刚这才蹴着不动了。凤仙一时还不知自己该站还是该蹴，正犹豫着，就听老支书大声说：“开着会竟然动手，反了你们了！”会场重新安静。凤仙显然是觉得男人动手自己也有责任，就随着大刚蹴在了地上。老支书看见说：“凤仙，你不用蹴，他们打架与你啥事？现在我宣布，黄继龙同志当选二合塬行政村周台村民小组组长！”老支书带头鼓掌，人们也跟着鼓掌。会场上的气氛缓和下来。掌声落定，老支书又说：“继龙，你表示个态度吧！”黄继龙红着脸说：“老支书，这个组长我当，不过，我还有个前提条件……”老支书心里格登一下，急忙问：“啥条件？”众人也都瞪起眼睛看他。黄继龙说：“杨支书，如果我当组长，还是想率领大家修一条通往山外的路，你可要支持我。”

路三娃站起来说：“看咋着哩，我知道他一上台准要成这个精！”老支书沉思了一会儿说：“唉，继龙，我不是不支持你，是困难太大呀，这修路，是说一句话的事吗？”黄继龙执拗地说：“支书，只要你把修路这事定下，我有办法，哪怕一天修一寸，总有一天能修通！”老支书为难地说：“那你当上组长慢慢修吧。”

四

爷呀，你孙子当周台组长了，这回修路可有了指望！黄继龙当晚激动得睡不着。月光透过窑窗恰巧就照在那窑缝子上，那神秘的长虫就不时地探出舌尖子张望，黄继龙就认为是他爷又显灵。他兴奋地同他爷拉了半晚上悄悄话。在他看来，这当选组长正是他爷在冥冥之中佑护自己哩。他很感激他爷。说来也怪，那长虫也就大半夜不声不响地陪伴在那里，好几次还把头伸出来用一双小而尖的眼睛瞄着黄继龙。

黄继龙当选周台村民小组组长，他大是暗里高兴明着犯愁。高兴的是组长就像个桩桩把他娃牢牢拴在了二合塬，犯愁的是他当着全村人说大话，宣布什么修路计划，这连老支书都不敢支持他呀。这天一早，他大从村里王老五家借了一斗包谷。黄继龙没有上地，他大独自个赶着毛驴子往地里送粪，他就帮着他妈推碾子压包谷糁子。他妈头上顶着帕子，搧着簸箕说：“继龙呀，不是你大说你，你可得稳当呀。年轻人闯路哩，如今当了周台组长，说话办事可要稳稳当当。你看人家杨支书，当了那么多年的村干部，从来也不说办不成的事。有一说一，有二说二。”继龙说：“妈，你说得对，我也是有一说一，有二说二呀。你儿我心里就是一心想着要修路，要是不为修这路，我才不当这烂组长哩！你没听戏文里唱的，当官不为民做主，不如回家卖红薯。”他妈说：“那好，妈说不过你，反正你得脚踏实地，不要到时候办不成丢人背信。”

母子正说话，犟驴根爷牵着花叫驴路过。黄继龙友好地问：“根爷，你吃了？”根爷阴阳怪气瞪眼说：“哎，黄大组长，今儿咋没骑你那铁骡子呀？”继龙说：“咳！咱这山路又窄又陡，不上坡就下坡，车子不好骑呀！”“哈哈！”根爷说：“看来，你那铁骡子哪里比得我这毛驴子能耐呀。”继龙说：“根爷，那咱这路要是修通了，你这毛驴不就更能耐了？”根爷眼一瞪，说：“什么？你还是想着修路？哎，小伙子，上了台还是先干点正事吧！”“难道修路就不是正事？”继龙瞅瞅他妈，急了，“哎，我说根爷，这路我修定了！你老人家别再给我泼凉水、制造障碍行不行？”“咳！我老汉家能制造个啥障碍？要说有私心，我只是想收你当徒弟学唱皮影戏。”继龙说：“唱皮影戏有路三娃嘛。”老汉一听躁了：“你再甭提那货，我问你，你是铁了心非得领着大伙儿瞎折腾不可？”继龙说：“为咱二合塬人修一条致富路，咋就是瞎折腾？”根爷仰天长叹说：“哎！老天爷，完了！完了！这娃鬼迷了心窍，二合塬人要遭殃了！”随即转身就走。

黄继龙冲着老汉背影说：“哎，你老汉甭在这儿发神经，我黄继龙就是挣死、要饭，也非得修这路不可！”根爷扭回头，气得白胡子发抖，说：“你娃敢打赌吗？”黄继龙说：“我咋不敢？”

这时候，路三娃不知从哪里钻出来问：“哎，你们打啥赌？”根爷没好气说：“马槽上啥时伸进个驴嘴些！我和黄大组长打赌，与你屎相干！你这不是拉屎努得屎动弹？”路三娃厚着脸说：“嘿嘿根爷，打赌没有证人不行呀，你们先说咋个赌法？”黄继龙说：“根爷，你先说吧。”根爷说：“你要是真能在咱二合塬修成一条能行架子车的路，我这头毛驴子归你。”黄继龙说：“能行，那不等于要了你老汉的命？”“那路要是修不成呢？”根爷问。路三娃抢先说：“那赵寡妇就归我了！”根爷举起手里的拐杖就打，吓得路三娃拔腿便跑。黄继龙笑着说：“我要输了，那辆自行车就归你孙子！”根爷说：“我可不要那没用项的铁疙瘩。”“那你要啥？”根爷说：“输了你乖乖跟我学唱皮影戏！”黄继龙说：“行！”他娘在一旁听得紧皱眉头却抿嘴直苦笑。路三娃却说：“根爷，你不收我当徒弟，我捣乱叫你老汉收不成徒弟，你信不信？”根爷说：“呸，你个搅屎棍子，你敢捣乱看我不打断你的腿些！”

五

太阳眼看越过头顶了，黄继龙背着一个装满山货的黑毛口袋，满头大汗爬坡赶路。这样的毛口袋平常二合塬人原本都是用驴驮的，可他这次出远门跟他大闹了别扭，加之春播正忙，家里种地驮水也实在离不开毛驴子，他就自己背着毛口袋上路了。没成想背上这负担远比他的性子还要硬气，没等他走下塬坡，就累得气喘吁吁了。但他不敢叫自己停下脚步，因为一旦停下来，就有可能再也背不起这一口袋装满杏仁、桃仁、甘草和野枸杞的山货口袋。再说他这回出远门他妈也不知晓，因此没有预备干粮。他临出门是悄悄顺手在院里窗台上捡了十来个尚未熟透的火晶柿子，走得实在迈不动脚步，就停下来啃一个硬柿子为自己加油。好在那钉硬的甜柿子还真管用，吃了不饥又不渴，腿下也就有了力气。他一边走，一边望天瞅地，越发感到自己渺小无奈。就想象着，自己就是天地之间一粒碎豌豆，天空与大地就像是一盘旋转的大磨子，碎豌豆在其中被磨压，也是被考验着。他深知，如果自己一松气、一服软，定会粉身碎骨。于是他心中就硬是替自己鼓着一口气……另外自己决心修路，也就像这负重赶长路，家里人和村里人的不理解和反对，也就像是一盘磨子……继龙呀，你可要挺得住呀！如此想着，他竟然忘记了沉重与疲劳，脚下逐渐走得来了精神。他渐渐又觉着，自己倒更像是一粒他爷精心培育呵护过的种子，眼下终于要破土，要在干旱苦焦的老塬上顶开坚硬的泥土了，要顽强地战胜严寒与干旱，伸出脑袋看到希望的太阳了……爷，你孙子这就要长大出头了，长成真正的一条塬上汉子，长成一棵像爷一样不怕风吹雨打的杜梨树呀！可以拉板，可以顶窑，可以斫耩子，可以顶天立地当栋梁呀！他开始兴奋地同他爷说着话，脚下的路也显得平坦了许多、缩短了许多，两腿就松宽了许多。

就这样，倔强的黄继龙天不亮就从二合塬动身，下坡上坡整整走了一个上午，眼瞅着就要攀上秦家塬了，远远就见喜莲家的院子像个人影子蹲在塬畔上抬头朝他张望，他的心跳就不由得加快了。他想起了那回人家喜莲帮着自己逮鸡的情形，耳边就不由得响起了她唱的环县道情。那声音甜甜脆脆，就像在木钵镇上吃过的牛奶冰棍。想到此，他不由得舔着嘴唇笑了。这一刻，他再也顾不得紧张害羞，心中一阵兴奋，脚下的步子加快了许多。热血奔涌的男子汉，他瞪大眼瞅着那亲切的窑院，多么希望自己深深思念的姑娘能走出来迎接自己，或是听到她那动人的歌声。她那看人时叫你不得不把头低下的热辣辣的一双大眼睛，就像是天空的月亮和星星，看着就叫人想到美气事情……

黄继龙终于攀上塬畔，令人神往的秦家塬近在面前了。黄继龙长叹一声，回转身，望着自己的生身之地，亲爱的二合塬却变成了沟那边的一片绿树掩隐的孤村老窑的剪影，突然变得遥远而陌生起来。黄继龙加快脚步，朝就近的喜莲家窑院走去，老远就听得院子里一阵哗哗水响伴着轻轻的歌声。继龙一阵欣喜，紧忙走上前隔着门缝瞅，果然看见挽起袖子亮出雪白胳膊的李喜莲在院子里洗衣裳，一边洗嘴里就哼着环县道情。黄继龙犹豫了一下，就也唱道："三十里的环江四十里坡，山水隔不断妹和哥。蓝天上无云风不吹，一对对木鸽配对对……"他唱得出神，抬手敲门。就听门里问道："是谁？进来嘛。"李喜莲抬头说，黄继龙看她眼睛水旺旺的闪亮。喜莲一眼看见黄继龙，先是一惊，随即起身笑着说："哎呀，继龙哥，你怎又来了?！"黄继龙一下红了脸，搔着头说："我是卖山货路过，想，想……""想啥吗？看把你神秘的。"喜莲故意说。"想给你送点我们二合塬的柿子吃。"继龙说："我家院子的老柿树，连我爷都说不清它岁数有多大，结的火晶柿子甜死人。""啊，"喜莲故意说，"甜死人我可不敢吃。”黄继龙的脸更加红得厉害。他努力着说：“喜莲，上回多亏你帮我逮鸡来，我，我……”他窘迫得又说不出话了。喜莲却继续逗他说：“你，你……你咋啦吗？”喜莲笑得眼睛更加动人。“我，我……”黄继龙脖子也红了，简直尴尬得无地自容。喜莲还是不饶他，双手在腰里系的绣着一双鸳鸯的腰裙上擦着说：“继龙哥，快说嘛，你咋哩嘛？”“我，我得谢谢你。”喜莲一下忍不住就咯咯咯笑开了，一边笑着还说：“继龙哥，不是给你说了嘛，咱们是亲戚，你还客气啥些。”黄继龙一时无话。两人默默地对视着。喜莲的目光就像两团火，黄继龙被烤得忍不住低头回避。

院子里静悄悄的，听得见老柿树上一只孤蝉在鸣叫。喜莲知道她妈正在窑里侧耳听着哩，反倒不好意思起来。“喜莲妹子你吃柿子，”继龙亲热地说，“尝尝，可好吃哩。”黄继龙说着就把一个柿子递到喜莲手中。“我家也有，”喜莲推让着说，“你还是拿到环县城里卖吧！”话音刚落，就听窑里她妈说：“喜莲，二合塬的火晶柿子我爱吃。”姑娘娃一下子红了脸！黄继龙忙对着窑里说：“婶子，你爱吃，就多留些给你。另外还有……”“还有啥话？你说嘛这娃，婶婶听着哩。”黄继龙说：“我，我当选周台村组长了。我，我想领着大家伙儿修一条路，经过咱秦家塬木钵镇，通往城上的致富路。”

窑里的喜莲她妈不再言声。喜莲却听得一怔，问：“啥，致富路？”继龙点头说：“就是，修致富路。我想先从我们周台村修起，把二合塬和秦家塬先用土路连起来，一直修到老塬下接上通往木钵镇的大公路。可是不少人听了都摇头，还有人说我吹牛，我大我妈也都给我泼凉水，可他们越是不支持，我就越要修。喜莲，你说我的想法对不对？”李喜莲沉吟半晌说：“当然，有一条开放路好呀，总比封闭落后强。”继龙一听，高兴得一下拉住喜莲的手说：“太好了喜莲，就叫开放路，终于有了一个支持我的人，只可惜你还不是二合塬人……”李喜莲一下子被闹得满脸通红。黄继龙却是浑然不觉，继续激动地说：“你看人家木钵镇上的路多宽，还有那么多的汽车来回过往，要是有机会的话，你也到镇上去看看。”李喜莲挣脱手笑着说：“我去过镇上，还到过环江县城哩。我二姨在县城里做土特产收购批发，要不我陪你一起进城去？山货可以卖个好价钱。”黄继龙忙说：“那好呀，看来我是遇上福星啦！怪不得清早出门路过庙前麦场，遇见一对喜鹊冲着我叫唤。”李喜莲听得白净的脸一下红得就像熟透了的山果子。

六

环江县城坐落在董字塬脚下的环江边上。说是江，其实也就是一条绕城而过的不大不小的河。眼下正是枯水季节，河滩上露着龟裂的河泥和白花花的石子滩。太阳偏西时分，兴致勃勃的两个年轻人，背着山货的黄继龙和提着蒸馍篮子的李喜莲兴冲冲走过河上的石桥进了城。县城里的红火热闹自不必说，但黄继龙的眼睛一直瞅着那些过往的大小汽车和骑车子的行人，而李喜莲却一直注意着黄继龙的神情。李喜莲心里暗暗高兴，越看越觉得继龙心底里澄澈得就像是一潭净水，更像是一张白纸。走在这城里闹腾的大街上，衣着漂亮的大姑娘人家不看，琳琅满目的橱窗人家不恋，只是一股劲瞅那大马路上往来穿梭的汽车和自行车，那眉宇之间的一股英气和那眼神之中的专心致志，显得就像是古塬上盘旋的一只雄鹰。脸上那世人看着或许还是傻乎乎的神情，倒不像个成年人，更像是没见过世面的山里碎娃。李喜莲越瞅心里越甜蜜，她就喜欢继龙身上那股傻乎乎的痴情和男子汉的骨气。

下午，正是“二姨山货栈”生意繁忙的时刻。她的山货收购货栈设在环城路边一棵老柳树下。简单地用木桩打了一圈柱子，再拉上铁丝网，树下盖了两间油毡棚子，就是全部的基础设施。李喜莲她二姨是个能干的单身女人，她身材矮胖，大眼睛、塌鼻子，行动敏捷、快人快语，三十七八岁的年纪，自从前两年丈夫病故，就一个人扛起了全家的生计。她眼下供着一双儿女在县城念中学，还照顾着年迈多病的婆婆。由于操劳过度，她脸色皴黑，人看着像有四五十岁。她此刻一个人埋头验货、过秤、算账、付钱，嘴里还不住地拉长嗓子像唱环县道情一样乐观地同熟人打着招呼。她手脚麻利地收着山货，周围亲热地围着四乡来的农民，男男女女，老老少少，都和她显得亲热如一家人。由于她收购价格合理，更不像城里那些山货贩子拼命压级压价，人们便宁愿走几十里山路，也要把山杏、山桃、酸枣仁子，甘草、木耳、龙骨、银翘和人工种植的党参、当归等各种中草药材送到她这二姨山货栈。一来二去，名声出去了，她的生意就十分红火。她开始忙得连饭都顾不上吃，经常在磅秤边的桌子上放一个馍，墩一碗水，叼空就吃一口馍就一口水。眼下正值收购旺季，她正盘算着要雇一个帮手。

再说李喜莲和黄继龙好容易挤到近前，她二姨忙得竟没发现是她。“二姨，”喜莲小声叫一声，“你这生意不赖呀！”她二姨抬起头，用衣袖擦着额角的汗，看清来人便眉开眼笑说：“吆是喜莲娃呀，怎么今天有空进城？刚好，快来帮二姨收货。”喜莲却说：“二姨，你看这是谁？”“还能有谁？”她二姨这回才看见她身边的大小伙子，似乎一下就明白了他们的关系，便毫不客气说：“也好，都先来帮忙吧。”喜莲撅着嘴，小声嘟囔说“二姨真自私。”黄继龙连忙放下背上的山货，熟练地帮她二姨干起活来。“二姨也不问人家是谁，就使唤开了！”喜莲不满地说：“告诉你，人家是二合塬周台村的大组长黄继龙同志，他家的山货质量很好，你可得给个好价钱呀？”她二姨这才认真打量起这个身强力壮的憨厚小伙子，那毫无掩饰甚至有些夸张的挑剔眼神，盯得黄继龙浑身不舒服。黄继龙只好尴尬地笑着招架说："二姨，你，你好。"二姨噗嗤一笑，"哦？嘴还蛮甜。东西拿来我瞅瞅。"黄继龙忙把山货口袋打开。她二姨抓起一把杏仁子瞅着，还拣起一颗用牙咬开来，随即高兴地说："东西还真不错。喜莲，你称一下，我给他算头等！""谢谢二姨！"喜莲一高兴，朝继龙眨眨眼。黄继龙即对着喜莲耳朵小声说："谢谢你！"喜莲见她二姨正瞅自己，就故意瞪黄继龙一眼说："你该谢我二姨！"她二姨一下笑弯了腰，连夸说"喜莲懂事，喜莲懂事。"

三个人干一个人的活可真见效。不一会儿，人就少了。她二姨长出一口气说："喜莲，你过来。"喜莲来到二姨身边问："咋咧？"二姨一边给她倒水喝，一边瞅着干活麻利的黄继龙的背身说："二姨问你，这小伙子是你啥人，一个姑娘娃怎同他相伴进城？"喜莲急忙附在二姨耳边说："哎呀，不是给你说了嘛，人家是二合塬周台村的大组长，人家计划要从二合塬上修一条通往塬下的路，把二合塬村的山货运送到城里来卖呢。这次卖了山货就想买修路的工具。二姨，你能给个好的价钱，就是对他最大支持。等以后路修通了，二合塬的山货就优先卖给你啦！"二姨狡黠地问："喜莲，说了半天他是你什么人？你是只替二姨生意着想？不会吧，我看你是看上人家了吧？我告诉你，千万别犯傻，小伙人是不错，可二合塬太穷呀，二姨在城里给你瞅个条件好的。"喜莲一听急了，生气说："二姨说哪里去啦，人家是帮你寻货源，你要是不信，就让他卖给别家去！"二姨说："好了，二姨不说了。二姨倒是有点私心，就是想雇他来我货栈打工，每天三十元管吃管住。"喜莲忙说："二姨这可不行，人家是胸怀大志的人，咋能到你这货栈打工？""对了，傻女娃，说真的，过几天我回去接你，我真打算给你介绍个城里人家，回去先给你妈说一声。"喜莲撅着嘴说:“哎呀，二姨，您甭操那么多闲心好不！”说着提起篮子说:“这是我妈给你捎的馍。”二姨接过篮子瞪眼说：“把我话给你妈捎到！”喜莲忙说：“二姨，时间不早了，我们还得回去。”她转身向黄继龙喊道：“黄组长，咱们走吧！”她二姨也不认真拦挡，只是说：“黄继龙，嗯，这名字倒是有福气。哎，要是愿意到我们货栈工作就言传，我任命你当货站经理，我只当董事长。”一句话把喜莲和继龙都逗笑了。二姨自已却不笑，还是一本正经地说:“听着，过了这村就没这店了。”二人笑着同二姨告别，黄继龙真还有些喜欢她二姨的爽直性子。

二人高高兴兴说笑着就出了环江县城。旋即搭上从县城开往木钵镇的班车。黄继龙手摸着贴身衣兜里的钱，计划着在镇上买些修路的工具。更重要的还得去见郭镇长，他老人家曾经答应过给二合塬修路支援两辆架子车哩。继龙第一次坐汽车，加之事情办得顺当，心里美滋滋的，高兴得一路嘴都合不拢，连喜莲一直看着他都没留意。黄继龙的注意力全在谋划修路的事情上。他想着那条路的走向。哪里拐弯，哪里下坡，哪里填土，哪里搭桥，哪里需要有个排山洪的涵洞，将来修成了，两旁也要栽树，就像眼前这路……路还没修，蓝图就已经装在他的脑子里了。他心中的那条路，他梦中的那条路，就是一张规划图，他要带领全村的人，实现这张蓝图，把二合塬人们的生活和情感同外界连接起来。爷，你老人家听着，他又开始同他爷说话了。你孙子这回真的开始要干一件大事情了。你老人家一辈子站在周台眺望环江，可到了也还没有看过环江是个啥样子。你孙子如今却去过了环江县城，还把山货卖了个好价钱。可惜那环江可不像你老人家想象得那么伟大，只是一条干涸的河，像受旱的龙，咧着嘴躺在那里呼哧呼哧喘息哩。

就这样，黄继龙坐在汽车上，一路同他爷说着话。车子到站了，李喜莲叫他下车，他竟没有听见。黄继龙可真是一个痴情的汉子，李喜莲心中暗暗埋怨他，眼睛里爱慕的神情倒是有增无减。如今的男人好花心，难得有这样的痴情汉。

七

木钵镇办完事情天就黑了，两人只得住进了镇上的交通旅社。黄继龙住的是两块钱一夜的大通铺。李喜莲则同另一个女客合租五块钱一晚的床铺。第二天一大早，在门外小吃摊上每人花三毛钱吃了豆浆油条，喜莲还省出半根油条泡进继龙的碗里。随后他们到镇政府见了郭镇长当面汇报，加之老支书早已经给郭镇长打过电话，于是黄继龙就如愿以偿地领到两辆架子车。黄继龙与李喜莲一路吼着老腔、唱着环县道情，欢天喜地用架子车把买的那十几把镐头和铁锨，还有担土的筐子等工具拉到了秦家塬。天也临近黄昏，架子车已无路可走了，黄继龙心里十分的懊丧，只得把架子车寄放在喜莲家的院子里，把工具捆绑起来准备背着上路。李喜莲挡住要他等明天再走。眼瞅天色不早，黄继龙心里犯急，因为他是偷着出来的，走时只给老支书请了假，连他大都不知道。他打算连夜就赶回二合塬去。李喜莲和她妈说什么也不依，黄继龙无奈只得听从。当晚在喜莲家就着干菜吃过南瓜红豆粘饭，喜莲她妈就早早地睡了。喜莲陪黄继龙走到院子里，见月亮又大又圆地悬挂在东边天空，两个年轻人心情就都格外地激动。黄继龙说："今晚月亮真圆。"喜莲说："继龙哥，咱到塬畔上走走，在那里看月亮才美哩。"于是，两个人就来到了古塬畔。他们坐在麦场边一棵老树桩子上，静静地望着月亮，一时谁也不说话。塬上的村庄在月光下，显得就像是一幅黑白色的沉静的木刻图画，近处远处错落有致的窑院灯光显得十分的温暖安详。这样的夜晚，原本是最适合谈情说爱的。可他们彼此心里的那句话不能说呀，可相互又都不甘心，只等着对方先开口说出来。等来等去，还是黄继龙憋不住了，扭捏半天说："喜莲，你，你，你见过狼吗？"喜莲忍住咯咯地笑说："我没见过。"黄继龙只得说："我也没有。"好容易想出的一个话头就此中断，两人又陷入了沉默。彼此想着刚才的对话，就都忍不住哧哧地笑了。这一笑，倒好，打破了方才的尴尬僵局。喜连说："继龙哥，你知道我妈为啥叫我给你做南瓜红豆粘饭？""不知道呀，是因为好吃吧。"继龙说。喜莲犹豫半回终于还是说："傻子，是想要把你粘住哩。"继龙这才挠着头说："啊哦，你秦家塬还有这讲究？"喜莲不再说话，显得有些不高兴。究竟是愿意还是不愿意？她是希望继龙有个明确的态度。可继龙却还是傻乎乎的似乎不明事理。过了一阵，李喜莲又说："你明儿个回去，背着那么沉的工具，路上可要小心。"继龙问："小心什么？"喜连说："小心，小心，小心碰上狼些！"两个人这一回就都忍不住哈哈大笑起来。月亮婆婆也好像听到了他们的笑声，赶紧躲进了一片云彩中间不见了。趁着天黑，黄继龙大胆地伸出手去，握住了喜莲的手。喜莲起初还想把手缩回来，可黄继龙握得更紧。喜莲也就不再挣扎，甚至还情不自禁地使劲握住了继龙哥的手。月亮此刻突然又探出头来，惊异地望着他们。喜莲似乎又有些紧张，黄继龙还是握得很紧。这时突然从沟底刮来一阵凉飕飕夜风，穿着单衣的喜莲身子不禁一抖。黄继龙趁机就把身子探过来遮住了风，同时用另一只胳膊把喜莲紧紧搂在了怀里。喜莲也不挣扎，就势依偎在继龙那宽阔温暖的怀中。两个热恋中的年轻人，他们就这样紧紧地依偎着，谁也不愿意分开。远处有猫在喵喵地叫，他们也没有听到。不知过了多久，也不知到了什么时候，直到月亮躲进对面的周台背后看不见了，喜莲才记起要回家。

说起睡觉可又成了问题。按照二合塬的习惯，定了婚的毛脚脚女婿是可以同女子住在一个窑里的，这叫作"试婚"，据说这风俗还是老辈子传下来的旧习惯。可秦家塬却不同，只有结婚才能圆房。可当喜莲把黄继龙安顿到自己窑里睡下，再去她妈窑里睡时，却发现门已经关了。这叫她十分地为难，她怕惊扰母亲休息，又不好意思再回黄继龙窑里去，如此在门外正犹豫着，却不料黄继龙开门出来，把她请到了窑里。两人通晓交谈，拉到天明时，已是难分难舍，两个恋人的心完全融合到了一起。

第二天吃过早饭，黄继龙背起捆扎好的沉重的工具，怀里揣着喜莲为他预备的八个鸡蛋和两大张葱花烙饼就出发了。李喜莲一直把他送出好几里地，临别时，她还恋恋不舍。黄继龙也有些难受，一时两人都不知该说什么。就在黄继龙转身走去的那一刻，他心里就暗暗下了决心，这一辈子，非喜莲不娶。李喜莲望着继龙那结实有力的背影也在心里对自己说，这一辈子，非继龙哥不嫁。这时恰巧有一对喜鹊从秦家塬双双欢叫着飞过到了二合塬。走出去老远的黄继龙看见了，转身动情地对喜连说："喜莲妹子，你做的南瓜红豆粘饭真好吃！"喜莲说："好吃以后我天天给你做。"说着，鼻子一酸，眼睛就有些模糊，笑出的声音也有些走调。好在黄继龙不一定能听得出来。等到继龙回头再看时，却见李喜莲她妈竟然柱着双拐站在喜莲身边正冲着他招手。

第五章

一

为私自进城卖山货和购买修路工具的事情，黄继龙他大和儿子又闹开了别扭。这一回固执的庄稼老汉可是动了真气。他一连好几天都不正看儿子一眼。吃了饭，碗一蹾，就抱着烟锅不停地抽。继龙他妈也说继龙呀，你出门也该和你大打个招呼，商量商量嘛，咋就闷着头一走好几天？平时总是护着他的母亲也数落个没完。就这样，继龙心里不痛快，他大整夜整夜蹴在炕头抠旱烟，他妈通宵达旦地坐在炕上纳鞋底……继龙心想，打招呼，打了招呼我大还让我走吗？但他不愿开口辩解。甚至连他哥黄继祖都对他这独自行动有很大看法，好几天躲着不见他的面，直到出门到宁夏打工也没正经和他告别。黄继龙在家中一下陷入了孤立无援的境地。只有那只黑猫还像往常一样，整夜地依偎在他的怀里。他轻轻地抚摸着猫，心里也很窝火。我这都是为了谁呀？想吵两句发泄，可也没个由头呀。他便想对院子里的毛驴子发火，可那毛驴子却很听话，平日老是同大黄狗打架，如今也不打了。那讨厌的大黄狗也是，平日老是同鸡呀猪呀争着吃食，眼下也不见争了。驴和狗都像是懂事，都解人意，没事乖乖立着，顺耳和目的，他也不好发作。黄继龙自知理缺，除了上地干活，就只能躺在炕上望着窑顶苦闷发呆。他百无聊赖，眼瞅着那道老窑缝子，他就想起了他爷。爷呀，你孙子要干一件大事情咋就这么难怅！躺在炕上他心中感到委屈。泪水就止不住顺着眼角往耳朵里头流。说来也怪，窑缝里的那条长虫这些日子都不知去向，可是此刻却突然伸出头来朝外张望了一下。黄继龙看得真切，心中不禁一阵激动。更灵验的是，每逢他遇到不顺心的事情，那神秘的长虫总会在消失多日之后突然出现。困顿之中的黄继龙看不到那有灵性的福星，他的心中就感到慌乱。可是此刻，正当他苦闷无奈，却又看到了那消失多日的生灵的踪影。他想，又是他爷显灵了吧，心中就感到宽慰安稳了好多。他不再感到苦闷，想起了老支书的话来："遇到难怅事的时候，可不要独自个犯愁，要到众人中去，众人就是圣人。"他爷早先也说："三个臭皮匠，抵得上一个诸葛亮。"还说："一个篱笆三个桩，一个好汉三个帮。"想到此，他一拍大腿从窑炕皮上弹了起来，当即就下炕出门，心想窑里没人支持，自己更要把目光放在院门外面。他要在周台的群众中寻找桩子和帮手！寻找支持的力量！他首先想到的人是大刚。前些日子，他已经和大刚、柱子他们合计过了，大家分了工，分别挨门逐户宣传动员修路的事，也不知他不在这几天工作进展如何。

黄继龙想着，活像一阵旋风，转眼就刮到了前塬畔大刚家窑院门口。大刚家院门外的两颗老枣树正在开花，离着老远就闻到了香喷喷的枣花清香。大刚的爹娘仁义，媳妇凤仙也贤惠，一家子同村里人和睦。有了这两棵老枣树，到秋后全村的男女老少就都有了鲜枣吃。人们捏面花狮子老虎盘龙玉兔，也就不愁没有枣子装点眼珠了。他家的狸猫也很温顺，除了逮老鼠积极，平时见了人总是显得爱怜。眼下见着黄继龙，就喵喵叫着亲热地跑过来在他腿上蹭痒痒，尾巴还翘起来摇晃不止，叫你不心疼都不行。黄组长近来一天不知几回朝这院里来，狸猫早同他成了熟人。他弯腰把狸猫抱在怀里，边敲门边喊大刚哥。大刚听出是黄继龙来了，急忙开门迎接。两人见面相互拍着膀子，亲热得不行。继龙见大刚袖子挽起老高就问："你这是在忙啥？做饭嘛。"大刚神秘兮兮说："咱能有啥事？"继龙说："没事，刚吃毕晌午饭，想和你坐坐。""那好，你坐，我给你倒水。"继龙说："不倒了，嫂子呢？""她给咱做工作去了？""做工作？上哪？""挨门逐户嘛。"黄继龙明白了，就兴奋地说："吃了饭，咱到庙前麦场上谝去，我买回一瓶环县大曲还有花生米。"说着指了指鼓起来的裤兜。那里面一边装着酒瓶子，一边是报纸包着的炒花生米。大刚好喝两口，一听说有酒，就来了精神，连说好好好，就急忙洗手安顿他娘做饭，自己就把狸猫从继龙手中接过放到地上便问："听说你自己掏钱买回了修路工具？"继龙说："就是，为这我大至今和我怄气哩。哎大刚，你负责的这十户咋样？"大刚说："有几户态度积极，多数还在观望。有几个钉子户我正求你凤仙嫂子出面做工作，这才替人家做饭嘛。"黄继龙感激地说："凤仙嫂子出面保险行。"大刚为难地说："咳，就是根爷最难缠，老顽固瞎耗不接茬！路三娃还只管火上添油，四处说风凉话。"黄继龙想起根爷同自己打赌的事，心里沉沉的，就说："根爷老犟驴从来都是不见黄河心不死。路三娃捣乱倒是预料中的事情。砂锅子煮驴头，咱得慢火煨。一会儿也叫柱子来喝酒吧，咱好好合计合计。"

"黄组长，你说谁是驴头？"身后突然有人搭腔。听出是柱子的声音，黄继龙心中一阵高兴。大刚见了柱子眼睛一亮说："邪了门了，说柱子柱子就来了。"黄继龙也觉得奇怪。柱子就说："路三娃这货不能迁就，要敢掐他的臭椿芽子，不然他能臭一村！""对，"大刚也说，"路三要是皮胀，咱干脆再给狗日松皮！"继龙说："唉，这可不行，按老支书的话，还得是正面教育。"大刚说："正面教育？对路三娃这货，教育就是对牛弹琴。""对，"柱子也说，"这号儿人就得上硬的！""那天，要不是老支书和你凤仙嫂子挡架，我一脚就把狗日放倒！"大刚说着话，腿在地上一踢踢出一个土坑。柱子说："把挨㞞放倒才解恨哩！"黄继龙说："好柱子、大刚哩，你俩对修路鼓这么大的劲，我感激，可遇事要冷静，万不能蛮干。"大刚说："黄组长你放心，咱嘴里说管说，心里有数。我虽说脾气不好，可这火候有你嫂子凤仙主任把握着哩。"一句话把三个人都逗笑了。

大刚的媳妇凤仙要的是本村姑娘，人长得好，心眼比人还好。凤仙的好，是人见人爱。凤仙过了门，就成了二合塬有名的贤惠媳妇，不久还成了二合塬有威信的妇女主任。村里那些老婆、媳妇见了她，就像全村人见了老支书。而那些光棍汉见了她，眼睛就都发呆发瓷。

三个人说着话刚在麦场上坐定开始喝酒、吃花生米，大刚还在傻乎乎不停说他媳妇的好。正说着，就见凤仙嫂子由麦草垛后的村道上转出来，离着老远就笑着问："你们在说我什么瞎话？"柱子忙说：“嫂子，我大刚哥夸你哩。”凤仙呼地红了脸，笑着说：“他才不夸我，哄得我到村里去动员修路，你们却在这里喝开酒了。”大刚连忙起身招呼他媳妇也来喝一口。凤仙说：“我才不喝，不过你们也不要在这里喝，黄组长、柱子兄弟，都到我家窑去，我给你们炒一盘子韭菜鸡蛋，再用芝麻香油调个鸡刨豆腐拌小葱。”大刚说：“那好呀！”柱子也说：“太好啦。”只是黄继龙显出不好意思。原来是他见了大刚这个漂亮贤惠的媳妇，就想起了李喜莲。凤仙见黄继龙不言声还坐着不动，就又笑着说：“黄组长咋不表态，是嫌我窑里没有山珍海味？”老实的黄继龙赶忙说：“不是，有鸡蛋豆腐总比只有花生米强嘛。”于是几个人就到大刚家做客喝酒。凤仙嫂子果然身手不凡，两大盘子酒菜转眼就摆到了炕桌上。三个男人围着又吃又喝，柱子还不住地夸凤仙嫂子菜炒得香。凤仙嫂子怀里抱着狸猫站在一旁就说：“柱子，你小伙要想夸人就夸咱黄组长吧，他这回下决心带领咱二合塬人修路，这可是破天荒的大好事，等路修好了，嫂子给组长介绍一个大美人当媳妇！”黄继龙听得脸就呼地红了。说到娶媳妇，他又想起了李喜莲，一时竟忘了场合，眼前晃着喜莲的笑容，连抄在筷头上的鸡蛋都忘了朝嘴里送。大刚见状就说：“凤仙，你当嫂子的也太小气了，说个媳妇还要等路修成？当下说成，不就多一个支持修路的人嘛。”柱子挠头不好意思说：“嫂子，还有我哩，我，我大托人给我说媳妇，几回都黄了！都嫌咱二合塬偏远落后！继龙哥，看来这路修不通，咱们就都得打光棍啦。”大刚说：“路要修，媳妇也要娶。”还说：“当初外村给我介绍来好几个也都没成，后来在本村就瞎猫碰上个……”黄继龙急忙把他后腰一戳，大刚子一愣，那最后难听的字眼就咽回到他肚子里了。凤仙故意生气说：“哼，看把你能的？要不是你脸厚缠人，我才不愿意！”她的话逗得三人哈哈大笑。黄继龙说：“大刚，你娶上我凤仙嫂子算你福大。我从县城回来，就听村里女人们说，凤仙嫂给她们说了，参加修路要积极，还要拿男人的事，叫他们也要积极。”柱子逗笑说：“看来，咱二合塬也是阴盛阳衰呀。”大刚瞪他一眼道：“不过说真话，能干的媳妇可是不好领导，闹不对就得挨挫。”黄继龙端起酒杯说：“挨挫是因为你有错。嫂子，我代表周台人敬你一杯酒，一是感谢你动员修路有功，二是感谢这酒菜好香，三是感谢……感谢，不对不对，是请求，这回修路，我和老支书商量过了，想充分发挥妇女半边天的作用，决定成立铁娘子突击队，想请你凤仙嫂子挂帅当队长！”凤仙一怔：“叫我当队长？”黄继龙说：“对呀，请你出山，老支书说了，你是咱们二合塬的穆桂英。”大刚武断地说：“就这么定了。”凤仙瞪他一眼。柱子就放下手里的酒杯鼓起掌来。黄继龙和大刚也跟着鼓掌，噼噼啪啪就像放鞭炮，惊得凤仙怀里的狸猫瞪直眼睛张望，不明白出了啥事。凤仙就说：“你们甭狂气了，看把我猫吓着。”黄继龙就问：“嫂子答应了？”凤仙说：“老支书都抬出来了，不答应能行！”黄继龙就兴奋地举起酒杯说：“大刚、柱子，实话说哩，我哥昨个已经去银川打工了，说他干不出个名堂就不回二合塬。我真是独木难支呀。从今往后，凤仙嫂子就是我的亲嫂子，你俩也就是我黄继龙的亲兄弟。在二合塬这片天底下，咱们今后就是一把筷子，就是一个人的左膀右臂和身子头脑。我爷在世时说，一个篱笆三个桩，一条好汉三个帮。老支书也时常说，三个臭皮匠，抵得上一个诸葛亮！只要咱们几人一条心，黄土也能变成金。这也是我爷常说的一句话。”

黄继龙话音没落，大刚就双手举起酒杯，一仰脖子干了一杯酒，说：“能行，从今往后，咱们就是桃园三结义。”柱子纠正说：“不对，是四结义。”“咋可是四结义？”大刚纳闷问。“对是四结义，”柱子说，“还有我嫂子嘛。”“对呀，”黄继龙一拍大腿也说，“为了修路，咱四个人只能是一条心，绝无二心。柱子，你说是吧？”柱子说：“没问题，咱们是荞面圪坨羊腥汤，死死活活相跟上！”说着竟然扯起嗓子，吼了一声老腔。凤仙抿着嘴只笑不说话，心里倒是美滋滋的。黄继龙伸出他那大手说："来。"三个男人就啪地一声，掌心碰到了一起。击掌过后，那庄稼人的手就紧紧握在了一起。凤仙看着激动了，伸出手说："还有我。"黄继龙忙说："对，还有我凤仙嫂子，你也搭一把手。""搭就搭！"凤仙瞅了大刚一眼，见丈夫正鼓励地冲着自己咧开大嘴笑，她就把她显得有些白嫩的手压在三个男人的粗黑大手上。在那一刻，四双眼睛都显得十分严肃。说干就干！接下来，他们合计着先修通从周台到汉台这一小段。然后一段一段地向村外延伸，就像毛毛匠拧绳，慢慢地续。黄继龙第二天就画好了一张道路走向的草图，让老支书看后，又四处征求村民们的意见，其实也是趁机在宣传动员大伙儿参加修路。

二

这天又是个大晴天，天蓝地黄日头红。一大早，宁静的二合塬突然响起了钟声。当当当，当当当，一声赶不得一声响，敲得好急迫呀。到了最后，就成了像鸣汽笛一样不断线的紧火。说是敲钟，其实也就是敲打吊在周台庙前麦场边老槐树杈上那一片子生锈了的破钢铧。自从包产到户以后，好多年没有听到敲钟声了。村子的宁静彻底被打破了！先是全村各家树上的喜鹊和窑檐下的麻雀，还有窑里的燕子就都惊飞出来凑热闹。顿时，场院的上空就密匝匝地翻飞着各种各样的鸟雀。二合塬准定要出甚么大事情啦！连汉台组的人们也都被惊动了，站在塬畔上瞅着这阵势议论纷纷。周台场院上的这株老家槐，顿时就成了众目睽睽的焦点。这老家槐的主干两三个人都搂不住，夏天树冠枝叶就像一团绿云，浓得永远都化不开。常常是天上下了半天的雨，树下一圈还是干干的。老家槐今年多大岁数了，二合塬没人说得清。破钢铧在老槐树上吊了多少年了，也就根爷和老支书大概还说得清。但许多人还都记得，生产队那会儿，每天都要敲响三遍钢铧。敲钢铧的人一般就是小队长。可自从分田单干之后，这钟就哑了，没人再敲了。各家种各家的地，谁愿意啥时下地就啥时下地。可今天这钟声一响，就好比是太阳从西边出来了，连村里的鸡狗猫猪都感到了惊异。人们看清了，如今树下站着敲钟的人就是黄继龙。周台新当选的组长，也就相当于过去的生产队长。黄继龙一手敲钟，另一只手里还提着一串红鞭炮。周台人闻声逐步地聚集起来。汉台人都站在塬畔上要看个究竟，起初还以为是周台人要聚众祈雨。

也是，天旱得这厉害，连村里的鸡狗猫猪都大张着口，伸长了舌头闷在窝里不言声了。村道上只有根爷偶然牵着花叫驴蹚着黄尘悄然地走过。平时仰头挺胸的花叫驴走路也把头奆拉了下来，瞅着根爷的脚后跟直喘气。整天的毒日头下面，村里就像一面蒸笼，一片沉闷燥热。偶然刮过来一阵风，也是干热干热的叫人烦躁闭气。因此听到钟声，村里的鸡狗猫猪就都活跃起来，纷纷出窝观看。正像人们相互打着招呼问答啥事，鸡狗猫猪也都哼哼唧唧地相互打探消息。只有碎娃们似乎能听懂它们的语言。碎娃们就咿咿呀呀地同畜禽们搭讪嬉闹，大人都感到厌恶，就呵斥他们滚一边去。鸡狗猫猪和碎娃们就不满地躲到一旁瞪起眼睛观察。大人们围着敲钟的黄组长指指点点窃窃私语，显出神神秘秘的样子。碎娃们和畜禽就更加感到好奇，忍不住都从大人们的腿缝子间钻了过来，也都想看个究竟。主要是想看黄组长手里的那串红鞭炮如何爆响，或是有什么稀罕食物要发散给大家。

钟声终于停了，黄组长抬起袖子擦一把脸上的汗，顺手就把钟锤放回树杈子上。他也不看大伙儿，回身严肃地扛起一把大号的洋镐，二话没说，竟分开人群拔腿就走。人们正觉得奇怪，就见大刚和柱子用架子车拉着那些镐头钢锨镢头钢钎，也分开人群小跑着紧随组长身后。人们更感到奇怪，便不再议论，纷纷随着他们走，人群就自然地形成了一支队伍。像是一条盘着的长虫伸展开来，就在村道上游走。到了塬畔的村头，人们就又自觉地聚成了一疙瘩。这才发现老支书竟然早早就蹴在那里吃烟。说来也怪，老汉嘴里吐出的烟雾不但不朝上飘散，竟然还贴着他的秃顶和衣裤身子不动了。于是，青乎乎的一大团蹲在那里，面上的表情就更加显得庄严。老支书的身后还插着一杆红旗，看得出是从前农田基建工地上用过的旧旗。黄继龙走过去弯腰跟支书说了一句什么话，然后就转身指挥大刚和柱子把那些工具从架子车上卸下来一溜摆开。此刻，人们就见黄组长的脸色因兴奋而有些泛红，但始终严肃认真，众人也就更加严肃认真，连那些碎娃和畜禽动物一时也都悄然不敢吱声。唯独那两只喜鹊，落在近前的老柳树上唧唧喳喳地欢叫。随即就听黄组长高声说："乡亲们！今天，咱们二合塬周台村人要干大事。"他声音洪亮，把"大"字念成了"拓"。那庄严的神情就像毛主席当年在天安门城楼上宣布中华人民共和国成立。黄继龙显然是想叫远处塬畔上聚着的汉台人都能听着。众人都竖起耳朵听，静悄之中，那"拓事"二字的回音，恐怕连远处秦家塬人都能听着。黄继龙接着说："这是咱们人老几辈子做梦都不敢想的拓事。""拓事、拓事、拓事……啥屌事吗？看把你娃张得！"路三娃在人群里冒了一句逆茬脏话，还故意扭头看了一眼不远处的赵寡妇。大刚听得咬牙攥紧了拳头，他媳妇凤仙偷偷扯紧他的袖子。路三娃发现赵寡妇的注意力全集中在黄继龙的脸上就来了气，又说："就是修条烂路嘛，还拓事、拓事、拓事的吊在嘴上。"他说着，又瞅瞅身旁牵着驴缰的根爷。众人也都注意根爷的表情。人们发现根爷的花白胡子在发抖。黄继龙不理睬路三娃，接着又说："下来听老支书做动员。"大刚和柱子带头鼓掌，黄继龙和众人也都鼓掌。连碎娃们和畜禽动物都哼哼着像是附和，可路三娃和根爷就是没有拍手。人们回头看，根爷的脸有些发青，老支书的脸色却有些涨红。

杨支书习惯性地把烟锅在鞋底上磕磕，站起身开口道：“谁说不是拓事，对咱二合塬来说，修路就是天拓的事！大伙儿想想，这些年人家秦家塬人咋就不愿意同咱二合塬人结亲啦？就是嫌咱穷嘛。郭镇长常说，要想富，先修路。咱们齐心协力修一条通往山外的致富路，这也是黄继龙当组长给周台全组人的承诺，是完成我多年想要办却没有办成的事情呀！”

“修路？修路！钱在哪里？我就不信他黄大组长能拿口吹出一条路？！”人群里显然是忍无可忍的根爷打断老支书的话说。村里没有人敢打断老支书讲话，众人的眼光就一下子全集中到了根爷老犟驴的脸上。众目之下，连他身边的花叫驴也感到了不自在，在那里打着响鼻，蹴蹄摆头扯缰绳哩。

老书记接过话茬说：“是呀，咱二合塬穷，修路没有钱。可是黄继龙说得好，咱人穷志可不能穷呀！修路是要钱，是不能拿口吹，但咱应该相信周台的年轻一代比咱们老家伙们有志气有办法。你老汉知道吗，人家把自家的山货背到环江县城里卖了大价钱，又拿自家的钱买了这些修路的工具，大家看，这洋镐、镢头、钢锨、钢钎，还有这八磅锤……”老支书话没讲完，根爷老犟驴不愿听了，气呼呼一转身拉着花叫驴就走，嘴里还大声说：“谁有闲功夫陪你们耍，我给地里送粪去呀！”众人哄地笑了，老支书看着直摇头。路三娃也跟着就走，嘴里还说：“我也给地里送粪呀。”黄继龙涨红着脸狠声说：“只要有党支部支持，我们就啥都不怕。”人群里开始又有人开溜。大刚和柱子急了，忙看黄继龙的脸色。黄继龙反倒镇静了许多，说：“有事的就回去办自己的事，反正是义务劳动，得讲究自愿。人少，咱干慢点嘛。”老支书说：“对，继龙说得对。”黄继龙又说：“咱们在乱石沟凿石头修路就得用这钢钎和八磅锤，还有这钢锨钢镢。一般的铁锨镢头只能挖土、挖砂子，对付石头不行，大家把工具换一下，不够了咱们再想办法买。”可是上来换工具的人，却是寥寥无几。大刚和柱子还有凤仙领着几名妇女上来换了工具。黄继龙动情地说：“我们人虽然不多，但只要坚持下去，一定可以修一条通往山外的路。”他见人们都听得认真，就又说：“这辈子我们也许不能给子孙后代留下多少念想，但如果能留一条致富路，那我黄继龙就没枉活一回人。”“对，继龙你这话我爱听！”老支书也操起一把钢锨说：“那我们在子孙们眼里也就是个人物啦！”凤仙见妇女们留下的人多，听得也认真，就说：“黄组长说得对，我们不为自己着想也要为子孙后代着想。”不远处那些走了的人就停住脚步，有的转身又回来了。黄继龙示意大刚点着了手里的鞭炮。“噼噼啪啪”一阵爆响，一下惊了根爷牵着的花叫驴。那驴子很怪，撒腿转身就往黄继龙这边跑。老汉拼命地拽，可就是拽不回头，又不愿意撒手，结果被拖回到黄继龙身边。众人哈哈哈地大笑，老汉气得胡子都翘上了天。

三

夜里喝的是南瓜汤，汤里还下了几颗大豇豆。黄继龙一下子喝了三大碗。他爹只喝了半碗。他娘好像是没喝，坐在炕上一直纳鞋底。二合塬人有句逗乐的话：要叫胖（mang），拿汤夯。黄继龙喝足了南瓜汤，心里好舒坦，就用手摸着自己鼓鼓的肚子坐在炕沿儿上，心里寻思着如何同他爹搭话茬，好结束这场冷战。

窑里静悄悄的。他娘手里的细麻绳子穿过厚厚的鞋底，发出“吱——吱——”的声音，很有节奏，就像是一种诱人的音乐。这是农家生活的琴弦发出的奇特声响。在黄继龙的心中，母亲是最高明的琴手，总在静夜里奏出最动听的音乐。此刻，黄继龙坐在一旁，静静地望着母亲，那花白头发下慈祥的面容，那被皱纹紧紧包围着的深陷的眼睛，还有那被灯光投射到窑墙上的弯曲的背，那粗糙而骨节突出的有力的双手，那捏着针的右手的拇指与食指，更不时地就抬起胳膊，像乐团指挥的手，要强调加重一段旋律——把针在头上一划，就飞快地刺过鞋底，音乐声就又跃起。每每这样的时候，他大多半就像一头耕地耕乏了的老牛，懒散地蹴在炕上一锅子接着一锅子的吃旱烟。老伴发出的那声音伴随着他的心跳，也许就是世界上最动听的音乐。以往这个时候，他老人家的心情就显得十分的平静，脸上的愁苦也就渐渐不知去向。可是此刻，却并非是如此。黄继龙知道，他爹心中有结没打开。可是无论如何，那拉长了的脸，线条总算是变得柔和了一些。黄继龙发现了这一点，就决定抓住这个机会不放。他鼓起勇气，说："爹，我哥几时回来呀，走了这些天，也不来个信。""是呀，也不说来封信。"他爹居然边吃旱烟边接了黄继龙的话茬。虽然并没有抬头看他，但总算是对他开了腔。黄继龙心中正高兴哩，就听他爹又说："唉，也就是，你哥去银川这些日子也不知咋样？看样子，他这回是发了狠，不干出个眉眼是不会回头的。"黄继龙听得出，他爹是故意用话激他哩，心里便有些紧张，一时不知该说什么。他大又说："唉，就让他混去吧，能混住自己也行，我也没啥过高要求。"黄继龙口张了几张，也没想出合适的词语。他大把手里的烟锅子在炕沿上磕着又说："继龙呀，不是大说你，自从你当上这村组长，整天整夜琢磨修路，好像除了修路就没别的事干？"继龙紧张起来，他害怕弄得不好爷父两个再争执起来关系就更僵了。"娃呀！你这么一根筋，反倒成了你爹我的惆怅。"黄继龙说："爹！你年纪大了，我这事不要你劳心费神，我有我的打算哩。"他爹说："哼！你有啥打算？就说这修路，二合塬多少代多少人都起过这个头，临完都是劳民伤财一场空，你见谁成功了？啊？这以前的事难道是你爹我捏造的吗？你如今为啥偏要逞这个能？人家根爷说你是异想天开、白日做梦你还不服气，我看犟驴老汉说得是大实话！”

他妈听得忍不住插言说：“哎，我说他大，咱娃是全村人选出来的，那么多人都信任他，都同意他修路，难道那些人都是瓜子，就只有你日能，整天叨叨叨，叨叨叨，我都听着颇烦！像你这么见天扯腿搅和，咱娃这组长咋当哩！按道理，你是娃他大，应该支持娃工作才对。”他大闭眼蔑视地说：“哟！哟！你日能的很么？我也不是没有支持他，他把窑里的土产弄到城里换了修路工具我还不是认了。我说啥了？”他妈说：“哼！认了，可你那脸吊得比根爷的花叫驴脸还长，谁受得了！”

黄继龙说：“妈！甭这么说我爹，他就那脾气，嘴上唠叨，行动上还是支持嘛！大，你说对不？”他大说：“你娃嘴甭甜。”说着就又操起烟袋要装烟。黄继龙忙说：“大，我给你装烟。”他爹的脸色顿时由阴转晴，随即展开了笑纹。黄继龙就给他大装烟点烟，他大歪着头，偷偷冲着老伴儿笑。一家人的心中都飞回了快乐的小鸟。原来，按照二合塬的规矩，父子之间闹气，只要小辈给大人点袋烟，就等于是赔了不是。老人接受了，就算消了气。黄继龙这一点烟，他大狠狠地一抽一吐，心里就感到了舒坦，气也就消了。

四

开始先啃硬骨头，这一段险路叫鹰嘴砭。“叮叮咣咣”开山凿岩的声音响彻山谷。这就像根爷唱皮影乱弹，更像是继龙他爷吼老腔。修路一开工，一下子打破了二合塬的宁静。周台人干得热闹，汉台人都稀罕地站在烽火台上看热闹，“啊哦，原来不是祈雨是开山修路。”陈老二是村里干活最实受的，只见他脱了破褂子，亮出满身的肌肉疙瘩，抡着镢头刚一使劲，镢头刃子就弯回来了，便恼丧地说："咳！这镢头又卷刃了！"身边的黄继先说："我镢头也卷刃了，看来，这路是没法修了。"王天成说："是啊！不怪根爷反对，看来还真成了劳民伤财了！"大刚听见了就高声说："这很正常呀，鹰嘴砭上修路本来就不容易，大家不能心急，用咱一般的镢头把手放轻一点儿，不要把工具都弄坏了，最好多用洋镐和钢钎。"众人就埋怨说："洋镐、钢钎太少，不够用啊！"

大刚说："你们别急，继龙组长今天专门进城买工具去了，等回来就给大伙儿换。"

柱子趁机说："对着哩，咱先坚持下，总不能半途停工呀！"

此时，根爷拉着花叫驴慢悠悠走过来，故意大声问道："喂！你们的路修成了吧？能不能让我这毛驴在这路上撒个欢儿！"

陈老二叹气说："好根爷哩！这路还真不好修，弄坏了我几把镢头，我眼看撑不住了。"

根爷说："哼！我早说这是劳民伤财，你们都不信，试火一下就都知道了。叫我说，你们快回去种地去，喂好你那几头牲口才是正事，别跟着咱那二杆子黄组长在这悬崖底下胡闹腾！"

大刚反感地说："哎，根爷！你要过路就过，不过就走开，别在这里胡咋呼，扰乱军心！"

根爷说："啥？我扰乱军心？你好大的口气呀！你又不是组长，管得这宽，得是想接黄继龙的班？小伙子，那也得等到把人家提拔到村委会当了主任，眼下恐怕还不到时候，啊？哈……"

大刚红着脸说："啊！我说老犟驴，你再敢胡咋呼，看我怎么收拾你！"二合塬兴爷孙辈之间开玩笑，众人听得也都当听笑话，不料今个的玩笑开大了。

根爷开始较了真，老汉抖着胡子说："什么？想收拾我？咋收拾？

来吧！说着就往大刚身上靠。”

大刚开始一愣，欲进前，柱子急忙挡住他说：“对了，大刚哥，和老犟驴怄气划不来。”又转身对根爷说：“根爷！你快回吧！大刚脾气不好，别寻着挨挫！”

根爷说：“哼！回就回，把路让开！”他低头一看路上全是石头，就瞪眼说：“这满是石头，人咋走？”

大刚没好气地说：“那就甭走！”

根爷说：“不走我咋回窑呀？”说着拉着花叫驴就走。大刚趁机用铣把照准驴屁股用力戳了一家伙，那花叫驴惊得一跳，缰绳猛一扯，根爷就跌了个仰面八叉，惹得大伙儿哈哈笑。柱子赶忙上前扶起老汉说：“老了不中用了，拉不住花叫驴了吧，快回窑去呆着，驴都嫌你慢！”

根爷知道大刚戳了驴，只是赶忙去撵驴，也顾不得发火。等把驴撵上了才扭头骂道：“大刚！你等着，老爷我非给你媳妇凤仙告你不可！”

大刚、柱子和大伙儿都哈哈地笑。妇女们也都咯咯地笑，像是喜鹊窝里戳了一竹竿。村里的鸡狗和猪羊也都凑着热闹地在满场院地疯。二合塬村周台村民小组充满了欢乐。

根爷回到自家空院，想到自己和花叫驴竟成了人们的笑料，心中的气就大了。老汉来了气，就气急败坏地狠狠抽了驴尻子一缰绳。那花叫驴自感冤屈，就后蹄子一弹又拼命飞跑出门。根爷死拽着驴缰不放，结果花叫驴把个老汉拽着在村里转着圈地疯跑。一群碎娃就嗷嗷叫着追赶凑热闹。工地上的大人们一看事情闹大了，就都呼喊着要根爷松手。根爷性子犟，死活还是不松驴缰绳。嘴里还像唱戏，不停地大骂那畜生不识人抬举，谁都听得出其实是在骂大刚他们呢。那花叫驴平时受宠惯了，哪里还受得了这份冤枉气，同样犯了驴脾气。眼看面前要拐弯，它却直着就要往塬畔下冲。根爷死活扯着驴缰不松手。眼瞅要出人命！人们惊呼不止。就在这当口，刚巧黄继龙迎面扛着镢头走过来，一看这阵势，丢下镢头就冲上去拦住花叫驴的去路。那驴前蹄子一抬多高，就要踢人。黄继龙身子赶忙躲开，但手中还是死死地扯住了驴缰，结果那牲口就被拦住了。花叫驴还是挣扎着，黄继龙到底是小伙子，三下两下就把那倔驴完全制服了。根爷大喘着粗气，半天瘫在地上站不起来，也说不出话。黄继龙哪里知情，上前扶起老汉，问："根爷，咋闹成这相些？"根爷瞪他一眼说："闪远，没你的事！修你的路去！"黄继龙再一看，工地上人们都停了干活，全都朝这边瞅着。他一下明白是咋回事了，就不再说啥，扛起镢头上了工地。他是要到城里买工具的，说好了柱子和大刚都随他去的。他这回把家里值钱的东西都拿去卖呀，他大他妈虽然都没有阻拦，但他心里感到很不踏实，不料想又遇到了刚才的惊险，他知道根爷又在捣乱，心里就感到一阵烦乱。

五

靠近场院这一段路基，是划分给铁娘子突击队的。黄组长和大刚、柱子不在，那几个勉强来干活的男人们就都没了踪影。唯有凤仙还是劲头十足，心想自己一定要扛起这半边天。眼下，她正领着一群妇女干得欢实。妇女们干活实在，一个个脸上都挂着汗珠子。凤仙更是卖力，她把外衣脱了，上身只穿一件紧身红毛衣，远远看着，就像是一疙瘩烧红的炭火在工地上闪耀，格外显眼。她脸色红润，这意想不到的风景一出现，就像一道彩虹，英气袭人。妇女们也都学着凤仙的样子，脱了外衣，亮出里面穿的五颜六色的花毛衣、花线衣，也有的姑娘娃羞答答露出了胸前鼓起的乳房和平时包在衫子下藏在裤子里面的浑圆的尻子轮廓。妇女并不知晓自己平时要掩盖的却是男人眼里最美、最具吸引力的部位。这景致，很快远远地把许多看热闹的汉台男人的眼光都吸引过来了。路三娃更像是犯了迷糊病，他目光直直地立在大柳树下眼花瞭乱，盯着人家妇女们鼓起的乳房和臀部，心中就想入非非。好在妇女们只顾了干活，并没有注意到这货的一双贼眼。那里凤仙边干活边压低嗓门对姐妹说："咱可得好好干，咱铁娘子突击队可是有学大寨光荣传统的，可不能落人后头，砸了牌子，更不能让男人们笑话咱女人弄不成事！"长得高大粗笨性情开朗泼辣的得胜的新媳妇云歌听了拍着自己的腔子说："凤仙姐你放心，咱得把劲鼓圆了！修一条路的好处多着呢，先甭说山货值了钱，嫁出去的姑娘回娘家都不愁了！"说着还扭头看了一眼身边的杏花。

未出嫁的杏花也不饶人，说："云歌嫂子你看我做啥？我又不像你，跟我差不多同岁，就那么急着嫁了人。"

云歌说："你不急你妈心里急哩。夜个还给我说叫给你从我娘家村里寻婆家哩。啊哦对咧，你的条件是啥么？我真的好给你瞅。是不是要能吃又能干的虎背熊腰大汉子，还是要中看不中用的麻杆腰的小白脸子？"

杏花红着脸难为情地把话岔开说："我妈她说她的，我才不急。我要等把路修通了！"说着脖子一缩舌头一探，脸呼地红到了耳根子。

妇女们听了，就都高声起哄，说杏花看中村里的某个小伙子了！杏花自知说露了嘴，忙用双手捂脸，脸就红到了脖根子。妇女们就更来了劲。"看，杏花脸红了！杏花脸红了！人家要上门女婿，要上门女婿，你们都听见了么？人家杏花要上门女婿。"云歌故意大声吼叫，工地上一下子就闹开锅了。

路三娃借机急忙过来凑热闹，也趁机说："杏花妹子，咱可不要上门女婿，我这不是现成的么！"杏花就低头生了气。云歌翻脸骂道:“马槽里几时伸进你这驴嘴！”路三只是哧哧地笑，再不敢接话茬。妇女们都说：“尿泡尿没照照些，啥嘴脸！”路三急了，突然就结巴着说不上话来，嘴里光是“你你你”，就是没下文。众人又开始嘲笑路三娃，工地上顿时乱成了一锅煎汤。

凤仙一看急了，忙说：“哎，大家不要闹嘛，黄组长今天刚不在，咋就成了没王蜂啦！我说姐妹们！咱不要和二流子赖皮一般见识。”“对呀,”胆小怕事的翠儿有意岔话说，“可这镢头光卷刃，咋办？”“对呀。”杏花也说，妇女们也就都说。凤仙斜瞟了一眼路三娃说：“卷刃是事实，可咱也不能老等着让黄组长给咱买工具呀，你们都知道，男劳力更费工具，人家黄组长把自家的山货都拿去卖了，钱都拿来买了工具，咱可不能全靠他呀！”

胆小的翠儿没话说了，快嘴媳妇瓜儿撅着嘴就说：“那，我们没工具咋干活？窑里的工具都卷了刃，我没办法啦。”

凤仙神秘地一挥手，大伙儿就都围在她身旁。她悄悄说：“咳，办法有的是，就看你想不想。”

翠儿瞪眼问：“凤仙嫂，你有啥好办法，快给咱说。”

凤仙说：“依我看，修路本是咱自己的事，不能全靠黄组长一个人。常言道众人拾柴火焰高，咱们当媳妇的都有男人，没工具的，回窑去问你男人要。”

云歌皱眉说：“这怕不行？男人又不会生工具。你向他要个面霜、香脂都像撴筋，他哪舍得掏钱给你买修路工具？”

凤仙说：“咳！你咋那么死心眼子，我给你们说，问男人要啥最好是天黑在被窝里头要。”

云歌就哧哧地笑，众人也就跟着笑。云歌笑毕，才故意问：“什么？黑了在被窝里朝男人要钱？这咋说？”妇女们又是一阵笑。

凤仙没好气地对云歌说：“对呀！你还明知故问啥，他要不答应，

你就背过身子睡，别搭理他！”

云歌说：“那不行，不理人家你自己咋睡得着呀？”一句话又把大伙儿都逗笑了。

凤仙说：“谁像你，一黑了都离不开得胜弄事。”

云歌故意说：“我就是离不开得胜嘛，你离得开我大刚哥？我可就是离不开我得胜！谁离得开他男人？”

“实话，实话！”众人就又大笑起哄。

没出嫁的杏花故意说：“嗯，我看这办法灵！”

云歌赶紧问：“你咋知道灵？”

杏花自知又说了漏齿话，脸就又呼地发烧了。

凤仙见状忙大声说：“就这办法，今晚上咱们就回去试试，保证灵验。”众人就都挤眉弄眼地起哄坏笑。

老实的翠儿不知道大家为啥笑，只是傻乎乎地把手伸到凤仙眼前说：“凤仙嫂，你看，我这手都打起泡了。”凤仙心疼摸摸她的手心说：“可不是，看来咱还得买些劳保手套。”

云歌也说：“我的手也起泡了，疼得要命！”随后，几十双手就都伸到了队长凤仙眼前。说是铁娘子，但这一双双手可不是铁打的呀！凤仙心想，自己的手也都火辣辣的疼，但她没有透露，看着大伙儿的手就说：“这是你们铣把没攥牢才起了泡。来，我给你们挑泡。”她说着从头上摸下一苗针，就给大伙儿挨着个地挑手心的血泡。妇女们一个个惊叫吸气，叫她也心疼得手都发颤。

杏花凑过来拉起翠儿的另一只手说：“哟！你这没过门的姑娘娃就来参加修路，看把绣花的嫩手手弄成啥啦，有人心疼吧？”翠儿说：“谁心疼？除了我妈还能有谁心疼。”杏花说：“你没过门的女婿看着就心疼嘛！”翠儿一下红了脸，对凤仙说：“嫂子，你看杏花，又给人胡说哩。”杏花说：“我才没胡说，听说黄组长到你家去的好勤快嘛。”

翠儿红着脸低头嘴里嘟哝：“凤仙嫂，看她说的啥话，为参加修路这事，继龙哥是给我大和我妈做过思想工作。”杏花还不饶，说：“听些，继龙哥，继龙哥，叫的多亲，你家大人咋就那么听继龙哥的话。”翠儿说：“我大我妈说他人好，靠实嘛。”众人听得都探舌头直挤眼，可是没人再敢笑了。大伙儿知道翠儿不识耍，又都知道翠儿心里是真恋着黄组长，只是没有说出嘴。

只有杏花还说：“嗯，他是好样儿的，继龙哥心里清白哩。”她还要说啥，凤仙在后背捏了她一把，她才把嘴边的话使劲咽到了肚子里。恰巧这时候，路三娃嘴里叼着纸烟坏笑着走过来，离着老远就叫：“哎哟！咋全都是些黄门女将，男人都上哪里去了？”

云歌大眼睛一瞪，没好气地说：“哼！你自己不是个男人是女人？你难道不是周台人？你就不能参加修路？路修成了你敢保证不走？我可警告你，你再站在一旁说风凉话可小心招祸！”

路三娃说：“我说啥风凉话？我招啥祸？是你们不好受嘛，你们心里清白，女人堆里没个男人气气，睡觉没意思，干活没精神嘛，你们说是不是？”

云歌说：“放你的狗臭屁！快闪远！别在这儿给老娘胡咧咧，影响我们干活！”

路三娃被骂得脸上挂不住，就说：“哎呀呀！我说云歌嫂子，你说话能冲死狼嘛，不就是黄继龙让你参加了铁娘子队嘛，你就这能？”他随即转身对妇女们说：“哎，我说婆娘女子娃们，快散伙回家去，甭跟上黄继龙受这洋罪了，回去把炕烧热等天黑和男人抱着睡在被窝窝里多舒服嘛，别跟着什么黄组长瞎折腾，到头来少不了鸡飞蛋打一场空，不信，咱们等着看嘛。”

凤仙原打算不理这二流子，可实在听不下去了，就没好气地说："路三娃！你说话可得有个分寸，别在这儿尽说些消极话。"

路三娃说："咳呀，别这么不友好嘛，我是见你们这儿没个男人，干活没意思，起不了劲，是来和你们谝闲传解闷子嘛。"

凤仙说："你还是先忙你的去，这里没人和你谝闲的。""路三，"云歌显然是来了气，"你趁早赶紧闪远！"

路三娃说："嗬！闪远？你才该闪远！我一个大男人，还怕你们这些臭脚婆娘不成？"

人高马大的云歌说着牙一咬，袖子一撸就冲过去，吓得路三娃一蹦闪开了。

凤仙急忙拦住云歌说："路三娃，你还不赶紧闪远你！不然我可挡不住云歌。"路三娃见凤仙挡住了云歌，就站在丈八远外嘴硬，说："我不怕，男子汉大丈夫，说不怕就不怕！看你母夜叉还能把我鸡巴一口吃了不成！"说着还把双腿叉开小肚子挺了挺。

云歌这回可是真来了气，大声吼道："姐妹们！你们听，他还嘴里不干净，是不是得给点颜色？"

杏花说："应该！"连胆小怕事的翠儿也付在凤仙耳边小声说："是得给他点颜色。"

凤仙就故意把拦着云歌的手一松，那云歌就像一头发怒的母狮子冲了过去。还没等路三娃反应过来，他已经被压在了身子下面。云歌扭头大声说："姐妹们！把这臊货裤子脱了！看看里面究竟生着个什么阴阴怪！"

凤仙刚想说云歌不敢，话还没出口，一群年轻的妇女就已经齐声相应道："好！脱狗日裤子！"

凤仙此刻是想拦也拦不住。眼看着年轻妇女们起着哄扑上去，按的按，扯的扯，挠痒痒肉的，拧皮松骨的，压胳膊腿的，解裤带的，脱裤子的，连赵寡妇也隔着人堆伸进胳膊咬牙揪扯着……一时间工地上乱作一团。开始路三娃还在人堆里扯着嗓子骂，到后来就干脆成了杀猪一样的吼叫救命，再往后就开始连声求饶，嘴里一个劲儿地姑呀姨呀地叫，但是没有谁理他。凤仙在一旁叫大伙儿住手，照样没有人听。路三开始哭叫，仍然没有人理。他的声音很快就被妇女们的嬉笑声淹没，随即就只有喘气的份了。这家伙这才看出了女人们是真要整他。他平时流里流气，没少戏弄这些女人们。这一回人家是齐心协力要扒他的裤子，丢他的丑。名誉上他毕竟是个没娶媳妇的童男，就越想越怕，干脆哭喊起来。那一群妇女哪里肯饶他！只是下狠往下脱裤子。见他还在挣扎，云歌的大手就朝他裤裆里狠狠地一抓。路三"哎呀"一声惨叫。众人就都一愣。只听下面的路三喊道："快不敢！我再也不敢胡说了！好我云歌姑婆哩，我再不敢嘴硬了！"云歌哪里肯听，只说："脱！"便把他的裤子脱下顺手套在他头上。路三裤裆里那见不得人的东西就完完全全地亮出来了。妇女们一见，就像受了惊的蜂群，哄地一下就捂着脸全飞了。路三好一阵瘫在地上，一群碎娃就围着他指指点点。碎女子娃喊着："卷羞羞，把脸拙！"凤仙急忙过去帮着他把裤带捆着的双手解开来。路三娃便像一只斗败了的公鸡，提着裤子落荒而逃，边跑边还哭着骂人，说："你们这伙母夜叉，你们这伙母夜叉！看谁敢要你们！"凤仙手里举着他的裤带叫他，他也不敢回来拿，只是用手提着裤子逃得远远的，身后留下一片妇女们的笑声。

第六章

一

参加修路的人是越来越多，除了根爷和路三娃，还有几个思想落后的跟着跑外，几乎家家户户都上了劳力。有的还是全家出动。工地战线是越拉越长。到了盛夏，毒日头晒着，就在村外秦家塬对面的大坡上摆开了之字形长蛇阵。站在秦家塬的塬畔上远远往下看，红旗招展，人声鼎沸，好不热闹。不久前镇上郭镇长专程来看了，讲话充分肯定，还参加了一晌劳动，对大家鼓舞很大。临了问有什么困难，黄继龙说就是吃饭成了一个大问题。郭镇长大笔一挥，从镇上救济粮中批出五千斤救急。于是，工地上就支起一口大铁锅，开始给大伙儿管一顿饭。说是饭，也就是一锅土豆苞米稀粥就咸菜。路三娃散布流言说黄继龙舍不得给大伙儿吃干的，粮食都被他暗闷了。风仙就说人家黄组长是想着细水长流哩。但是五千斤粮食可是流不了多长时间，吃的很快就又成了问题。正当黄继龙愁得快揭不开锅了，根爷还敲怪话说：“二合塬又退回到了大跃进吃大锅饭的年代。大轰大嗡，大吃大喝。”黄继龙是只能苦笑，没法解释。他心想，大跃进有什么不好，现在镇上的郭镇长还鼓励大家跨越式发展哩。只要能够修成一条致富路，他是什么帽子也愿意戴。他只是愁着队里没粮食给大家管这一顿饭正挠头哩。巧妇难为无米之炊，做饭的李婶一生气就撂了挑子。李婶是二合塬最会过的女人，他的丈夫叫李满囤，无论是灾荒年还是丰收年，他家的锅里总是混菜饭。为了让村里这大锅能揭开，李婶每天都到地里去挑苦菜，可还是断了顿。李婶一气之下罢了工。黄继龙无奈，就只好偷偷把自家的米拿来下锅。

锅灶安在半坡一间临时搭起的席棚里。眼下，黄继龙跪在地上低头往灶口里添柴点火。刚下过雨，柴草有些湿，开始是浓烟滚滚，他就低头拼命地吹，火苗慢慢就升腾起来，形成了熊熊火焰。他这才直起腰来，就不由得伸手在裤腰里摸索。一下就摸出一个小动物，用指甲一挤，指甲盖就被鲜血染红了一片，他就又到裤腰里摸索。他满脸的烟火色，眼睛还流着泪，头发也好久没剃，越加显得苍老疲惫。眼下修路上了劲，他就和衣住在了工地上的草庵子里，好几天不洗澡甚至不脱衣，身上捂出了虱子。工地上的人显然多了，原先都是回家吃饭，后来就各家来人送饭，这样误事不小。他就想着在工地上开伙，一天三班倒，日夜不停，修路的进度就能够大大加快。好在得到了郭镇长的支持，又派人送来了五千斤救济粮食。黄继龙点着了灶火，他刚坐下歇会儿，老支书就来了，一见他就说："继龙呀，你可咋瘦成这样，头发也不剃，胡子也不刮！"黄继龙摸摸脸说："没啥老支书，瘦点人精神。"老支书心疼地说："唉，修路真难呀！看来真得脱皮掉肉。"黄继龙嘿嘿一笑说："只要能把路修成，就是脱几层皮我也愿意。"杨文忠老汉不再说啥，蹴在灶口一边添柴，一边点着吃旱烟。锅里的水很快就滚了，黄继龙往锅里下米。锅很大水也多，半袋子米全下去，锅里还看不见多少米。老支书看在眼里，叹了口气。工地上断了顿，他也听说了，但是也没有办法呀。他心里想着要到木钵镇上跑一趟，再向郭镇长开个口，看能不能再要点救济粮。他不打算给继龙说这事，怕他心里不安影响修路，修路的光喝稀的咋能行呀！

这时候，柱子兴冲冲跑来说："继龙哥，快把脸上的烟灰擦擦，有一个俊女子娃来寻你哩！"

黄继龙一听十分惊讶："啊？俊女子娃，我可不认识什么俊女子娃呀。"

这时李婶进了门，她是看到灶间烟囱冒烟了才忍不住赶来看，刚好听到柱子的话，就说："黄组长，该不是谁家女娃看下你了，撵上门来了？我要是个姑娘娃就非缠你不可。"她老婆子一句话把老支书都逗笑了。

柱子哈哈笑着说："对，李婶说得对，继龙哥是叫人心疼，你赶紧把脸擦净，不要让人家姑娘失望。"说着，就把自己的毛巾递到继龙手里。

黄继龙擦着脸说："你们别瞎说啊，我可没那事儿。"他嘴里这么说，心里却还是一下就想到了李喜莲。该不是喜莲来了？有好些日子没见到喜莲了。说真的，他心里正想她哩。

这时，他堂哥黄继先也兴冲冲地走进席棚门，神秘地把手遮着继龙的耳朵说："兄弟！有个女娃来找你，说是秦家塬的，叫叫，对了，叫李喜莲。你是不是背着我们谈上对象了？"继龙一听急了："谁说的？"

他堂哥是个老实人，说话不会拐弯，就说："谈就谈嘛，你回避啥。"黄继龙一时竟不知该说什么。李婶、柱子和老支书都笑眯眯地盯着他。

"好哩，没谈就没谈么，你回避啥！"继先说："大爹、大妈整天为你的对象发愁，只要能恋个媳妇，老人才高兴呢。我看你也该谈了。"

黄继龙说："哎哟，好哥呢，你咋也跟上胡说哩！人家李喜莲是秦家塬的姑娘，咋会看下咱二合塬人。"他正说着门响了，抬头一看，果然是喜莲进了席棚间的门。黄继龙一时竟愣在那里不知如何是好。

李婶见状，忙上前拉着李喜莲的手说："快进来，你就是李喜莲吧？哎呀，别看咱黄组长平时看着老实巴交的，啥时就谈下这么乖个对象？"一句话就把李喜莲说的脸红了，黄继龙更是不知如何是好。

这时，正赶上晌午歇息。也是因了喜莲的到来，调皮鬼王天成就领着一群年轻人假装来席棚间找水喝，刚好听到李婶的话，天成就说："哎呀，咱黄组长可是真有本事，你这是红萝卜调辣子，吃出看不出呀。"

大伙儿就都哧哧地笑，眼睛一会儿瞅瞅黄继龙，一会儿又盯着李喜莲。

黄继龙这才回过神来，大大方方上前说："喜莲，你怎么有空来了？”

李喜莲指着从背上放下的一口袋粮食说：“我们村上听说二合塬在修路，就都感动了，说修路也是为了秦家塬人走亲戚便当，因此支书就派我来看看，说是看我们能支援点什么。临走我妈叫我背了这一口袋粮食，说看见你们工地上开了伙，一定需要粮食。”大伙儿听得都十分的感动，再也不敢开玩笑了。

王天成眼睛里忽闪着泪光抢着说：“黄组长，你还愣着干啥哩，人家把粮食都送上门了，还不赶紧把人家的心意领了！”黄继龙刚要伸手，一看自己满手黑乎乎的，赶紧把手就往裤子上蹭，柱子递过毛巾，他接着又擦了一下脸上的汗。这下可倒好，竟抹成了个大花脸，喜莲噗嗤一下笑出声，大伙儿也都哈哈大笑起来。

黄继龙顾不得笑，赶紧把粮食口袋接住说：“喜莲，你快坐！”他回头一看，哪里有坐的地方，忙搬来一块砖头让喜莲坐下。李婶这时就把大伙儿赶出了席棚间，自己也借口抱柴出了门。转眼之间席棚里面就只剩了黄继龙和李喜莲。

黄继龙赶紧从锅里舀了一碗稀米汤说：“喜莲你喝。”李喜莲接过碗端着，用眼睛一个劲地打量黄继龙，眼泪就忍不住聚满了眼眶。几个月不见面，没想到继龙哥竟然累成了这样。她一时心里难过，说不出话来。黄继龙也不知该说什么好，沉默半会儿才说：“你妈我婶子可好？”喜莲说：“好着哩。”又没有话了。静默中，就听席棚外面聚了许多人，显然大伙儿都竖起耳朵听里面的人在说什么。喜莲的脸一下子红了，羞得只是摆弄自己的大辫子。“二合塬女人还从来没有这么长的辫子哩。”席棚外面有人小声说，里面却听得一清二楚。黄继龙也不好意思，便出门说：“你们干脆进来说话。”外面的人就一涌进来了，带头的还是王天成那小子。恰巧也就到了吃晌饭的时候，大伙儿开始还有些拘谨。李喜莲用勺子搅着锅里的稀饭说：“你们吃饭呀米汤熬好了。”人们干了一晌活儿，早饿了。王天成和那一帮子年轻人就嘿嘿地傻笑。黄继龙说：“大家还愣着干啥，李婶呢，快给大伙儿舀饭嘛。”于是大伙儿才一拥而上，排着队等喜莲舀饭。随即，席棚内外就响起了一片喝稀饭的吸溜声，只是每个人的眼睛和耳朵，都还注意着从天而降的大美女李喜莲。

二

大刚和凤仙蹲在地上吃饭，黄继龙领着喜莲给他们介绍。大刚冒失地问：“黄组长，你们是什么时候认识的呀？快说来听听，我们咋从来没见过这位天仙？”凤仙扯他一把，急忙站起来和喜莲打招呼。这时就有几个俏皮年轻光棍汉围过来凑热闹。

同他大狗剩两代人打光棍的狗蛋夸张地说：“哎呀黄组长，你可得介绍经验呀，看来木钵镇考察收获不但是这修路，还有副业在里头哩嘛。你老实交待，这长辫子俊女娃是不是你对象？”

黄继龙说：“狗蛋你别瞎说，人家李喜莲是秦家塬的，看到咱修路来支援的。人家有亲戚在咱二合塬，我们只是认识，是一般的朋友嘛。”李喜莲听着，更是羞得不知该说啥。

狗蛋说：“啊哦，是一般熟人。谈对象谁一开始不是一般熟人？听说人家城里人把对象就叫熟人哩。”李喜莲转身进了席棚间，背影看着更是妩媚动人，凤仙赶紧进去陪她说话。

门外大刚把黄继龙拉到一旁小声说：“黄组长，这可是个好女娃，你可要抓紧呀！”继龙瞪他一眼说：“你咋比狗蛋还讨厌！”大刚还是显得很兴奋，转身看见黄继先蹴在那里吃饭，他就高声说：“哎，继先哥，听说这姑娘是你未来的兄弟媳妇，你也不进屋搭个话？”

黄继先起身用筷子捅大刚一下说：“你轻狂啥，真是皇上不急太监急！”大刚说：“我咋不急，黄组长是咱啥人？你有老婆你当然不急。饱汉不知饿汉肚子饥嘛。都啥时候了？我继龙兄弟还打着光棍。一般人打光棍没啥，可咱周台村民小组堂堂大组长可不能打光棍呀！人家可是代表咱周台的形象哩。”柱子凑过来也说：“谁说不是！”

这时候，恰巧李喜莲端着菜盆给大家添菜，添到黄继先面前，大刚就说：“哎，我说姑娘娃，你看清，这可是你未来的阿伯哥！”喜莲是聪明人，自然一下就听明白了，就又往黄继先碗里多添一点菜。

老实巴交的黄继先一时难堪，竟然站起身憨笑着说：“嘿嘿！我是继龙的堂哥，不是亲哥。”

谁也没有料到，人家李喜莲竟然大大方方地说：“那有什么？堂哥也是哥嘛！”

大刚趁机说：“黄组长你听听，人家女娃多大方，连阿伯哥都认了，啊？”引得大伙儿哄笑。

黄继龙红了脸只是挠头。他真是为难，说是自己的对象吧，又怕喜莲心里没有这个意思。说不是吧，又怕伤了喜莲的自尊心，误了终身大事。他也看出来了，喜莲要是对自己没那心思怎么可能到二合塬来呢？这明明是来看自己呀。再说，这也是求之不得的呀。自己心里早就恋着喜莲，只是一直都没有勇气向她表白。主要还是觉得二合塬人不配人家秦家塬人。他的主意是，谁嫌咱二合塬穷，谁就不要想和咱黄继龙谈对象。

李喜莲心里倒是有主见，她丝毫都不嫌二合塬穷。她这次来，就是为了看黄继龙。自从那天分手，她心里就一直惦记着继龙哥，几乎每天夜晚躺在炕上都要在心里默默地为他祝福，担心他爹是不是转变了态度，全村人对他修路是不是支持，修路开工后一定有许多的困难，资金、劳力、工具，还有各种材料。如今看见又起了伙，粮食也就成了问题，继龙哥一定愁得不行。她想的时常睡不着觉，恨不得当下就嫁到二合塬去，同继龙哥一起挑起修路这副重担。可是事情并没有那么简单呀！她终于忍不住就来了，可是继龙哥却说这样模棱两可的话，令她心中很是失望。

喜莲正这么寻思着，就听黄继龙又说：“唉，我说大刚，还有继先哥，你们吃饱了没事就赶紧歇会儿，不要说胡话行不行？人家喜莲妹子只是为支援咱修路的事来的，在先就帮了咱不少忙，要是没有人家帮忙，咱修路的工具都还不知道在哪里呢！”

李喜莲听黄继龙这么说，辫子一甩转身就到灶旁给灶膛添柴禾了，她心里更是感到了委屈、失望。热恋中的姑娘格外敏感，甚至有些痴迷，她没成想这是继龙哥故意试探她哩。见喜莲如此反应，黄继龙心中倒是暗暗高兴。他跟进席棚间，趁众人没在就赶紧掏出自己舍不得吃的一个蒸馍说：“喜莲妹子，他们是乱开玩笑呢。我们这里没有什么好吃的，你喝碗米汤，就上菜吃个馍吧？”

喜莲说：“我不吃也不喝！他们是胡说，就看你还能说正经的？”

继龙说：“嘿嘿！我没啥，没啥说的。”

李喜莲气得一跺脚说：“真是一根榆木，还当组长哩！”

黄继龙只是嘿嘿笑，不停地挠头。

喜莲说：“头都长成这样了还不理。”

继龙说：“修路顾不上么。”

喜莲就掏出一把梳子要给他梳头。黄继龙乖乖蹲下身子叫她梳。李喜莲一边梳头，一边就埋怨他连个谈对象的事实都不敢承认。黄继龙只知道咧嘴嘿嘿地笑，心中比啥都幸福。喜莲越是数落个不停，他就越发笑得甜蜜。两人正亲热地说话，门吱地开了，是李婶抱着柴禾进来。李喜莲忙起身说：“继龙哥！天不早了，我还得到我姨家去一下。”说完又给李婶道了别，就甩着辫子径自离去。李喜莲一走，李婶就说：“哎呀，你看人家女娃多开放，继龙哥、继龙哥可叫得亲哩。”

黄继龙心里扑腾扑腾地跳，脸上是朝霞一样的绯红。他一拍大腿，就朝工地上去了，走路把席棚屋都震得有些摇晃。

三

这天，黄继龙正带领大刚和柱子一群在鹰嘴砭上抡锤凿岩开山，远远就见老支书带着一个人来到了工地。黄继龙一眼就认出那个人是郭镇长。他一激动，急忙丢下八磅锤就迎过去。郭镇长这回来还扛着工具，人们就感到稀罕。如今干部下来，可是不像从前，不讲究参加劳动，只要不朝群众伸手要，人们就烧高香了。可这郭镇长却扛着工具上了修路工地，真是稀罕。众人就都停了手中的活，站着看稀罕。“修路的进展很快嘛！”郭镇长说。他也习惯了打官腔，可众人听着耳顺。听说村里来了大干部，上级领导，连鸡狗碎娃都激动得不行，一齐都围着看热闹。全村谁都没有想到，郭镇长才送过粮食，这就又来了，还要参加劳动。众目睽睽之下，黄继龙向郭镇长问好。郭镇长又说：“进度真快呀继龙。你总结过吗，人们的干劲为啥就这么大？”黄继龙看看老支书说：“因为有镇上的救济粮。”“对，全凭镇上大力支持。”老支书也附和说。郭镇长说：“好呀杨支书，你们都在恭维我。”老支书忙说：“哪里，我们讲的是实情。”黄继龙也赶忙说：“对，是实情。因为有救济粮，才在工地上开了伙，大伙儿就省了回家吃饭耽误工夫。”镇长说：“嗯，我才离开几天，路基就快爬上秦家塬了。”

老支书也说：“哟，继龙，最近几天你们的进展真快！经验是什么？”

黄继龙说：“没有啥经验，就是一天三班倒，人歇工具不歇。加上这是一段土路，速度就稍快一些，鹰嘴砭段尽是石头，我和大刚领着突击队在啃，进度就慢。”郭镇长听得很认真，一边听一边点头。

黄继龙就说：“郭镇长，你工作那么忙，咋又来了。”

老支书说：“继龙啊，郭镇长是不放心呀！二合塬修路，是全镇的大事，郭镇长也是操心呀！”

郭镇长说：“不光是木钵镇的大事，也是环江县的大事呀！刚开始那阵子，我支持的力度不大，得向你们做检讨。自从那天看到你们在鹰嘴砭开山劈石那个艰难劲，我是服了。没想到你黄继龙比杨支书劲头还大！我已经把你们排除万难修路的事迹向县里作了汇报。刘县长表示大力支持，还要我来传达县上的精神。你看，这就是刘县长亲自派人买的修路工具，过几天他还要亲自来看大家，说也要参加劳动，给大家鼓劲呢！”

黄继龙激动地说：“这可不敢，惊动了刘县长那还了得！”郭镇长眼瞅许多人手里的工具都卷了刃，就说：“来，来，来，大家过来领县上支援的工具。”老支书和黄继龙也说了同样的话，一阵热烈的掌声响起来了。人们纷纷换了新工具，劳动的情绪更加高涨。

郭镇长视察二合塬修路，没有像往常有些领导那样当众转一圈、电视一拍、照几张新闻照片就走，而是不带记者，也不让人拍照，不光送来了工具，还留在工地上同大家一起干活。他是当年农业学大寨的先进党支书，抡镢头挥铁锨的架势一看就是行家把式。但人终究上了年纪，体力也就弱了。郭镇长和老支书干了一会儿，两人头上就出了汗，气也有些喘。黄继龙赶忙端上水碗过来说：“郭镇长、老支书，你们歇一会儿，喝碗水吧。”郭镇长说：“继龙，最累的还是你呀！看你瘦成啥了，头发也顾不得理，这样没日没夜地在工地上熬可不行呀。人又不是铁打的，时间长了要累垮。”老支书也说：“继龙，你只要安排好，该休息还是要休息么。”郭镇长又说：“粮食的问题，你们支书讲了，我再给你批一些。至少让你们接上秋。你也知道，镇上财力很有限，给不了你更多的支持，关键还是靠你们自力更生。”黄继龙说："太感谢了，只要郭镇长你来这一趟，我们的干劲就能涨十倍。"郭镇长笑着说："你小子啥时也学会了恭维领导。"黄继龙忙说："我说的都是实话，没有恭维呀，你不信问村民们。"郭镇长和老支书都嘿嘿地笑，他们看着黄继龙成长起来，心里别提有多高兴。

第二天，送走了郭镇长，黄继龙召开了一个村民大会，正式传达了郭镇长带来的喜讯：县上刘县长对二合塬修路表示坚决支持。老支书也开始想着要把汉台组的人提前动员起来参加修路，并决定成立修路指挥部，统一由黄继龙指挥。沟对面的秦家塬决定支援五千斤玉米，再加上镇上调拨的救济粮，粮食问题也就基本解决了。修路工程进入了正轨，李喜莲随着秦家塬送粮食的又来了一次二合塬。她给黄继龙带来了一双新鞋和一身新衣服，都是自己亲手缝的。为了能和继龙哥多呆一会儿，她没有跟随秦家塬送粮的就回，而是在她姨家熬了一夜，当晚她同黄继龙相约在场院的老槐树下。那一晚月光明亮，山风清爽，两个恋人坐在树下交心谈情。黄继龙有生以来亲了第一个女人，李喜莲感到无比幸福，两个人抱着就不想松手。直到鸡叫了头遍，他们才依依不舍地分别。从此后，修路总指挥黄继龙完全住到了修路工地的席棚间。他十天半月都不回一趟家。他爹他娘想见他，只能上工地上来看。

四

像一把火点燃了人们的激情，二合塬每个人很自然地进入了角色，人们都把修路当成了正事。高兴起来，黄继龙老腔唱得最响。根爷眼瞅着通往秦家塬的土填桥一天比一天高，老汉也坐不住了，立秋那天，他主动提出给修路的演了一场皮影戏，唱的是《杨门女将》，说是犒劳凤仙她们的铁娘子突击队。老汉翘起白胡子一唱，一下把大伙儿的情绪调动起来，全场人跟着都唱。黄继龙一高兴，他想起了他爷，想着自己就像那孤身一战的杨宗保——“我杨家出生入死何足论，忠心耿耿保宋民，与辽部转战数十春，杨家的功劳天下闻”吼声一时感天动地。

到了秋天，山区的谷子高粱熟了，山林里树叶黄了红了。四野金黄火红一片，收获的季节到了。经过春夏秋三季的艰辛努力，一条虽弯曲但还算平坦的山区道路终于修成了。那新修的道路，躺在天地之间，就像五彩的大地上一道明亮的闪电一样耀眼夺目。道路又好像一条浅黄色的绸带，把偏僻的二合塬同对面的秦家塬连接了起来，把闭塞的二合塬同遥远的木钵镇和环江县城连接了起来，把地老天荒的二合塬同外面的世界连接了起来。从此二合塬人上木钵镇、上环江县城办事、卖山货不再犯难。而秦家塬人到二合塬走亲戚也容易了许多。这是一条可以并排通行两辆架子车的大路，这是一条可以放心大胆骑自行车的大路。在赶着毛驴走惯了羊肠小道的二合塬人眼里，架子车和自行车就是现代化的交通工具。这条路也就是通向现代化的阳关大道。“从此，我们走在大路上，意气奋发斗志昂扬！”黄继龙走着唱着，调子却是自哼的老腔调。一时间，这首变了调的老腔就成了二合塬老老少少挂在嘴上的流行歌曲。二合塬人盼这么一条大路，盼了多少辈子，谁能说得清！眼下终于盼来了！竣工那一天，村里锣鼓喧天，燃放了鞭炮，还扭了大秧歌，唱了皮影大戏《大西厢》。一连好多日子，连鸡狗猫猪都跟着哼哼唧唧地欢呼雀跃，连老槐树上的喜鹊都叫得格外欢乐。竣工典礼那一晚，黄继龙回到家中，躺在老窑炕上兴奋得睡不着觉。他眼瞅着窑顶上的缝子，又开始同他爷交心哩。说来也怪，那只好久没有露面的长虫，忽然之间又出现了。那神物双目闪亮，长长的双叉信子吐得很热烈。这表明那神物也是十分的兴奋。黄继龙听到身边的父母睡得正香甜，就在心里同他爷对开了话：爷呀，你孙子经过千难万难，到底还是办成了一件拓事。你老人家盼望的那条通往山外的路，终于修通了！他说着闭上眼睛，泪水就顺着眼角热乎乎地流淌出来。黑影里便看见他爷笑得眼睛都眯成了一条缝。他老人家最高兴的时候，才会是这样哩，花白胡子都是翘着的。爷呀，我的亲爷呀！黄继龙继续说，你老人家不是时常想着到山外看看嘛，明儿个我就要骑上自行车走一趟木钵镇，再上一趟环江县城呀。就是你老人家时常念叨的那个仙女的肚脐眼和脚底板嘛。你老人家要是能坐着你孙子的车子该多好呀！黄继龙说到这里，就觉得窑顶上似乎有动静，忙睁眼看。就见月影下，那神物探出头来瞪眼对着他张望。黄继龙突然一阵激动，心中连连叫着爷呀爷呀，你老人家又显灵了！记得他刚当选组长时，他爷就显过一次。修路开工那一天，又显过一次。那日在鹰嘴砭开山放炮，等到炮声过后，硝烟散尽，柱子他们就在工地上见到了一条长虫，他们急忙喊黄组长去看，黄继龙一眼就认出是他爷显灵了！二合塬人有个习惯，从来不伤害长虫，认为是神物。眼下这神物又露了一面，黄继龙就安安稳稳地睡着了。

第二天一大早，根爷牵着花叫驴在村里拾粪，就看见黄继龙骑着自行车，后椅架上带着两毛口袋山货，飞快地从新修的路上出发了。老汉碰到当面，正要低头假装没看见，可不料想，继龙的车子却停在了他面前。

“根爷，拾粪哩。”黄继龙问。

“嗯。”根爷头也不抬说。

黄继龙说：“根爷，你看着咱村这路修得咋样？”

根爷说：“我看不咋样。”

继龙问：“怎不咋样？”

根爷说：“太窄，走不成大汽车。”

继龙一愣，说：“根爷说得有理，我也觉得太窄啦。”

根爷惊异地抬起头，看着黄继龙，再没说话。这时他们正路过场院。向阳的崖根聚着晒太阳的人群。见人们农闲了心情好，鸡狗猪猫也都又来凑热闹。凤仙抱着她家的乖狸猫，手里还拿着鞋底纳。云歌则搂着她家的大黄狗脖子高声说笑。大黄狗像人一样坐着，两只直溜溜的眼睛总在穿花衣衫的女人身上瞄，后腿中间那东西就红硬地吐了出来。路三娃便坏笑着指着问云歌说："你家的狗咋就那扊相？"云歌瞪他一眼说："还不是净跟你学坏的嘛。"众人哈哈大笑，路三大张着口无言以对，只是扭头看了一眼得胜。得胜是有名的怕老婆，云歌的事他哪里管得了。众人又嘿嘿地笑，路三娃就低头假装没事人。大黄狗大概是知道人们笑啥，便冲着路三娃汪汪地咬了几声。路三浑身一颤，就再没敢吱声。自从那天被脱了裤子，路三娃一直对云歌耿耿于怀，可他又没办法。到了农闲时节，二合塬的人就好聚在一块闲谝。男人们嘴里都咬着旱烟锅子，把手缩在袖筒里。女人们就都拿着针线活，嘴不停地嚷嚷。男人们就嘿嘿地傻笑。女人们议论纷纷，说东道西。男人就只听不插嘴。只有路三娃是个例外。女人们就越发瞧不起这小子。今天的主要话题，是夸新路。都说路修得真好，路修通了真是好。庄稼早早就运回打完了，再不要人清早起来翻沟跨梁地去背。那背庄稼可不是人受的罪些，受苦人这名称也就是背庄稼时体会最深。眼下众人见黄组长推着车子过来了，就都站起来看。得胜指着黄继龙的自行车说："黄组长，你这是出远门呀？路真好，你这不吃草的马儿，肯定比根爷的花叫驴强。"云歌生气说："死鬼，你会夸人不！"一旁的根爷果然听得就来了气，说："真正跑开来，还不定谁的快呢！"柱子说："要论快慢，根爷骑上花叫驴和黄组长的车子比一比不就知道了？"根爷说："谁想比谁比，我没那闲工夫。"黄继龙就谦和地笑着说："等路拓宽了，我再和根爷比。"

这时，老支书也好像要来晒太阳。他披着一件老棉袄，头上挽着毛巾，躬着腰，好像数地上的蚂蚁。离着老远，人们就都看见了，感到稀罕。黄继龙正好想跟他老人家说说话，便站着迎候。

老支书过来问：“继龙，你们说啥哩？”路三娃小声说：“说狗尿哩。”众人就都嘿嘿地笑，黄继龙瞪他一眼。幸亏老支书没听清，又问：“啥，说狗蛋哩？狗蛋咋哩？”众人这回没笑，都瞅路三娃，看他咋说呀。路三娃却说：“听说狗蛋家也买了一辆自行车子。”“是呀，”老支书说，“咱村里有好几户人都买了自行车子，这下有了好路，这铁疙瘩就活了，能骑人又能捎山货，平时还不用人侍候，不像毛驴子整天得割草配饲料。继龙，你这是上哪里呀？车子后边带这重？”

“我上木钵镇呀。”

支书问：“卖山货呀？”

继龙说：“嗯。”

“这回该不是偷家里的吧？”

“这回不是，是我爹派的活。”

众人就嘿嘿地笑。

黄继龙和老支书说着话，就慢慢地走起来。两人边走边比划着。不一会儿，他们又站在路边商量着什么。众人一致瞅着他们，只有路三娃和根爷朝相反的方向走了。

黄继龙看见了，就说：“老支书，我觉得这路还是太窄了，还得拓宽，你看这自行车驮山货，虽然快，可驮不了多少，要是按原计划修成能走汽车的路，那样就方便了，您看咋样？”

老支书说：“继龙呀，你这想法是好的，但再加宽，只咱二合塬一个村，困难实在太多了，不好克服啊！”

继龙说：“困难不怕，老支书，咱慢慢来，无非是时间拖得长些，总有一天会修成的！”

五

自从修通了路，黄继龙的威信不光在村里提高了，在家里也提高了。他爹看着他也再不撅嘴咬牙，他妈的脸上又恢复了慈爱的笑容。入冬的这天夜晚喝了糊汤，全家人聚在老窑的炕上说话。他娘手里依旧是不停地纳着鞋底，那种麻绳穿过鞋底的声音，使得他爹心情格外的舒坦。“继龙，你也老大不小了，”黄父对继龙说，“婚姻大事也该考虑了吧，不要整天总忙着村里的事。”继龙不说话，他仰面靠在被卷子上，眼睛只是瞅着头顶上的窑缝子。他的心里正盘算着拓宽路面的事。他娘就说：“人家你哥已经在银川成了家，我也去看过了，一家人多好。可你，却老这么拖着。”黄继龙还是不说话，他心里急的是啥时候拓路工程才能开工。他爹就有些生气，说：“你倒是听见了没？你妈都快急出病来了！”他妈这回停了手里的活说：“那天听大刚好像说，你自己瞅了个对象，还是秦家塬的？到底有这事儿没？你给妈说句实话。”

这一回黄继龙再也躺不住了，一下坐起来，见他爹也停了吃烟，正瞪着眼等他回答。说实话，他也正等着他们问哩，就趁机说：“我是认识人家秦家塬一个女娃叫李喜莲，可人家条件比咱好得多，我怕这事不靠实，所以没敢正式和人家挑明里说。”

他爹有点着急，把烟锅子在炕楞上捶了捶说：“哎，你这娃，你先说，人家女娃有没有那意思嘛。”

黄继龙说：“人家？好像有，有，有点……”

他娘说：“咳呀！这有就有，没就没嘛，啥叫好像有点？难道你是木头疙瘩，感觉不出来？”

黄继龙扭头看他爹，他爹只顾闷头吃烟，又不吱声了。

这回倒是继龙有些急，心想看来是没戏了。人家都是过来人，有经验。说真的李喜莲的心思，他还是真有点琢磨不透。他害怕事情传出去，人家又反悔，那就丢大人了。窑里的气氛顿时沉闷起来。三个人都琢磨着这件事。

“咳呀！这娃，”还是他娘先开口说话，“继龙呀，不是妈说你，你都二十好儿的人了么，咋把瞅对象全没当回事呀？”

继龙说：“爹、妈，我觉着这事不能急，还是要等把路完全修通了，垫上石子再说。”

他大听得眼一瞪，说：“看看！又是修路，修路！那这三年五年路修不好，对象就不瞅了？”

黄继龙被他大逼急了，干脆实话实说：“大！咱要是修不出一条成形的好路，对象还真不好瞅，谁家愿意把女娃子嫁咱这孤山塬上来，你都不听人家怎编排咱二合塬人哩，说‘周台的小伙长得帅，周台的地形人不爱’，还说‘宁可养活个老女子，也不给周台人当媳子’。”

他大生气说：“你再甭胡咧咧，我咋就没听说。照这说，你妈当初就不该到咱周台来！”

黄继龙脱口说：“那是因为我爷有本事么。”

他大一听气炸了，大腿一拍说：“行，你爷有本事，你爹我没本事，所以才生出你这么个忤逆子、大囊子！”

他妈说：“哎哟继龙！咋能这么跟你大说话！我告诉你，你大是没本事给你说媳妇，可人家你大当初为了娶我，可是本事不小！本来我也嫌你这儿穷，偏远，可你大人家有本事，死缠活缠嘛，硬是把我心缠软了！”

他大一听嘿嘿就笑，说：“咳呀！你倒说这做啥呀！也不怕娃笑话咱。”

他妈说：“咋？兴你做还不兴人说？这也是经验嘛。我是代表你介绍经验哩。我说继龙，我看瞅媳妇，就得像你大当初那样，脸要厚些，不怕臊，缠住不放才行。缠到人家一心软，事就成了！”

黄继龙笑着说：“妈，眼下我大这经验可不灵呀。如今是啥时候？人心可不同你们那阵子那么简单。我这讲究的是水到渠成，我看这事你和我大都不要心急，我迟早会给你二老领回个儿媳妇的。嘻嘻，你们看行也不行？”

他大狠吸一口烟，严肃地说：“你也不要嬉皮笑脸，不行！自古说对象得有媒人，既然你都有了这么个底底子，咱就得抓紧。我看就托陈家你二表叔做大媒，早日促成这事。”

黄继龙还是固执地说：“大，我看这事先不急！”

他大黑影子里眼一瞪说：“啥不急！我看就这么定了。”

他妈柔声说：“继龙，我娃乖，就听你大一回，托媒人说合，抓紧订婚。”

讨论起儿子的终身大事，二老顿时没了睡意。黄继龙也被搅得心中纷乱。谁又不想早早恋爱结婚，可队里修路不能分心呀。要不是惦着修路，他早就进城打工挣大钱去了，何必守着这孤村受穷。话头扯开来就没完没了，各人打算不同，看法始终不能统一。

夏夜本来就短，一家人拉着拉着，不知不觉窗户上就透出了亮白。这时听到外面鸡窝里传来两声鸡叫，黄继龙揉揉干涩的眼睛，无奈地点了点头，算是向大和妈服了软。

第七章

一

高原上冬日的阳光十分和暖。秦家塬李喜莲家的窑洞又是在背风朝南的阳湾湾里。冬天天短，农村人只吃两顿饭。眼下大约上午十点多，喜莲伺候着母亲吃完了早饭，见院子里阳光正好，她就扶着母亲出门坐在树墩上晒太阳。母亲虽说腿不灵便，近来双眼也几乎失明，但一天到晚手里针线活还是不断。不是纳鞋底，就是纳袜垫儿，那麻利准确的手法丝毫不比明眼人差。喜莲坐在一旁深情地望着亲爱的母亲，手也没有闲着。她在绣一只美丽的香包，设计的图案是一对鸳鸯在荷塘中戏水。那是姑娘们心中的秘密，一个十分敏感的话题。好在母亲看不见，她也不用操心母亲看着自己脸红。此时她正用红丝线精心地绣着一朵含苞待绽的荷花。一只好奇的蜜蜂飞过来落在那花蕾上。她停住手，仔细地端详。不知怎么就想到了黄继龙，脑子里满是他的身影，再也无心绣花了。

窑院里真安静，天空蓝得就像一汪水，蜜蜂抖着翅膀飞来飞去声音大得像飞机。突然，一只大红公鸡追着芦花母鸡冲进院子。母鸡累了，就半依半扛地翘尾半卧，公鸡骑上去一弓腰，两只鸡就兴奋地呻吟起来。一转眼，公鸡满足地拖下一只翅膀围着母鸡“嘎嘎嘎嘎”打转转。喜莲看得真切，顿时感到呼吸心跳在加快，身子也随之燥热骚乱起来。那俊俏的脸就一下子烧红到了脖根。幸亏母亲没有发现，她忙问：“妈你热不热，要不要回里窑去。”她妈说不热。喜莲就满怀心事地飞针走线继续绣她的香包。

此时，窑脑畔上的场院里传来一阵难听的驴叫声，随之而来的就是一阵男人的学叫和粗陋的哄笑。喜莲顿时脸红了。她知道那些村里的老光棍和二不愣后生又聚在她家窑脑畔的场院里说二话讲黄段子。这是冬日里村里闲得没事的人的营生。他们没钱娶媳妇，也就没有正常庄稼汉的光景。那高大威猛的黑背叫驴本是队里的一条驴公子，全村的母驴发情，都得辛苦它。光棍汉们把这叫犒劳。这叫驴原本是养在饲养院的，如今喂驴的老光棍王二来场院里晒暖暖，叫驴就很不情愿地被拴在场院的老槐树上。正午的日头开始有些毒，把驴身子晒暖了，驴就兴奋起来，肚子下面的生殖器就硬倔倔地垂下来。蝇子老远闻到腥臊气息，也都吟吟地飞过来叮吮。驴愈加受到了刺激，奇痒难耐，便使劲用那东西拍打肚皮，还“啊，啊”地朝天长叫。于是光棍汉二愣子们就开始扯圆嗓子学驴叫。人们连叫带笑，心情狂欢，学驴叫的与哄笑的人就得到了无限的快乐。李喜莲赶忙扶着母亲回窑。母亲嘴里不住地嘟囔着骂那些驴日的光根。随即，就听到有人怪声怪气地唱起来。

女娃子巧手绣香包，
鸳鸯香包包送给谁吆？
是不是有主了！
干脆送给哥哥我吆 。
女大是一枝花嘛，
哥哥是花架架，
有心把花接回家，
不晓得答应不呀？

李喜莲听得，早先是有些生气，此后她就不再气了。她想象着，这就是黄继龙心里在唱！她正陶醉着，就听到后窑里母亲叫自己。原来是有人进了院门。进门的是村里的媒婆李半仙，也是户家一位婶婶。能说会道的高嗓门老婆子眼尖脚快，转眼就进了院门。一进门就问：“唉吆喜莲，你这是给谁绣香包包？鸳鸯鸟鸟一对对，真真迷死个人哩。”

喜莲慌忙说我：“我是学……手艺。”

李半仙除了说媒装神还给人看病。村里人都信她，也有些怕她。

老婆子挤眉弄眼说："好！那就多绣几个，现如今香包就是香饽饽，年节快到了，咱娘俩多绣些，再剪些窗花花，拿到庙会上卖。"喜莲说："婶子你手艺好多绣些，我手笨心不灵就只绣这一个……"

老婆婆一听，把那个快绣成的香包包拿起来细细端详着喊道："咳呀！这个香包包真好，绣成了给谁呀？"

喜莲说："我这是学着绣哩，我要绣个与众不同的香包包……"

媒婆婶子听得明白了，心中很不高兴，一时不再说话。媒婆婆嘛，最不乐意人家有了心上人。姑娘娃有了心上人，还要她这媒婆子做甚哩。饭碗问题，搁谁能高兴。

喜莲她妈早听得分明，故意揭底地问道："喜莲娃，你得是看上二合塬周台村那个姓黄的穷小伙子啦？"

喜莲红了脸，抬头看看精明的媒婆，连说："不是的，不是的。"

李半仙听出喜莲妈的态度，一阵暗暗高兴，不由得哧哧笑着故意说："看把娃羞得，我们喜莲眼头可高哩，怎能看得下二合塬的穷小子。咱秦家塬上人咋能下嫁到二合塬，咱秦家塬是天堂，二合塬是啥？"

李喜莲低头绣荷包，小声埋怨母亲说："妈！看你，你觉着……"

她妈说："你说我觉着啥？"

喜莲鼓起勇气说："你觉着人家黄继龙咋样？"

她妈说："小伙子人不错，就是二合塬条件太差，瞅对象可不行，你大当初也是这个意见，你要真有那念头，就趁早打消了。"

李媒婆见状故意告辞要走。喜莲她妈急忙说："她婶婶，我喜莲娃这婚事，还得你老人家操心些。""只要你娘俩看法一致，咱喜莲这条件，不进县城也得上镇里，婚事包在我身上。"李媒婆答应着出了窑门。

窑里只剩了她娘俩，喜莲说："妈！我的婚事不用你们操心。人家黄继龙哪一点不好？村民小组长，村里谁不夸。人家放着进城做生意不去，决心修路搭桥，要改变家乡落后面貌，这样的好人如今哪里能找到？”

这时候，喜莲他大进来说：“哎，这女子说话有意思，修路搭桥是人家的事与你何相干？听说你前几天还偷着去二合塬修路工地找那小伙子来，有没有这事？”

“大，我是去二合塬我表姨家，顺便到他们工地转了转，这有啥不对的？”喜莲带气地反问道。

他大脸一沉说：“嗬！说得轻巧？你一个大姑娘，跑那么远的工地上去找一个小伙子说话，都不怕人笑话？”

喜莲说：“大天白日，工地上找人说两句话他谁笑话啥？”

“好你还顶嘴！”他大火了，冲着喜莲她妈说：“老婆子你听这啥话！看你把女子惯成啥了？就这么跟他大说话！李喜莲，你给我听着，以后，再要是不言传偷着去二合塬，你就别再进咱李家的门。”

李喜莲气得脸发白，刚抬腿要走，他大改口和缓地说：“好娃哩，你二姨刚才捎话说在城里给你瞅了个对象，明个就跟我进城去相亲，听见了吗？”

李喜莲没有言声，两条长辫子一甩，一阵风似的出门而去。

他大气得手指着她妈直摇头。老两口半晌无话。女子大了由不得爸妈，谁都知道这是家家难念的经。

二

工地上大伙儿正干得热火朝天。周台汉台的劳力全都上了。瘸子五爷忙着在露天灶台前烧开水。人们已经尝到了有路的甜头，听说要拓宽，走汽车，就更来了积极性。水煎了，各家送饭的也都来了。趁着大家吃饭喝水，好出风头的光棍路三娃扯开公鸭嗓子唱开了他现编词句的“环县道情”。词是戏文中二花脸的老词套的，经他女里女气、添油加醋胡乱夸张一唱，逗得众人哈哈大笑。

咱路三生来就怪偏，
面朝后脑勺却朝了前面。
头朝下脚朝上尻子朝天，
亲爹爹亲娘娘都无近远。
花公鸡红公鸡都不踏蛋，
白叫驴黑叫驴都无骚缠……

大伙儿哈哈大笑。路三娃更得意了。扭头看见柱子端一碗捞面吃得正香，眼珠子一转，就又唱道：

走一步退一步全当没走，
吃一碗屉两碗屉出长头。

柱子噙在嘴中的面再也咽不下去，恶心得几乎要吐。他顿时来了气：“哎，我说路三娃，你尿够能得，咋啥都跟人不一样！”

路三娃不服说：“我能，我能个尿！这几天我愁得觉都睡不着哩！”

平时言语很少的黄继先凑到路三跟前小声问：“唉，路三，你愁啥？队里托你组织个工队咋就这么难？”

路三娃也小声说：“咋，你还不信难？这几年人家秦家塬人富裕了，家家都想修一砖到顶的新瓦房，可咱二合塬人也没闲着呀。你看，这匠人、劳力都在这儿，紧得像拧八股绳。”

黄继先说：“你不是泥水匠，牵头组织个工队还有啥麻搭？”

路三娃一急，声音抬高说：“咳，咱村的好匠人差不多都在这工地上修路，我上哪儿去寻人？”

黄继先悄悄躲到一边了。近前喝水的半脑子王八成听得急忙凑过头问：“哎，你先说，啥行情？”

路三娃犹豫一下说：“我的爷，行情没麻搭，小工子管吃管喝一天二十块，匠人那就多了！谁有兴趣，今黑就到我窑里来报名。”

“哪，我算是小工还是匠人？”

路三娃狡黠地瞅瞅众人，故意问：“八成，你自己说呢？”

王八成呼地红了脸，耷拉着脑袋不再说话。周围人互相瞅瞅，没人再搭茬。

路三小眼睛一眨巴：“我说各位兄弟，谁要是跟我去秦家塬做活，保证让他腰包鼓圆，强比窝在村里瞎折腾强！”

大刚听得，呼地站起来，指着路三鼻子问道：“哎！姓路的我警告你，少胡咧咧，啥叫瞎折腾？你说！”

路三娃不服气，麻子脸上小三角眼一瞪挺起腰杆说：“大粪缸，我和人家说话，马槽咋就伸进了驴嘴！”

大刚子急了，一把揪住路三的领口喝道：“谁是大粪缸？你再叫一遍！”

路三看看众人，只得硬撑：“我，叫，就叫你，咋地，二合塬谁不知道你个大粪缸！”

“嘿，你尿皮鞔鼓，还给老子硬撑！”

大刚子说话上去就给路三一嘴巴！

“去你娘的！老子叫你硬撑！”眼瞅路三倒在地上，他嘴里还骂着。

路三娃没想到人家动粗，当下蒙了，赶紧爬起来捂着脸要逃跑，却被大刚子死死揪着领口动弹不得，只得张牙舞爪大叫不止："哎呀呀，大粪缸子……打人！"

大刚子更来了气，又是接连几嘴巴，打得路三娃口鼻出血，不敢再叫。

"狗日太瞎！黄组长为村里修路费力劳神，你倒好，跑这儿拆台！"大刚指着路三，当众声讨，说话还瞟了一眼黄继先。"你小子听着，二合塬有了大路，你小子走不走？工程节骨眼儿上不凑劲还……我就不信把你这无赖没法，告诉你，村里无法，老子拳头有法！"

路三躺在地上，终于缓过劲儿来。大刚子的拳头也真厉害，平时人鬼不怕的路三娃这回乖了。光棍不吃眼前亏，路三趁大刚不注意拔腿就走，狼狈相惹得大伙儿直嘿嘿。路三娃跑出二三十步停下来，转身跳着骂道："大粪缸，我日你先人！大粪缸，我日你八辈祖宗！你挨尿不得好死！"

大刚子一听抬腿就要追打，被黄继先拉住了。众人再看时，那路三早逃得不见人影影了。

一场风波如同一阵过云雨，此后工地上风平浪静。黄继先又开始带头苦干，人们心满意足地各自开工，工地上渐渐恢复了紧张劳作。这样的生活插曲，也是二合塬人的一种娱乐，习以为常的娱乐。老支书常说，驴圈里踢不死驴驹子。吵嘴打架对于二合塬人来讲就如同勺筷难免要碰锅碗。人们甚至早已习惯了这种粗野甚至有些残酷的娱乐。过后也就"书归正本"。劳作的自觉性来自祖祖辈辈的惯性与承包任务的压力。在这个偏远古老的村庄，有自己的"老腔法则"，谁也不敢偷懒。大刚子的拳头似乎起到了稳定人心的作用，再没有人相信路三娃的鬼话。人们只想着尽快把路拓宽，好走拖拉机、汽车，把山货拉出去换成钱，再把建筑材料拉进来，好盖自己的大瓦房。

这时，进城求援买材料的黄继龙回来了，刚走到村口，就遇上了鼻青脸肿满嘴是血的路三娃。那黑皮一见黄继龙，一下来了劲儿，随着黄继龙又返回到工地上。他知道黄组长在场，他大刚子不敢撒野。他先是躲在黄继龙身后，突然就露出脑袋，手里挥舞着瓦刀吼叫道："大粪缸，老子今天和你没完，老子今天要和你拿命！黄组长，大伙儿都听着，你们可不许劝架，你们就眼看着叫他大粪缸把我活活打死。谁拉架谁是女子养的！"

大刚子听得，就抬腿冲上前说："拿命就拿命！大不了给你小子抵命！"

"大刚子！"大刚子愣住了，黄继龙拦住大刚子劝说……

"组长，你不要挡，我今儿得替大伙儿捶这张赖狗皮。大不了挨枪子也要把这个瞎㞞治一治！太嚣张了，黄组长的话不听，连老支书的话都当成了耳旁风！"

黄继龙不知详情，只是死活拦着大刚子。柱子明知路三不是大刚子的对手，却故意说："黄组长，你放手，让他们较量一回，一对一，谁输了今后就得服服帖帖。"

"柱子，你小子怎还火上加油哩！"黄继龙怒声喝道。柱子伸伸舌头不言声了。路三娃更来了劲，手指大刚子骂道："你小子是好汉就动手，我这瓦刀可是不长眼！"

大刚子见状，故意丢掉手中铁锨，上去就迎着路三手中的瓦刀说："你小子有种，往这里砍！"说着还真把头伸过去。黄继龙一时没拦住，就见路三上前一步，照着大刚子的头顶就是一家伙。大刚子的头上脸上顿时鲜血直流。二人扭打在一起。

黄继龙被搅和在中间，也弄得满身是血。路三娃很快被大刚子按在地上，大刚子的拳头就像武松打虎一样落在路三娃身上。开始还听见他骂人，一会儿就只有呻吟声了。

大刚子也打累了，被黄继龙拦住了手。人们围住两个打架的看，也不顾得干活。

黄继龙气得脸都白了，厉声喝道：“大伙儿都去干活，斗阵有啥好看的！”

众人开始散去。闻讯赶来的凤仙拉着脸在给大刚子包扎伤口。路三娃赖在地上不起来，脸色苍白，嘴里吐着白沫子。烧水老汉上去掐住他的人中，一鼓劲，他竟然疼得坐了起来。显然是在装神卖鬼。黄继龙看在眼里，也没有说破，只是怒气冲天地说：“你们这是干啥？你们不要脸我还要脸哩。你看看人家北塬上人都站在塬畔上看热闹。你们这是耍猴？”

路三娃哭丧着脸：“黄组长！你看看，大刚把我打成啥了？”

黄继龙说：“大刚子打人肯定不对，可你说说，大刚子好凭无故为啥打你？他怎不打旁人？”

路三娃张口无语，随即说：“照这么说，他就白打了？”

黄继龙没好气地说：“你把人家头砍破还有理了！你们这叫二虎相斗，两败俱伤。各自回去反思错误，养伤去！”

大刚子不再说话，路三娃也无话可说。一阵风吹来，二合塬又恢复了往日的平静。

三

说起来这陈老二还是黄继龙外婆家的姑表远亲。此人长得獐头鼠目，可生来能说会道，小时念过几年书，后就学了阴阳（风水先生）。“文革”中受了冲击，定为牛鬼蛇神，只好洗手务农。改革开放以来，农村政策放开了，他就死灰复燃，重操旧业，外带算卦说媒，整天东游西荡，吃香的拿硬的，日子过得舒坦，还成了就近各村的大名人、大能人。眼下，陈老二鼻梁上驾着一副璞鸽蛋大小的银丝眼镜，风尘仆仆进了黄继龙家。稀客贵人登门，黄家父母自是喜出望外，免不了盛情款待。你瞅，平日精细节俭的他大开了立柜，又是好茶又是好烟，炕桌桌上还摆了一瓶十五年西凤酒。他妈更是热情得不得了，嘴里一个劲他表叔他表叔地叫，手下更忙个不歇。柴鸡蛋炒得金黄、猪耳丝切得生细、油炸花生米满窑飘香。那陈老二也不客气，脱鞋上炕盘腿坐了就点上一支中华烟。如此又是抽烟，又是喝酒吃菜，尽自品麻一阵，也不谈正题，眼看到了晌午饭时，继龙他妈就开始生火做饭。正顿饭是炖羊肉、压饸饹，陈老二吃得马瞎子不睁眼。到后来干脆脱了外套，湿毛巾顶在谢了顶的头上，看着就像三年没吃过好的。

“哎哟！我说他表叔，你表侄这婚事，你看……”

等他吃到第三碗饸饹，黄母终于忍不住问。那阴阳像是没听见，他大抬高嗓门也问：“就是，兄弟，我托你那事，问得怎么样了？”

陈老二终于住了吃，像是突然记起一样说：“唉，行情不好呀，好我姐夫，人家姑娘她大她妈嫌咱二合塬交通不便，一提说就摇头，说只要咱娃能到镇上去打工，就还有门。”

黄继龙他大听得脸一下子沉下了。

陈老二又说：“姐夫你先不急，今早路上我都给继龙说了，他说先别急，等路修好了媳妇子自然就上门了。”

他大把旱烟锅子朝鞋底上一磕，生气地说：“看看，又是修路！这娃简直疯了，修路与你问媳妇子㞞相干，难道这路修不成，你一辈子就不瞅对象了！”

他妈说：“唉！他表叔，你就说咱继龙很快就到镇上打工呀，连镇长都说咱继龙是根好苗子。”

“好苗子好苗子，可就是不往正地方长，你有啥办法些。”他大说着急得咬牙直摇头。

他妈说：“他爹！别动气，咱慢慢商量，那女子既然看上咱娃，咱给娃好好说说，让他把女子缠紧些，没准儿女子还能做通她爸他妈的工作呢。”

陈老二说：“嗯，我看有戏。只要咱继龙多在女子身上下功夫，就不怕这婚事成不了。”

他大说：“唉，他表叔，我那瓜儿是头犟驴，我爷俩撇不着火，这事可得全靠你！”

“姐夫，这事就包在我身上，只是女方得给点彩礼，你看这……”

窑里正说话，外面黄继龙就进了门。陈老二吓得赶紧把话咽了回去。

四

塬上的日头，说落就落。冬天的太阳就像个大火球悬在西边原畔上。秦家塬李喜莲家的窑洞面朝南，太阳一沉落，很快就黑了下来。喜莲做好了饭，端上炕桌，她妈见她不说话，就知道有心事。

“喜莲，有啥事给妈说。”

喜莲犹豫片刻，对母亲说：“妈！我想进趟城。”

她妈听得一怔：“前两天你爹要领你进城相亲，你死活不去，今儿个咋就想开了？”

喜莲说：“妈呀！人家今儿进城，是，是……有旁的事。”

“旁的事？啥家事？……进了城去趟你二姨家。”

李喜莲瞪大眼睛，望着她妈不再说话。她妈就急了，说：

“你要知道，黄家托人来提亲，我和你爸回绝了。”

喜莲一怔：“妈，你说啥？”

她妈不说话，李喜莲也急了。

“妈，你是说二合塬黄家来提过亲！”

“可不是，也不看看自己的光景！”

“人家来，咋不给我说！”李喜莲声音里带着火气和委屈。“我就不信，你们该不是哄我？”

“是真的，你就死了那条心吧。黄继龙配不上你。”

喜莲哼了一声生气说：“我还不一定配得上人家！”说完辫子一甩出门而去。

不一会儿，身穿粉红上衣包着大红头巾的李喜莲就走在塬头的大路上了。远远看着，她就像一团耀动的火，跃动在旷野上，显得特别抢眼。村里麦场上晒太阳谝闲传的年轻人，突然之间就都瞪大眼睛朝那边瞅，空气就像是一下子凝固了。喜莲回头一看，感到浑身都不自在。

大晌午的，塬上突然刮来一阵风，把路上的尘土扬起来，落了李喜莲一头一脸。她用手帕使劲地擦眼睛，眼泪就顺着脸颊不停地流下来。她满脑子都是黄继龙的影子，感到有一肚子的话要对他说。此时此刻，她多么想见到亲爱的继龙呀。心中历来很有主见的美丽姑娘，她对父母背着自己干预终身大事一万个不乐意！可她又是村里有名的从小就听话懂事的女娃子，她不愿意伤母亲的心。因此，这委屈就憋在心里，让她难受得不知该向谁个诉说。她此刻出了村，在村路上飞快地走着，感到背后有许多的眼睛锥子一样地刺着自己。她就像要逃离一个充满危险的地方一样，恨不得迈开大步飞奔。但是她还是控制住了自己，就像是控制着没让自己哭出声一样，她怕村里的闲言碎语。她想不明白的是，为什么心中最亲近的人，有时候彼此会变得如此的陌生而又疏远……

前面是岔路口了。一边是大路，沿着塬畔通向县城。另一边是小路，缠绕塬下通往二合塬，如今有了一条新路，就近多了。原本是打算进城办事的李喜莲在岔路口犹豫不定，最后她还是放弃了进城，快步离开大路，沿小路朝二合塬走去。是的，姑娘在这一刻，改变了主意，也一改乖女子的性格。不进城了，直接去找她自己的幸福，她也顾不得更多。

李喜莲没去城里，更没去找二姨。她把母亲的话根本没当回事儿，这在她二十三年的生命里，还是头一次的叛逆。由于走得飞快，她在上坡时气喘吁吁，但她心里高兴，甚至感到兴奋，她为自己战胜了自己的懦弱而感到自豪。她走得飞快，等到爬上塬头，太阳还老高老高。此刻当她站在塬畔，望着已经偏西的太阳，心中的怨恨完全被兴奋和幸福的感觉代替。前面就是二合塬，远远望去，周台与汉台就像一个人的一双眼睛望着她。她感到了一种从未有过的幸福感觉，不由得就哼起了环县道情《绣香包》。她兴高采烈地沿着去周台村的新修道路快步疾走，不知什么时候，嘴里唱着的又变成了《绣金匾》。那喜庆深情的歌声，在山塬沟谷间萦回，连她自己听得都陶醉了。

五

二合塬周台村民小组的修路工地上一片热闹景象。工程主要还是挖土方，拓宽路面，裁弯取直，遇沟填沟，逢河修桥。塬上缺石头，挖土的主要工具还是铁锨和宽刃老镢头。黄继龙正抡开镢头掏土，身上只穿着短裤背心，用他大他妈的话说，他干起活来真是不要命。眼下你瞅，他满身满脸是汗，远远看着，满身的肌肉就像涂了桐油，铜铸铁打的一样结实锃亮。大刚和柱子，一个铲土，一个推车，也都穿着背心短裤，就像是在小学校打篮球，干得昏天黑地。他们的阵势，惹得村里的大姑娘小媳妇都站着傻看。好敲怪话的还说："瞧人家黄组长，原封小伙子到底不同。"一句话说的女人们哧哧偷笑，暗恋着继龙的姑娘们顿时心猿意马。正当年轻妇女们一个个大张着嘴，痴情地瞅着黄继龙诱人的筋肉疙瘩，懒洋洋的路三娃在一旁看得不耐烦，他撇一撇嘴，露出一排黄牙嫉妒地说："哎呀我的爷，看把你们这些骚婆娘馋的，就像三年没见过男人。"

妇女们一听，当下就炸了锅。

"路三，你小子说啥，再说一遍！"云歌又要出头。

路三娃当然不能当众服软，他便重复一遍。妇女们起了众怒，个个红着脸，也不要人发话，一哄而上，就把瘦骨嶙峋的路三娃老鹰抓小鸡一样压在地上。路三娃拼命挣扎着声嘶力竭喊叫，妇女们起哄地尖笑，却是并不松手。全工地几百号人一齐扬了头朝这边观望，就像看大戏一样，这边的戏也就演的更加有劲。那些平日里劳动的手，一个个都像铁耙子，不知有多大的力气，如今狠狠地伸过来，真正是老鹰的爪子，又尖利，又凶狠。先是一齐捅路三的痒痒肉：肚馕子，肋骨下，还有脖颈窝、腿叉、脚心。路三咯咯地一阵又一阵怪叫、求饶。那声音起初还像一只刚下过蛋的老母鸡，到后来就干脆如同杀猪猪嚎一样。人们还嫌不解恨！有人就把手隔着裤子伸进他的裤裆里乱抓，路三开始绝望地狂叫。妇女们可找到了他的软肋。更多的手开始向那里进攻，冰凉的耙子开始伸进裤裆里面挠。路三娃哭喊着开口骂人。"还敢骂老娘！"妇女们更来了气，有人放肆地动手解他的红裤带……

眼看这玩笑越开越大，先前的悲剧又将重演，看热闹的人们开始围拢来。

"都松手，都给我松手。"黄继龙慌忙丢下镢头上前解围。可这当口谁肯听他的。路三娃猪嚎一样的声音和妇女们的嘻笑声压住了一切。

眼看路三娃的裤子又被脱下，又被光着屁股按在地上，接下来裤子又被套在了他的头上。他白光屁股朝天撅起老高，手脚还用裤带捆得严严实实，妇女们这才松了手。光天之下，路三娃再次大亮其丑。

柱子幸灾乐祸拍手说：“路三，你这可真正是撅着屁股望天呀！”

大刚故意问：“怎么说？”

“有眼无珠呀！这还猜不出来！”

柱子故意高喊，众人哈哈大笑。唯独黄继龙不笑，生气地说：“都别火上浇油了，还不赶紧把人放了。”

众人余兴未尽。有人平日受路三欺负，唯恐治得不狠。

黄继龙急了，一个劲地制止，也没人听。人们都围着看笑话。路三娃平日嘴贱，啥话他都敢说，自然得罪人不少。人们恨不得让妇女们把这瞎怂整得再扎实些。今日这整法叫“帽顶棍”，“棍”是指小伙子裤裆那东西，意思是叫你把那家伙亮出来当帽顶子戴。

就在混乱之时，远远却传来了一阵好听的歌声。黄继龙突然心跳加快，他敏感地意识到，是喜莲在唱。喜莲怎么就突然从天而降呢！人们静下来，都侧起耳朵细听。黄继龙趁机上去给路三松了绑，才算把他解放了。那小子赖在地上不起来，大刚上去一把把他揪了起来说：“赶紧把裤子给老子穿上，真要把你这张驴脸丢到秦家塬去不成！”

也有心软的妇女说：“对呀，这要让外村人瞅见了，传出去赶明你路三可真不想要媳妇了！”

这话倒真灵，路三娃一听，赶紧爬起来，急忙就穿裤子。众人哧哧地偷着笑。路三回头直往村外路上巴望。他可是真正的好色之徒，李喜莲的美貌，他是垂涎已久。

正月里闹元宵，

金匾绣开了，

金匾绣对鸳鸯鸟，

颜色比花儿好。

二月里刮春风。

金匾绣的红，

金匾上绣的是

一条幸福路……

谁不知道这方圆几十里，《绣金匾》独人家秦家塬李喜莲唱得燎。如今她竟然改了原词现编句子，就更是令人新鲜惊异。黄继龙听得真切，这新词正是那日逮鸡误入她家院子所听到的，还加上了二合塬修路这事。

眼下，这么多人专心听她唱歌，喜莲全然不知。原来，她急急火火走向周台村，一路上脑子里渐渐地全是黄继龙的影子，很快就忘了同爹妈生气。转过这道弯，原本还有很长一段路才到，但她不知如今路已经修到了此处，弯道一过，就看得见人稠广众的工地了。她还以为自己在旷野上独行，所以依然放声高唱，尽情地抒发女儿家无法向人诉说的内心恋情，不料想那歌声竟一下子传到工地……

大刚听着兴奋浑身发燎，对黄继龙挤挤眼说："黄组长你听！那乖女子咋还唱着来了！"

黄继龙装作没听出，依然沉稳平淡地说："不要胡说嘛，赶紧叫大家干活。"可是说着话脸却呼地红到了耳后根。

妇女们对此事敏感。有人故意问："真是秦家塬李喜莲？"

更多的人夸张地侧耳细听，随后齐声说："嗯，就是她！就是李喜莲唱！"

大刚见黄组长一脸慌乱，忙催促大伙儿："快！快做活去，都去做活。"

回头小声对继龙说："还站着等啥？赶紧迎人呀！你本来就该主动，老让人家往咱这儿跑！我好像听说她父母不同意她嫁到咱二合塬。今天，你该把态度表明，机会难得，咱可得抓紧呀！"

黄继龙听得抬腿欲走，大刚叫住他："唉，兄弟听着，千方百计把芳心收住。"继龙一时不知所措。大刚把手伸到他耳旁，怪声怪气说："我说兄弟呀，该出手就出手，就像我跟你嫂子当初……生米做成熟饭……哈哈，老丈人再硬气也得服软。"

黄继龙眼一瞪说："你别咧咧！"

大刚急了："哎呀！你咋榆木脑袋？教你个曲儿都不会唱！"

六

黄继龙大步走过弯道，眼瞅喜莲就在面前，腿却沉得不听使唤，满腔的勇气也不知跑到哪里去了。倒是人家李喜莲先开口："继龙哥，我来了，你咋？不欢迎？"

继龙嘴里支吾着："哪里，不，不是……呀……"然后就没词了。说着话，两人就到了近前。继龙原本想好了见面握人家手的，此刻也没了勇气，只是站在那里发愣。喜莲露出失望的神色："继龙哥，你咋不说话？人家老远的……"

黄继龙突然涨红了脸："喜莲，我问你，我爹托陈家我二表叔去你家提亲，你爸妈回绝了，还捎话说不许我再和你见面，这事你该知道不？"

李喜莲低下头说："知道又咋？不知道又咋？"

黄继龙："你来……这，这是……？"

李喜莲："你说呢？来看你还不兴？"

黄继龙一怔，又没词了。心头突然憋出一股热流，感到浑身一热，眼里就止不住涌出了泪水。

喜莲一见，再也按耐不住情感，伸开双臂，就紧紧地抱住了继龙。黄继龙像是在做梦一样，一时不敢相信这会是真的。他浑身的血液一下子沸腾起来，再也按耐不住自己的情感，紧紧地把喜莲温暖的身子揽在怀中，彼此的心跳一下子就融汇到了一起。

风停了。时间静止了。夕阳露着半个脸，躲在塬畔凝望。近前喜鹊不再叽喳，路旁的柳条也止了抖擞。一男一女，两个人在大路上紧紧拥抱一搭，这在二合塬好像是从未有过的景致。好在路上无人，起先他们还听得见近旁的蜂蝇鸣叫，再后来就是一片静寂。好像人间的一切纷扰都消失得无影无踪，只有两个恋人热辣辣的身体紧紧贴在一起的心脏齐跳。那心跳声显得很大，逐渐就像天空的雷响，使得他们彼此的身体，也都随之震动起来，两个人的身体，情不自禁地向着对方靠紧，仿佛对方是一块磁铁。继龙的手臂真是有力，李喜莲渐渐感到呼吸都有些困难。

黄继龙还从来没有体验过这样的美妙，原来两个相爱的人在一起会是这样的美好。他双臂搂抱得越发紧了，生怕一松手，怀里的金凤凰飞了。

就这样紧紧地抱着。不知过了多久，突然听到归巢的喜鹊在叫，这才发现天黑下来了。远远地，看得见村里的灯火。两个人这才敢看对方的脸了。在夜幕的掩护下，黄继龙开始变得大胆。他低头瞅着怀里的喜莲，看着她那双大眼睛，就像望见了天空中最明亮的星星。

“喜莲，你真的愿意嫁给我？”

“嗯。”

“你真的不嫌我们二合塬？”

“嗯。”

“你真的不嫌我黄继龙家穷？”

“嗯。”

黄继龙不知道再该问啥？嘴里无话，心里却嘀咕开来。看来这李喜莲真是死心塌地要和自己好了。他突然感到有了男子汉的底气，感到胸中勇气倍增。方才听得李喜莲连续“嗯”了三声，就像给他身体里注入了一种特殊的能量，胜过千言万语，胜过山盟海誓。听到喜莲简明的回答，黄继龙感到从未有过的畅快。世界上最令男人感到满足的，就是得到自己心爱的女人肯定。何况一个女子是冲破那么大的阻力，顶着那么大的压力，不嫌你穷，不嫌偏远，不顾一切地投入到你的怀抱。黄继龙想着心中一阵感动。

此刻，夜幕四合，红月亮升起来了。高原上的月亮，常常会是红色的，仿佛离人间很近，金红金红，就像是一盏又大又圆的红灯笼悬挂在湛蓝湛蓝的天幕上。眼下在黄继龙看来，却是较往日更加的大更加的圆，也更加的金红透明。见他痴痴地望天，李喜莲也抬起头，深情地望着月亮，两个人的脸都被柔美的月光染成了金红色。突然，起了一凉阵风，初春的气温突然就降了下来。只穿着夹袄，黄继龙感到背后有些凉，便问：

“喜莲，你冷不？”

“不冷。有继龙哥你护着，不冷。”

黄继龙把喜莲搂得更紧。他们相拥着，慢慢地朝村子里走去。李喜莲脚步果敢而轻快，好像早就想好了要去的地方。黄继龙走着走着脚步倒有些沉重，心中暗暗问自己，我们这是到哪儿去呀？他突然感到一阵茫然。这么一路走来，竟然就到了娘娘庙门前。月辉下，庙门敞开着。黄继龙看得见娘娘塑像前的香火明灭，以为是有人刚刚求子祈福来。两个人停了下来。李喜莲有些诧异。她很希望继龙像秦家塬那些个追求者一样鲁莽，干脆就把她引回家去……生米做成熟饭。只有这样，才能说服爹娘，不然的话……痴情的姑娘再也不愿意往下想了。自从认识黄继龙，她几乎夜夜都梦见和他在一起。姑娘的心，就像是天空的云，平日里的确是飘忽不定的，但是一旦受到某种吸引，就会聚和起来形成密集的云雨。接下来，就再也飘不动了，只能是倾盆而下别无选择。正是这样的动力，驱使着平日处事稳重的李喜莲鬼使神差地来到了二合塬……可是黄继龙眼下的表现，令她有些失望。

再往前走，就到了自己家门口了。这该怎么办？我们这是到哪里去呢？黄继龙开始有些紧张，生怕碰到村里人。身子不由得离开喜莲远了一些，可喜莲却靠得更紧。黄继龙有些心慌了，他想问喜莲究竟想去哪儿，可是张了几次口，都没有了勇气问。刚才还是浑身自信的一条汉子，转眼之间就又没有了主见。看到村里家家户户窑洞的灯火，他就像又从天上回到了人间。他不能不考虑人间的感受，不能不忌讳闲言碎语和东邻西舍的规矩。不明不白地把一个大女子引进家中，那是二合塬人不能容忍的。必须是明媒正娶，响吹细打地把人抬进村子。可是眼下这关口如何过得去呢？黄继龙犯了难，脚步再也迈不动了。

两个人就像一对离家出走的孩子，糊里糊涂地就在娘娘庙门前的石台阶上坐了下来，老半天相对无话。天空的月亮升起老高，像是老天爷的一只大眼睛盯着他们。两个人突然就都感到浑身很不舒服，有好一阵子谁也不再说话，各人都想着自己的心事。喜莲的头起先还埋在继龙宽阔的怀里，到后来就仰起脸瞅着他。她发现黄继龙原本阳光可亲的脸上开始布满阴云。

“继龙哥。”

“嗯。”

“你想啥哩？”

“嗯。”

“咱们眼下朝哪走？”

“嗯。”

黄继龙所答非所问地应付着，发现喜莲看着自己的眼睛里突然充满了忧虑。他再也没有勇气面对喜莲。他甚至开始害怕那火辣辣的漂亮美丽的大眼睛，他害怕亲爱的李喜莲看透自己软弱无助的心思。他感到自己真是无用，感觉就是一个胆小如鼠的人走在一条钢丝绳上，两腿发软，双脚不住地颤抖，随时都会坠落下来。眼瞅着面前的娘娘庙，他突然就想到了奶奶。庙里供奉的庄严女神，是他奶在世时最信奉的天神。所谓娘娘，就是西王老母。他奶时常这么念叨，脸上肃然起敬。讲这话时，常常手中还捏着窗花剪子。所剪的图案，常常是《蟠桃会》，或是《瑶台净面》，或是《娘娘送子》。画面中的西王母要比庙里的泥像飘逸得多。他奶还说，这深受人们信赖的天堂女神，据说新疆的天山天池是她老人家梳洗打扮的地方。像二合塬祖祖辈辈的女人一样，黄继龙的奶奶每日晨昏都会到娘娘庙上烧一炷香。娘娘庙坐西向东。烧香跪拜的人西向而拜，正是面对着新疆天山天池的方向。

除了娘娘庙，二合塬的山神庙更是了不得。在二合塬人眼里，山神庙是主外的，管天地间大事的。也就是呼唤或叫停风雨雷电雪。二合塬三年两头天旱，人和庄稼一样，也都习惯了敬天吃饭。人们敬山神，求的是风调雨顺五谷丰登。庙门上那幅对子，上联：庙小神通大，下联：天高日月长，黄继龙他爷从小就叫他认得这对子上的字。这天地风雨之神，在二合塬人的心目中是神圣无比的。儿女婚姻大事、生儿育女之事，还有祈求家庭和睦婚姻美满的，就都得到这村后的娘娘庙来拜神烧香。娘娘庙里的香火很旺，村中一年四季求子祈福的人不断，因为是在村里，往往夜里也有人来烧香。此刻就有悠悠的香烟飘散出来，在两人周围萦绕。月光之下，那缭绕的香味，仿佛故意给一对心情复杂的恋人笼上一层神秘气息。在这种情况下，一切语言和声响，都成为了多余。

宗教是一种心理的暗示。是这娘娘庙里的香火气息，给了喜莲姑娘再度表白心迹的勇气。只见她咬咬牙，由怀里掏出一个雪白的手绢包儿捧着。黄继龙眼前一亮，一股奇异的香气扑鼻而来。手绢打开来，是一只精心绣制的香包。金黄色的缎面，两只鸳鸯赫然呈现在盛开的并蒂莲花下。在黄继龙眼中，月光下那精美香包的呈现，就像是一道闪电，划破了他心灵漆黑的夜空。此刻什么话也不用再说，所有的深情与爱意，就全倾注在那香包之中。

黄继龙问："香包，你绣的？"

"嗯。"

"给我的？"

"嗯。"

"喜莲，你，你，你真的愿意……"

"嗯……"

李喜莲哭了。黄继龙也流下了感动的泪水。一时间仿佛是受了很大的委屈，两个人都哭得很伤心。黄继龙突然感到一阵内疚，心中直骂自己是软蛋、是混球！他将那代表着喜莲深情爱意的香包小心揣在怀中，就又一次把喜莲搂在怀中，搂得更紧，生怕谁从自己手中夺走似的。那一夜，两个人究竟是在哪里过的夜，村里人谁也说不清楚。反正自此以后，李喜莲同黄继龙定了终身。

尾声

年底，踏实能干的郭镇长已经担任镇党委书记，但人们一时还改不过来称谓。他在木钵镇全镇干部大会上作总结讲话说："二合塬人自力更生修成一条能通架子车的大路。"此话一出，立即引来会场一片哄笑。哄笑过后，又是议论纷纷。议论过后，渐渐才是肃静。人们沉默下来一想，这才意识到，郭镇长讲话的分量不轻呀。二合塬是哪里？全镇三十六个行政村之外的一片可怜的“飞地”。那就像一只断了线的风筝，随风刮到了好远好远的西塬尽头。不要说各村的支书、村长，就是镇上的正式干部去过的也是极个别。没去过的人都知道二合塬偏远、路难走，难于上青天。说连抓鸡的皂鹰飞上去都费劲，所以二合塬的鸡就比别处的鸡安全，养鸡的家户就多。鸡一多，价格就格外便宜，一色的土鸡，肉又好吃，加之塬上的麦面也好，因此鸡肉烙饼成了二合塬的一道名吃。可这名吃可不易吃得上。去过的好像是口福不浅，但是可苦了两条腿和两个屁股蛋子。因为从前要上二合塬，只能是自行车子骑人（扛着），或人骑毛驴子。一上一下，少说也得折腾两三天。腿不疼屁股蛋子就得受罪。如今突然就听到通了架子车路！那架子车能通自行车也就能骑了吧？会场上为之沸腾自是必然。

就在人们惊诧不已那一刻，木钵镇广播站资深记者老鲍正举着傻瓜照相机闭起一只三角眼给郭镇长照相。郭镇长升任郭书记他是记得最清的一个。他一般只是注意领导的表情姿态，却很少注意领导在讲什么。当他听明白众人议论的话题，敏感地意识到这是全镇今年最大新闻。于是，会后立即采访郭书记，又给二合塬老支书做了个专访。当晚便加班写出一篇分量很重的详细报道。第二天，《环江通讯》头条发表，次日《华峰日报》加盐加醋改写再转发。紧接着省报主编亲自操刀，撰写言辞夸张的“编者按”予以放大转载。好家伙，这就像那天会场上一样，一时间，好像全省人的眼球就全集中到了环江县本钵镇名不见经传的二合塬。

消息面世不久，全省各地就有人开始到二合塬参观学习，也有的是出于好奇，前来旅游观光。于是乎平日冷清平静的环江县一时间就喧闹起来，偏远闭塞的木钵镇更是热闹成一锅煎水……郭书记办公室采访的电话不断，连《人民日报》和新华社记者也来电话采访。各种各样的媒体报道不断，网络更是吵得厉害，一夜之间，全世界都仿佛会知道，中国西北部有个与世隔绝的世外桃源通了“高速公路”，甚至有的说已经通了高速列车。消息不但惊动省上，也惊动了京城和中央领导、有关部门首长。各级纷纷下来视察调研，如此搅得郭书记寝食难安。过了好几天，他的耳旁还是响着“二合塬”“二合塬”三个字，还不时地响起竣工那天噼里啪啦的鞭炮声和掌声，响着那日黄继龙昂首挺胸推了一辆崭新的架子车无比自豪地大声吼叫声：

“乡亲们，现今咱二合塬通了架子车路，也就等于通了高速火车路。”

大伙儿都莫名其妙，就见他又说：

“你们来看，这几辆架子车连在一搭，就是小火车，比咱人老几辈步走骑驴快了不晓得多少倍多少倍。这可是咱二合塬的专线专列呀！”

众人哈哈大笑，没成想平日老实巴交的黄继龙那天实在是太高兴了，竟然还幽默起来，说出这么一串子古怪想法和新鲜名词。怪不得人说领导都能讲，连黄继龙这么个小学文化程度的哑蚊子，当了村民组长就能讲出这番话来！还用了那么多人们从未听过的新名词。郭镇长当时别提有多高兴，他兴奋地拉着老支书的手，也和大伙儿一起哈哈大笑。全村人都笑得前仰后歪，尽管各人笑的意义也不完全相同。小娃娃笑得莫名其妙，老汉老婆耳背也很是笑嘻哈，还有不少妇女也是埋头做针线活看见别人笑也跟着笑的。郭书记当然并不明白这一层，在他印象中，几十年来还头一次见二合塬人笑得如此齐整痛快。郭书记只知道，那条路在二合塬人心目中，绝不仅仅是一条供人们行走的大路，而是透视外部世界的窗户，打开心结的钥匙，是增强自尊心的一根通天的柱子，是……以前在木钵镇人看来，二合塬人个个直眉瞪眼，人面前闷头缩脑满脸的愁苦。那是因为面前永远隔着一条深沟，心中透不进阳光。如今有了个敢做敢为的黄继龙，在老支书的支持下带领大伙儿修成这条路，情况可就不一样了。后来，这件事终于也引起了反应迟钝的县委书记老朱关注。他说是扶贫成果，要镇上上报一份材料，说地区领导讲话要表扬云云。等到第二年春上，省委书记老马亲自到了二合塬视察，充分肯定了这个自力更生、奋发图强的典型。为此，地委书记老杨就提出要亲自挂帅，作为自己的扶贫点，并且制订了一个宏伟的三年规划，提出要通大卡车的宏伟目标。这又成了更大的新闻。

在环江县木钵镇地处偏远闭塞的二合塬，破天荒修筑可通汽车的公路，从此当地群众致富有了门路，土特产一天就可以运往省城销售，云云。没有人对这一条新闻报道提出异议，只是郭书记看了直摇头，也不好再说什么。好在二合塬人看不到省上报纸，更没有人开微信博客什么的，于是大家依旧心平静气，相安无事。看来闭塞也有闭塞的好处。

三天后，老支书到镇上开会回来，赶的是一辆套了毛驴子的架子车。架子车是镇上奖励的，驴是他去开会时骑的。这头老母驴很老实，老支书已经骑了十多年。驴和他的感情很深，尽管那是一头看着几乎快要走不动的老驴，可是它走起路来还是稳稳当当，心平气畅。“感谢党改革开放政策美，咱二合塬从此不再闭塞，全村人一条心修成致富路，从此后黄土塬真正变了黄金……”说来也巧，老支书哼着老腔喜气洋洋一进村口，就遇上了根爷。根爷离着老远，就看见老母驴拉的架子车，还听见老支书在得意地哼着老腔，心里老大不高兴。老汉正为路通以后放电影和唱道情戏的来得多了，自己长期一支独秀皮影戏渐渐受到冷落而急火攻心。老汉一辈子争强好胜，爱红火热闹，又爱被人围着捧着。如今一遇放电影或是演道情，加之路三那小子也因恋了秦家塬一个胖女子而忙得再也顾不上搭理他了，这令他越想越来气。

眼下，老支书喜气洋洋坐在车上吆驴进村，他嘴里情不自禁地哼着自编词句的老腔，远远望见根爷牵驴由坡上下来，老支书就故意唱道：“西狼山战胡儿天摇地动，好男儿为国家不顾死生……”根爷一捋胡须子摇头说：“哼，不就通了条路嘛，车子还得驴拉着走哩。可不像我这宝贝，骑上抽一鞭子一溜风，满世界撒欢，这才得劲呢！”

说话就跨上驴背，“得儿驾！”一声吆喝，抽得花叫驴放开四蹄奔驰而来，同老支书的架子车擦肩而过时，花叫驴不争气地把头伸向老母驴的屁股闻了闻。根爷的这头老驴是通人性的，他同根爷一样没相好，一口气已经打了二十多年光棍，老支书场文忠的坐骑一直是它的梦中情驴。

此后发生的故事大家已经知道。路修成不久黄继龙接替老支书担任了二合塬村党支部书记。他上任干的头一件事还是带领村民修路垫桥。他要把眼下的架子车路拓展成真正的一条公路，梦想有一天把大卡车开进二合塬。修路，修路，修路，在他看来，这就找到了二合塬的穷根困源牛鼻子。解决了交通闭塞的问题，就拔了穷根，断了困源，牵住了牛鼻子。村里人开始很不理解，慢慢就知道了黄组长、黄支书的分量、底气。无论顺境逆境是喜是悲，只要黄继龙和党支部有了态度，全村人吼老腔心齐着哩。

2014 年初稿
2016 年夏二稿
2017 年 3 月三稿